노년 행복의 길잡이

시니어 행복론

다시 길 위에 서다 7

노년 행복의 길잡이

시니어 행복론

윤명선 지음

행복을 알면 노년이 즐겁다

이 책을 존경하는 벗 이자형 회장에게 드립니다.

다시 새 인생을 출발하자!

경제발전과 의술의 발달로 인류는 바야흐로 100세 시대에 들어섰다. 은퇴한 후에도 30년 이상 더 살 수 있다. 그러니 노년에게는 '남은 인생을 어떻게 살 것인가?'라는 문제가 앞을 가로막는다. 노후 준비가 안 되어 있으면 은퇴 후의 인생은 축복이 아니라 저주요, 재앙이 된다. 남은 인생을 어떻게 의미 있게 사느냐가 노년들이 당면한 과제다.

은퇴는 인생의 끝이 아니라 새로운 시작을 의미한다. 은퇴한 후의 인생은 '제2의 인생'이라고 부를 수 있는데, 새들러는 노년기를 '제2의 성장기'라고 불렀다. 시간 관리의 아버지 하이럼 스미스는 "인생은 과거형이 아니라 미래형이다. 일에서는 은퇴하지만 인생에서는 은퇴하지 말라. 은퇴는 시간의 선물이므로 삶의 방향을 바꾸고 새로운 일을 시작하면 된다."라고 했다.

노년에는 은퇴, 관계 상실, 고독, 질병, 빈곤, 절대고독 등 환경의 변화로 위기를 맞는다. 이러한 환경에 잘 적응할 수 있도록 만반의 준비를 함으로써 자녀와 국가의 도움 없이 '홀로서기'를 할 수 있도록 해야 한다. 이러한 세대를 '골드세대'라고 부르는데, 이것이 노년의 이상형이다. 노년에 대한 준비는 빠를수록 좋다. 인생의 마지막 단계인 '제2의 인생'을 의미 있는 일을 하면서 행복하게 살아가는 것이 성공한 인생이다.

은퇴를 하고 나면 많은 노년들은 이제 좋은 시절은 지나갔다고 생각하고, 내 인생은 끝났다고 절망하는 사람들도 있다. 심지어는 스스로 목숨을 버리려고 하는 사람들도 있다. 미래의 불확실성과 준비 안 된 미래에 대한 걱정으로 불안을 느끼는 것은 인지상정이다. 그래서 노년에 행복의 문제가 더욱 절실하게 다가온다. 인간의 실존은 오늘이고, 오늘은 신이 준 선물이다. 오늘을 어떻게 사느냐가 행복을 결정한다.

행복추구권은 평생 누리는 권리이다. 새로운 환경에서 자신만의 행복을 추구하며 살아가면 된다. 항상 꿈을 잃지 않고 열정적으로 살아가면 행복해질 수 있다. 어떻게 살 것인가의 적응방식은 전적으로 자신의 능력과 소망, 경험과 선택에 달려 있다. 제1의 인생이 주어진 것이라면, 제2의 인생은 스스로 선택하는 것이다. 자신만의 청사진을 만들고 계획을 세워 노년의 행복을 만들어가야 한다.

제2의 인생: 새롭게 출발해야 한다. 제2의 인생은 은퇴하기 전보다 행복을 폭넓게 누릴 수 있는 시기이다. 다시 인생을 산다는 꿈과 희망을 가지고 살아가야 한다. 인간은 어떤 고통이나 비극을 극복할 수 있는 능력을 신의 선물로 받았다. 현실을 있는 그대로 수용하면서 최선을 다해 노력하면 어떠한 난관도 능히 넘어설 수 있다. 행복과 불행: 자신의 선택이요, 작품이다.

류보머스키 교수는 "행복의 전성기는 인생 후반전에 있다."라고 한다. 노년들이 더 행복을 느낄 수 있는 과학적인 이유들이 있다. 노년들은 세상 경험을 통해 현실에 적응하는 지혜와 능력이 자란다. 욕심을 내려놓고 만족할 줄 앎으로 인해 마음의 평화를 누릴 수 있다. 노년에는 관용이 생겨 원만한 인간관계를 추구하고, 자비를 베풀면서 공동체적 행복을 추구한다. 더욱이 노년에는 영성이 깊어짐에 따라 절대고독을 비롯한 인생의 근원적 문제를 해결할 수 있는 것이다.

노년의 마지막 소망은 즐겁게 살다 가는 것이다. 행복을 제대로 이해하면 노년도 즐겁게 살 수 있다. 노년에게도 행복으로 가는 길은 사방으로 열려 있다. 그러나 행복은 주관적 심리 상태이므로 자신만의 행복 모델을 만들어 실천하면서 살아가면 된다. 다른 사람과 비교하는 것은 금물이다. 즐거움은 누가 선물하는 것이 아니라 긍정적인 인생관을 가지고 스스로 만들어가는 것이다. 즐겁게 살다 가는 것이 행복한 인생이고 성공한 인생이다.

저자는 힘들고 어렵게 살고 있는 사람들을 위로하고, 행복의 길로 인도하고자 15개의 key words로 풀어보는 '행복의 비결'과 매일같이 즐기는 '행복의 향연'을 단행본으로 출간하였다. 독자들이 이 책을 읽으면서 스스로 자신의 행복지도를 만들고, 행복으로 가는 길을 발견하기를 기대하고 썼다. 그런데 행복은 구체적으로는 세대별로 다르며, 노년에게 행복의 문제가 더 절실하게 요구된다는 점을 알게 되어 이 책을 집필하게 되었다.

이 책은 노년에 맞추어 행복 전체에 관한 다양한 정보를 제공하고 있으므로 독자들이 읽어가면서 자신에게 맞는 것을 찾아 자신만의 행복모델을 만들어 실천하면 '행복으로 가는 길'이 보일 것이다. 2019년 12월부터 2020년 5월까지 인터넷신문 '시인뉴스'에서 칼럼 형식으로 일주일에 1회씩 게재했던 것을 단행본으로 출간한다. 이 조그만 책자가 노년들에게 행복으로 가는 길을 안내하는 길잡이가 될 수 있다면 다행으로 생각한다.

일러두기:

늙은 사람을 노인·노년·어르신·늙은이·노인네·시니어 등 여러 가지로 부르고 있다. '노인'이란 용어가 65세 이상의 연령층을 말하는 법적 용어로 사용되고 있다. 그런데 세대의 호칭에는 유년·청년·중년처럼 년(年)으로 사용하므로 '노년'이 이들에 대응하는 개념으로 학술적으로는 이 용어를 사용하는 것이 타당하다.

노인이란 생물학적으로는 연로한 모든 사람을 가리키는 말이지만, 윤리적으로는 자아를 완성해가는 단계의 인간, 즉 인간다운 인간을 '노인'이라고 지칭할 수 있다. "사람다워야 사람이지 사람이면 다 사람이냐?"라는 명제가 그 가치판단의 기준이다. 따라서 성숙한 노년을 '노인'이라고 개념상 구별해서 사용할 수 있지 않을까 생각한다. 여기서는 노년이란 용어를 기본어로 사용하고, 꼭 필요한 경우에만 노인이란 용어를 사용하고자 한다.

노인의 존칭어가 '어르신'이다. 이는 보건복지부나 서울시에서 노인의 존칭으로 사용하고 있지만, 구어체에 해당하므로 학술용어로는 적당치 않다. 한 국어사전에서는 노인이나 노년을 모두 '늙은이'라고 설명하고 있는데, 늙은이란 말은 순수한 우리말이라는 특징이 있지만, 통상적으로 속칭 나아가 비어로 사용되기 때문에 사용되지 않는다. '노인네'란 호칭은 존칭인 동시에 속칭으로 불리기도 하며, 노인들 사이에서는 친밀하게 사용되기도 하지만 학술용어가 아니다. '시니어'는 영어이므로 본문에서는 사용하지 않기로 한다.

시니어 행복 20계명:

① 행복은 주관적 느낌이다. 밖이 아니라 '내 안'에서 찾아야 한다. 행복의 조건들이 갖추어졌을 때 행복해지는 것이 아니라 내가 욕망을 내려놓고 주어진 환경에서 인생을 즐길 때 행복은 찾아온다.

② 준비 안 된 노년은 저주요, 비극이다. 은퇴하기 전에 가급적 빨리 제2의 인생을 준비하되, 자립적으로 기본적 생활을 누릴 수 있는 '경제력'은 갖추어야 한다. 자식들에게 의존하는 것은 금물이다.

③ '건강'이 유일한 행복의 외적 조건이다. 살아 있음에 감사하고, 운동을 하면서 신체적으로나 정신적으로 건강관리에 최선을 다하며 열정적으로 살아야 한다.

④ 인생이 끝날 때까지 '꿈'을 잃어서는 안 된다. 꿈이 사라지면 사실상 인생도 끝나는 것이므로 노년에도 항상 꿈을 간직하면서 행복을 누릴 수 있도록 최선을 다해야 한다.

⑤ 인생이 나태하고 무료해지면 불행의 늪으로 빠지게 되므로 원하는 '일'을 찾아 몰입함으로써 행복을 찾고, 항상 삶의 활력을 유지해야 자존감을 가지고 건강하게 살 수 있다.

⑥ 노년을 준비한다는 것은 홀로서기를 배우는 것이다. 다양한 '취미생활'을 하면서 놀 줄 아는 것이 건강에도 좋고, 권태를 상징하는 '개미쳇바퀴' 현상을 극복하여 삶에 활기를 찾을 수 있다.

⑦ 인간의 실존은 바로 오늘이다. 노년에도 오늘을 어떻게 사느냐가 인생의 성공과 행복을 결정한다. '지금 이 순간' 최선을 다하

면서 즐겁게 사는 것이 노년에는 더욱 절실한 과제이다.

⑧ 나이는 숫자에 불과하다. 육체가 늙어가는 것이야 피할 수 없지
만, 정신적으로 '젊게 사는 것'이 건강에도 좋고, 삶에 활력이
넘치며, 사회에도 기여할 수 있다.

⑨ 무절제한 '욕망'이 행복의 최대의 적이다. 노년에는 욕망을 내려
놓고 절제하면서 일상 속에서 행복을 누려야 한다(過猶不及). 소
욕지족(少欲知足): 이것이 행복으로 가는 길이다.

⑩ '사랑'이 행복의 근원이다. 노년의 사랑은 베푸는 것이다. 행복
한 가정을 지키고, 믿음직한 친구를 만들며, 원만한 타인과의 관
계를 형성하면서 소통을 잘 하는 것이 건강한 노년을 만든다.

⑪ 행복하지 못한 이유는 외부적 환경이 아니라 '나' 자신에게 있
음을 깨닫고, 자아의식을 가지고 나를 사랑하며, 다른 사람들과
비교하지 말고 자기 인생의 주인이 되어야 한다.

⑫ 나이가 들수록 '감사'하는 생활을 해야 한다. 모든 것에 감사하
면 행복이 솟아오르고, 즐겁게 살 수 있다. 살아 있음에 감사할
줄 알면 남은 인생이 즐거워지고 희망이 샘솟는다.

⑬ 즐겁고 건강한 삶을 위해서는 '웃음'이 최고의 명약이다. 노년에
는 유머와 위트를 많이 사용하면서 많이 웃는 것이 건강에 좋
고, 소통을 잘 하며, 사회적 분위기도 부드럽게 만들 수 있다.

⑭ 다른 사람들의 잘못을 '용서'하고 관대해야 한다. 노년에는 분노
하거나 질투하지 말고, 마음을 비우면서 정신 건강을 위해서도
관조하며 마음의 평화를 누리며 살아야 한다.

⑮ 행복은 사물을 보는 관점에 달려 있으므로 범사에 감사하면서
'긍정적 사고'를 하면서 낙관적 태도를 가지고 매사를 긍정적으
로 받아들이면서 이를 생활화해야 한다.

⑯ 항상 '배우는 자세'로 살아가는 것이 바로 행복이다. 배우면서

정보를 얻고 꾸준하게 독서를 하면서 삶의 보람을 느끼며, 항상 의미 있는 삶을 누리는 것이 행복으로 가는 길이다.

⑰ 노년의 가치는 인생 경험을 통해 얻은 '지혜'를 가지고 있다는 점이다. 지혜를 통해 원숙한 인간이 되는 것이 마지막 행복이고, 이를 사회에 환원시키는 것이 노년의 보람이다.

⑱ 노년에도 인간은 계속 성장하며, '자아완성'을 추구하는 시기가 바로 이때이다. 끝까지 자아를 발전시키면서 행복을 추구하고, 사회에 귀감이 되는 것이 마지막 행복이다.

⑲ 이타적 행복이 최고의 행복이다. 이웃을 사랑하고, 나라를 사랑하며, 공동체를 위해 최대한 시간을 많이 투자해서 한 차원 높은 '공동체적 행복'을 누려야 한다.

⑳ 참된 '신앙'을 가지는 것이 마지막 행복을 누리는 방법이다. 노년에는 영성이 발달하므로 신앙생활을 하면 절대적 고독을 극복하고 영원한 행복을 추구하면서 더 행복을 누릴 수 있다.

차례:

제5장 **'어떻게 살 것인가?': 그것이 문제로다**

제8장 노년의 '고독': 고독은 즐기면 행복이 되고, 괴로워하면 불행이 된다

제9장 노년의 '부정정서': 노년의 행복을 위해 극복해야 할 과제이다

제10장 노년의 '경제력': 생존을 위한 최소한의 조건은 갖추어야 한다

제15장 '죽음'의 문제: 자연사가 마지막 행복이다

제16장 '종교': 그 본질은 참된 신앙에 있다

제1장

'노년의 문제': 그 속을 들여다본다

경제발전과 의료기술의 발달로 인간의 수명이 연장됨에 따라 사람들은 '100세 시대'를 말하고 있다. 인류의 오랜 소망인 장수는 실현되고 있지만, 장수로 인한 여러 가지 문제가 개인적 차원을 넘어 사회적 문제로 발전하고 있다. 최근의 한 통계에 의하면, 우리나라 퇴직자 중 41%가 아무런 준비도 못 하고 퇴직한다고 한다. 준비 안 된 은퇴와 장수는 축복이 아니라 오히려 저주요 불행이다. 영화 '죽여주는 여자'가 노인문제를 고발하고 있는데, 그 안에 노년의 문제들이 생생하게 묘사되고 있다. 노년이 행복해야 성공한 인생이다. 이제 노년문제는 단지 개인적 차원의 문제가 아니라 총체적으로 해결해야 할 사회적·국가적 과제가 되었다. 우리나라는 고령화가 급속하게 진행됨에 따라 노년문제는 더 심각한 국가적 과제가 되고 있다. 노인문제를 잘 풀어야 행복한 사회를 만들 수 있고, 국민 전체의 행복지수를 높일 수 있다. 그러므로 개인적 차원에서는 노년 스스로 행복한 삶을 추구하고, 국가적 차원에서는 다양한 노년문제를 풀기 위해 체계적이고 종합적인 대책이 마련되어야 한다.

1. 영화 '죽여주는 여자': 다양한 노년문제를 고발한다

우리나라도 고령화 사회로 들어섬에 따라 노년문제가 심각한 사회문제가 되어가고 있다. 2019년 말 현재 65세 이상 인구는 전체 인구의 15.4%이고, 5년 후인 2025년에는 20%를 넘게 되어 '초고령 사회'에 들어서게 된다. 현재 우리나라는 세계에서 고령화 속도가 가장 빠른 나라인데, 아직까지는 우리나라 노인들은 대체로 노후문제를 준비하지 못하고, 국가도 사회적 안전망을 마련하지 못하고 있으므로 노인문제가 심각해지고 있다. 이러한 사회적 현실을 반영하듯 노인문제를 다루는 문헌들이 속출하고 있으며, 영화들도 속속 제작·상영되고 있다.

최근에 개봉한 '죽여주는 여자'가 관심을 끌고 있다. 건강·빈곤·고독·성·죽음 등에 있어서 노년의 결핍과 불행을 소재로 한 이 영화는 노년문제를 여러 각도에서 다루고 있다. 성문제를 주제로 다루고 있지만, 출연 인물들은 여러 가지 이유로 비참한 생활을 하고 있다. 경제적 빈곤이 노년들을 길 위로 내몰고 있다. 건강보험이 안 되어 있는 노년들은 질병에 시달리고 있다. 독거노인과 치매 등의 질병문제는 더 심각하다. 인간관계가 끊어짐에 따라 홀로 시간을 보낸다. 준비 안 된 장수는 축복이 아니라 재앙이요, 차라리 저주라고 할 수 있다. 이러한 상황은 단편적인 문제가 아니라 전체적으로 상호 관련이 있는 총체적인 노년문제이다.

주인공은 극단적으로 고독하고 고통스러운 삶에서 유일한 탈출구가 죽음뿐이라는 생각을 한다. 한 여성이 노인의 목숨까지 끊어주는 장면을 보는 순간 앞이 캄캄해지고 스크린은 겉돌고 있다. 종전에는 사람들의 관심 밖에 있던 노년문제가 세간의 관심을 끌면서 흥행까지는 아니더라도 많은 관객을 끌어모았다. 이러한 노년문제는 이제 우리 주변에서 흔하게 일어나고 있는 사회적 현상으로 개인의 문제를 넘어서서 국가가 해결해야 할 중대한 과제가 되었다.

종교계를 비롯한 시민단체들도 노년문제를 다각적으로 다루고 있고, 여러 가지 방법으로 노년의 구호 활동을 펼치고 있다. 그러나 단편적으로 생존문제를 해결해주는 정도에 그치고 있으므로 학계를 비롯하여 거국적으로 체계적인 대안을 제시하도록 노력해야 할 것이다. 노년문제는 단지 빵의 문제를 해결하고 질병을 치료하는 경제적 문제에 국한되는 것이 아니라 인간소외와 고독, 정신적 무력감과 우울증, 자살과 고독사에 이르기까지 여러 문제들이 복합적으로 관련되어 있다. 그러므로 노년문제는 생물학적·심리적·사회적 문제로서 다각적으로 접근해서 종합적인 해결책을 도출하지 않으면 안 된다.

2. 노년은 '노화과정'을 거치면서 마지막 행복을 추구하는 시기이다

시간은 속절없이 흐르고, 어느 순간 자신이 늙었음을 깨닫게 된다. 인간도 영겁에 비교하면 하루살이와 무엇이 다른가? 거울 앞에 서는 순간 자신의 얼굴에 쌓인 시간의 흔적을 바라보며 놀랄 수 있다. 그러나 회한도 소용없고, 저항도 무의미하다. 산다는 것은 죽음으로 건너가는 징검다리이다. 브린은 노년을 생물학적으로는 퇴화하고 있는 사람, 심리적으로는 정신기능과 성격이 변하고 있는 사람, 사회적으로는 지위와 역할이 상실된 사람이라고 한다. 이처럼 '노화(老化)'란 신체적·심리적·사회적 변화를 포괄하는 개념으로 복합적인 과정의 연속이다.

인생의 1/4은 성장하는 과정이고, 3/4은 노화되는 과정으로 인생의 대부분은 늙어가는 과정이다. 생물학적으로는 노화란 세포와 기관이 쇠퇴하면서 육체가 늙어가는 것, 잃어가는 것, 저물어가는 것을 말하며, 이는 누구나 피해갈 수 없는 보편적 현상이다. 인문학적으로는 정신적으로 성숙해지는 것, 얻는 것, 빛을 발하는 것을 의미한다. 그러므로 생물학적 노화야 자연현상으로 수용해야 하지만, 정신적인 노화를 방지함으로써 노년을 건강하고 행복하게 살 수 있도록 만반의 준비를 해야 한다.

자연이 봄·여름·가을·겨울의 과정에 따라 그 주기를 나눌 수 있는 것처럼, 인생도 생의 주기에 따라 나눌 수 있는데, 그 분류방법은 다양하다. 유아기, 청·장년기와 노년기의 3기로 나누는 입장, 유아기, 청년기, 장년기와 노년기의 4기로 나누는 입장, 사춘기, 청년기, 중년기, 장년기와 노년기의 5기로 나누는 입장, 심지어는 사후의 세계를 따로 열거하는 입장 등이 있다. UN의 한 자료에 의하면, 신체적 조건, 사회적 역할과 노쇠현상에 따라 1-17세는 미성년, 18-65세는 청년, 66-79세는 중년, 80-99세가 노년, 100세 이후는 장수노년으로 분류하고 있다. 이 책은 시니어의 행복에 초점을 맞추고 있기 때문에 은퇴를 기준으로 그 전은 '제1의 인생'으로 포괄하고, 그 후를 '제2의 인생'으로 단순화해서 나눈다.

'제2의 인생'은 끝난 세대, 할 일 없는 시기, 무의미한 시간이 아니라 인생의 마지막 단계를 성공과 행복으로 이끌어갈 수 있는 도전의 기회요, 가능성이 펼쳐진 시간이다. 제2의 인생: 인생의 새로운 시기로 2모작을 하는 기간이다. 우뤄취안은 제2의 인생을 "누구나 혼자임을 자각하고, 혼자 살아가는 삶을 시작한 시기"라고 정의한다. 인생은 죽을 때까지 진화하고 성숙한다. 그러므로 제2의 인생은 홀로서기를 하면서 자아완성을 향하여 걸어가는 인생의 완숙기이다.

노년기가 시작되는 연령은 문화권에 따라 다르다. 우리나라에서는 노년의 시기를 예전에는 역연령(曆年齡)에 따라 회갑이라는 60세라고 보았는데, 오늘날에는 법적으로 65세가 기본이지만, 법에 따라 달리 규정하고 있다. 그런데 고령화로 노년인구가 급상승하면서 사회문제가 되자 스웨덴에서는 67세로 은퇴 시기를 높였고, 우리나라에서는 대한노인회가 노년의 시기를 70세로 높이자는 의견을 공론화시키고 있다. 일본에서는 2020년까지 정년퇴임을 75세로 미루자는 말이 나오고 있다. 그 분류방법이 다양한데, 궁극적으로는 어느 세대에 해당하는지 개인적 문제이다.

그런데 노년집단은 구체적으로는 성별, 건강, 소득, 교육, 가족, 환경 등에 따라 다양하다. 최근에 서양에서는 많은 사람들이 90세쯤 노년이 시작된다고도 말한다. 노년의 시기를 늦추자는 이유는 수명이 늘어나고 건강해지기 때문이기도 하지만, 국가가 복지정책을 감당하기에는 재정능력이 부족하고, 출생률 저하로 재정 부담을 할 인구가 줄어들기 때문이다. 노년이란 개념은 이처럼 한마디로 정의할 수 없으며, 노인을 묶는 기준도 획일적으로 정할 수 없다. 왜냐하면, 개인이 처한 문화적 배경과 신체적·심리적·사회적·경제적 조건에 따라 개인이 수용하는 자세가 다르기 때문이다.

전통사회에서는 노년들은 자녀들의 인성교육을 맡았고, 그들의 경험과 지혜가 높게 평가를 받았다. 그런데 산업사회에서는 노년의 생산성이 떨어지고, 보수적 성향을 가지며, 도시화로 인한 핵가족 제도로 인해 노년을 부정적 시각으로 보는 경향이 있다. 그 원인은 사회구조가 변함에 따라 노년의 역할이 달라지기 때문이다. 최근에는 우리나라에서도 노년에 대한 생각이 달라지고, 세대 간의 갈등이 빚어지고 있다. 즉, 청년들은 자신들의 일자리를 빼앗기거나 복지에 대한 부담이 늘어나는 등 이해관계가 충돌하기 때문에 노년에 대한 부정적인 생각을 하게 되었다.

노년은 그 환경과 의지에 따라 그 역할이 달라질 수 있다. 노년은 쓸모없는 인간이 아니고, 지혜를 발휘하는 나름대로 의미 있는 인생이다. 시간 관리의 아버지 하이럼 스미스는 "인생은 과거형이 아니라 미래형이다. 일에서는 은퇴하지만 인생에서는 은퇴하지 말라. 은퇴는 시간의 선물이므로 삶의 방향을 바꾸고 새로운 일을 시작하면 된다."라고 했다. 그러므로 노년도 적극적으로 새로운 역할을 추구하면서 의미 있는 삶을 이어가야 하며, 궁극적으로 자아완성을 이루어가는 것이 노년의 행복이요, 인생의 성공이다.

3. '준비 안 된 노인들': 위기에 서다

우리나라는 의료기술의 발달과 생활수준의 향상으로 고령화 속도가 세계에서 가장 빠르게 진행되고 있어 노년문제가 심각한 사회문제가 되고 있다. 현재 우리나라 평균수명은 남성은 81세, 여성은 83세이고, 2031년에는 남성은 87세, 여성은 94세가 될 전망이다. 인간이 바야흐로 100세까지 살 수 있는 장수시대에 접어들었다. 은퇴한 후에도 30년 이상 더 살 수 있다. 그래서 '30-30-30'이라는 새로운 공식이 생겼다. 30년간 교육과 취업 등 준비를 하고, 30년간 결혼과 사회 활동을 하며, 나머지 30년은 노후생활을 하는 새로운 '인생주기'가 만들어졌다. 그래서 제2의 인생을 어떻게 사느냐가 개인적으로 중요하고, 국가적으로도 심각한 문제로 부상하고 있다.

보건복지부의 한 자료에 의하면, 우리나라 성인의 85%가 노후 준비의 필요성을 인정하면서도 74%가 은퇴 준비가 부족한 것으로 나타났다. 은퇴의 의미에 관해서는 '새로운 직업을 찾아야 한다'가 36%, '하고 싶은 일을 할 수 있는 인생의 새로운 기회'가 30%, '사회에서 필요 없는 존재가 된다'가 13%, '삶에 지친 나이에 쉼을 주는 시기'가 12%, '나눔과 봉사의 기여하는 시기'가 9%로 나타났다. 이와 같은 통계 숫자는 그만큼 은퇴 준비가 되어 있지 않았다는 증거로 가슴을 아프게 만든다. 더욱이 정년퇴직이 아니라 타의에 의해 조기 퇴직하는 경우에는 아무런 준비 없이 직장을 떠나야 하기 때문에 문제가 더욱 심각하다.

노년기에 겪는 고통은 질병·빈곤·소외·고독 등으로 이들을 '노인 4고(苦)'라고 부른다. 노화과정은 상실과 쇠락의 과정이다. 이는 건강·경제·역할·관계의 상실로 생기는 것으로 노년의 삶의 질은 낮아지고, 삶의 의미도 점차적으로 상실하게 된다. 이러한 상실감을 극복하면서 건강한 노화를 통해 행복을 추구하는 것이 노년에 의미 있는 삶을 사는 길이다. 노년의 문제는 신체적 건강과 함께 경제적 문제와 결혼 상태, 의미 있는 일과 자존감 등과 두루 관련이 있다. 육체적인 노화는 자연현상으로 순리적으로 받아들여야 하지만, 정신적으로 노화문제를 극복하면서 삶의 질을 높이는 것이 노년의 과제다.

그런데 건강수명은 그보다 짧아 사망할 때까지 약 8년간 질병과 고투를 벌인다고 한다. 게다가 65세 이상의 노년 중 독거노인의 비율은 24.5%에 달한다. 준비가 잘 된 노년은 자기가 원하는 대로 계획을 세우고 실천해가면 되므로 아무런 문제가 없지만, 그 범위는 아주 좁다. 자신의 소망과 조건에 맞춰 계획표를 만들고 실천해가면서 노년을 즐기면서 살아가면 된다. 이들은 소비시장에서 구매력이 가장 강할 뿐 아니라 의미 있는 삶을 누리기 위해 문화적 행복과 공동체적 행복을 추구하면서 새로운 노년문화를 주도하고 있다.

문제는 준비가 안 된 노년들이 어떻게 살 것인가가 개인적으로나 사회적으로 문제가 된다. 가장 중요한 것이 심리적 문제로서 은퇴 후의 변화를 적극적으로 수용하고 적응해 나가도록 마음의 준비가 되어야 한다. 경제적으로 독립적 생활을 할 수 있는 경제력을 마련해놓아야 한다. 그런데 자녀들의 과도한 교육비와 결혼자금, 심지어는 사업자금 등에 과다한 투자를 함으로써 노후자금을 마련하지 못한 사람들이 대부분이다. 50-60세의 '낀 세대'는 부모 부양과 자녀 양육이라는 과제를 동시에 가지고 있기 때문에 더 힘들 수밖에 없다. 사회보장제도가 아직 완비되지 아니하여 연금을 수령하지 못하고, 의료보험 혜택을 못 받는 노년들이 많다. 특히 독거노인으로서 질병을 앓고 있는 노년의 경우에는 문제가 더욱 심각하다. 노년들의 주관적인 행복도가 세계에서 가장 낮고, 심지어는 노인 자살률이 세계 1위라는 불명예를 안고 있는 현실이 이를 반증하고 있다.

4. 노년문제가 심각한 '사회문제'로 등장하다

노년이 극복해야 할 문제로는 노화과정을 거치면서 질병과 함께 빈곤·소외·고독·무기력·죽음·고독사 등이 있다. 노년이 되면 누구나 이러한 문제에 봉착하게 되는데, 노년문제는 노년들의 연령과 가족관계, 건강과 인지능력, 경제력과 복지제도, 인간관계와 사회적 지위, 개성과 태도, 죽음과 절대적 고독 등 그 상황에 따라 다양하게 나타난다. 종전에는 노년문제는 빈곤한 노년들을 경제적으로 지원하는 복지문제로만 취급되었지만, 오늘날에는 노인 전체의 문제로서 모든 문제를 포괄하는 복합적인 과제로 인식이 전환되었다. 현재로서는 많은 노년들이 이러한 문제들을 스스로 극복할 준비가 안 되어 있고, 사회적 안전망이 잘 마련되어 있지 않으므로 개인 차원을 넘어서 중대한 사회문제가 되고 있다.

경제문제만 해결되면 노년문제가 해결될 것으로 생각하는 사람들이 있지만, 이는 잘못된 생각이다. 경제문제는 행복한 노후를 위한 전제조건이요, 출발점일 뿐이다. 다음으로 건강만 하면 모든 문제를 헤쳐갈 수 있다고 생각할 수 있지만, 이것도 단편적인 생각이다. 노년에는 기억력·지능 등이 감퇴하므로 이들 장애요인을 극복하면서 정신 건강이 따르지 않으면 육체적 건강도 망가진다. 직장에서 은퇴하면서 사회적으로 소외되고, 그로부터 오는 고독감은 커간다. 인간관계는 가족·친구·교우관계로 좁혀지고, 그들도 여러 가지 이유로 떨어져 나가면서 더욱 고립 상태로 빠지고 만다. 심지어는 고독사라는 비극이 일어나기도 한다.

가장 중요한 원인은 대가족제도가 핵가족제도로 바뀌고, 개인주의가 부채질하면서 노년들이 독립적인 생활을 하게 된 것이다. 자식들을 위해 전력투구하면서 모든 것을 다 바쳤지만, 성장해서 분가를 하게 되면 부모를 돌보지 않는 세태가 노년들을 힘들고 외롭게 만든다. 핵가족이 되면서 노년에 대한 복지기능과 자녀들에 대한 인성교육이 사라지게 된 것이 전통적인 가정의 기능을 약화시키고 있다. 이제 노년들은 자립해야 하고, 아직 은퇴하지 아니한 사람들은 자립기반을 마련해두어야 한다. 더욱이 심각한 문제는 공동체 정신과 가치가 무너짐으로써 노년들은 소외와 고독을 절감하게 된다는 사실이다. 그러므로 노년에는 홀로서기-혼자 사는 방법-를 익혀야 한다.

노년이 위기에 처한 또 다른 이유는 노년들의 가치관이 시대변화에 적응하지 못하기 때문에 젊은이들의 새로운 가치관과 충돌하는 것이다. 사회는 변하고 사람들의 가치관도 바뀌고 있으므로 노인들도 배우고 적응하도록 노력해야 한다. 노년에는 말을 줄이고 겸손하며, 이해하고 수용하는 자세를 가짐으로써 젊은이들과 소통을 잘할 수 있어야 한다. 또한 인터넷을 최대한 배우고 활용하여 새로운 정보를 얻고, 새로운 문화에 적응하도록 노력해야 한다. 그러므로 노인문제는 경제적 문제에 국한되는 것이 아니라 다각적으로 접근하여 심도 있게 해결책을 강구하지 않으면 안 된다.

노년의 삶이 행복하기 위해서는 먼저 충분한 준비를 하고, 스스로 적응하도록 노력을 해야 한다. 그런데 이제는 평생직장이 사라지고, 언제 퇴직할지 예측할 수 없기 때문에 불안이 심해지고, 그만큼 미리 은퇴 이후를 준비해야 한다. 본인의 의지와는 상관없이 조기에 은퇴하게 되는 경우에는 문제가 심각해진다. 준비가 부족한 노년들을 위해서는 건전한 노년을 보내기 위해 필요한 교육을 실시하고, 많은 프로그램을 개발하여 적응할 수 있는 힘을 불어넣어 주어야 한다. 현재 지방자치단체를 비롯해 여러 사회단체에서 다양한 프로그램이 준비되고 있는 것은 바람직하지만, 아직 현실에 맞도록 교육기관의 설치와 프로그램의 다양화가 필요하다.

이제는 얼마나 더 사는가의 문제가 아니라 어떻게 더 '잘 살 수 있는가' 하는 삶의 질이 문제가 되고 있다. 노년이 행복해야 행복한 인생이고, 성공한 인생이다. 노년은 자아완성을 향하여 걸어가는 과정이다. '건강한 노화', '의미 있는 노화', '바람직한 노화'를 통해 만년의 행복을 추구하는 것이 제2의 인생의 과제요, 책임이다. 국가는 노년문제의 해결을 위해 사후적으로 복지정책 등을 강화하는 동시에 사전적인 예방조치로 노후준비교육을 실시하는 등 제도적 장치를 마련함으로써 만반의 대책을 강구하여야 한다.

5. 노년문제를 잘 풀어가야 '마지막 행복'을 누릴 수 있다

"인생은 B(birth)와 D(death) 사이에 있는 C(choice)이다."(사르트르) 계절에 따라 자연의 색깔이 다르듯이 행복도 세대에 따라 그 결이 다르다. 청년에게는 교육·취업·결혼과 성공이 행복의 기본적 요소이고, 중년에는 자녀교육·결혼·생활안정·노후준비 등이 중요한 목표이지만, 노년에는 질병·빈곤·소외·고독·절망과 죽음의 문제를 극복하는 것이 행복을 누리기 위한 중요한 과제이다. 사회학자 루트 벤호번은 한 나라의 평균 기대수명에 삶의 만족도를 곱한 것을 '행복수명지수'라고 부르면서 '행복수명'이 노년의 행복을 결정한다고 했다. 우리나라 노년의 은퇴 후 '기대수명(평균 생존 연수)'은 남성은 12.9년, 여성은 16.3년으로 OECD 국가 중 가장 짧다는 사실이 노후 준비가 안 되어 있다는 것을 반증하는 것이다.

노년의 문제는 네 가지로 요약할 수 있다. ① 어떻게 살 것인가? ② 어떻게 늙어갈 것인가? ③ 어떻게 질병을 극복할 것인가? ④ 어떻게 죽을 것인가? 등이다. 생물학적으로는 건강과 고통 없는 죽음이 중요하며, 인문학적으로는 어떻게 살면서 늙어가야 하는지가 기본적인 과제다. UN은 1990년에 10월 1일을 노인의 날로 정하고, 자립·참여·보호·자아실현·존엄성 보장을 노년문제로 해결해야 할 5대 과제로 선정하였다. 한편으로는 고독과 절망을 극복하면서 자아완성을 향하여 나아가고, 다른 한편으로는 다양한 지혜를 전수하고 여러 가지 형태로 봉사함으로써 사회에 귀감이 되는 것이다. 이들 문제를 해결하는 것이 노년의 과제로 이들을 잘 풀어가야 행복하게 인생을 마감할 수 있다.

어떻게 살 것인가의 문제는 개인의 '선택의 문제'다. 인생은 선택의 연속으로 이어져 있는데, 가장 주요한 것이 행복과 불행의 선택이다. 행복해지기 위해서는 먼저 자신의 역량을 측정해서 가능성이 높은 일을 선택하는 것이 바람직하다. 경제적 문제가 해결되지 아니한 노년들은 1차적으로 생존문제를 해결해야 하므로 어떤 일을 할 것인가가 가장 시급한 과제다. 경제적 여건이 갖추어진 노년들은 자신이 원하는 일을 선택해서 하면 된다. 자신이 해온 일의 전문성을 살리는 것이 기회도 많이 있고, 좋은 효과도 얻을 수 있다. 그러나 제1의 인생에서 못다 한 일, 새로 하고 싶은 일, 사회가 필요로 하는 일 등을 추구하는 것이 자신의 인생을 살지게 만들고 사회에도 기여할 수 있다.

6. 우리나라 사람들이 행복하지 못한 이유: 그것이 알고 싶다

우리나라는 세계적으로 최단기간에 산업화와 민주화를 이룸으로써 '한강의 기적'을 이루어냈다. 경제규모는 GDP 12위, 수출규모 6

위로 OECD 국가에 가입했고, G20 정상회의에도 참석하며, 개발도상국가의 지위를 공식적으로 포기했다. 그럼에도 불구하고 디너 교수가 2010년에 갤럽과 공동으로 조사한 결과에 의하면, 우리나라 사람들의 주관적 행복지수는 조사대상국 130개국 중 116위, 소득 상위 40개국 중 39위로 OECD 국가 중 최하위에 머물렀다. 그 결과 물질적 풍요와 정신적 빈곤이라는 한국적 질병을 앓게 되었다.

한국 사람들이 행복하지 못한 이유는 성공이 곧 행복이고, 최고만을 추구함으로써 생존경쟁이 심해서 스트레스를 많이 받고 있고, 돈을 최고의 가치로 인정함으로써 물질지상주의가 사회 곳곳에 만연되어 있으며, 잘못된 비교를 함으로써 상대적 박탈감을 느끼고, 신뢰·협동·연대 등 전통적인 공동체 가치가 무너지고 있기 때문이다. 그 결과 자살률, 교통사고 사망률, 이혼율, 저출산율 등 나쁜 것은 모두 세계 1위다. 이와 같은 잘못된 가치관과 그릇된 관행이 삶의 질을 떨어트리고, 개인의 행복을 가로막고 있다. 노년에는 이와 같은 조건들을 넘어서서 행복을 누릴 수 있는 지혜가 있어야 한다.

우리나라 사람들은 인생의 목표를 '성공'에 두고, 이곳에 도달하기 위해 정신없이 달려가고 있다. 희망을 가지고 미래의 목표를 향하여 가면서 삶의 의욕과 생동감을 갖게 되니 그 자체가 행복일 수 있다. 그러나 성취감은 일시적인 것으로 다른 행복 요소들을 희생시켜 가면서 성공만을 추구하는 것은 어리석은 일이다. 목표지점까지 도달하기 위해서는 심한 경쟁을 해야 하므로 불안감이 크고 많은 스트레스를 받는다. 성공해야 행복하다고 믿기 때문에 성공으로 가는 과정에서는 행복을 느끼지 못한다. 행복은 결과보다 과정이 더 중요한데, 우리나라 사람들은 과정은 무시하고 목표만을 향해

달리고 있으므로 성공할 때까지 행복을 유예시키니 행복을 느끼지 못하고 살아간다. 이제 우리들은 삶의 속도를 조절하면서 성공으로 가는 과정에서 행복을 누려야 한다.

우리나라는 자본주의가 들어오면서 경제논리가 모든 영역에서 작동을 하면서 자본, 아니 돈이 지배하는 사회가 되었다. 학생들의 인생 목표가 돈 많이 버는 것이 되고, 종교도 돈의 노예가 되고 보니 소위 '돈교'가 나타났다. '세계가치관 조사'에 의하면, 한국의 물질주의는 미국인의 3배, 일본인의 2배가 된다고 한다. 행복한 나라의 사람들은 자기 자신이 가장 행복한 사람이라고 믿는 데 반해 우리나라 사람들은 빌 게이츠를 가장 행복한 사람이라고 생각한다. 우리나라 사람들은 GDP가 3만 달러를 넘어섰는데도 행복지수는 더 떨어지고 있다. 물질지상주의 가치관과 의식행태를 바꾸는 근본적인 대책이 서야 행복은 찾아온다. 이제 우리들은 빠른 길이 아니라 '바른길'로 가야 한다.

우리나라 사람들은 자신만의 고유한 삶을 누리며 행복을 추구하지 않고, 무조건 다른 사람과 비교하는 습성을 가지고 있다. '격차이론'에 의하면, 인간은 자신의 현재 상태를 다른 것과 비교하여 우월함을 느낄 때 행복을 느낀다고 한다. 쇼펜하우어는 "모든 불행은 나를 다른 사람과 비교하는 데서 시작된다."라고 했고, 헨리 멩켄은 "행복하고 싶다면 자신보다 훨씬 가난하고 못사는 사람과 비교하라. 그러면 항상 행복할 수 있다."라고 했다. 자기보다 성공한 사람과 비교하면 자신을 불행하게 만드는데, 우리나라 사람들은 그런 관습을 가지고 있어 스스로 불행을 초래하고 있다. 인간은 고유한 존재로서 자신만의 가치와 존재의의를 가지고 있다. 주어진 환경과 조건에서 자신만의 행복을 누리면 되지 굳이 다른 사람들과 비교함으로써 불행을 자초하는 것은 어리석은 일이다.

지금 우리들이 행복하지 못한 가장 중요한 이유는 안전·질서와 평화, 신뢰·협동과 연대 등 공존을 위한 공동체 가치가 무너지고 있다는 사실이다. 개인주의는 이기주의로, 자본주의는 천민자본주의로 변질되고, 자유·평등과 인권의 과잉이 사회적 혼란을 일으키고 있다. 특히 행복의 온상이어야 할 가족마저 핵가족제도로 바뀌면서 인성교육이 무너지고, 부모를 모시는 복지기능도 사라졌다. 가정 안에서도 물질지상주의가 침투하여 돈이 가족관계를 지배하게 됨에 따라 가정의 분위기가 황폐화되고, 가족구성원 간에 외로움이 자라고 있다. 우리들의 행복지수를 높이기 위해서는 이러한 가치관의 근본적인 개혁을 통해 공동체 가치와 질서를 회복하고 새롭게 출발해야 한다.

7. 노년에는 그 '행복의 결'이 젊은이들의 행복과는 다르다

노년은 제2의 인생으로 새로운 계획을 세우고 의미 있는 일을 하면서 마지막 행복을 추구하는 시기이다. 노년은 자아완성을 향하여 가는 과정으로 자신을 알고 성숙시키는 것이 최후의 과제다. 젊은이들의 행복은 교육·취업·결혼과 성공에 있지만, 노년에는 결핍과 소멸의 단계로 들어가므로 젊은 시절 누리던 행복의 조건들이 사라지고 만다. 이제 노년들은 그동안 쌓아온 경험과 기술·능력을 향상시키고, 지식을 지혜로 승화시켜 후손들에게 이를 전수하는 데 그 과업이 있다. 그러므로 노년도 사회구성원으로서 적극적으로 참여하고 대접받을 가치와 능력이 있다. 노년도 이처럼 행복의 결이 다를 뿐 마지막까지 행복을 누릴 권리가 있다.

공자는 노년이야말로 인생의 의미를 알고 사고가 원만해지는 시기라고 했다. 노년이 되면 신체적 기능이 약화되고, 삶의 환경이 달라지지만, 그 조건에서 살아가는 능력과 인내심이 생긴다. 평상심을 가지고 현실에 적응하고, 가진 것에 만족할 줄 아는 심성을 가지게 된다. 나이가 들수록 충동성이 약해지고, 조심성이 증가한다. 어떤 경우에도 용서할 줄 알고, 관용을 베풀며, 과거를 쉽게 망각하고 현재를 살아간다. 세상을 관조하면서 마음의 평화를 누리며 산다. 행복은 만들어가는 것으로 노력을 통해서 얻어야 한다. 노력 없이는 아무것도 얻을 수 없다. 이러한 것들이 노년에도 행복을 가져다주는 요소들이다.

노년의 자산은 물질적인 것보다 정신적인 것이 더 값지며, 정신적 자산이 행복지수를 더 높여준다. 노년에게 주어진 소외와 고독을 긍정적으로 승화시키면 오히려 행복감을 승화시킬 수 있다. 자연과의 대화를 나누고, 고요함 속에서 상상을 하며, 구름처럼 그냥 흘러간다. 소욕지족: 일상 속에서 작은 것에 만족하면 항상 행복할 수 있다. 무엇보다 마음을 비우면서 삶을 충만하게 만들 줄 안다. 노년에는 인격이 완성 단계에 들어서서 아량을 가지고 사람들을 대하며, 미래에 대한 큰 기대를 하지 않으므로 지금 이곳에서 행복을 누릴 수 있다. 자선·나눔·봉사를 하면서 행복을 한 단계 끌어올려 공동체적 행복을 누린다. 노년의 행복은 이처럼 소박하지만, 저녁노을처럼 아름답다.

그런데 노년에게 주어진 축복이 더 있다. 그 하나는 노년에는 기억력이 떨어져 나쁜 일은 잊어버리고 새로운 것을 추구하는 경향이 있다. '망각'은 노화라는 일종의 생리적 현상이지만, 인문학적으로는 노년에게 행복한 삶을 위해 주어진 특별한 선물로서 중요한 인생자산으로 활용할 수 있다. 또한 노년에는 '영성'이 자란다는 사실이다. 새로운 어려운 문제, 해결하기 힘든 과제, 특히 죽음과 같은 심각한 문제에 부딪치는 경우에 영성에 의존하여 해결될 것이라는 소망을 가지고, 있는 그대로 받아들이는 자세와 태도가 생긴다. 그래서 노년에는 종교에 귀의하는 경향이 있으며, 올바른 신앙을 가지면 믿지 않는 사람들보다 더 행복감을 느낀다.

인생과의 싸움에는 끝이 없다. 노인문제는 이제 현대사회가 당면한 중요한 과제가 되었다. 노년에 부닥치는 문제들은 사람마다 다르기 때문에 노년의 행복을 풀어가는 방법에도 정답은 없다. 인생이란 여정에서 종점은 '자기 자신'이다. 욕망의 노예가 되어 많은 것을 추구하지만, 결국 돌고 돌아서 가야 할 곳은 자기 자신이다. 여기서는 노년문제를 다각적으로 다루면서 여러 가지 모델을 제시하고 있을 뿐, 노년들은 스스로 자신에게 맞는 행복지도를 만들어 아름답게 삶을 마감하는 것이 최선의 방법이다.

8. '제2의 인생'을 준비해야 노년을 즐겁게 살 수 있다

세네카는 세월은 눈 깜작할 사이에 지나간다고 했다. 이처럼 노년은 눈 깜작할 사이에 다가오므로 노년에 대비한 준비는 빠를수록 좋다. 특히 은퇴 시기를 예측할 수 없기 때문에 더욱 그렇다. 준비안 된 노년은 불행이요, 저주이다. 노년이 되면 노화과정을 거치면서 신체기능이 약해지고, 기억력이 떨어지며, 외부의 자극에 대한

반응속도마저 느려진다. 평생 살아온 사고방식이 굳어져 자기중심
적으로 변하여 다른 사람들의 생각을 수용하거나 타협할 줄 모르는
경향이 있다. 큰일을 할 수 없으므로 매사에 소심해지고 의존심이
강해진다. 대인관계도 소극적으로 대하여 점차 그 범위가 줄어든다.
다양한 스트레스로 인해 우울증이 생기고, 여러 가지 질병이 나타
난다. 그러면 스스로 인생의 사양길로 들어선다.

　시간이 흐르면서 남성과 여성의 성징은 뒤바뀐다. 남성은 여성호
르몬이 증가하고, 여성은 남성호르몬이 증가함에 따라 남성은 수동
적이 되고, 여성은 공격적이 된다. 노년에는 특히 가정이 유일한 안
식처이고, 부부관계가 행복을 결정한다. 그러므로 가정의 평화를
이루는 것이 중요하다. 노년은 인생의 끝자락이라고 생각하고 결코
절망하지 말고 새로운 계획을 세워야 한다. 남은 인생에서 의미 있
는 삶을 보내고 자아완성을 지향하기 위해서는 소극적이고 부정적
인 사고를 버리고, 낙관적인 사고를 하면서 새롭게 제2의 인생을
출발해야 한다. 제2의 인생은 인생의 전환기이다. 구체적인 계획은
'어떻게 살 것인가?'라는 자신의 소망에 따라 새로운 환경과 조건
에 맞추어 결정하면 된다. 퇴직 후 소망하는 생활 형태에 관하여
순수한 은퇴생활을 원하는 사람들은 57.1%로 가장 많았고, 창업을
희망하는 사람들은 28%였으며, 재취업을 원하는 사람들은 12.4%
에 불과하였다. 가장 걱정되는 것은 건강이 61%로 가장 많았고, 경
제적 문제가 그 뒤를 이었다. 노년을 미리 준비해야 할 이유를
'ALL Ready?'는 7가지로 들고 있다. 그 이유는 ① 조기 퇴직과 평
균수명의 증가, ② 출생률의 하락, ③ 부실한 국민연금, ④ 인플레
이션, ⑤ 과도한 세금, ⑥ 의료비 지출 증가, ⑦ 탈 자녀 의존 사회

도래 등이다. 그런데 이들 이유는 주로 경제적 이유만을 들고 있다는 점에서 한계가 있다.

소득이 높고 부를 축적한 성공한 사람들은 모든 조건들이 갖추어져 있으므로 자신의 계획대로 제2의 인생을 설계할 수 있다. 문제는 소득이 적고 노후자금을 마련하지 못한 사람들로서 어떻게 노후를 설계해야 할지 막막하기만 할 것이다. 이들에게는 어떤 일을 하면서 돈을 벌 것인가가 가장 중요한 과제이다. 재취업이든 창업이든 문제가 많은데, 어떤 방법으로든 생존문제를 해결하는 것이 1차적 문제다. 우리나라 노년의 빈곤율이 OECD 국가 중 가장 높다는 사실이 우리들을 슬프게 만든다. 그러므로 젊었을 때부터 노후자금을 충분하게 준비해야 한다.

금전적인 문제가 해결되면 무엇을 하며 살 것인가의 문제를 계획하고 실천해야 한다. 돈벌이를 전제로 하지 않는 한 마음의 문만 열면 할 일은 얼마든지 있다. 자신의 인생을 완성하기 위해 꿈을 가지고 있는 한 길은 어디에나 열려 있다. 항상 꿈을 간직하고서 자신이 원하는 일을 열정적으로 하면 행복은 그곳에서 꽃피울 것이다. 노력이 최고의 재능이다. 노년에도 노력을 통해 행복을 만들어 가는 것이 최고의 과제다. 그러나 무리하게 자신의 능력이나 환경에 맞지 않는 무모한 계획을 세워서는 안 되고, 눈높이를 낮춰 실현 가능한 계획을 세워야 한다. 제1의 인생에서 하지 못한 일, 의미 있는 일, 하고 싶은 일을 찾아서 하면 제2의 인생도 행복한 삶을 누릴 수 있다.

9. '건강한 노화': 그 방법을 터득해야 행복한 노년이 될 수 있다

노화를 늦추는 방법을 터득하고 만년의 행복을 추구하는 것이 노년의 권리인 동시에 의무이다. 에블린 푸케로우 연구팀이 영국·프랑스·벨기에·스페인·포르투갈 등을 대상으로 은퇴 후 만족도 조사를 하여 추출한 전반적인 만족도의 결정요인은 ① 건강과 의료접근성, ② 미래에 대한 희망과 열정, ③ 결혼과 가족에 대한 만족도와 ④ 은퇴로 인한 자유로움과 자기통제력 등이었다. 사람에 따라 그 요인을 달리 들 수 있지만, 이들은 노년의 행복조건들을 잘 요약하고 있다.

가장 먼저 재정 상황을 계획하고 이에 맞추어 노후 준비를 해야 한다. 건강에 좋고 영양이 균형 잡힌 식단을 마련하여 먹는 식습관을 가져야 한다. 육체적 건강뿐 아니라 정신적 건강이 중요하므로 뇌 건강에도 신경을 써야 한다. 노년에는 적당한 운동이 필수적이다. 어디에서 살 것인가를 결정하는 데 있어서 가장 중요한 변수가 대형 병원에 접근하기 쉬운 의료접근성이다. 항상 꿈을 가지고 살아가야 하며, 노년에도 꿈을 잃어버리면 그 인생은 의미를 상실하게 된다. 무슨 일이든 나이에 걸맞고 환경에 순응하면서 열정적으로 일하면서 살아야 한다. 그래야 자존감을 가지고 만족하면서 살아갈 수 있다. 일을 해야 자신이 생산적 인간이고 사회에 기여한다는 자긍심을 가지게 된다.

여성이 더 사회성이 있고 적응을 잘 하므로 남성이 여성보다 세심하게 은퇴 후를 준비해야 한다. 적극적으로 소통을 하며 원만한 인간관계를 유지하면서 행복을 키워가야 한다. 노년에는 부부와 가족 사이에 소통이 원만하게 이루어져야 한다. 사회 활동을 적극적으로 폭넓게 하는 것이 정신 건강에도 좋다. 관심의 폭을 넓히고, 평생 배우는 자세로 살아가는 그 자체가 행복이고 건강에 좋다. 가진 것을 베풀며 봉사활동을 통해 의미 있는 인생을 만들어갈 때 그의 인생은 성숙해지고 사회에 귀감이 될 것이다. 긍정적인 사고를 함으로써 세상을 낙관적으로 보는 습관을 키우는 것이 행복을 담보한다.

그렇다고 인생이 만만치는 않다. 인생은 고해라고 하는데, 어려움이 있을 때 이를 극복할 수 있는 적응력을 키워야 하고, 끝까지 견딜 수 있는 인내력을 가져야 한다. 행복과 불행의 균형감각을 가지는 것이 중요하다. 모든 것에 감사하고 작은 것에 즐거워할 때 지속적으로 행복을 누릴 수 있다. 주어진 조건에서 만족하면서 살아가는 것이 특히 노년의 행복을 결정한다. 노년에는 영성이 발달하므로 종교에 귀의하여 참다운 신앙생활을 하는 것이 노년의 모든 문제를 해결하는 데 중요한 역할을 한다. 이와 같은 삶을 누리게 되면 노화를 어느 정도 늦출 수 있고, 건강한 노년을 삶으로써 제2의 인생을 행복하게 살 수 있다. 건강한 노화, 행복한 노년: 이것이 성공한 인생이다.

10. 노년의 '생활양식'은 주로 어떤 양식을 지향하느냐에 따라 다섯 가지로 나눠볼 수 있다

행복은 생활양식에 의해 어느 정도 결정된다. 퇴직 후 노년들의 생활양식은 그 지향하는 바에 따라 다섯 가지 유형으로 나눌 수 있다.(Heyday) 그 지향점은 일, 취미, 관계, 배움, 은둔, 신앙 등으로 유형화된다. 이러한 지향점들은 행복의 조건들을 말하는 것으로 선택의 문제가 아니라 모두 추구해야 할 목표이다. 제2의 인생은, 사람에 따라 그 비율이 다르지만, 이들을 조화롭게 지향하며 살아가는 것이 이상적인 삶의 방식이다. 다만 그 구체적인 형태는 자신의 환경·조건과 능력·소망에 맞추어 스스로 결정할 문제이다.

'일중독형'은 은퇴 후 경제적 안정을 갖추는 것이 행복의 원천이라고 생각하고, 소득을 가장 중시하는 부류이다. 일에 몰입하는 자체에서 행복을 추구한다. 이들에게는 사회적 안정과 평가가 가장 중요한 행복의 요소로 간주된다. '내 인생에 은퇴란 없다'는 생각에 새로운 직장을 찾는다. 그러나 돈이 행복의 전부는 아니고, 노년에는 베풀면서 사는 것이 중요하다는 점을 명심해야 한다.

'관계지향형'은 남은 인생 동안에도 적극적으로 인간관계를 유지하면서 다양한 활동을 하며 인생을 즐기려는 부류이다. 은퇴는 인생의 끝이라고 생각하지 않으며, 여러 가지 모임을 만들거나 가입해서 바쁘게 교류하고, 부부가 함께 활동하기를 좋아한다. 그렇다고 관계에 골몰하면서 시간을 모두 낭비하는 것은 바람직하지 않다. 상상·명상·독서·문화생활 등을 통해 마음의 평화를 누리고, 자신만의 시간을 창조적으로 활용하는 것도 필요하다.

'취미지향형'은 은퇴하면서 나만의 시간을 가지게 된 것을 행복으로 생각하며, 여러 가지 취미생활을 즐기는 부류이다. 부부가 같은 취미생활을 하면 행복한 가정을 만드는 데 도움이 된다. 단체에 가입해서 취미생활을 공동으로 하게 되면 인간관계도 넓힐 수 있다. 새로운 취미를 만들어 즐겁게 삶으로써 행복을 지속적으로 누리는 것이 노년에 고독을 극복할 수 있는 좋은 방법이다. 그러나 그 이상의 의미 있는 생활을 추구해야 한다.

'학구지향형'은 배움을 계속하는 유형으로 문화센터에서 대학에 이르기까지 새로운 지식을 얻기 위해 노력하는 부류이다. 퇴직했다고 인생이 끝나는 것은 아니고, 배움 그 자체가 행복으로 배움을 통해 인생의 성장을 꾀한다. 독서 또한 인생을 풍부하게 만드는 열쇠이다. 인생의 배움에는 끝이 없다. 새로운 지식을 얻어 인생을 풍요롭게 만들고, 자격증을 얻거나 학위를 취득해서 제2의 인생에서 새로운 기회를 만드는 것이 좋다.

'은둔지향형'은 경제적 여건만 갖추어지면 은퇴 후 도심에서 아웅다웅 살지 않고 시골로 내려가 전원생활을 즐기고자 하며, 단체에 가입해서 공동으로 활동하는 것을 기피하는 부류이다. 건강을 가장 중요시하고, 농사를 짓거나 나무를 키우거나 낚시를 하거나 간에 은둔생활을 통해 자신만의 행복을 추구한다. 특히 작가로서 작품 활동을 하거나 전문가로서 계속 연구 활동을 하는 등의 경우에는 이 방식이 더 바람직하다.

'신앙생활형'은 은퇴하면서 인생의 허망함을 메우고, 절대적 고독인 죽음의 문제를 해결하기 위해 신앙을 가지는 부류이다. 노년으로 갈수록 영성이 깊어감에 따라 신앙을 갖고 종교를 선택하는 경향이 있는데, 신앙을 가지는 사람이 그렇지 아니한 사람보다 행복지수가 높다. 신앙생활을 통해 서로 교류하거나 사회봉사를 함으로써 인간관계의 폭을 넓혀 노년의 고독을 극복할 수 있으니 좋다.

이들은 선택의 문제는 아니고, 복합적인 형태로 살아가는 것이 일반적이다. 어느 유형이 행복지수를 더 높일 수 있는지, 어떤 형태로 사는 것이 더 행복하게 되는지 정답은 없다. 자신이 처한 환경이나 조건, 성격이나 능력, 인생의 지향점 등에 따라 다를 수밖에 없으므로 자신만의 행복지도를 만들고, 부단하게 노력해서 행복을 만들어가야 한다. 행복은 주관적 심리 상태이고, 생활습관과 사고 방식에 의해 결정되므로 긍정적인 사고를 하면서 낙관적으로 사는 것이 행복으로 가는 지름길이다.

11. 준비 안 된 노년들에게는 가족과 사회의 '돌봄'을 필요로 한다

충분하게 준비를 하고 은퇴한 노년들은 스스로 자립하면서 여생을 보낼 수 있으며, 제2의 인생을 스스로 설계하여 행복을 추구할 수 있다. 노년기는 자아의 완성을 향하여 가는 도정이다. 지금까지 쌓아온 지혜를 후손들에게 전수하고, 봉사활동을 통해 아름다운 인생의 모습을 보여주어야 할 시기이다. 이 시기에 인생의 열매를 맺고, 인생이 성숙해진다. 은퇴 후에도 자립적으로 생활하면서 가족이나 국가의 돌봄을 받지 않는 노년이 성공한 노년이요, 마지막 행복을 누릴 수 있다.

그런데 준비 안 된 노년들은 생활비 등 경제적 측면, 인간관계 등 사회적 측면, 고독 등 심리적 측면 등 여러 측면에서 가족·종교단체·사회단체와 국가의 관심과 돌봄을 필요로 한다. 특히 타의에 의해 퇴직한 사람들에게는 실업보험, 재취업 등의 적극적인 지원 대책이 마련되어야 한다. 노년에 건강이 악화되면 부부가 서로 돌보아야 하므로 건강하고 사이가 좋아야 한다. 여기서 돌봄이란 직접적으로 도움을 주는 방법도 중요하지만, 노년에 대한 배려와 존중하는 태도를 보여줌으로써 자존심을 해쳐서는 안 된다. 노년이 독립적으로 삶을 누릴 수 있도록 근본적으로 도움을 주어야 한다.

은퇴하고 나면 돈을 벌 기회가 원칙적으로 없어지고, 자영업·서비스업·예술 활동 등을 하는 경우에만 수입을 기대할 수 있다. 경제적으로 준비가 안 된 노년에게는 가족이 보호하거나 사회보장제도를 통해 지원을 해야 한다. 우리나라는 과도한 교육비 지출, 사치스러운 결혼, 집 마련, 심지어는 사업자금의 지원 등으로 부모들이 은퇴 후를 준비하지 못하는 경향이 있다. 현재 우리나라의 많은 노년들의 가장 심각한 문제는 경제적 자립이 어렵다는 점에 있으므로 국가가 적극적으로 노후대비교육의 실시, 재취업의 기회, 사회보장제도와 사회적 서비스 프로그램을 확충해서 지원해야 할 것이다.

노년은 노화과정을 거치면서 비생산적 인간으로 치부되고, 심지어는 쓸모없는 인간으로 간주되기도 한다. 그러나 이러한 편견은 금물이다. 노년은 그동안 사회에 봉사해왔고, 아직 남기고 갈 지혜가 있기 때문에 따뜻하게 사회의 일원으로 포섭해야 한다. 경제활동을 하지 않는 노년의 경우에는 자원이 필요치 아니한 활동을 통해 삶의 질을 향상시킬 수 있다. 노년에는 특히 부부관계가 원만해야 건강한 노화를 이룰 수 있고 행복을 누릴 수 있다. 가능하면 부부가 함께 다양한 취미생활을 하는 것이 필요하다. 여유가 있으면 여행도 훌륭한 방법이다.

배우는 것 자체가 기쁨을 주고 노후를 위한 정보를 얻을 수 있게 만들므로 배움은 계속되어 평생교육이 실현되어야 한다. 노년기의 행복의 근간은 역시 건강에 있으므로 건강을 유지하도록 적당한 운동과 건전한 식생활 습관을 가지고 살아가야 한다. 이처럼 노년의 행복조건들은 청·장년들의 그것과 다른 점들이 있다. 노후에 대한 준비가 안 된 노년들에게는 준비 교육을 통해 적응능력을 키워주고, 정부나 지방자치단체는 다양한 프로그램을 만들어 제공해야 한다. 이것이 공동체가 구성원들의 공생을 위해 나아갈 방향이요, 책임이다.

12. 은퇴는 여러 단계를 거쳐 '적응 단계'에 들어서게 된다

은퇴는 여러 단계로 이루어진다. 노년의 행복은 은퇴 후 조속하게 노년생활에 적응하는 것이 기본적인 과제이다. 비정규직이 생겨 고용이 안정되지 않고, 평생직장이 사라졌으므로 은퇴 시기도 일정하지 않고, 은퇴가 반복적으로 일어나기도 한다. 로버트 애칠리가 1982년에 발표한 '은퇴의 과정'에 의하면, 은퇴는 은퇴 전 단계, 정식 은퇴, 밀월 단계, 환멸 단계, 적응 단계와 안정 단계의 6단계로 나뉜다고 한다. 은퇴 후 행복한 노년을 살기 위해서는 은퇴 전에 노후계획을 세우고 충분한 준비를 하여야 한다. 무엇보다 은퇴생활에 적응을 잘 하기 위해 심리적 준비를 하는 것이 중요하다. 자발적으로 은퇴하는 것이 바람직하지만, 강제퇴직 등과 같이 비자발적으로 퇴직하는 경우에는 전혀 준비가 안 되어 있어 문제가 심각하다.

정상적으로 은퇴한 경우에는 은퇴 직후 대체로 6개월에서 1년 정도 사이에는 일과 인간관계의 스트레스에서 벗어나 자유롭고 평안한 생활을 누릴 수 있다. 쉬면서 즐겁게 생활을 하고, 여행을 하면서 평소에 누리지 못했던 여유로움을 느낄 수 있다. 그러나 이러한 '밀월 단계'는 오래가지 못하고 곧 권태와 환멸이 찾아온다. 자신의 전문성을 살려 계속 일을 하거나 창작 활동을 하는 사람들은 특별한 마음의 변화 없이 계속 삶을 이어갈 수 있지만, 아무런 일을 하지 않고 일상을 보내는 사람들에게는 일종의 쾌락적응현상이 나타나기 마련이다.

밀월 단계는 사람에 따라 그 기간과 정도가 다르다. 밀월 단계가 지나면서 은퇴로부터 오는 소외감·고독감·무력감과 공허감을 느끼며 은퇴를 실감하게 된다. 은퇴를 하면 인간관계가 끊어지므로 소외감과 고독감을 느끼고, 할 일이 없으니 무력감을 느끼며, 인생의 끝자락에서 공허감을 떨쳐버릴 수 없게 된다. 다소간 차이가 있을 뿐 누구나 이러한 '환멸 단계'를 체험하게 되는데, 어떻게 이를 극복하고 새 인생을 출발하느냐가 노년의 최대의 과제다.

얼마간 시련을 거치면서 자의 반 타의 반 작은 것에 만족하며 비로소 은퇴 후 생활에 적응하게 된다. 노년에 주어진 중요한 자산이 바로 '포기'와 '영성'이다. 일상 속에서 자그만 것에 감사하고, 웬만한 일은 용서하고 수용하며, 마음을 비우며 살아가는데, 이는 제2의 인생을 행복하게 살 수 있는 원동력이 된다. 노년이 될수록 영성이 깊어지면서 신앙을 가지고 초월적 행복을 추구하는 성향이 생긴다. 그 과정은 상실과 타협을 통해 '적응의 단계'로 이어진다. 마지막으로 일상에서 즐거움을 누리면서 안정된 생활을 하게 된다는 '안정 단계'를 맞게 된다.

그러나 모든 사람들이 동일한 과정을 거치는 것은 아니다. 노후 준비가 잘 된 노년들은 처음부터 잘 적응하면서 만년을 즐기며 살아갈 수 있지만, 경제적으로 준비가 안 된 노년들은 계속 빈곤에 허덕이며 힘든 노년을 살 수밖에 없다. 이들에게는 일을 해서 생존 문제를 해결하는 것이 급선무다. 애칠리는 점진적 은퇴 성공을 위한 5가지 TIP으로 ① 직장 때부터 제2의 인생을 준비하고, ② 재취업을 위한 사전교육을 받으며, ③ 자신만의 주특기를 구축하고, ④ 눈높이를 낮추고 체면을 버려야 하며, ⑤ 소득 공백기에 대비해야 함을 들고 있다. 주로 경제적 측면에서 그 대안을 제시하고 있지만, 가장 기본적인 준비 사항을 제시하고 있다.

13. '노년문화': 새로운 국가적 과제가 되고 있다

행복은 문화라는 환경에 의해 많은 영향을 받는다. 우리나라가 고령화 사회가 되면서 노년층이 두터워짐에 따라 노년층을 중심으로 '실버산업'이란 새로운 산업이 생겨나고, 광범한 영역에서 '노년문화'가 형성되고 있다. 노년의 건강과 요양을 위한 요가·명상·심리치료 등 힐링 산업, 멘토링·예술치료 등 서비스산업, 스파·휴양관광 등 휴양산업, 세미나·강연회·강좌·각종 행사 등 문화사업 등 여러 형태의 새로운 산업이 발전하고 있다. 실버산업이란 경제적으로 능력 있는 노년들에게 각종 서비스를 제공하고, 이에 대한 대가를 받는 일종의 서비스산업을 말하는데, 노년들의 삶의 질을 높이는 역할을 한다.

우리나라는 아직 노년문화가 체계적으로 형성되지 않았고, 건전한 노년문화를 지향하기 위해서는 갈 길이 아직 멀다. 미국이나 일본과 같은 선진 국가에서는 노년들의 삶의 질을 향상시키는 모든 분야에서 실버산업이 발전하고 있지만, 아직 우리나라는 초보 단계에 머물고 있다. 아직 노년들의 의식도 못 미치고 있다. 이제 노년문화는 노년에게만 해당되는 소수집단 문화 또는 하위종속 문화로 간주해서는 안 되고, 노년들이 주체적으로 모든 분야에 참여함으로써 노년문화가 전체적 문화 속에서 한 축을 담당하면서 건전하게 형성되고 발전해가야 할 것이다.

초기에는 은퇴 시기를 65세로 하고, 사회보장제도를 통해 노년의 생존문제를 해결하는 것이 노년문제의 전부처럼 인식되었다. 그런데 오늘날에는 연령과 상관없이 실업과 고용을 반복하고 있으며, 은퇴 이유도 다양하고 은퇴 시기도 다르므로 노년문제는 복잡하게 얽혀 있다. 또한 노년을 아무것도 안 하는 사람이 아니라 의미 있는 일을 하는 시기로 인식함에 따라 노년문제를 해결하는 방식도 부정적 시각에서 긍정적 시각으로 바뀌고 있다. 그러나 아직 우리나라는 사회보장제도가 잘 정비되지 않았고, 노년문제를 다각적으로 준비하지 못하고 있는 것이 현실이다. 노년은 은퇴 준비가 되어 있느냐 여부에 따라 그 환경과 조건이 다른 만큼 노년문화도 복잡한 구조를 이루고 있다. 따라서 노년문화도 새롭게 접근해서 문제들을 근원적으로 풀어가야 한다.

산업사회에서는 노년의 신체적·심리적·사회적·문화적 여건과 기능이 달라졌으므로 노년의 삶의 방식이 종전의 유형과는 다른 새로운 특징을 가지고 있다. 노년이 가지고 있는 긍정적인 자산은 최대한 개발하고 기회를 제공함으로써 국가발전에 동력으로 활용하는 동시에 그렇지 못한 노년들에게는 건전하고 행복한 노년을 보장할 수 있는 재취업의 기회 제공, 여가를 즐길 수 있는 시설의 확충이나 사회적 교육 등 제도적 장치를 마련해야 한다. 이제 노인은 쓸모없고 사회에 부담만 준다는 부정적인 인식에서 탈피하여 노인문제를 긍정적으로 인식하고, 적극적인 대응책을 내놓아야 한다.

아직까지 남아 있는 노년에 대한 부정적 사고를 버리고 노년의 사회적 불평등은 제거되어야 한다. 이를 위해 국가가 적극적으로 대응책을 마련하는 동시에 시민들은 참여와 연대를 통해 전면적으로 노년문제를 해결해야 한다. 특히 정치적 영향력을 제고시켜 노년을 위한 국가정책의 개발에 노력해야 한다. 오늘의 우리나라는 노년들의 피와 땀으로 일구어낸 결과물이다. 후손들은 그 공로를 인정하고 존경하며 모시는 자세를 가져야 한다. 또한 노년이 가지고 있는 오래된 경험과 지식 및 지혜와 기술을 국가적 자원으로 수용하여 국가의 발전을 이루어야 한다. 노년층이 사회에 포섭되어 건전한 생활을 할 수 있는 조건과 환경이 마련되지 못하면 노년층이 급속하게 확대되고 있는 만큼 그 사회는 많은 문제들을 노출시킬 것이다.

지방자치단체들이 노년을 위한 일자리 창출, 사회참여 유도, 컴퓨터·글쓰기·문화강좌 등 교육 실시, 탁구를 비롯한 운동 등 다양한 프로그램을 실시하고 있다. 그러나 노년들이 여가를 활용할 수 있는 시설이 아직 부족하고, 기회가 많지 않은 것이 현실이다. 백화점에서도 여러 가지 프로그램을 운영하고 있다. 이에 못지않게 노년이 스스로 문제 해결을 위해 여러 가지 방법을 만들어가고 있다. 동호회를 만들어 운동·여행·출사를 하거나, 집단적으로 봉사 활동을 하는 등 새로운 행태가 노년문화의 특징을 이루고 있다. 이제 노년은 '신노년 세대'로서 새로운 삶의 방식과 사회참여를 주도적으로 이끌어가면서 노년문화의 주체로서 새로운 역할을 수행해나가야 한다.

노년의 행복은 '지금 이곳'에서 사소한 것을 통해 누려야 한다. 이코노미스트지 한국특파원을 지낸 대니얼 튜더가 '한국 - 불가능한 나라'라는 책을 썼는데, 그 번역본 제목이 눈길을 끈다. 그 제목은 '기적을 이룬 나라, 기쁨을 잃은 나라'이다. 경제적으로는 한강의 기적을 일구는 등 성공하였지만, 그 과정에서 기쁨을 잃은 불행을 잘 지적하고 있다. 물질적 성공과 정신적 실패라는 대한민국의 역설: 우리들의 자화상이다. 이 교훈에서 행복하기 위해서는 어떻게 해야 하는지 깨달아야 한다. 돈으로 행복을 살 수는 없다. 행복은 물질이 아니라 사랑·우정·관계·나눔·봉사·마음의 평화 등 본원적 재화 또는 존재적 가치에서 나온다는 것을 깨달아야 한다. 이러한 사상적 기조에서 건전한 정신문화가 뿌리를 내려 건강한 노년문화가 형성되어야 행복한 나라가 될 수 있다.

제2장

노년의 '행복': 그 결이 다르다

인간은 자연권으로서 행복추구권을 가지고 있다. 행복추구권은 모든 인권의 기초이다. 행복을 추구하면서 사는 것이 인생의 목표이다. 행복은 젊은이들의 전유물이 아니다. 노년에도 삶의 목표는 행복에 있다. 행복으로 가는 길은 사방으로 열려 있다. 그런데 노년들은 행복이 무엇인지 모르고 행복으로 가는 길을 찾지 못해 행복을 누리지 못하는 사람들이 많이 있다. 그래서 노년에게 행복의 문제가 더욱 절실하게 다가온다. 그러므로 노년들은 행복이 무엇인지 먼저 이해하고, 어떻게 살아가야 행복한지 아는 것이 선행되어야 한다. 노년에는 행복도가 가장 높게 올라간다는 이론이 있다. 행복은 내 안에 있으며, 가진 것에 감사하고 만족하는 소욕지족(少欲知足)만 실천하면 행복은 찾아온다. 노년이 행복해야 행복한 삶이고 성공한 인생이다.

1. 노년에도 삶의 목표는 '행복'에서 찾아야 한다

'당신은 인생의 목표가 무엇이라고 생각합니까?'라고 물으면 대부분의 사람들은 아주 간단하게 대답한다. "그냥 행복하게 살았으면 좋겠어요."라고. 누구나 행복하게 사는 것을 소망하고 있다. 성 아우구스티누스는 "행복에 대한 욕구는 인간에게 꼭 필요한 것이다. 그것은 모든 행동의 동기가 된다. 우리들은 본성상 오직 행복만을 원한다."라고 했다. 행복은 인간이 진화하면서 인생의 목표로 추구하는 궁극적 가치이며, 모든 행동의 동기가 된다. 아리스토텔레스는 "인생은 무언가를 추구하는 과정이며, 가장 궁극적으로 추구하는 것이 행복"이라고 하면서, 삶의 목표는 행복에 있다고 하였다.

　노년에도 인생의 목표가 행복에 있다는 사실은 변하지 않는다. 인생의 말년이 행복해야 성공한 인생이 되고, 말년이 불행하면 실패한 인생이 된다. 루소는 "모든 인간은 행복을 원한다. 그러나 행복에 이르려면 먼저 행복이 무엇인지 알아야 한다."라고 말했다. 행복이 무엇인지 모르고, 자신이 행복함을 깨닫지 못하면 행복할 수 없다. 그러므로 노년의 행복이 어떤 것인지 정확하게 알아야 행복을 제대로 누릴 수 있다. 노년의 행복은 그 본질이 변하는 것이 아니라 노년의 특수한 환경과 조건 때문에 젊은이들의 행복과는 그 결을 달리한다. 노년에 있어서 행복의 적은 질병·빈곤·고독·소외·절망·죽음 등이다. 이들 문제를 어떻게 극복하느냐가 노년들이 행복으로 가는 길에 놓여 있는 걸림돌이다.

　심리학자들은 노년문제를 다루면서 일반적으로 '성공한 노화'를 곧 성공적인 '적응'으로 이해하고 있다. 노년에는 질병·고독·죽음 등의 문제를 잘 극복하면서 주어진 환경에 잘 적응하는 것을 성공한 노화라고 한다. 여기에는 개인의 신체적 조건 외에 성격과 사회적 환경이 중요한 변수가 된다. 그런데 이들 환경과 조건에 잘 적응하는 것은 행복해질 수 있는 조건은 되지만, 그렇다고 곧 행복해지는 것은 아니다. 행복은 주관적 감정이므로 개인적으로 행복감을 느낄 때 행복해지는 것이다. 따라서 환경에 적응한다는 것은 행복을 위한 조건이지 행복 그 자체가 아니므로 적응과 행복의 개념은 구별되어야 한다.

대부분의 문헌들도 표현 방법에 차이가 있을 뿐 인생의 목표가 행복이라는 점을 인정하고 있으며, 이는 역사의 주된 흐름이다. 달라이 라마와 투투 대주교의 마지막 깨달음도 삶의 목적이 행복을 찾는 것이라고 결론을 맺고 있다. 그러나 행복의 기준은 따로 없으며, 행복해지는 방법도 다양하다. 자신이 원하는 바대로 행복하게 살면 된다. 행복을 추구하지만, 행복을 목표로 하지는 말라는 경고가 있는데, 그 이유는 행복이라는 목표치에 현재의 상황을 비교하면 만족스럽지 못하기 때문이란다. 노년에도 누구나 행복을 인생의 목표로 삼고, 진정한 행복을 추구하며 살아가는 것이 성공한 인생이다.

2. 노년에도 '행복추구권'은 반드시 누려야 한다

인간은 누구나 행복해질 권리가 있으며, 노년에는 특히 행복추구권이 마음에 와 닿는다. 행복추구권은 인간의 궁극적 소망인 행복을 누리기 위한 가장 기초적인 권리이다. 오드리 헵번은 "살아가면서 가장 중요한 일은 인생을 즐기며 행복하게 사는 것이다. 그것이 가장 중요하다."라는 말을 남겼다. 근대에 들어와서 이러한 인권을 쟁취하기 위해 행복추구권은 생래적 권리인 자연권으로 주장되기 시작하였으며, 오늘날에는 헌법상의 기본권으로 보장되기에 이르렀다.

행복추구권을 제일 먼저 문서화시킨 것은 미국의 독립선언서였으며, 헌법에서 행복추구권을 최초로 보장한 것은 승전국인 미국의 영향 아래서 채택된 일본 헌법이었다. 우리 현행 헌법도 "모든 국민은 인간으로서의 존엄과 가치를 가지며, 행복을 추구할 권리를 가진다."(제10조)고 규정하면서 행복추구권이 개인의 권리임을 확인하는 동시에 국가는 이를 보장할 의무가 있다고 선언하고 있다. 이처럼 오늘날에는 행복추구권이 헌법상의 기본권으로 보장되고 있다.

행복추구권은 단지 하나의 권리로서가 아니라 다른 권리들을 이끌어내는 근본가치로써 기능을 한다. 구체적인 권리들은 궁극적으로 행복추구권을 실현하기 위한 수단적 성격을 가지고 있다. 사회보장제도는 생존권을 실질적으로 보장하기 위한 제도로써 이 제도가 확립되어야 행복의 물질적 기초가 구축될 수 있다. 부탄 대통령은 "국민을 행복하게 해주지 못하면 정부의 존재가치가 없다."라고까지 선언했다. 이제 행복은 개인의 문제일 뿐 아니라 현대 복지국가에서는 국민들이 행복하게 살 수 있는 환경과 조건을 만들어야 할 국가의 과제로 승화되었다. 우리나라도 이러한 과제를 실현하기 위해 노력하고 있지만, 갈 길은 아직도 멀기만 하다.

행복은 또한 '의무'의 성격을 가지고 있다는 견해에도 귀를 기울여야 한다. 헤르만 헤세는 "인생에서 주어진 의무는 다른 아무것도 없다네. 그저 행복이라는 한 가지 의무가 있을 뿐. 우리는 행복하기 위해서 이 세상에 왔지."라고 말했다. 그러므로 행복추구권은 권리인 동시에 의무라는 해석이 가능하다. 콜레트 메나주도 노년은 행복해야 할 책임이 있다는 점을 강조하고 있다. 개인의 노력 없이는 행복을 온전하게 누릴 수 없기 때문이다. 여기서 의무는 법적 의무가 아니라 어디까지나 도덕적 의무이다. 노년에도 행복을 권리인 동시에 의무로써 추구하면서 의미 있는 인생을 살아가면 행복한 인생이 될 것이다.

3. '행복으로 가는 길'은 사방으로 열려 있다

행복이 무엇인가에 대하여 많은 문헌들은 백가쟁명식으로 대답하고 있다. 이들은 코끼리 몸의 일부를 더듬어보고 코끼리 전체의 모습을 말하는 것과 같다. 코끼리의 몸 전체를 만져보아야 본래의 모습을 알 수 있듯이 행복의 다양한 요소들을 전체적으로 살펴보고 체계적으로 이해해야 행복을 온전하게 알 수 있다. 지금도 행복의 개념은 정의할 수 없고 달성할 수 없다고 부정적으로 말하는 사람들이 있다. 에가르트 폰 히르슈하겐은 행복은 역설적이어서 "우리가 그 뒤를 열심히 쫓아갈수록 점점 더 멀어져 가는 것 같다. 당신이 끊임없이 그 뒤만 쫓아가는데, 어떻게 행복이 당신을 볼 수 있겠는가?"라고 말한다. 이것은 잘못된 형식논리에 불과하다.

알랭은 "행복은 언제나 우리 곁에서 달아난다"거나 "행복은 그림자처럼 잡히지 않는다."라고 말하는 것은 행복을 누리기 위한 노력과 준비가 부족한 때문이라고 비판한다. '행복은 존재하는 걸까?'라는 의문을 던질 수는 있다. 그러나 행복은 자연의 일부로써 존재하는 것이 아니라 주관적인 심리 상태를 말한다. 행복은 인간이 진화하면서 발견한 문화적 산물이다. 행복으로 가는 길은 사방으로 열려 있으며, 행복하기로 마음만 먹으면 어디서든지 누릴 수 있다. 오히려 노년에는 욕심을 내려놓고 평온한 삶을 추구하므로 더 행복해질 수 있다.

프랑스의 엠마뉘엘리는 행복하냐고 묻는 질문에 "행복은 계획에 들어 있지 않다. 내 계획에 들어 있는 것은 행동이다."라고 답했다. 행복은 그냥 찾아오는 것이 아니라 행동을 통해 만드는 것이다. 그러므로 행복은 결국 '자신의 문제'로서 개인의 선택의 문제요, 깨달음의 영역에 속한다. 행복은 객관적 조건이 아니라 주관적인 느낌이다. 행복은 돈·권력·명예·성처럼 '밖'에 있는 것이 아니라 마음속, 즉 '안'에 있는 것이다. 그리하여 행복의 종점은 바로 '자신의 마음'이라는 것을 깨닫게 되는 순간 행복의 소재에 관한 의문은 해결된다.

자신만의 행복을 설계하는 것이 자기 인생을 결정한다. 행복에는 완전한 도식이나 정답이 없다. 자신만의 행복을 추구하면서 만족하고 감사하면서 살아가면 된다. 이처럼 간단한 진리를 깨닫는 것이 행복의 첫걸음이다. 행복은 배울 수 있고, 훈련을 통해 얻을 수 있다.(하노 벡·알로이스 프린츠) 행복은 선물로써 주어지는 것이 아니라 스스로 노력하면서 만들어가야 한다. 노년에는 일상에서 작은 것에 만족할 수 있고, 마음의 평화를 누리며, 나아가 영성이 발달하여 어려운 문제들을 쉽게 극복할 수 있으므로 마음만 먹으면 행복을 누릴 수 있다. 즐겁게 살면서 행복을 스스로 만들어가는 것이 노년의 로망이다.

4. 행복의 '전통적 의미'에는 여섯 가지 요소가 포함되어 있다

행복이란 개념은 역사적으로나 문화적으로 다양하게 정의되어 왔으며, 학자들에 따라 다른 견해들을 내놓고 있다. 그 이유는 행복의 모습은 다양한데, 각기 다른 관점에서 단편적으로 정의하기 때문이다. 일반적으로 전통적인 개념의 키워드는 행운, 즐거움, 만족, 고통이 없는 상태, 마음의 평화와 지복 등 여섯 가지 요소로 요약할 수 있는데, 이들을 포괄하는 긍정적 정서가 행복이다. 이들을 분석해서 그 의미를 전체적으로 종합하면 전통적인 행복의 개념을 이끌어낼 수 있다.

사전적 용어로는 '행운'을 행복의 개념에 일반적으로 포함시키고 있다. 하노 벡과 알로이스 프린츠는 인생에 있어서 많은 부분이 운에 의해 좌우되는데, 인생을 결정하는 세 가지 운으로 좋은 유전자, 성장배경과 사고·실업 등을 들고 있다. 이들이 행복을 결정하는 중요한 요소라는 점을 부정할 수는 없지만, 굳이 운명론적 관점에서 받아들일 필요는 없고, 일종의 환경적 요소로 보아도 될 것이다. 행복의 한 축에는 로또에서 당첨되거나, 뜻밖에 일이 잘 풀린 경우처럼 행운과 같은 우연적 요소가 포함될 수 있다. 살다 보면 이러한 행운이 생길 수 있지만, 이것을 기다리며 사는 것은 오히려 헛된 꿈으로 사라지기 마련이다. 볼프 슈나이더는 우연적 요소로서의 행운을 행복과는 구별하면서 행복의 개념에서 배제하고 있다. 탈 벤 샤하르 교수는 "행복은 요행이나 선물이 아닌 실천의 선물"이라고 했다. 과학이 발달하고 인본주의가 출현하면서 인간은 우연에 자신의 운명을 맡기지 않고, 자유의지를 가지고 행동을 통해 행복을 만들어가게 되었다. 이처럼 행운을 기다리지 말고, 언제나 열정적으로 노력하며 최선을 다해 살아가는 것이 행복으로 가는 길이다.

'즐거움(또는 기쁨)'은 긍정정서를 대표하는 인간의 기본적 감정으로 행복의 가장 중요한 요소이다. 행복이란 "기분이 좋은 것이고, 인생을 즐기며, 그런 느낌이 계속 이어지기를 바라는 것이다."(레이아드) 그런데 쾌락적응현상으로 즐거움이 계속되지 않기 때문에 항상 새로운 즐거움을 추구하게 된다. 심리학자들은 즐거움을 쾌락과는 구별하고 있다. 쾌락은 식사·섹스·수면 등 신체적 욕구를 충족시켰을 때 오는 순간적인 기쁨을 말하는데, 즐거움이란 스포츠·예술 활동·자선 활동 등을 함으로써 어느 정도 지속적으로 누리는 기쁨을 의미한다. 공리주의에서는 쾌락을 유일한 행복요소로서 간주하지만, 도덕주의에서는 쾌락이란 용어 대신 지속적으로 느끼는 즐거움을 일반적으로 사용하고 있다.

주관적인 삶의 만족감이 행복의 중심에 자리 잡고 있다. 아리스토텔레스는 행복이란 삶을 관조하며 감정과 이성이 모두 만족감을 느끼는 상태라고 했다. 사람들은 일반적으로 '만족'이 행복의 최종 목적지인 것처럼 생각하지만, 욕망은 그 끝을 모르므로 지속적인 만족을 느끼는 것이 힘든데, 쾌락적응현상이 이를 부채질하고 있다. 욕망을 내려놓는 것: 그것이 행복의 본체이다. C. 폴록은 행복이란 "넘치는 것과 부족한 것의 중간쯤의 간이역"이라고 했다. 욕망을 줄일수록 행복은 커지며, 적정선에서 만족을 추구해야 지속적으로 행복을 누릴 수 있다. 만족할 줄 아는 것이 행복으로 가는 지름길이다. 이처럼 행복에도 과유불급의 원칙이 적용된다.

사람들은 행복을 부·권력·명예·성 등 외부적인 요인에서 찾는 경향이 있다. 그러나 이들은 행복을 누리기 위한 객관적 조건일 뿐 이 조건들이 갖추어졌다고 해서 행복한 것은 아니다. 소명으로 하는 일, 가족에 대한 사랑, 원만한 인간관계, 나눔·봉사와 같은 자선 활동 등 의미 있는 삶을 살아야 지속적으로 행복을 누릴 수 있다. 노년에는 신체적·환경적 제약, 성숙함과 지혜 때문에 쾌락보다 의미를 추구하게 된다. 달라이 라마와 투투 대주교는 행복의 궁극적인 원천은 우리 안에 있으며, 외적 성취가 아니라 내면의 세계에서 느끼는 전반적인 삶의 만족도에서 찾아야 한다고 했다. 외부적 조건만을 좇는 탐욕을 버리고, 의미 있는 삶을 누림으로써 최종적으로 도달하는 '마음의 평화'가 최고의 행복이다.

일반적으로 '부정적 정서의 부재'도 행복의 개념에 포함시키고 있다. 아리스토텔레스는 근심·슬픔·고통·결핍·장애·중독성 등 '부정적 감정을 덜 느끼는 상태'를 행복이라고 했으며, 쇼펜하우어는 행복이란 '불행이 없는 상태'라고 정의했다. 불행의 부재가 곧 행복이라는 형식논리가 성립된다. 리처드 칼슨은 행복해지려면 행복을 찾아 떠나는 것이 아니라 행복을 가로막는 '사소한 것'들을 버리는 것이라고 한다. 세상은 고해이므로 고통을 벗어나는 것이 행복으로 가는 길이라는 말이다. 그런데 인간의 부정적인 감정은 불가피하게 생기고, 이를 통해 배우고 극복하는 힘을 얻게 되므로 부정적인 감정을 극복의 대상으로만 보는 것은 잘못이라는 견해도 있다. 사람들은 직접적으로 행복을 느끼지는 못하더라도 고통만 없으면 소극적 의미에서 행복하다고 생각할 수 있다.

오늘날 종교인들은 지복(至福)을 행복의 개념에 포함시키면서 다르게 해석하고 있다. '지복'이란 지고의 행복이란 뜻으로 신앙을 가지고 구원을 받으면 천국에 갈 수 있다는 초월적 행복을 말한다. 나아가 교회에 다니면서 새로운 사회적 공동체에 속하게 됨으로써 인간관계에서 오는 행복을 누릴 수 있다. 노년에는 영성이 깊어지고 신앙을 가지게 됨에 따라 이러한 지복을 누릴 수 있게 된다. 그러나 세상사를 모두 신에게 의탁하고 그 결과를 운명론적으로 생각하는 것은 결코 바람직하지 않다. 신도 노력하는 자를 구원한다. 다만 분명한 것은 신앙을 가지면 무신론자보다 더 행복할 수 있다는 점이다.

5. 행복의 '영역'은 기본적으로 다섯 가지로 나눌 수 있다

행복은 영역에 따라 다르게 나타나며, 이들이 모여 전체적인 행복의 모습이 형상화된다. 행복의 영역은 보는 관점에 따라 다르게 분류할 수 있으며, 학자들에 따라 다양한 분류방법이 소개되고 있다. 자신이 추구하는 행복의 유형에 따라 행복의 영역도 달라질 수밖에 없다. 따라서 중요한 것은 행복의 목적을 어디에 두고, 어떤 행복을 추구하느냐에 있다. 톰 래스·짐 헌터는 행복요소를 다음과 같이 다섯 가지 영역으로 분류하고 있다.

① 육체적 행복 - '건강'은 행복한 생활의 기초가 되는데, 행복의 유일한 외적 조건으로 노년에는 가장 중요한 행복의 조건이다. 노년에는 돈벌이와 인간관계 등에서 얻는 행복감은 줄어들고, 건강이 가장 중요한 행복요소가 된다. 운동·식습관·휴식·숙면·생활습관 등을 통해 건강을 유지해야 활력이 생기고, 원하는 활동을 할 수 있다. 육체적 건강 못지않게 정신적 건강이 중요하므로 뇌운동 등 정신 건강에도 힘을 써야 한다. 건강하지 아니한 노년은 불행하므로 건강을 지키는 것이 최우선적 과제이다.

② 직업의 행복 - 행복은 현재 일을 얼마나 좋아하고 즐겁게 하는가에 달려 있다. 즐겁게 일을 하면서 '몰입'하는 것이 행복의 첫걸음이다. 은퇴하기 전에는 직업을 수행하는 직장에서의 행복이 가장 큰 비중을 차지한다. 몰입은 삶에 동기부여를 해주고, 열정을 가지고 삶을 꾸려나가게 만들며, 마침내 자신의 목표를 달성함으로써 성취감을 누릴 수 있다. 노년에는 직업에서 은퇴하더라도 일에서 은퇴해서는 안 된다. 하고 싶은 일, 좋아하는 일, 봉사하는 일 등

의미 있는 일을 함으로써 행복을 누리는 것이 바람직하다.

③ 경제적 행복 - 돈으로 행복을 살 수는 없지만, 기본적인 욕구를 충족시키지 못하면 행복은 생각할 수 없으므로 '돈'은 행복의 기초적인 조건이다. 경제적 안정감을 느낄 때 더 높은 단계의 행복을 추구할 수 있지만, 일정한 수준을 넘게 되면 돈이 많다고 행복도가 높아지는 것은 아니다. 노년에도 최소한의 재력은 필요하므로 은퇴 전에 충분한 준비를 해놓아야 한다. 노년에는 지갑을 잘 열어야 관계를 유지할 수 있다. 부유한 사람들은 기부·나눔 등 의미 있는 곳에 사용하면서 보람을 느껴야 한다.

④ 사회적 행복 - 행복은 원만한 '인간관계'에서 온다. 가족·친구·동료·이웃과 친밀한 관계를 유지하면서 행복을 누려야 된다. 인생에 애착을 가지고 즐겁게 살며, 긍정적인 에너지를 발산하게 되는 것이 관계이다. 인맥은 행복의 중요한 요소로서 성공에 중요한 영향을 미친다. 노년에는 인간관계를 잘 유지해야 고독으로부터 탈출할 수 있고, 삶의 기쁨을 누릴 수 있다. 그러나 은퇴함으로써 생기는 소외나 고독은 기꺼이 수용하면서 새로운 관계를 추구하면서 행복을 만들어가야 한다.

⑤ 공동체적 행복 - 공동체 안에서 공생을 누리기 위해서는 안전과 평화, 신뢰와 협동, 나눔과 봉사 등 공동체 가치를 실현하면서 행복을 누려야 한다. 가족 만족도가 노년에는 가장 중요하다. 지역사회가 안전하고, 주거환경이 청결하며, 이웃과의 관계가 원만해야 함께 행복을 누릴 수 있다. 노년에는 자신이 가지고 있는 시간·돈과 에너지를 사회에 환원시키고 봉사하면서 기쁨을 누리는 것이 최고의 행복이다. 이러한 이타적 행복은 경험을 통해 스스로 느껴보

아야 알 수 있다.

이들 요소는 누구에게나 적용될 수 있는 보편성을 가지고 있으며, 이 분류방법은 가장 현실적인 행복의 요소들을 영역별로 평면적으로 분류하고 있다. 그러나 가정에서의 행복, 문화적 행복, 종교적 행복 등 모든 행복 유형을 포함시키고 있지는 않다. 짧은 인생, 모든 것이 제약되어 있으니 이들 행복을 다 누린다는 것은 불가능하며, 어떤 행복을 누릴 것인가는 자신의 소망과 선택에 따라 결정된다. 자신의 소망과 의지, 환경, 교육, 능력 등 주어진 조건에 따라 자신만의 행복지도를 만들고 실천하면서 누리면 된다.

6. 행복은 '5층 집'에 거주하며, 하나의 '체계'를 구성하고 있다

행복은 진화의 산물로서 구성요소가 다양하고 개념이 다의적인 만큼 그 '구조'가 복잡하다. 행복의 대상들은 다양한 가치를 지향하고 있고, 가치 사이에 질적 차이를 보이고 있는데, 그 가치들은 우열에 따라 전체적으로 하나의 단계 구조를 이루고 있다. 그러므로 이들은 단지 수평적으로 열거할 대상이 아니라 전체로써 하나의 '체계(system)'를 형성하고 있다. 집이 인간이 거주하는 하나의 공간으로 기능하는 것처럼 다양한 행복 요소들이 모여서 행복이라는 하나의 '집'을 구성하고 있다. 다양한 형태의 행복을 그 대상과 특성에 따라 다섯 차원의 유형으로 분류하고, 가치 서열에 따라 1층부터 5층까지 각기 한 층씩 사용하도록 '5층 집'을 짓기로 한다. 이 모델은 인간이 추구하는 행복을 진화과정에 따라 체계적으로 구성·계열화시켜 만든 행복의 구조물이다.

행복의 집 1층에는 '기초적 행복'이 거주하고 있으며, 5층 집의 토대를 이루고 있다. 인간은 동물적 존재로서 생리적 욕구를 충족시킬 때 행복을 느끼는데, 이것이 '1차원적 행복'이다. 이것은 먹고 마시고 섹스 하는 등 생존의 필수적 조건으로 기본적인 행복의 조건들이다. 이러한 기초적 행복을 누리지 못하면 힘든 삶을 살게 되고, 행복 그 자체가 의미를 잃게 된다. 일상 속에서 이러한 행복을 항상 느껴야 지속적인 행복을 누릴 수 있다. 이러한 삶이 행복의 기초를 이루고 있고, 행복에서 차지하는 비중이 크고 중요하다. 노년에게도 그 욕구는 줄어들지만, 이러한 행복은 필수적이다.

행복의 집 2층에는 '사회적 행복'이 거주하고 있다. 인간은 사회적 동물로서 부·권력·명예·지위 등 사회적 욕망을 충족시킴으로써 행복을 추구하는데, 이것이 '2차원적 행복'이다. 인간관계가 좋아야 일의 효율성도 높일 수 있고, 인맥을 통해 성공할 수 있다. 행복의 대부분은 이러한 인간관계 속에서 형성되고 있으며, 기초적 행복과 함께 행복의 필수적 요소이다. 노년에는 이러한 관계가 축소되지만, 주어진 환경을 수용하면서 가능한 한 좋은 관계를 지키고 새로운 관계를 만들어가면서 행복을 누려야 한다.

행복의 집 3층에는 '문화적 행복'이 기다리고 있다. 인간은 문화적 동물로서 학문·예술·기술 등 각 분야에서 욕망을 채우기 위해 문화를 창조하고 누리면서 행복을 추구하는 존재이다. 인간은 문화적 존재로서 진화과정에서 기초적 욕구 이상의 행복을 추구하는데, 이는 사회의 각 분야에서 정신적 가치를 추구함으로써 문화적 욕구를 충족시켜 주는 '3차원적 행복'이다. 문화적 행복은 정신적 가치 또는 삶의 의미를 추구하는 행복으로 여러 영역에서 다양한 행복을 가져다준다. 노년에는 시간적 여유가 생기므로 문화적 행복을 누리기 위해 그 영역을 넓혀가는 것이 행복의 질을 높이는 것이다.

행복의 집 4층에는 '공동체적 행복'이 거주하고 있다. 1-3차원적 행복은 자신만의 행복을 추구하는 이기적 행복인 데 반해, 공동체적 행복은 공동체의 행복을 지향하는 가장 고귀하고 의미 있는 행복으로 '4차원적 행복'이라고 부른다. 공동체적 행복은 국가공동체를 만들어 질서·안전·평화를 보장하고, 공존을 위해 신용·협동·공생을 추구하며, 나눔·기부·봉사 등을 통해 사회정의를 실현하는 가치들로 구성되어 있다. 그 기초에는 함께 산다는 '공생의 원리'가 작동하고 있으며, 그 특성은 '이타적 성격'을 띠고 있다. 이러한 행복은 그 가치를 깨닫고 체험을 통해 느껴야 비로소 추구할 수 있다. 노년에는 적극적으로 봉사활동을 함으로써 공동체적 행복을 추구하는 것이 가장 값진 일이다.

행복의 집 5층에는 신앙을 통해 얻는 '종교적 행복'이 기다리고 있는데, 이를 '5차원적 행복'이라고 부른다. 종교는 다양하고 교리가 다르지만, 기본적으로 개인들에게 신앙을 통해 현세의 고난을 극복하고 내세에 희망을 준다는 점에서 공통된다. 그래서 지상에서는 믿음을 통해 고난을 극복할 수 있는 힘을 얻고, 내세에는 구원을 통해 죽음의 문제를 해결할 수 있다. 이러한 행복은 종교인들만이 믿고 있는 '초월적 행복'으로 삶에 용기와 희망과 에너지를 주고 있다. 이러한 종교의 순기능 때문에 믿는 사람은 안 믿는 사람보다 긍정적이고 행복한 편이다. 노년에는 영성이 발달하므로 종교적 행복을 추구하면서 사는 것이 마지막 행복으로 가는 길이다.

이 모델은 인간이 추구하는 다양한 행복을 체계적으로 구성하면서 계열화시켜 만든 행복의 구조물이다. 그런데 사람에 따라 행복의 조건이 다르고, 누구나 모든 요소들을 다 누릴 수는 없으므로 어떤 행복을 누릴 것인가는 자신의 선택 문제이다. 조앨 오스틴 목사는 "행복은 우리가 느끼는 감정이 아니라 의식적으로 내리는 선택이다."라고 말했다. 이처럼 행복은 인생의 목표를 어디에 두고 어떤 삶을 살 것인가에 따라 자신의 환경·능력·취향과 의지 등을 고려하여 선택하는 문제로 자신만의 행복 패턴이 있을 뿐이다. 인생에 정답이 없듯이 행복에도 정답은 없다. 행복의 기준은 자기가 선택하고, 그것에 만족하면 된다. 그러나 많은 층을 사용할수록 행복은 풍성해지며, 층수가 높을수록 행복의 질은 높아지므로 보다 완전한 행복을 누리기 위해서는 많은 층을 사용하도록 노력하는 것이 의미 있는 인생을 사는 길이다.

7. 노년에 '행복도'가 가장 높이 올라간다

행복은 주관적 심리 상태로 사람마다 다르게 나타나고, 행복감은 하루에도 몇 번씩 변한다. 그러므로 긴 인생에 있어서 행복도는 환경·조건·성취도와 만족도에 따라 다르게 나타나며, 세대별로 추구하는 행복이 다른 것은 당연하다. 그래서 학자들은 연구를 통해 다양한 행복 리듬 모델을 제시하고 있다.(울로아·몰러·수사·포자) '직선형' 모델은 행복도가 나이가 들어가면서 계속 증가하거나 감소하는 형태를 띤다고 한다. 그러나 행복도는 여러 가지 여건에 따라 유동적이지 직선을 그리는 경우는 예외적인 경우로 거의 없을 것이다. '뒤집힌 U자형' 모델은 나이가 들어갈수록 행복도는 증가하다가 일정한 시기에 감소하기 시작하여 점차적으로 더 낮아진다고 한다. 이 도식은 건강·가족관계 등에서 대체로 적용될 수 있지만, 나이가 들수록 행복도가 낮아진다는 것은 모든 사람에게 동일하게 적용될 수는 없다.

데이비드 브랜치플라워와 앤드류 오즈왈드는 나이와 행복의 관계가 'U자 모양의 행복 그래프'를 이루고 있다고 한다. 어렸을 때는 사회적 환경의 영향을 받지 않고 생리적 만족을 느끼면 고도의 행복을 누릴 수 있지만, 나이가 들면서 사회화 과정에서 행복도가 점차 낮아지다가 중년이 되면 가장 낮아진다고 한다. 그 이유는 20-30대에는 공부·진학·취업·결혼 등으로 무한경쟁을 하면서 스트레스를 많이 받고, 40대에 들어서면 자녀들의 결혼·승진·노후 준비 등으로 인생의 짐이 무거워져 행복도가 가장 낮아진다고 한다. 노년의 경우에는 질병·고독·소외·무기력·절망·죽음 등의 문제를 어떻게 잘 극복하느냐가 행복으로 가는 길에 걸림돌이 되지만, 노년은 인간으로서 성숙해지고 현실에 잘 적응하게 됨에 따라 점차적으로 행복도는 상승하게 된다고 한다.

노년에는 행복의 양이 줄어든다거나 질이 떨어진다는 생각은 잘못된 것이다. 노년에는 노화현상으로 인해 건강이 악화되고, 직장에서 물러남으로써 수입이 없어지며, 사회 활동이 줄어들면서 인간관계가 좁아짐에 따라 행복도가 일반적으로 낮아진다고 할 수 있다. 그러나 관점을 바꿔 보면 오히려 노년에 더 행복할 수 있는데, 그 이유는 미래에 대한 큰 기대감을 갖지 않고, 눈높이를 낮추어 살기 때문이다. 작은 것에 만족하고, 모든 것에 감사할 줄 안다. 양보하고 용서할 줄 아는 마음의 도량이 생겨 유연한 인간관계를 가진다. 긍정적 감정을 가지고 현실을 그대로 수용하는 능력이 생기고, 마음의 평화를 가짐으로써 지속적인 행복을 누릴 수 있다. 지금 까지 쌓아온 지혜가 삶의 기술로 작동하여 행복을 만들어갈 수 있 게 된다.

나아가 노년에는 기억력이 떨어져 과거의 불운을 잊고 지금 이 순간을 관조하며 즐길 수 있고, 영성이 발달하여 신앙생활을 함으 로써 안정적으로 살아갈 수 있다. 나이가 들면서 인생을 바라보는 시각이 변해 소유가 아니라 존재의 가치를 중요시하게 되어 나눔・ 봉사 등을 하면서 의미 있는 삶을 추구하게 된다. 결국 행복이란 주어진 환경과 여건에 어떻게 적응하느냐의 문제로 모든 것을 있는 그대로 적극적으로 수용하고 긍정적으로 생각하면 행복은 그곳에서 솟아오른다. 노년에는 오히려 마음의 평화와 신앙생활을 통해 '지 속적인 행복'을 누릴 수 있는 특권이 있다. 그러므로 이러한 조건 들이 갖추어지면 제2의 인생을 더 풍부하게 살 수 있고, 더 행복해 질 수 있다.

그런데 문화체육부와 통계청 자료에 의하면, 우리나라 노년은 20 대 이후 행복지수가 낮아지다가 70대 이후에는 급격하게 떨어지는 것으로 나타났다. 조선일보와 미래에셋은퇴연구소가 공동으로 조사 한 바에 따르면 65-75세 노년의 삶의 만족도가 10점 만점에 5.89점 에 불과했다. 이처럼 우리나라 노년들에게는 'U자형 행복 그래프' 가 적용되지 않는다. 12대 경제대국(GDP 순위)으로 성장했으면서 OECD 국가 중에서 노년의 (주관적) 행복도가 가장 낮다는 사실이 충격을 준다. 그 원인은 경제적으로 노후 준비가 되지 않았으며, 사 회보장제도가 아직 잘 정비되지 않았기 때문이다. 나아가 핵가족화 의 부작용, 교육과 유산 등의 사회적 고부담 관행, 절대적 평등을 추구하는 심성 등의 문제들이 있다. 그러나 일반적으로 준비된 노년의 경우에는 건강을 유지하면서 인생계획표에 따라 의미 있는 일을 하면 최고의 행복을 누릴 수 있다.

8. '욕망을 내려놓는 것': 그것이 행복으로 가는 길이다

인간은 누구나 자신의 욕망을 채우면서 만족을 추구하며 살아가는데, 이처럼 '만족'이 행복의 기본적인 요소이다. '욕망충족이론'은 욕망이 충족된 상태를 행복이라고 부른다. 행복의 정도는 재산·교육·지위·계층 등 외부적 조건에 비례한다고 본다. 문제는 만족하는 것이 인생의 최종 목적지인 것처럼 생각하는 데 있다. 인간은 보편적이고 가능한 목표를 세우고 어느 정도에서 만족을 느껴야 한다. 그런데 만족은 마약과 같은 것이어서 오래가지 않고, 곧 권태를 느끼며, 새롭고 더 큰 것을 다시 추구하게 된다. 그 이유는 행복감이 오래가지 못하고 반복하면 익숙해져 처음 느낌과 같은 행복을 느끼지 못하기 때문인데, 이를 심리학자들은 '쾌락의 쳇바퀴'라고 부른다. 사람은 만족을 얻는 순간 이렇게 외친다고 한다. "시간이여, 멈추어라! 지금 이 순간은 너무도 아름답다. 살아감으로써 이 순간이 과거가 될 바에는 차라리 이 순간 숨을 거두고 싶다."(파우스트)

노자는 "과욕보다 더 큰 죄악은 없고, 불만보다 더 큰 불행은 없으며, 탐욕보다 더 큰 결점은 없다."라고 했다. 자본주의사회에서는 경쟁이 심화되어 최고의 욕망을 채우려는 이기심이 작동을 하는데, 이를 절제할 줄 모르면 문제가 생긴다. '탐욕'이 모든 불행의 근원이다. 탐욕은 번뇌의 원천이 되어 불행을 자초하는데, 인간만이 가지는 일종의 질병이다. 더 큰 쾌락을 계속 추구하게 되면 쾌락중독자가 되는데, 그 결과는 스트레스와 우울감만 생기고, 마침내 파멸의 길로 빠지게 된다. 욕망에 눈이 어두워지면 인간은 그 노예가 되어 자유를 잃게 된다. 인간의 욕망은 체와 같아서 다 채울 수는 없다. 채워지지 않는 욕망에 대한 공포가 신에 대한 공포와 죽음에 대한 공포와 함께 불행의 근본적인 원인이다.(칸과 비트라노)

그러므로 비합리적인 욕망으로부터 해방되고, 적정선에서 행복을 누리는 것이 진정한 행복이다. 노년의 행복은 특히 마음의 평온에서 오는데, 과욕을 버림으로써 항상 마음의 평화를 누리는 것이 긴 행복으로 가는 비결이다. 과유불급(過猶不及): 행복도 지나침은 모자람만 못하다. 이러한 중용사상이 행복원리에 적용되는 가장 근본적인 원칙이다. 경제학자 팀 잭슨은 "허세를 버려라. 행복해지는 데는 많은 게 필요하지 않다. 최소한의 것으로 만족하며 사는 법을 익혀라."라고 단언한다. 노년이야말로 생각을 바꾸어 욕망을 줄이고 작은 것에 만족하는 것이 행복으로 가는 길이다. 그런데 노년에는 만족감이 가장 안정적으로 형성되고, 소욕지족: 적은 것에 만족할 줄 알기 때문에 더 행복감을 누릴 수 있게 된다.

인간의 욕망은 끝이 없으며, 욕망의 끝은 불행을 초래한다는 교훈을 보여주고 있는 것이 바로 황금의 손 '미다스 왕'의 유적지다. 그리스 신화에 의하면, 미다스 왕은 자기가 만지는 것은 모두 금으로 변하게 해달라고 청하였고, 디오니소스는 그 소원을 쾌히 들어주었다. 한때 미다스 왕의 무덤에는 엄청난 보화가 있을 것이라는 기대를 하고 발굴 작업을 하였지만, 황금의 손을 가졌던 미다스 왕의 무덤에서 금으로 만든 물건은 하나도 발견되지 않았다는 사실은 우리들에게 훌륭한 교훈을 전해주고 있다. 미다스 왕의 '황금의 손' 이야기는 어디까지나 신화이고 사실은 아니다. 그러나 탐욕은 행복의 가장 큰 적이라는 교훈을 우리들에게 남겨준 경구라고 할 수 있다.

영화 '인생은 아름다워'의 주인공 로베르토 베니니는 수용소 안에서도 행복하다고 고백했다. "따뜻한 방, 읽을 책, 하루 두어 시간 걸을 수 있는 운동화, 첼리스트 아들과 함께 하는 음악, 더 바랄 게 없다. 침대에 누워 창밖 나무만 봐도 아침 새소리만 들어도 행복하다." 이처럼 욕망을 줄이고 만족할 줄 알며, 있는 그대로의 삶을 누리는 것이 행복의 비결이다. 소욕지족(少欲知足): 작은 것에 만족할 줄 아는 것이 행복으로 가는 첩경이다. 욕망을 억제할 수 있는 힘은 바로 자신의 내면의 세계에 있다. 욕망을 통제할 수 있는 '자제력'이 있어야 하고, 최후의 담보는 자신의 '양심'이다. 이제는 젊었을 때 가지고 있던 큰 욕망은 내려놓고, 사소한 것에서 행복을 누림으로써 행복도를 높여야 한다.

9. 행복은 기쁨의 강도가 아니라 '빈도'이다

누구에게나 자기가 추구하는 행복이 따로 있다. 특히 노년에는 자신만이 추구하는 행복이 따로 있다. 궁극적으로 사람에 따라 추구하는 행복이 다른 이유는 인간은 무엇을 위해 사는가?, 어떤 가치를 추구하는가?, 어떤 인간이 되고자 하는가? 등에 있어서 인생의 목표가 다르고, 추구하는 가치가 다르기 때문이다. 따라서 노년에는 자신이 추구하는 행복을 찾고, 스스로 힐링 할 수 있는 행복지도를 만들어 추구하는 것이 행복으로 가는 길이다.

이스라엘의 행복전도사 하임 샤피라는 "그 누구도 1년 365일, 하루 24시간 행복할 수는 없다. 그러나 몇 분의 행복, 짧은 은총의 시간, 어렴풋한 평온의 시간은 주어진다. 그런 순간을 최대한 많이 모으려고 노력하라."라고 조언하고 있다. 행복은 사소한 일상생활 속에서 존재하고, 큰 것이 아니라 작은 것에서 느끼는 것이다. 이러한 조그만 행복들을 자주 느끼는 사람이 행복하다. 특히 노년은 일상 속에서 사소한 행복을 누리며 즐겁게 사는 것이 필수적이다. 그래서 에드 디너 교수는 행복은 기쁨의 강도가 아니라 '빈도'라고 했다.

자그만 행복은 나비효과를 일으켜 큰 행복을 만든다. 하루하루 즐거움을 계속해서 느끼면 평생 행복한 인생이 된다. 괴테는 "무지개가 아무리 아름답다 할지라도 15분이 넘도록 사라지지 않고 하늘에 걸려 있다면 아무도 올려다보지 않을 것"이라고 했다. 그러므로 행복은 일상생활 속에서 사소한 기쁨을 통해 지속적으로 느끼는 행복의 총량이 중요하다. 범사에 감사하며 사는 것이 행복으로 가는 지름길이다. 즐거움은 엔도르핀을 분비시켜 건강하고 행복하게 살아갈 수 있도록 만든다. 이처럼 행복을 자주 느끼기 위해서는 낙관적인 인생관을 가지고, 사소한 것에서 행복을 자주 느끼는 것이 중요하다.

10. 행복은 '몰입'하는 상태에서 숨 쉬고 있다

인간의 행복을 결정하는 중요한 요소는 크게 분류하면 '일'과 '사랑'이다. 일을 함으로써 건강을 얻을 수 있고, 빵의 문제를 해결하며, 정신적 만족을 누릴 수 있다. 사는 동안 잠자는 시간을 제외하면 일하는 시간이 인생의 절반을 차지한다. 그러므로 일에서 행복을 찾지 않으면 인생이 불행해진다. 우리나라 노년들의 경제활동 참가율은 OECD 국가 중 1-2위를 차지하고 있다. 2018년 기준으로

65-69세는 47.6%로 아이슬란드 다음으로 2위, 70-74세는 35.1%로 1위다. 이런 수치는 노후 준비가 안 되어 있다는 사실과 일자리가 비정규직이라는 특성을 반영하고 있다.

많은 사람들이 젊어서는 죽어라 하고 일만 했다고 후회한다. 그런데 행복에 관해 생각을 안 했을 뿐 일에 몰두하면서 자신이 행복했다는 사실을 느끼지 못하고 지나쳐버리는 것이다. 뇌과학자들은 일에 '몰입'을 하게 되면 뇌에서 행복호르몬이 분비되어 즐거움을 느낀다고 한다. '몰입'이란 여러 가지 일에 분산되어 있는 관심과 에너지를 한곳에 집중시키는 것을 말하며, 이때 시간, 공간과 심지어는 자신마저 잊어버림으로써 행복의 극치에 이른다. 몰입이론의 창시자 칙센트미하이는 "일에 빠져 시간 가는 줄 모르고 자각하지 못하는 상태"를 몰입이라고 정의하면서 몰입할 때 가장 만족도가 높고, 행복의 기간이 길다고 한다.

몰입을 하게 되면 학습이나 업무에 있어서 능률을 올릴 수 있으므로 성공의 가능성을 높여주고, 몰입하는 과정에서 고도의 쾌감을 느낄 수 있다. 천재가 탄생하는 것은 바로 몰입의 결과이다. 노년에도 무슨 일이든 반드시 해야 하며, 몰입하면서 행복을 누려야 한다. 일을 하지 않으면 권태와 게으름으로 삶이 피폐해진다. 일에는 돈을 벌기 위한 직업뿐 아니라 사회봉사와 같은 의미 있는 일을 포함한다. 노년에는 몰입도가 떨어질 수 있는데, 몰입하는 습관을 길러야 한다. 저자가 지금 느끼는 행복도 이 책을 쓰면서 몰입하고 있기 때문이며, 책을 쓰면서 지속적으로 행복을 누리고 있다.

몰입을 하기 위해서는 우선 목표가 명확하고, 자기 능력에 맞는 일을 해야 한다. 다음으로 집중력을 강화해야 하고, 자신을 장악할 수 있는 통제력을 갖추어야 한다. 몰입도가 높아질수록 능률은 올라가고, 낮을수록 떨어진다. 사람의 심리 상태에 따라 몰입도가 결정되므로 마음가짐을 굳게 가지는 것이 중요하다. 몰입도가 가장 완벽한 상태에 이를 때 창의성이 생겨나고, 고도의 행복감을 얻게 된다. "인생에 있어서 가장 행복한 때는 일에 몰두해 있을 때이다."(힐티) 칙센트미하이는 인생을 훌륭하게 만드는 것은 깊이 빠져드는 몰입이라고 하면서 몰입 상태에 있는 것이 행복의 조건이요, 몰입의 결과 얻는 행복감이야말로 행복도를 고양시킨다고 했다.

11. 성공과 행복은 '사이'에서 온다

인간은 사회적 동물이므로 진정한 행복은 사람들과의 관계에서 온다. 크리스토퍼 피터슨은 긍정심리학이 무엇이냐는 질문에 '타인'이라고 했고, 조너선 헤이트는 인간의 행복은 '사이'에서 온다고 했다. 행복의 외적 요소로서 가장 중요한 것이 바로 인간관계로 가장 중요한 매체가 바로 소통과 사랑이다. 진화심리학에서는 인간이 서로를 필요로 하는 이유는 협동을 통해 동물이나 적들로부터 안전을 지키고, 나아가 생존문제를 공동으로 해결해야 하기 때문이라고 한다. 이처럼 인간의 '사회성'은 생존을 위한 필수적 요소이다. 피오나 로바즈는 "행복이란 사람에서 사람으로 퍼져나가는 것이다. 그러므로 행복은 사회적 관계 속에서 싹이 튼다."라고 했다. 그러므로 인간관계가 좋을수록 성공 확률은 높아지고, 행복지수도 올라간다.

태어나면서부터 죽을 때까지 풀어야 할 숙제가 인간관계이다. 모든 스트레스는 기본적으로 인간관계에서 온다. 가족·친구·회사·학교 등에서 좋은 인간관계를 형성해야 행복과 성공을 거둘 수 있다. 가족 간에 사랑을 하고, 연인 사이에는 긴밀한 관계를 맺으며, 친구와의 친목을 두텁게 하는 것이 인간사의 기본이다. 이를 위해 가장 필요한 덕목이 이기적 행동을 삼가는 것이다. 이기심을 넘어서서 이타심을 발휘할 때 건전한 인간관계가 형성될 수 있다. 학교에서 친교를 통해 좋은 친구를 사귀는 것이 중요하고, 회사에서 인맥을 잘 맺는 것이 성공으로 가는 길이다. 이러한 사회적 행복의 비중이 행복요소 중에서 가장 크다. 행복한 사람들의 공통된 특징은 폭넓은 인간관계를 형성하고 사교적으로 살고 있다는 점이다.

노년의 경우에도 고독과 소외를 극복하기 위해 원만한 인간관계를 유지해야 하고, 나아가 새로운 인간관계를 폭넓게 맺음으로써 긴 행복을 추구하는 것이 필요하다. 그러나 나이가 들수록 인간관계가 끊어지는 것은 필연적 현상이므로 이런 현상을 수용하면서 고독을 즐기고 창조의 기회로 활용하면 능히 행복해질 수 있다. 만년의 행복은 고요함 속에서 정신적 만족을 느끼는 데서 오는 것이 가장 중요한 요소이다. 취미생활을 하거나 배움을 추구하거나 봉사활동을 하면서 만남의 기회를 가질 수 있는데, 이러한 기회를 적극적으로 만드는 것이 중요하다.

12. 행복은 '사물을 보는 방식'에 달려 있다

세상은 사물을 바라보는 방식에 따라 다르게 보인다. 견유학파 모니모스는 모든 것은 '생각하기 나름'이라고 했으며, 불교에서는 무엇이든지 '마음먹기'에 달려 있다(一切唯心)고 한다. 행복과 불행은 실제로 일어난 사건이 아니라 어떻게 이를 바라보고 반응하느냐에 달려 있다. 이처럼 행복은 존재형식이 아니라 일종의 정신적

'성향'을 의미한다.(소크라테스) 컵에 물이 반쯤 있는 것을 보고 긍정적인 사람은 물이 반이나 있다고 하는 데 반해, 부정적인 사람은 물이 반밖에 없다고 말한다. 그러므로 "행복은 사물을 바라보는 방식에 달려 있다."(소로)

마틴 셀리그만은 '낙관성'이란 "자신이 겪는 실패는 일시적이고, 역경에 맞서 견디며, 행동에 의해 극복될 수 있다는 믿음이다."라고 정의한다. 낙관성은 미래를 희망적으로 보고, 어려움은 극복할 수 있다는 믿음을 가진 사고방식과 생활태도를 말한다. 낙관주의자는 결단력과 인내심을 가지고 일에만 몰입하여 성공을 이끌어냄으로써 행복을 느끼게 되고, 비관주의자는 문제점에만 골몰하면서 의혹과 부정적 결과만을 생각함으로써 실패를 자초하여 불행하게 된다. 행복은 이처럼 외부적 조건들이 결정하는 것이 아니라 삶을 어떻게 바라보느냐 하는 자신의 마음가짐이 결정하는 것이다.

이처럼 자신의 성격과 세상을 바라보는 관점에 따라 행복과 불행의 길이 갈리므로 먼저 자신의 성격을 파악하고, 긍정적으로 세상을 바라볼 수 있도록 사고방식을 개선하는 것이 중요하다. 행복을 결정하는 궁극적 요소는 사람의 능력·환경·조건 등 외적 조건이 아니라 자존감을 가지고 스스로 만족하는 내적인 '심리적 조건'이다. 사사키 후미오는 "행복은 자신의 해석에 달려 있다. 행복은 바깥에 있는 것이 아니라 자신의 내면에 있다. 행복은 자신의 마음이 결정한다."라고 말했다.

오늘날 긍정심리학은 적극적으로 감정 조절과 회복을 위한 운동을 통해 사랑·희망·기쁨·믿음·감사 등의 긍정정서를 키워 사람들을 행복의 길로 인도하고 있다. 전통적인 심리학은 부정적 요소를 제거함으로써 행복을 추구했는데, 긍정심리학은 긍정심리를 불어넣어 줌으로써 행복의 길로 인도하고 있다. 노년에는 할 일은 없어지고 관계가 끊어지니 불안·포기·원망·고독 등 부정적 사고에 빠져 꿈을 잃은 채 스스로 불행을 자초하는 경향이 있다. 노년의 경우에도 자신의 마음이 행복과 불행을 결정한다는 사실을 명심하고, 꿈을 간직하면서 인생의 끝자락까지 긍정적으로 세상을 바라보는 낙관적 태도를 가지고 살아가는 것이 지속적인 행복으로 가는 길이다.

13. 행복은 '만들어가는 것'이다

행복은 하늘에서 떨어지는 것도 아니고, 산타크로스 할아버지가 선물로 보내주는 것도 아니다. 조너선 헤이트 교수는 "행복은 만들 수 있다."라고 했으며, 링컨은 "사람은 자신이 행복해지겠다고 결심한 만큼 행복해진다."라고 했다. 행복의 50%는 유전에 의해 결정되고, 10%는 환경의 영향을 받지만, 나머지 40%는 개인의 노력에 의해 이루어지므로 자발적인 활동을 통해 스스로 행복을 만들어갈 수 있다. 이들 수치가 정확하다고 단정할 수는 없지만, 자신의 의지와 노력이 행복과 불행을 결정한다는 사실에는 모두 공감하고 있다.

유전의 영향이 크다고 운명론적 사고에 빠져서는 안 되고, 환경의 영향이 적다고 그 영향을 부정적으로만 보아서도 안 된다. 중요한 것은 40%가 개인의 노력으로 행복을 만들 수 있다고 하니 다행이다. 행복의 조건들을 가능한 한 잘 갖춤으로써 행복으로 가는 길을 단축시켜야 한다. 그러므로 노년에도 행복을 포기해서는 안 되고, 스스로 만들어가야 한다. 랭스턴 콜만은 "행복이란 100% 노력한 뒤에 남는 것"이라고 했다. 노년에도 용기를 가지고 준비를 하면서 행복을 만들어가야 한다는 말이다. 행복으로 가는 지름길은 없다. 정원사가 정원을 가꾸듯이 행복도 꾸준한 노력을 통해 가꾸어야 한다.

환경의 영향은 어떤 형태로든 받지만, 이들 탓만 해서는 안 된다. 자신의 불행을 환경에 핑계 대지 말고 행복의 주인이 되어야 한다. 슈테판 클라인은 "행복은 누구나 배울 수 있다."라고 했다. 이처럼 행복은 학습을 통해 배울 수 있으며, 훈련을 통해 지속적으로 누릴 수 있다. 오늘날 긍정심리학자들은 이러한 방식으로 긍정정서를 심어줌으로써 사람들을 행복의 길로 인도하고 있다. 궁극적으로 행복으로 가는 열쇠는 자기가 쥐고 있으므로 스스로 노력하면서 행복을 만들어가야 한다. 행복해지려고 노력하는 만큼 행복해지는 것이다.

'월든'의 저자 헨리 데이비드 소로는 새로운 삶의 형식을 실험하기 위해 문명의 이단아라는 소리를 들으면서 월든 숲으로 들어갔다. 그는 행복의 조건으로 '단순하고 건강하고 소박한 삶'을 들고 있는데, 이를 실현할 최적의 장소로 월든을 선택하였다. 그곳에서 그는 손수 작물들을 재배하면서 소박한 삶을 이어갔다. 자유를 누리면서 자연과 함께 사는 것이 완벽한 삶이라고 보고, 그러한 생활 속에서 환희를 느꼈다고 회고하고 있다. 중요한 것은 자연 속으로 들어간 그의 생활방식이 아니라 자신의 사상을 실천하면서 행복을 추구하려는 용기요, 의지다. 누구나 자신만의 생활양식을 추구하면서 살아가는 것: 그곳에서 행복은 영원하라.

14. 이성과 감성의 '조화'가 이상적인 행복을 추구하는 방식이다

행복의 본질을 어디서 찾을 것인가를 둘러싸고 역사적으로 쾌락주의와 도덕주의가 대립되어 왔다. 고대 에피쿠로스에서 비롯하여 근세 벤담의 공리주의에 이르기까지 쾌락주의는 '쾌락'이야말로 행복의 알파요, 오메가라고 말한다. 고통을 최소화하고 쾌락을 극대화하는 것이 행복의 목표이고, 국가정책의 기본으로 삼아야 한다고 쾌락주의자들은 강변한다. 진화론에서는 행복이란 "좋은 사람과 함께 맛있는 음식을 먹는 것"이라고 한다.(서은국) 인간은 동물적 존재로서 본능에 따라 살아가며, 행복이란 생존을 위한 수단이라고 한다.(진화론) 그래서 인간은 먹기 위해 살고, 먹는 것에서 느끼는 쾌감이 행복이라고 한다.

인간도 동물적 존재로서 먹고 마시는 등 생존을 위한 것에서 느끼는 즐거움(쾌락)이 행복의 가장 기본적인 요소로서 중요하다. 이러한 쾌락이 행복한 삶의 출발점이다. 그러나 인간은 이성적 존재로서 진화하면서 의미 있는 삶을 추구하는 등 쾌락 이상의 정신적 행복을 추구하고 있다.(도덕주의) 아리스토텔레스는 최선의 삶은 일시적인 욕망의 충족이 아니라 '덕성'을 갖춘 인격의 완성에서 지속적인 행복을 누려야 한다고 말했으며, 행복을 누릴 수 있는 덕목으로 용기, 관용, 자존, 친밀, 재치, 정의, 절제, 희망, 은유, 정직, 양심, 고결 등 12가지를 들고 있다. 이러한 시민의 덕목을 갖춘 인격을 형성하는 것이 지속적으로 행복을 느끼는 비결이라고 했다.

인간은 즐거움을 누리며 살되 쾌락만을 추구해서는 안 되고, 이성적 존재로서 '의미 있는 인생'을 추구하면서 살아야 한다. 소냐 류보머스키는 행복은 머리와 가슴이 동시에 느낄 때 가장 행복을 느낄 수 있다고 했다. '머리'로 느끼는 행복은 원하는 대로 일이 되어 가고 있다는 이성적 만족이고, '가슴'으로 느끼는 행복은 일상적으로 즐겁게 산다는 감성적 만족을 말한다. 아리스토텔레스도 감정에 기초한 행복을 부정하지는 않고, 양자의 조화와 균형을 강조하였다. 스티븐 칸과 크리스틴 비트라노 교수는 행복의 기준으로 쾌락인가 아니면 선인가라는 단선형적 접근 방법을 배제하고, 쾌락주의의 '즐거움'과 도덕주의의 '도덕성'의 조화를 요구하면서 그 실천방법으로 "선하게 살자. 그리고 즐기자."라는 모토를 내세우고 있다.

쾌락만을 추구하면 파멸의 길로 들어서게 되고, 도덕만을 주장하면 즐거움을 추구하는 행복은 허상이 된다. 이들 두 요소 사이에 조화와 균형이 이루어져 최적 상태를 이룰 때 행복은 최대치를 누릴 수 있으며, 이것이 최상의 행복을 누리는 길이다. 그런데 쾌락은 육체의 감각을 통해 얻고, 덕성은 정신의 노력으로 생기므로 양자의 균형과 조화는 건전한 '인격형성'을 통해 이루어질 수 있으며, 자신의 정체성을 확립하는 '자아완성'이 행복의 궁극적 목표이다. 어떤 가치를 선택하느냐는 개인에게 달려 있지만, 노년이야말로 자신의 이상형을 만들어가는 과정이고, 그 과정에서 마지막 행복을 누려야 한다.

15. 행복은 의미 있는 삶을 통한 '자아실현'을 궁극적 목표로 한다

생물학적으로는 인간은 동물적 존재로서 생존문제가 가장 중요한 과제이지만, 인간은 이성적 존재로 진화하면서 인생의 의미를 추구하며 살아간다. 빅터 프랭클은 "본능은 유전자를 통해 전달되고, 가치는 전통을 통해 이어가지만, 의미는 개인적인 발견의 문제"라고 말했다. '의미'란 개인이 독자적으로 좋은 삶을 추구하는 가치를 말한다. 그래서 의미란 개념은 한편으로는 보편적인 의미를 가지고 있지만, 행복과 관련해서는 자신만의 의미를 가지는 개별적인 성격을 가진다. 젊은 시절에는 성공을 위해 전력투구하는 시기로 목표에 도달하는 것이 행복이라는 '목표이론'이 더 적합하지만, 노년기는 주어진 환경에 적응하면서 쾌적한 삶을 추구하는 것이 행복이라는 '적응이론'이 더 와 닿는다.

도덕주의의 입장에서는 인생이란 가치를 추구하면서 사는 '의미 있는 삶(=인간답게 사는 것)'을 추구하는 과정이며, 인생의 목표는 기본적으로 도덕적인 인간이 되는 '자아실현'에 있다고 한다. 에릭슨은 노년기의 성격은 '자아통합'으로 성장한다고 했다. 자아실현은 하나의 인격체로서 자신이 바라는 형상의 '자신'이 되는 것이고(자아상의 구축), 그 목적을 실현하기 위해 '자기답게' 살아가는 것(정체성의 확립)을 말한다. 인간은 죽을 때까지 성장한다고 하는데, 이는 곧 자아완성으로 가는 것을 말한다. 노년은 자아완성을 추구하는 시기로 이러한 과정에서 지속적이고 의미 있는 행복을 누리게 된다고 본다.

'자아실현'이란 공동체 가치를 추구하면서 인격을 갖춘 존재로 성장하는 삶을 말한다. 인생이란 궁극적으로 자기가 원하는 '자신'을 만들어가는 과정이요, 인생이란 여정의 목적지는 '자기 자신'이다. 융은 '자기 자신', 성 바울은 '내면적 인간', 뒤르크하임은 '본질적 존재'라고 불렀다. 인간은 이성적 존재로서 자신을 합리화해

가는 과정이다. 자신의 세계를 형상화하고 이를 실현해가는 과정이 인생이고, 이에 충실할 때 행복한 삶이 이루어진다. 그 과정에서 자긍심을 키우고 독자성을 세우면서 '자아정체성'을 확립하는 것이 노년에 행복과 성공으로 가는 길이다.

스페인의 작가 파울로 코엘료는 세계적인 작가로 만들어준 '연금술사'에서 "이 세상에는 위대한 진실이 하나 있어. 자네가 무엇인가를 간절하게 원할 때 온 우주는 자네의 소망이 실현되도록 도와준다네."라는 명구를 남겨 많은 사람들에게 용기와 희망을 주고 있다. 평범한 양치기 소년인 주인공 산티아고는 이집트 피라미드에 가면 숨겨진 보물을 찾을 수 있다는 '꿈'을 실현하기 위해 찾아 나서지만 여러 가지 난관들이 가로막고 있다. 그때 연금술사가 나타나 꿈을 이루기 위해서는 '마음의 소리'를 들으라고 권고한다. 마음이 가는 곳에 보물이 있고, 마음은 끝내 자아를 실현하게 된다고 가르친다. 진정으로 원하는 것을 깨닫고 이를 실현하기 위해 노력하는 과정이 '자아의 실현'을 이루는 것이다.

자아란 일종의 관념이지 실체라고는 할 수 없으며, 이상과 현실 사이에는 간극이 있기 마련이다. 어떠한 삶을 추구하는가는 개인이 선택할 문제이지 구체적인 모델이 있는 것은 아니다. 심리학자 이선 매머핸은 행복의 본질을 즐거움을 경험하는 것, 부정적인 경험을 하지 않는 것, 타인의 웰빙에 기여하는 것과 함께 자신이 성장하는 것을 들고 있다. 이성적 존재로서의 인간은 덕성을 쌓고 자아를 실현하는 과정에서 지속적으로 행복을 누리며 살아가는 것이 이상적인 행복모델이다. 그러므로 노년들도 죽음을 맞이할 때까지 자아의 완성을 향하여 계속 정진하는 것이 성공한 인생의 유종의 미를 거두는 길이다.

16. '너 자신을 알아라.': 이것이 의미 있는 인생의 출발점이다

소크라테스의 말로 알려진 '너 자신을 알아라.'라는 말이 실은 탈레스의 말이다. 이는 의미 있는 삶을 위해서 자신을 성찰하라는 덕목이다. 어떤 사람이 되고 싶은가, 무엇이 가장 의미 있는 것인가, 어떻게 살고 싶은가? 인생에서 가장 중요한 과제가 바로 자신을 정확하게 파악하는 '정견(正見)'을 가지는 것이다. 소크라테스는 "숙고하지 않는 인간은 가치가 없다."라고 하면서 '성찰하는 인간'에게 이러한 근본적인 질문을 던진다. 자신을 성찰하면서 객관적으로 평가할 수 있어야 발전할 수 있다. 이러한 요구가 노년에는 더 가슴에 와 닿는다.

니체는 자신을 가로막고 있는 현실이라는 커다란 벽, 여러 형태로 자유를 속박하고 있는 쇠사슬, 자신을 옥죄고 있는 여러 가지 가치의 줄: 인간은 이런 장벽들을 넘어서서 자신의 가치를 창조하고, 자기 자신을 만들어야 한다고 했다. 그 원동력을 그는 '힘의 의지'라고 부르면서 이를 현상을 극복하고 성장하는 의지라고 했는데, 이를 '권력의지'라고 불렀다. 그 실천적 의미는 '나 자신이 되는 것'이다. 자기만의 길을 만들고 그 길로 걸어가면 된다. 주인으로서의 사명감과 책임감을 가지고 자기 인생의 주인이 되어야 한다. 궁극적으로 '자아완성'을 이루는 것이 최종적인 성공의 종착점이다.

인간의 실천적 질문은 '어떻게 살 것인가?'에 있으며, 가장 추상적인 답변은 '의미 있는 삶'을 사는 것이다. 노년에도 이러한 질문은 필수적으로 제기된다. 보다 구체적으로는 자신의 꿈은 무엇이고, 무슨 일을 선택할 것인가? 건강 상태는 어떤가? 재정 상태는 어떠하며, 재취업을 할 것인가 아니면 창업을 할 것인가? 가정문제를 어떻게 설계하고, 어디서 살 것인가? 인간관계를 어떻게 꾸려갈 것인가? 이들 문제를 고려해서 자신의 노년을 설계하고 출발해야 한다. 그리고 굳은 신념과 의지를 가지고 철저하게 노력하면서 마지막 삶의 길을 걸어가야 한다.

소크라테스는 "삶을 성찰하면서 얻는 이해는 그 자체로 삶에 스며들고 삶의 경로를 좌우한다. 성찰된 삶을 사는 것은 자화상을 그리는 것과 같다."라고 했다. 결국 '의미 있는 삶'이란 자신이 만든 가치를 추구하면서 사는 인생을 말한다. 삶의 가치를 어디에 두느냐에 따라 인생의 목표가 다르고, 삶의 형태가 다르게 나타난다. 인간은 성찰을 하면서 살고, 그 가운데 온전한 인간(=자아)으로 성숙하고 성장해간다. 인생은 바로 사는 것이 중요한데, 이를 위해서는 진실되게 살고, 아름답게 살며, 보람 있게 사는 것이라고 소크라테스는 말했다. 아무런 구속이 없는 노년은 능히 이러한 삶을 추구하면서 자신만의 성을 쌓을 수 있다.

17. 행복은 '긍정적 정서'에서 오는 포괄적 개념이다

긍정심리학자들은 행복이란 여러 가지 긍정정서가 주는 부산물이라고 한다. 마틴 셀리그만은 행복의 다섯 가지 요소로서 긍정정서·몰입·관계·의미와 성취를 들고, 이러한 긍정정서의 포괄적 상태를 행복이라고 하는데, 각 요소의 첫 글자를 따서 '페르마

(PERMA)'라고 부른다. 진정으로 행복한 삶이란 긍정정서를 통해 인생을 즐기는 '즐거운 삶', 삶의 무엇인가에 몰두하는 '몰입하는 삶', 타인과 함께하는 '좋은 삶', 인생의 의미를 추구하는 '의미 있는 삶'과 목표를 달성하는 데 전념하는 '성취하는 삶'이라고 한다. 학자들에 따라 다른 요소들을 들기도 있지만, 이들 긍정정서가 행복을 성취하는 기본적 요소들을 포괄하고 있다.

셀리그만은 행복을 만드는 방법을 과학적으로 검증한 후 행복공식을 만들었는데, 그것은 다음과 같다. H=S+C+V. H(happiness)는 행복의 수준, S(setpoint)는 행복의 설정 값, C(circumstance)는 삶의 상황·조건, V(voluntary action)는 스스로 통제할 수 있는 자발적 행동을 의미한다. 행복의 수준은 일정한 환경과 조건에서 얼마나 스스로 만들어갈 수 있는가에 달려 있다. 여기서 삶의 조건은 개인적으로 변화시킬 수 없으므로 행복의 수준을 끌어올리기 위해서는 자발적 행동을 변화시키는 것이 과제다. 결국 행복은 자발적 행동을 통해 스스로 만들어가야 한다는 것이다.

환경은 개인이 바꿀 수 없으므로 개인이 행복해지기 위해서는 주어진 환경과 조건에서 스스로 행복도를 높이는 것이 우선적 과제다. 노년의 경우도 그렇다. 노년이 되면 우울한 감정이 자라고, 내향적 성격이 증가하며, 의존성이 높아지고, 과거 지향적이 되며, 성역할의 변화가 생기고, 소심해지거나 고집이 생긴다. 이러한 심리적 변화와 나빠진 환경에서도 행복도를 높이기 위해서는 스스로 행복역량을 높여야 하므로 개인적으로 행복을 누릴 수 있는 '지혜'와 '기술'을 쌓아야 한다. 이러한 역량은 일종의 습관으로 형성되고, 연습을 통해 강화될 수 있다. 무엇보다 어려서부터 '교육'을 통해 긍정적 사고를 하도록 키우는 것이 중요하다.

아무리 조건이 갖추어지더라도 스스로 만족하지 못하면 행복해질 수 없다. 조물주가 인간에게 행복을 나누어주었는데, 사람들이 게을러짐에 따라 천사들은 이를 회수해서 각자의 가슴속에 숨겨두었다고 한다. 그런데 인간은 이러한 사실을 알지 못하고 밖에서 행복을 찾아다닌다는 것이다. 저 멀리 행복이 있다기에 찾아다니지만, 사람들은 행복을 발견하지 못하고 제자리로 돌아온다. 행복은 자신 안에 머물고 있다는 사실을 깨달을 때 진정한 행복은 찾아온다. 그러므로 지금 이곳에서 만족하면서 행복을 누리는 사람이 현자이다.

18. 행복은 감정이 아니라 '생활방식'에서 온다

'행복 치유'의 저자들인 댄 베이커와 캐머런 스타우스는 행복은 기분이나 감정이 아니고 '생활방식'이라고 한다. 행복을 누리는 것은 삶의 방식이고 일종의 습관이라는 것이다. 여기서 분명하게 이해해야 할 것은 행복의 본질은 어디까지나 즐거움·만족 등의 주관적 심리 상태이고, 생활양식은 지속적인 행복을 누리기 위한 방법이라는 점이다. 아리스토텔레스는 "우리가 반복적으로 하는 행동이 우리를 형성한다. 그러므로 위대함은 행동이 아니라 습관이다."라고 말했다. 행복을 지속적으로 느끼려면 단순한 일회성 행복감이 아니라 행복을 계속적으로 느끼는 습관이 형성되어야 한다. 부정적 정서를 극복하고 긍정적 정서를 누림으로써 행복은 다가온다. '행복 치유'는 꾸준한 노력과 쉬지 않는 학습을 통해서 행복을 만들 수 있음을 과학적으로 증명하고 있다.

피오나 로바즈는 일상에서 건강·베풂·여가·즐거움 등 행복한 습관을 만들라고 권고하고 있다. 습관을 바꾸면 자신의 인생을 바꿀 수 있다. 불행을 이어가는 습관을 행복을 누리는 습관으로 바꾸는 것이 지속적인 행복을 누리는 방법이다. 노년에는 젊었을 때의 사고방식과 생활양식을 바꿔야 한다. 그런데 습관은 제2의 천성이라고 한다. 습관은 중독성이 있어 고치기가 쉽지 않으므로 이를 바꾸기 위해서는 먼저 뇌의 신호를 자제하도록 노력하고, 반복되는 행동을 바꾸도록 하여야 하며, 적절한 보상을 해주어야 한다. 노년의 경우에도 긍정적인 정서를 누리는 생활습관을 가지도록 노력함으로써 지속적인 행복을 만들어가는 것이 성공하는 인생길이다.

19. 행복은 한마디로 정의할 수 없는 '상대적 개념'이다

행복한 감정은 다양하고 복잡하므로 누구에게나 자기가 추구하는 행복이 따로 있다. 행복은 주관적인 감정에서 나오는 것으로 각자가 원하고 느끼는 행복이 다르기 때문이다. 그래서 행복학자들도 착안하는 관점에 따라 제각기 다른 개념을 내놓고 있다. 특히 노년에는 자신만이 추구하는 행복이 따로 있다. 궁극적으로 사람에 따라 추구하는 행복이 다른 이유는 인생의 목표가 다르고, 추구하는 가치가 다르기 때문이다. 그러므로 행복의 개념은 누구에게나 적용될 수 있도록 일률적으로 정의할 수 없는 '다의적 개념'이고, '복합적 개념'이며, '상대적 개념'이다. 그래서 승려가 된 과학자 마티외 리카르트는 '수천 개의 행복'이 있다고 했는데, 이는 행복의 개념에 대한 정답이 없다는 이야기다.

심지어 탈 벤 호번 교수는 행복에 관한 논쟁은 의미가 없다고 하면서 행복의 '종전 선언문'을 내놓기도 하였다. 더구나 칸트는 행복이란 개념은 이성의 산물이 아니라 '상상의 개념'이라고 했고, 아리스토텔레스는 행복의 '윤리적 성격'을 강조하고 있다. 심리학자와 행복학자들은 행복의 개념을 과학적으로 규명하려고 노력하지만, 행복은 주관적인 심리 상태로서 과학만으로는 규명할 수 없다. 그러니 가능한 한 과학적으로 행복을 규명하고 체계화시키되, 도덕이나 종교적 요소처럼 과학적으로 규명할 수 없는 영역이 포함되어 있다는 점을 인식해야 한다.

그러므로 모든 이론을 종합해서 행복의 실체를 입체적으로 구성해야 행복의 '전체적 모습'을 볼 수 있다. '행복의 5층 집'은 바로 이러한 행복의 모습을 체계화한 것이다. 이처럼 행복은 주관적 감정이므로 그 개념은 사람마다 다르게 이해할 수 있으므로 행복의 유형은 인구수만큼 있다고 할 수 있다. 따라서 행복의 개념을 일률적으로 정의할 수는 없으며, 행복의 정답은 없다는 것이 더 정확한 표현이다. 노년에는 자신이 추구하는 행복모델을 찾고, 스스로 힐링 할 수 있는 행복지도를 만들어 추구하는 것이 마지막 행복으로 가는 길이다.

제3장

노년의 '자산': 남은 자산을 최대한 활용하며 행복을 만들어가는 것이 성공한 인생이다

노년에 가장 큰 비극은 죽음이 아니라 목적 없는 삶을 사는 것이다. 노년이 되면 모든 것을 상실한다고 생각하는 경향이 있다. 그러나 노년에는 젊어서 못 누린 값진 자산이 있다는 사실을 깨닫는 것이 중요하다. 노년에 남겨진 자산은 물질적 자산을 넘어 시간·자유·고독과 영성이란 '정신적 자산'을 포괄하는 개념이다. 그래서 노년은 인생의 황혼기가 아니라 '제2의 인생'을 사는 것이다. 그중에서도 최고의 자산은 살아 있다는 사실과 남아 있는 시간이다. 이들은 노년에 주어진 값진 자산이요, 자아의 완성을 위하여 가는 길 위에 내려진 축복이다. 이들 자산을 최대한 유용하게 사용하면서 의미 있는 삶을 누리는 것이 노년에게 주어진 마지막 과제다. 어떻게 자유와 고독을 활용하며 남은 인생을 사느냐가 노년의 행복을 결정한다. 노년에는 고독이 심화되고 영성이 발달하므로 인생을 관조하면서 행복하게 살아갈 수 있는 마음의 여유가 생긴다. 살아 있음에 감사하면서 이들 자산을 행복을 위해 활용하는 것이 마지막 행복으로 가는 길이다.

1. '남은 시간'을 잘 활용해야 노년에 행복이 찾아온다

모든 생명체는 유한하다. 시간이 곧 생명이요, 가장 값진 자산이다. 노년에 남아 있는 시간은 인생의 덤이 아니라 새로 시작하는 제2의 인생이다. 인간의 수명이 연장되어 장수시대에 들어섬에 따라 30년 정도의 남은 시간이 앞에 놓여 있다. 아직도 인생의 3분의 1이 남아 있는 셈이다. 남은 시간을 어떻게 활용하느냐가 제2의 인생의 가장 중요한 과제다. 인생은 왕복여행이 아니라 편도여행이다. 하루살이처럼 시간은 유한하고, 화살처럼 빨리 지나간다. 한 번 지나가면 다시는 돌아오지 않는다. 남은 시간을 헛되게 소비하지 말고, 유용하게 사용해서 인생의 꽃을 피워야 한다. 어떻게 남은 시간을 활용하느냐에 따라 인생의 성공과 행복이 달려 있다.

노년에는 대체로 많은 시간이 허용되므로 제1의 인생에서 못다한 일을 하면서 자아완성으로 가는 시기로서 노년은 나름대로의 행복을 추구할 수 있다. 무가치한 일에 시간을 소비하지 말고 창조적인 일에 시간을 사용해야 한다. "우리들의 중요한 임무는 희미한 것을 보는 것이 아니라 가까이 있는 분명한 것을 실천하는 것이다."라고 칼라일은 말했다. 새롭게 의미 있는 일을 하면서 인생을 풍성하게 만들 수 있다. 시간은 잘만 사용하면 모든 것을 해결할 수 있는 마술사이다. 쇼펜하우어는 평범한 사람은 시간을 소비하는 데 마음을 쓰고, 재능 있는 사람은 시간을 활용하는 데 신경을 쓴다고 했다. 제2의 인생을 의미 있게 살기 위해서는 구체적으로 인생계획표를 작성하고, 이를 잘 실천해야 한다. 항상 꿈을 가지고 열정을 다해 노력하면 보람 있는 삶을 누릴 수 있게 된다.

나이는 숫자에 불과하다. 노년의 가장 위대한 자산은 젊은 마음을 유지하는 것이다. 젊음이 삶의 에너지를 공급하고 행복을 가져다주기 때문이다. 노년도 열정을 잃지 않으면 청춘이요, 열정을 잃으면 영혼이 시든다. 나이가 들수록 꿈을 간직하면서 열정을 다해 사는 것이 삶에 활력을 불어넣고 가능성을 높이므로 노년에 행복으로 가는 길이다. '도전정신': 그것이 행복으로 가는 출발점이다. 행복해지려면 투자를 해야 한다. 자기 인생을! 샤르는 "내면의 열정을 따르라!"라고 권고한다. '열정' 그 자체가 성공의 원동력이요, 행복의 원천이다. 열정적으로 일하는 노년의 모습은 얼마나 아름다운가?

활기찬 노년의 열정은 문화를 창조해왔으며, 사회에 모범이 된다. 역사적 업적의 64%가 노년에 이루어졌다는 사실이 노년의 가치를 반증해주는 것이다. 괴테·베토벤·헨델·미켈란젤로 등 위대한 인물들의 작품이 인생의 말년에 창작되었다. 노년에는 지혜·영감 등 젊은 시절에 가지고 있지 못했던 자산이 있으므로 더 심도 깊은 작품을 창작할 수 있다. 누구나 자기가 잘할 수 있는 능력과 영역이 있다. 노년이 가지고 있는 잠재적 역량을 성장의 동력으로 활용함으로써 노년에도 큰일을 할 수 있다. 그러므로 노년의 시간을 효율적으로 활용하여 인생의 결실을 맺는 것이 성공한 인생이요, 행복한 노년이다.

2. 노년의 실존도 바로 '오늘'에 있다

인생은 '3일간의 여행'에 비유할 수 있다. 과거인 어제, 현재인 오늘, 미래인 내일: 인생은 이와 같이 3일간을 여행하는 것이다. 어제는 역사, 내일은 미스터리, 오늘은 선물이다. 어제는 지나간 것, 내일은 아직 오지 않은 것, 삶의 실존은 바로 '오늘'에 있다. 오늘을 어떻게 사느냐에 인생의 성공과 행복이 달려 있다. 노년에도 오늘이 내 인생이고, 오늘이 모여서 제2의 인생을 만든다. 노년에는 살아 있는 오늘이 더 소중하고 행복하다. 오늘에 영원이 숨 쉬고 있다는 사실을 감지할 때 행복은 극치에 달하게 된다.

잘못된 것에 대한 후회나 삭이지 못하는 분노 같은 과거의 짐을 지고 힘들게 살지 말고, 안개와 같은 미래에 대한 불안에 휘둘리며 살아서는 안 된다. 이러한 질곡으로부터 벗어나는 것이 행복으로 가는 길이요, 오늘을 행복하게 사는 방법이다. 그래서 최근에 유행하는 신조어가 '소확행(小確行)'이다. 이는 불확실한 미래에서 행복을 찾지 않고 오늘에서 작지만 확실한 행복을 추구한다는 생활태도를 말한다. 노년에는 과거에 산다는 말이 있는데, 그 의미는 즐거운 추억만을 되새기고 부정적인 시간들을 지워버림으로써 과거가 더 행복했다고 회고하는 심성 때문이다. 노년에 무슨 미래가 있느냐고 포기하지 말고, 항상 희망을 가지고 긍정적으로 살아갈 때 노년도 행복한 인생이 될 수 있다.

오직 오늘에 집중하면 모든 불행과 고난을 극복할 수 있고, 기쁨과 평안함이 충만하게 되므로 이것이 행복으로 가는 최선의 방법이다. 항상 주어진 오늘에 감사하고, 부족하지만 오늘에 만족하면서 사는 것이 행복한 인생이다. 항상 의미 있는 일을 하면서 보람을 느껴야 한다. 노년에는 남은 시간을 예측하기 힘들고 짧기 때문에 오늘 하루가 더 중요하게 느껴진다. 칼슨은 "지금 행복하지 않으면 전혀 행복하지 않은 것"이라고 했다. 오늘의 행복이 모여 평생의 행복이 되고, 평생 행복하게 사는 것이 성공한 인생이다.

"행복을 즐겨야 할 시간은 지금이고, 행복을 즐겨야 할 장소는 이곳이다."(로버트 인젠솔) 이 말은 고대 철학에서부터 회자되어 왔다. 이처럼 행복은 저 멀리 있거나 다가올 미래에 있는 것이 아니라 '지금 이곳'에서 누려야 한다. 마테를링크의 소설 '파랑새'에서 교훈을 얻을 수 있다. 행복을 준다는 파랑새를 찾아 이곳저곳을 찾아다녔지만 행복을 발견하지 못하고, 결국 자기 집 안에 있다는 것을 깨닫게 된 것이다. 이처럼 행복은 미래의 목표가 아니라 현재의 선택이다. 지금 이곳에서 행복을 느끼며 사는 것이 노년에 행복으로 가는 비결이다.

3. '오늘'에 충실한 것이 행복으로 가는 지름길이다

노년에도 오늘 하루를 어떻게 사느냐가 인생을 결정한다. "우리가 극복해야 할 것은 현재뿐이다. 과거나 미래는 우리를 괴롭힐 수 없다. 과거는 이미 존재하지 않고, 미래도 아직 존재하지 않기 때문이다."(스토아학파) 롱펠로는 인생찬가에서 "아무리 즐거울지라도 미래를 믿지 말라! 죽은 과거로 하여금 그 죽음을 묻게 하라! 활동하라. 산 현재에 활동하라! 가슴속에는 심장이 있고, 머리 위에는 신이 있다!"라고 노래하고 있다. 과거도 아니고 미래도 아닌 오늘만이 인생의 실존이다.

뉴욕 브루클린 거리에 있는 보드빌 극장의 석조현판에는 "오늘에 충실하라. 세월은 날아가나니!"라고 적혀 있다. 시간은 화살처럼 빨리 지나간다. 노년에는 시간이 더 빠르게 지나간다고 느껴진다. 매주 금요일 인터넷신문 '시인뉴스'에 '행복의 향연'이란 칼럼을 실어왔는데, 항상 금요일같이 느껴진다. 그러므로 오늘 하루를 열심히 충실하게 잘 사는 것이 중요하다. 오늘 하루는 인생의 축소이다. 따라서 노년에도 오늘을 어떻게 사느냐가 남은 인생을 결정한다.

영화 '죽은 시인의 사회'에서 키팅 선생님은 학생들에게 '카르페 디엠(지금 이 순간을 즐겨라)'을 주입시킨다. 이 말은 현재를 즐겁게 놀라는 것이 아니라 현재의 중요성을 알고 현재에 충실하게 살라는 말이다. 오늘에 충실하게 살려면 목표에 맞추어 삶을 단순화하고, 우선순위에 따라 시간을 활용하며, 주어진 시간과 에너지를 최대한 집중·관리하여야 한다. 오늘에 충실하게 사는 사람이 성공할 수 있고, 행복을 누릴 수 있다.

매일같이 하루 일을 그날 완성하면 그 인생은 성공한다. 윌리엄 오슬러는 "오늘을 충실하게 사는 것"이 성공의 비결이며, 에크하르트 톨레는 "구원은 지금 이곳"에 있다고 했다. 영원이란 바로 오늘에 있다. 오늘이 인생의 마지막 날이라고 생각하면 생각과 행동이 사뭇 진지해지고, 시간을 효율적으로 사용할 것이다. 노년에도 오늘, 아니 지금에 몰입하면서 행복한 삶을 만들어가는 것이 성공하는 인생이다. 이 길이 구원으로 가는 길이요, 지속적으로 행복을 누리는 방법이다.

4. 지금 이곳에 '천국'을 건설하자

오늘날처럼 풍요로운 세상에 살면서 사람들이 불안하게 느끼는 것은 희망이 없기 때문이다. 예나 지금이나 사람들은 고해와 같은 세상을 탈출하기 위해 항상 '유토피아'를 꿈꾸어왔다. 그곳에는 아무런 고통과 번뇌가 없고, 풍요와 평화와 사랑만이 가득할 것이라는 꿈을 그리고 있다. 그러나 부세의 시처럼 유토피아를 찾아서 산 넘고 강 건너 찾아 나섰지만, 그런 곳은 결코 나타나지 않았다. 국민 전체의 행복을 보장한다는 정치적 이념은 전체주의를 초래하고,

그 결과는 패망으로 끝난다는 역사적 교훈을 잊어서는 안 된다. 국가가 제공할 수 있는 것은 행복 그 자체가 아니라 행복을 추구할 수 있는 틀을 제고하는 데 있다. 완전하고 영원한 행복은 지상에서는 만날 수 없다는 것이 인간 경험칙의 예상이다.

유토피아란 '그런 곳은 지상에는 없다'는 말이다(Utopia is no where!). 실제로 미래에는 과학·기술의 발전과 환경파괴로 인해 공포로 휩싸인 디스토피아가 다가올지도 모른다. 그러나 유토피아는, 비록 허상일 수 있지만, 살기 좋은 사회를 그리는 인간의 꿈이고, 현실세계를 변화시키는 원동력이 되어 왔다. 띄어쓰기만 다시 하면 '유토피아는 지금 이곳에 있다(Utopia is now here!).' 소로는 신과 천국이 가장 가까운 곳: 그곳은 월든이라고 불리는 호수의 가장자리라고 했다. 그렇다. 자신에게 마음의 평화가 임하고 천국임을 믿으면 그곳이 바로 천국이 되는 것이다. 니체도 "가능한 한 행복하게 살아라. 그러기 위해서는 현재를 즐겨라. 마음껏 웃고, 이 순간을 온몸으로 즐겨라."라고 했다.

천국은 죽은 후에 갈 수 있다고 믿는 이상향이 아니라 살아서 우리들 마음속에 건설해야 행복한 인생을 누릴 수 있다. 저자는 등산을 하러 나서면서 내자에게 '당신은 죽은 후에 천당에 가기 위해 교회로 가고, 나는 살아서 내 마음속에 천국을 건설하기 위해 산으로 간다.'라는 이야기를 하곤 했다. 사람은 죽어서 천국에 갈 수 있다는 종교적 교리에 묶여 있지 말고, 살아서 건강하고 즐겁게 사는 것이 마음속에 천국을 건설하는 것임을 믿고 사는 것이 행복으로 가는 지름길이다. 에크하르트 톨레는 구원은 '지금 이곳'에 있다고 했다. 당신이 서 있는 곳에서 지금 천국을 발견하는 사람이 구원을 받는 것이다. 영원은 바로 오늘에 있다는 사실을 깨닫게 될 때 천국은 마음속에 건설될 것이다.

일본 베네스홀딩스의 후쿠타케 회장의 소망은 "노인만 남아 있는 섬에 천국을 만들고 싶다."라는 것이다. "노인이 활짝 웃는 곳이 행복한 세상입니다. 나는 죽은 뒤가 아니라 지금 이곳에 천국을 만들고 싶었습니다." 그가 30여 년을 투자해서 젊은이들은 떠나고 노인들만 남아 있는 섬을 예술을 통해 생명을 불어넣고 있다. 그는 '공익자본주의'를 추구하면서 경제는 문화에 종속되어야 한다는 신념에 따라 기업이 창출한 이윤을 문화 창출에 쏟아붓고 있다. 예술로 만드는 '노인 천국': 부럽다. 그의 정신과 아이디어가 지상에 건설되는 천국이다. 그의 정신이 자본주의를 재건함으로써 지상에 천국이 임하기를 기원해본다.

자크 프레베르는 자작시 '주기도문'에서 이처럼 노래하고 있다.

"하늘에 계신 우리 아버지
그곳에 그대로 계시옵소서.
그리고 저희는 이 땅 위에 이대로 있겠습니다.
이곳은 때로는 이렇듯 아름다우니."

5. 은퇴 후에 찾아오는 '자유'를 최대한 활용하자

은퇴 후에 찾아오는 것: 아! 이제 나는 '자유'다. 자유! 무엇이든 자기가 하고 싶은 것을 할 수 있다는 자유: 그 이상 중요한 보물이 어디 있으며, 그 이상 누릴 수 있는 행복이 무엇이랴. 온전히 나에게 주어진 시간에 무엇을 할까 꿈이 떠오른다. 무지개가 피어오르듯이. 모든 속박으로부터 해방되어 누리는 자유가 노년의 최대의 자산이다. 노년에도 행복으로 가는 길은 사방으로 열려 있다. 열린 마음으로 세상을 바라보면 모든 가능성이 보인다. 자신의 자유의지를 가지고 선택할 수 있다. 그런데 무엇을 할 것인가의 선택권을 행사하는 것은 쉽지 않다. 주어진 자유 v. 누릴 수 있는 자유: 그 사이에 간극이 생긴다.

온전히 나에게 주어진 시간으로 무엇을 할까? 노년에는 지금까지 하지 못한 일, 의미 있는 일, 하고 싶은 일, 새로운 일을 계획하고 실천에 옮길 수 있다. 이러한 일들을 함으로써 제2의 인생을 아름답고 풍성하게 꾸릴 수 있다. 물론 용기가 필요하다. 자신의 모든 것을 걸면 열정이 솟아오르고 힘이 생긴다. 그러면 새 길을 걷는 제2의 인생이 저녁 서산에 걸려 있는 일몰처럼 빛날 것이다. 이러한 삶이 누구나의 로망이 아닐까? 예술가들은 주어진 자유를 창작 활동에 온전히 투입함으로써 작품을 만들어내고, 위대한 작품들은 세상을 바꾸면서 역사에 길이 남게 된다.

노년에도 인생의 최대의 과제는 '어떻게 살 것인가'의 문제이다. 노년(life: L)은 남아 있는 에너지(E)와 주어진 시간(T)의 총합이다 (L=E×T). 성공이란 주어진 에너지와 시간을 가장 효율적으로 사용함으로써 이루어내는 결과물이다. 삶의 문제는 결국 어떤 인생을 살 것인가의 문제이고, 성공적인 삶은 어떻게 주어진 시간과 에너지를 효율적으로 사용하는가에 달려 있다. 노년에게는 비록 시간과 에너지가 한정적이지만, 오로지 자신의 뜻대로 활용할 수 있으므로 어떻게 관리해서 그 가치를 극대화하느냐가 최대의 관제이다.

시간은 잘만 사용하면 모든 것을 해결할 수 있는 마술사이다. "영원히 살 것처럼 꿈꾸고, 오늘 죽을 것처럼 살아라."(제임스 딘) 이 말은 인생을 가장 효율적으로 사용하라는 경구이다. 그런데 자유가 무제한으로 부여되면 자유의지를 가지고 어떻게 선택할 것인가에 어려움이 생긴다. 선택의 자유를 잘 행사하는 노년이 행복하게 살 수 있다. 노년에도 자기에게 남은 시간과 에너지를 잘 관리하고 효율성을 높이는 것이 아름다운 인생을 마무리하는 자세이며, 노년에도 성공과 행복은 이와 같은 시간 관리에 달려 있다.

6. '자유'는 인간답게 살기 위한 기본적인 조건이다

자유 없는 행복은 생각할 수 없다. 자유는 인간답게 살기 위한 기본적인 조건으로 행복의 중요한 요소이다. 인간은 원래 자유롭게 태어났지만, 여러 가지 사회조직 속에서 구속을 받으며 살아가고 있다. 그러다가 노년이 되면 사회적 속박으로부터 해방되면서 진정한 자유를 누릴 수 있게 된다. 자유는 인간이 공동체 안에서 개체성을 확립함으로써 인간다운 생활을 누릴 수 있게 만드는 가장 중요한 조건이다. 그래서 선택의 가능성을 가지고 자신의 인생을 스스로 일구어가는 자율성이 자긍심을 심어주고, 행복에 큰 심리적 영향을 미친다.

뉴욕시의 허드슨강 하구에 위치한 자유의 섬에 '자유의 여신상'이 우뚝 서 있다. 이 여신상은 전 세계를 향하여 자유의 중요성을 알리는 상징물이 되었다. 왼손에는 법전을 움켜쥐고 있는 것은 자유는 법에 의해 보장되지만, 또한 법의 테두리 안에서만 보호받을 수 있다는 것을 의미한다. 여신상은 승리의 상징으로 월계관을 쓰고 있으며, 횃불을 들고 전 세계를 향하여 자유를 외치고 있다. 자유는 인류가 누려야 할 가장 소중한 가치이지만 절대적 권리가 아니며, 법과 질서 안에서 보장되는 상대적 자유라는 것을 전 세계에 알리고 보급하는 것이 이 여인상의 존재 이유이다.

아우렐리우스는 영혼의 두 가지 공통점으로 남에게 속박을 받지 않는 것과 선으로써 모든 욕망을 억제하는 것을 들고 있다. 인간의 욕망이 행동의 동기가 되므로 자유는 창조의 원천이 되는데, 자유를 통해 인간은 잠재력을 발견하고 활동의 폭을 넓히며 사회에 기여할 수 있다. 천경자 화백은 담배를 피워 물고 긴 한숨을 내리쉬며 거울에다 연기로 '자유'라고 썼다고 한다. 그 자유가 창작의 원동력이 된 것이다. 칸트는 인간이 인과율에 복종하지 않고, 자율성을 가지고 도덕률에 따라 행동하는 것이 진정한 자유라고 했다. 자유 없는 행복은 무의미하다. 노년에도 '자유의지'를 가지고 있기 때문에 어떻게 살 것인가를 스스로 결정하고, 스스로 행복의 길로 들어서야 한다.

7. 자유의 행사에도 '과유불급의 원칙'이 적용된다

어느 시인은 "일탈한 자 별똥이 자유롭다"고 노래하고 있다. 그야말로 시적이고 비유적이다. 그런 표현을 하는 것은 시인의 자유다. 상상의 날개를 펴고 사고의 폭을 넓히며 새로운 세계를 만날 수 있다. 그러나 자유란 이처럼 자연 상태에서 아무런 제약 없이 마음대로 할 수 있는 '자연적 자유'를 의미하지 않는다. 이러한 자유는 로빈슨 크루소가 누린 것처럼 무인도에서나 가능하지, 사회공동체 안에서는 인정될 수 없다.

루소는 사회계약을 통해 시민사회에 들어옴으로써 인간은 자연적 자유를 포기하고 진정한 자유를 찾게 된다고 했으며, 진정한 자유는 시민적이고 도덕적이며 법의 지배에 복종하는 데 있다고 했다. 개인적 자유는 사회공동체 안에서 황금률인 '공생의 원리'와 조화를 이루어야 한다. 즉, 개인적 자유는 무한적으로 인정되는 것이 아니라 다른 사람의 권리를 침해하지 않고 사회질서를 파괴해서는 안 되는 공동체 가치와 조화되는 범위에서 허용되는 것이다.

우리나라는 짧은 기간에 민주화의 토대를 쌓아왔고, 개인의 자유가 상당한 수준에서 보장되고 있다. 그런데 많은 사람들은 자유의 남용과 방종을 일삼으며, 자유를 앞세워 '법과 질서'를 파괴하는 사람들이 있다. 자기가 하고 싶은 대로 행하는 것이 자유가 아니다. 사회질서에 위배되거나 사회윤리를 무시하는 행위는 방종 또는 일탈이지 진정한 자유가 아니다. 대표적인 예가 집회의 자유를 내세워 불법적으로 시위를 하는 경우이다. 세상에 경찰이 데모대에 의해 폭력을 당하고, 경찰차량들이 파손되며, 파출소가 파괴되는 나라가 어디 있는가?

오늘날에는 이처럼 자유의 일탈 또는 과잉이 오히려 문제가 되고 있다. 자유는 중요한 가치이지만 '절대적 가치'가 아니며, 질서와 평화, 다른 사람의 인권 등 공동체 가치와 조화를 이루는 선에서 보장되고 행사되어야 한다. 자유는 '법과 질서(law and order)' 안에서 보장되는 상대적 가치이다. 자유도 지나치면 모자람만 못하다(過猶不及). 자유의 행사에도 '중용의 법칙'이 적용되어야 한다는 사실을 명심해야 한다.

우리 헌법은 모든 자유와 권리는 '국가안전보장, 질서유지 또는 공공복리'를 위하여 필요한 경우에 한하여 '법률'로써 제한할 수 있는데, 그 제한은 '본질적 내용'을 침해할 수 없도록 명문으로 규정하고 있다(제37조 2항). 헌법이 보장하는 인권의 범위와 그 구체적인 한계는 국민의 대표기관인 국회가 정하는 법률에 의해 결정된다. 엄정한 입법과 공정한 집행을 통해 건전한 공동체가 작동할 때 행복을 온전하게 누릴 수 있다.

8. '자유로부터의 도피'는 인간의 존엄성을 포기하는 것이다

자유는 그 자체가 하나의 권리로서 무제한의 것이 아니라 내재적인 한계를 지니고 있다. 독재정치와의 오랜 투쟁을 통해 인류는 자유를 획득했지만, 자유에는 고독과 책임이 뒤따른다. 그래서 한편으로는 자유를 누리면서 행복을 추구하지만, 다른 한편으로는 자유의지를 가지고 모든 사항을 결정함에 있어서 무한한 고독을 느끼며, 자기가 선택한 사항에 대해서는 무한의 책임을 져야 한다. 이러한 현실 앞에서 자유의지에 따른 선택의 어려움을 느끼고, 많은 사람들이 절망을 하게 된다. 여기에 자유의 빛과 그림자가 공존하고 있다.

자본주의가 발전하면서 구조적 실업이 심각한 문제가 되고, 신자유주의 깃발 아래 후진 국가들은 심각한 경제적 위협을 받게 됨에 따라 이들에게 형식적 자유란 의미가 없으며, 자신의 자율성을 지키는 데는 어려움이 생겨 결코 자유롭지 못하게 되었다. 그래서 먹고 살면서 누릴 수 있는 실질적 자유를 요구하게 되었는데, 이를 헌법상 보장한 인권이 '생존권'이다. 그리하여 인권의 성격은 단순한 국가로부터의 자유를 의미하는 '소극적 자유'뿐 아니라 국가의 간섭을 통한 자유의 실현을 의미하는 '적극적 자유'를 포괄하게 되었다.

시간이 흐를수록 개인의 고립감과 무력감은 더욱 증대되어 왔다. 그리하여 개인의 자율과 자유는 국가의 목적 또는 세속적 권위에 종속됨에 따라 개인은 적극적인 자유를 행사할 수 없는 한 자유로부터 도피할 수밖에 없게 된다. 이러한 도피의 중요한 통로로 프롬은 파시스트 국가에서 보급된 '지도자에의 예속'과 민주국가에서 널리 퍼진 '강제적 순응'을 들고 있다. 권위주의의 특징은 인간의 삶이 자아를 초월하는 어떤 힘에 의해 결정되는 것인데, 인간이 행복해지는 유일한 방법은 이러한 힘에 복종하는 길밖에 없다는 것이다.

인간은 이처럼 권위주의하에서 자신의 자유를 포기하고 도피하면서 권력에 순응함으로써 행복을 누리고자 하는 경향이 있다는 것이다. 이러한 현상을 잘 설명하고 있는 저서가 프롬의 '자유로부터의 도피'이다. 소비에트연방을 비롯한 사회주의국가와 독일·이탈리아·일본 등의 전체주의국가에서 인류는 쓰라린 경험을 했다. 제2차 세계대전 후 신생국가들은 민주주의와 함께 자유를 누릴 수 있는 기회를 맞이했지만, 아직도 참된 자유를 누리기에는 길은 멀기만 하다. 개인들이 진정한 자유를 누리고 나아가 자율성을 존중받기 위해서는 투철한 '자유의식'을 가지고 진정한 자유를 누리기 위해 지속적으로 노력해야 한다. 노년에도 이러한 자유의식을 가지고 진정한 자유인으로서 자유를 만끽하면서 행복을 추구해야 한다.

9. 궁극적인 자유는 '욕망'을 내려놓을 때 느낄 수 있다

오늘날 우리들은 국가로부터 아무런 간섭이나 강제를 받지 않으니 '국가로부터의 자유'를 누리고 있다. 우리나라는 개인의 자유가 헌법에서 광범하게 보장되고 있고, 민주화가 상당한 수준에 올라서면서 국가가 권력을 남용하여 인권을 유린하던 관행도 거의 사라졌다. 그럼에도 불구하고 사람들은 왜 자유롭다고 생각하지 못하는가? 그 이유는 아직도 무엇인가에 대한 집착과 욕망이 남아 있기 때문이다. 자유롭게 선택을 하면 어느 정도까지 행복도는 높아지지만, 그 한계점을 넘어서면 선택 만족도는 떨어진다. 어떤 선택도 반복하게 되면 신선도가 떨어지고, 만족감이 줄어드는 것이 인간의 심성이다. 일종의 쾌락적응현상이다.

에픽테토스는 "자유는 욕망을 채움으로써가 아니라 버림으로써 얻어진다."라고 했다. 욕망만 내려놓으면 마음이 자유롭게 된다. 진정한 자유는 최종적으로 '마음의 자유'를 통해 누리게 되는데, 이성의 힘을 통해 스스로 욕망을 통제할 때 얻을 수 있다. 루소에 있어서 최종적인 자유란 물질적 의존이나 정신적 속박으로부터 해방되는 것을 의미하였다. 궁극적으로 욕망으로부터 해방되어야 진정한 자유를 누릴 수 있게 된다. 이러한 자유는 내적 자유를 의미하고, 궁극적으로는 '심리적 문제'에 속한다. 이러한 간단한 사실, 아니 진리를 깨달아야 진정한 자유인이 될 수 있고, 참된 행복을 누릴 수 있게 된다.

'비움'을 실천하며 살아야 인생이 자유로울 수 있다. 연꽃이 아름다운 이유는 스스로 감당할 만한 빗방울만 담고 있기 때문이다. 사람의 마음이 욕망으로부터 해방될 때 진정한 자유로움을 누릴 수

있으며, 무엇을 하든 행복을 느끼며 살 수 있다. 그런데 사람들은
이 간단한 진리를 깨닫지 못하고 욕망의 노예가 되어 세상을 방황
하고 있다. 그릇은 빈 공간을 가지고 있기 때문에 담을 수 있는 것
처럼 사람도 빈 마음을 가질 때 무엇인가를 담을 수 있다. '비움'이
곧 채움이란 진리를 깨닫는 것이 행복으로 가는 지름길이다. 이러
한 비움의 자세를 갖추게 되어 욕망을 추구하지 않음으로써 행복을
누릴 수 있게 되는 것이 노년의 축복이다.

10. '그리움'은 인생의 값진 자산이다

노년에 있어서도 그리움은 무형의 값진 자산이다. '그리움'이란
미지의 세계에 대하여 동경하는 마음을 말한다. 그리움 때문에 미
래에 대한 희망을 떠올리고, 무엇인가 기대감을 가지게 된다. 행복
은 그리워하는 순간에 있으며, 그리워하는 마음에 있다는 것을 반
추해본다. 가슴속에서 그리움이 숨 쉬지 않고 있다면 그 인생은 얼
마나 황막할 것인가? 그리움은 인생의 의미를 추구하는 과정에서
생기고, 삶의 원동력이 되며, 소망을 키우면서 보다 질 높은 행복을
제공해준다. 그리움의 대상은 따로 없으며, 구체적인 모습은 스스
로 형상화시키는 것이다. 하고 싶은 일, 보고 싶은 사람, 미지의 세
계, 만들고 싶은 세상. 모든 것들의 재료는 그리움이다.

노년에도 그리움으로 가는 길은 어디에나 있으며, 내 마음속에서
형상화될 때 기대감과 즐거움을 준다. 과거의 사연들은 아련한 추
억으로 남아 있으면서 행복의 한 자락을 깔아줄 수 있다. 그러나
중요한 것은 현재의 그리움이다. 자신이 그리움을 키우는 만큼 행
복도 자란다. 비록 그리움 때문에 마음이 아플 때도 있지만, 그것이

자라면 희망이 되고, 사랑으로 피어난다. 노년에도 그리움의 집을 짓고 그 속에서 행복의 꽃을 피우며 살아가자. 적어도 그리움은 인생에 활력을 불어넣어 줄 수 있으니 항상 간직하고 사는 것이 좋다. 노년에도 그리움만 간직하고 있다면 행복의 꽃은 내 마음의 정원에서 가득 피어오를 것이다.

그리움은 우리들 '가슴속'에 있다. 지금도 추억이 머물고 있는 그곳이 그립다. 눈 감으면 불현듯 나타나고 눈을 뜨면 곁에 있는 듯 그리움이 유혹하는 곳: 해후의 기쁨과 함께 이별의 아픔을 감수해야 하는 그곳으로 달려가고 싶다. 대지에도 바다에도 창공에도 어디에나 그리움의 징표는 있지만, 실제로 그것이 머무는 곳은 '가슴속'이다. 그리움이 찾아가는 곳은 결국 한 사람이다. 괴테는 "자신이 절반에 불과하다는 사실을 깨닫게 될 것이다. 자신을 완전한 것으로 만들기 위해 한 사람의 여성을 추구하게 된다."라고 했다. 그리움은 마음을 움직여 그곳으로 달려가게 만든다. 그리움으로 그대에게 다가가 고독이란 옷을 벗어버리고 구원을 얻고 싶다.

11. '그리움을 향한 독백'이 행복을 선물한다

그리움은 상상의 날개를 펴고 세상을, 아니 우주를 여행한다. 그리움은 삶에 활기를 불어넣고 희망을 선물한다. 인생에 있어서 가장 중요한 자산이 그리움이다. 아무 곳도 막힘이 없으니 자유다. 그리움이 지나가면 길이 된다. 그곳은 무한대의 공간이요, 막힘없는 시간이다. 모든 것이 자유로우니 그곳은 해방공간이다. 상상력이 그 주인공이고 창조의 원동력이 된다. 그 순간순간에 미망 속에서 한 줄기 빛을 바라보며 미래를 열어온 것이다.

그리움은 과거를 품고, 미래를 열며, 현재를 살아간다. 그리움이 있기에 가슴은 뛰고, 희망이 생기며, 내일이 기다려진다. 그리움은 상상의 세계를 그린다. 그리움이 형상화되어 스토리를 만들어내고, 창조의 원동력이 된다. 그리움은 사랑의 씨앗으로 사람들을 이어준다. 그리움이 고리가 되어 관계를 만들어낸다. 그리워하는 마음이 곧 행복이요, 정신세계를 살찌게 만든다. 그리움 속에서 구원을 받을 수 있다면 행복은 완성될 것이다.

그래서 그리움을 형상화해 본다. 시가 아니어도 좋다. 독백이어도 괜찮다. 어떤 시인은 법언 같다고 했다. 중요한 것은 그리움이 있기에 이런 시가 탄생할 수 있다는 사실이다. 그리움을 키워가면서 지속적인 행복으로 가는 인생은 얼마나 아름다운가? 그리움은 행복을 실어다 주는 마차이므로 이것을 타고 인생길을 달려가는 것이 행복으로 가는 길이다. 그리움의 동산에서 행복의 꽃을 키우며 유토피아를 건설합시다. 그리움은 내 가슴속에 있으니 내 안에 천국이 들어설 것 아니겠는가?

그리움을 향한 독백

그리움이란 내일을 기다리는 마음
사랑을 그리는 마음
그대를 향한 마음입니다

그리움 때문에 오늘이 즐겁고
가슴이 뜨거워지고

그대가 그립습니다

미래가 있기에 그리움은 오늘에 머물고
사랑이 있기에 그리움은 계속 자라고
그대가 있기에 그리움은 형상화됩니다

그리움이 없다면 내일은 없을 것이고
사랑은 메말라버릴 것이며
그대는 망각의 세계로 사라질 것입니다

그리움을 키워야 밝은 미래를 맞이할 수 있고
사랑의 불꽃을 피울 수 있으며
그대 곁으로 다가갈 수 있습니다

그리움은 미래에의 관문이고
사랑의 열쇠이고
그대의 분신입니다

그리움으로 당신에게 다가가
자유함을 누리고
구원을 얻고 싶습니다

12. 그리움은 '창조의 원동력'이 된다

노년에도 의미 있는 삶을 살기 위해서는 남은 시간을 소비하는 데 급급할 것이 아니라 창조의 시간으로 승화시켜야 한다. 로베르 미스라이는 노년들에게 '늙는 법'을 재교육시켜야 한다면서 기쁨, 죽음과 함께 '창조'를 들고 있다. 나이가 들어도 사고의 창조성은 시들지 않는다. 항상 마음에 젊음을 유지하면서 새로운 것을 추구한다면 창조의 능력이 발현될 것이다. 그 영역은 자신이 추구하는 영역이면 어디서나 가능하다. 다만 예술·철학·과학 등 정신적 영역이 더 적합할 것이다. 위대한 사람들의 작품이나 발명품은 말년에 나왔다는 사실을 명심하라. 뜻이 있으면 반드시 이룰 수 있으리니.

그리움은 상상의 날개를 펴고 떠돌면서 새로운 세계를 그린다. 천경자 화백은 결혼에 여러 번 실패했다. 상대방이 있는 남녀 간의 사랑에는 실패했지만, 사랑의 감성은 무한한 것이기에 사랑이 작품의 주제가 되기도 하고, 한마저도 평생 작품을 그리는 데 힘이 되었다. 그래도 자기 인생을 이끌어준 것은 '꿈, 사랑과 모정'이라고 했다. 꿈은 그림과 함께 호흡을 해왔고, 이것을 뒷받침해 준 것이 사랑과 모정이었다. "그린다는 것은 그리워하는 것입니다. 그리움은 그림이 되고 그림은 그리움을 부르지요."(바람의 화원) 이처럼 그리움은 모든 예술의 원동력이기도 하다. 과학자·예술가 등 위대한 사람들은 바로 그리움이 낳은 인물들이다.

그리움이 사람들을 예술의 세계로 이끌어내고, 예술을 창조하는 과정에서 행복을 선물하고 있다. 그러나 그리움은 예술세계에서만 존재하는 것이 아니라 미지의 세계에 대한 호기심을 유발하며, 사랑을 유도하고 인생에 꿈을 주는 매체이기도 하다. 그러기에 그리움을 느끼지 못하는 인생은 오아시스 없는 사막처럼 얼마나 황막한 것인가? 그러니 행복한 인생을 꿈꾸려면 그리움을 만들고 간직하며 살 일이다. 우리 모두 그리워하자! 자연을, 사람을, 아니 모든 것을…. 그리움을 간직하고 사는 인생은 항상 희망이 있고, 에너지가 넘치며, 지속적인 행복을 누릴 수 있다. 노년에도.

인생이란 어쩌면 기다림의 연속일지 모른다. 노년에도 기다림을 통해 희망을 키워가며 살아가야 한다. 베케트의 희곡 '고도를 기다리며'는 인간의 근원적 문제를 다루고 있다. 분명한 것은 사람들은 누구나 주인공들처럼 '고도'를 기다리며 살고 있다는 사실이다. 그가 누구이며 어떤 자세로 기다리고 있는가가 다를 뿐… 그것은 내일이고, 소망이며, 그리움으로 인생의 나침반이 되고 등대가 될 수 있다. 마음속에 '고도'가 들어올 때 사람들은 희망을 가지고 위안을 받으면서 행복의 길을 걸어갈 수 있다. 인생은 이처럼 기다림의 연속이다. 자신만의 '고도'를 그리는. 노년에도 항상 기다리는 마음으로 살아가면 희망이 행복이라는 선물을 가져다줄 것이다.

제4장

노년의 '행복조건': 행복을 누리려면 충분한 준비를 해야 한다

은퇴는 인생의 끝이 아니라 새로운 시작, 즉 '제2의 인생'이 시작되는 것을 말한다. 은퇴 후 의미 있는 삶을 살기 위해서는 은퇴 전에 충분한 준비를 해야 한다. '행복의 조건'들을. 은퇴 후에는 인생을 새롭게 디자인해야 한다. 계속 꿈을 간직하면서 은퇴설계도를 작성하고, 자신감을 가지고 남은 시간과 에너지를 가장 효율적으로 사용해야 한다. 심리학자들은 돈·권력·명예·관계·사랑·성 등 여러 가지 행복의 조건들을 말한다. 이들 조건을 많이 충족시킬수록 행복을 누릴 가능성은 높아진다. 노화의 과정을 거치는 노년기에는 여러 가지로 그 환경과 조건들이 젊었을 때와는 다르고 또한 사람에 따라 상이하므로 노년에게 걸맞은 행복을 스스로 선택해서 추구하면서 사회에 귀감이 될 수 있도록 살아가야 한다. 노년의 행복과 불행이 궁극적으로 인생의 성공과 실패를 결정한다. 마지막 인생을 자아완성을 향하여 걸어가도록 최선의 노력을 다하는 것이 아름다운 인생이다.

1. 시간 관리를 위해 '은퇴설계도'를 작성하자

먼저 은퇴 시기를 결정하고, 수많은 버킷리스트 중에서 자신이 가장 원하고 가능한 것을 선택해서 노년설계도를 작성해야 한다.

그 계획은 이상적일수록 좋지만, 실현 가능한 것이어야 한다. 노후 계획은 빨리 작성해서 준비를 철저하게 해둘수록 좋다. 노년에도 할 일은 많이 있다. 마지막 소망으로 무엇을 하다가 갈 것인가? 자신이 할 수 있는 일 중에서 가장 하고 싶은 일, 의미 있는 일, 사회에 귀감이 되는 일을 선택해야 한다. 제1의 인생에서 하던 것을 완성하든 새로운 것을 선택하든 간에 제한된 시간에서 할 수 있는 구체적인 목표를 정해야 한다. 가장 기본적인 조건이 경제문제이므로 최소한의 필요한 자금을 조성해놓아야 한다. 그리고 어떻게 인간관계를 맺고, 어떤 인생을 살 것인가를 결정해야 한다.

마지막 인생을 행복하게 살기 위해서는 마지막 인생 시간표를 잘 구성해야 한다. 제1의 인생은 타의에 의해 주어진 존재였지만, 제2의 인생은 스스로 선택하여 설계할 수 있다. 행복과 불행은 스스로 선택하는 것으로 자율권을 가지고 자신의 운명을 결정할 선택권이 있다. 제2의 인생은 자아완성을 위한 기간이다. 목표를 달성하기 위해서는 항상 피드백 하면서 유연성을 가지고 계획을 수정해가는 것이 현명한 자세다. 최후의 승자가 진정한 승자인 것처럼 마지막 인생을 행복하게 사는 사람이 성공한 인생이요, 행복한 사람이다. 준비된 사람만이 노년의 행복을 누릴 수 있으므로 만반의 준비를 해야 아름답고 훌륭한 노년을 살 수 있다.

2. 사람들은 노년을 잘 보내기 위한 '일반적인 조건들'을 말한다

노년에 행복을 누리기 위한 조건들이 인터넷에서 회자되고 있다. 남성들은 돈·건강·일·친구와 아내 등 최소한 다섯 가지 요소를 갖추어야 마지막 행복을 누리며 살아갈 수 있다고 한다. 인간다운 생활을 누릴 수 있는 최소한의 돈이 있어야 하고, 병원에 자주 드나들지 않고 살 수 있는 건강이 유지되어야 하며, 무엇인가 하면서 소일할 수 있는 일이 필수적이고, 자주 교류할 수 있는 친구가 중요한 자산이며, 대화를 나누며 함께 생활할 수 있는 부인이 있어야 한다. 이들 요건이 전부라고는 할 수 없고, 사람에 따라 우선순위가 다를 수 있지만, 일반적으로 회자되고 있는 노년의 행복조건들이다.

여성들에게는 그 요소와 순위가 다르다. 여성들은 건강·돈·친구·딸·반려동물 등 다섯 가지를 꼭 필요로 한다고 한다. 여성에 있어서도 건강은 필수적이고, 돈도 다른 사람들에게 예속되지 않을 만큼 최소한 필요한 만큼은 가지고 있어야 한다. 여성들은 잘 보살펴줄 수 있는 딸과 함께 놀아줄 수 있는 친구와 동물을 들고 있다. 여성들은 대화를 함께 나누고 함께 놀아줄 수 있는 상대가 가장 중요한 것이다. 여성들은 밖에서 일을 해오지 않아서인가, 아니면 일할 기회가 없다고 생각해서인가 일을 행복의 조건으로 들지 않고 있다. 남편은 평소 대화의 상대가 못 되었고, 앞으로 보살펴야 할 짐으로만 생각하니 이들 요건에서 빠진다. 물론 여기에는 풍자적 요소가 들어 있으며, 그 순위나 요건에 있어서 여성들 사이에 차이가 있다.

오키나와섬은 WHO가 선정한 장수지역으로 많은 학자들이 장수 비밀을 캐내기 위해 연구를 하였다. 이곳 사람들의 장수 이유는 DNA 때문만이 아니라고 한다. 우선 온화한 기후에서 건강한 식생활을 하면서 건강을 누리고 있다. 다음으로 활력과 마음의 에너지 등 젊음의 기질을 가지고 활기차게 살아간다. 그리고 늙어가는 과정을 즐기는 낙천적인 마음가짐과 일상적으로 교류를 즐기는 공동체적 삶을 들고 있다. 나아가 명상이나 기도 등으로 다진 영성의 발달을 추가한다. 이처럼 그들은 주어진 환경에 잘 적응하면서 낙천적인 삶을 살아가고 있으며, 노년의 특권인 영성의 옷을 입혀 이상적인 노년상을 연출하고 있다.

어느 할아버지가 시골에서 서울 사는 아들 집에 들르러 왔다. 가족들이 집에서는 숫자로 사람을 부른다. 딸이 1번, 아내가 2번, 개가 3번, 남편이 4번, 자기는 5번이었다. 처음에는 알아차리지 못했는데, 몇 번 들으니까 집안의 순위를 읽을 수 있게 되었다. 대부분의 가정에서 가부장제의 특징이 사라진 지 오래되었지만, 이것이 신가정의 질서로 자리 잡고 있는가? 이 사실을 알게 된 할아버지는 화가 나서 바로 시골로 내려갔다는 서글픈 농담이 회자되고 있다. 남편의 자리가 어디인지 오늘의 세태를 잘 반영하고 있다. 오늘날 노년들은 전통적인 가정에서처럼 함께 살면서 존경을 받는 때는 지났다. 이제 노년들은 '홀로서기'를 할 수 있도록 가능한 한 많은 행복의 조건을 준비해야 한다. 준비된 노년에게만 행복은 깃들게 될 것이다.

3. '행복해지는 방법'을 실행하며 행복을 쌓아가야 한다

행복이란 주관적인 심리요소로서 일률적으로 정의할 수 없고, 사람마다 그 조건들이 다르므로 모든 노년들에게 행복해지는 공통된 방법을 제시하는 것은 불가능하다. 소냐 류보머스키는 '행복해지는 방법: 행복도 연습이 필요하다'에서 행복해지기 위한 처방 12가지 연습과제를 나름대로 제시하고 있다.

① 목표에 헌신하라.
② 몰입 체험을 늘려라.
③ 삶의 기쁨을 음미하라.
④ 감사를 표현하라.
⑤ 낙관주의를 길러라.
⑥ 과도한 생각과 사회적 비교를 피하라.
⑦ 친절을 실천하라.
⑧ 인간관계를 돈독히 하라.
⑨ 대응전략을 개발하라.
⑩ 용서를 배워라.
⑪ 종교생활과 영성 훈련을 하라.
⑫ 명상을 하고 운동을 하라.

 긍정심리학자들이 제시하는 행복의 요건과 실천하는 방법을 잘 정리한 것으로 노년들은 반드시 참고하고 실천해야 한다. 먼저 목표를 세우고 이를 실천하기 위한 대응전략을 개발하야 한다. 일할 때에는 몰입을 체험하고, 다른 사람들에게는 친절을 베풀며, 인간관계를 두텁게 해야 한다. 범사에 감사하고, 다른 사람의 잘못을 용서하며, 삶의 기쁨을 맛보아야 한다. 건강은 행복의 유일한 외적 요소로서 운동을 함으로써 건강을 유지해야 한다. 영성 훈련을 하고 종교생활을 함으로써 종교적 행복도 누리라고 권고한다.
 과도한 생각을 버리고, 비교를 하지 않으며, 낙관주의를 길러야 지속적으로 행복을 누릴 수 있다. 노년에는 욕망을 내려놓기 때문에 행복을 누리기가 쉬워진다. 이들은 긍정심리학자들이 일반적으로 제시하고 있는 행복의 조건들과 대동소이하다. 다만 노년에 참고할 것은 용서를 배우고, 명상을 하며, 영성 훈련을 하라는 것들이다. 노년에는 영성이 발달하기 때문에 정신적 행복을 누리고, 나아가 신앙을 갖는 것이 쉽다는 점이 특권이다. 다만 체계적으로 정리되지 않았고, 특수한 방법이 제시되지 않고 있는 점이 아쉽다.

4. 노년에는 '품위 있게 나이 드는 법'을 실천하면서 살아야 한다

인생의 최종적인 성공 여부는 은퇴한 후 노년기에 결정된다. 노년이 행복해야 성공한 인생이고, 행복한 삶이 된다. 아무리 은퇴 전에 성공하고 행복했다고 하더라도 은퇴 후가 불행하면 실패한 인생이다. 조지 베일런트는 신체적으로나 정신적으로 건강한 노화를 예견하는 주요한 '행복의 조건'을 다음과 같이 열거하고 있다.

① 다른 사람을 소중하게 보살피고, 새로운 사고에 개방적이며, 신체 건강의 한계 속에서도 사회에 보탬이 되고자 노력한다.
② 노년의 초라함을 기쁘게 감내할 줄 안다.
③ 언제나 희망을 잃지 않고, 스스로 할 수 있는 일을 자율적으로 하며, 매사에 주체적이다.
④ 유머감각을 가지고, 놀이를 통해 삶을 즐길 줄 안다.
⑤ 과거를 되돌아볼 줄 알고, 그 성과를 소중한 자산으로 삼는다.
⑥ 오랜 친구들과 계속 친밀한 관계를 유지하려고 노력한다.

노년에는 건강한 노화를 통해 사회에 귀감이 될 수 있도록 노력해야 한다. 노년에도 희망을 잃어서는 안 되고, 주어진 현실을 그대로 수용하면서 친밀한 인간관계를 유지하고, 자선을 베풀면서 사회에 귀감이 되는 삶을 살아가야 한다. 즐거운 인생을 위해서는 과거를 정리하고, 유머감각을 가지고 놀이를 통해 인생을 즐기며, 주체적으로 삶을 열어가야 한다. 노년에는 건강과 물질의 한계가 있을지라도 열린 마음으로 세상을 대하고 다른 사람들을 소중하게 다룸으로써 품위 있는 인생을 사는 것이 아름다운 노년이요, 성공한 인생이다. 이들 조건은 노년의 특수한 환경과 조건에 초점을 두고 있다.

건강한 노화를 예견할 수 있는 행복의 조건을 고통에 대응하는 성숙한 방어기제, 교육, 안정된 결혼 생활, 금연, 금주, 운동, 알맞은 체중 등 일곱 가지를 들기도 한다. 금연과 금주를 하고 운동을 함으로써 건강을 지키는 것이 가장 중요하고, 안정된 결혼 생활을 함으로써 지속적인 행복을 누려야 하며, 항상 배움의 자세를 가지고, 고통을 극복할 수 있는 역량을 갖추어야 한다. 50대에 이들 조건 중 5-6가지 조건을 갖추면 80세에도 건강하고 행복한 상태였고, 세 가지 미만의 조건을 가진 경우에는 80세에 건강하고 행복한 사람이 없었다고 한다. 그중에서도 운동과 인간관계의 힘이 크다는 사실을 밝히고 있으며, 사회적 인간관계가 행복의 주요한 조건이라고 한다.

5. 최고의 은퇴를 향한 '부부생활 10계명'도 제시되고 있다

은퇴한 후에는 종전의 인간관계는 거의 무너지고, 가족제도도 핵가족제도로 바뀜에 따라 부부만이 함께 살게 된다. 그래서 부부관계가 어떤가에 따라 노년의 행복과 불행이 갈린다. 노년에 부부관계마저 나빠지면 그 삶은 지옥으로 떨어지고 말 것이다. 임상심리학자 세라 요게브는 가장 행복한 은퇴생활을 하기 위한 부부 10계명을 이와 같이 열거하고 있다.

① 일과 작별하라.
② 마음속 그림을 이야기하라.
③ 돈을 대하는 태도를 결정하라.
④ 복잡한 감정을 마주할 준비를 하라.
⑤ 문제가 생기면 바로 이야기하라.
⑥ 맞춤형 계획을 세워라.
⑦ 두뇌 활동을 게을리하지 마라.
⑧ 상대의 물리적·정신적 공간을 허락하라.
⑨ 섹슈얼리티를 즐겨라.
⑩ 당신의 몸을 사랑하라.

30년 이상 부부 심리 상담을 해온 임상심리학자로서 요게브는 은퇴를 한 부부가 지켜야 할 10계명을 부부관계에 초점을 두고 정리하고 있다. 먼저 맞춤형 계획을 함께 세워 행복한 노년을 설계하고, 마음속 그림을 소통한다. 일과 작별하라는 것은 부부관계에 관심을 두라는 말이다. 즐길 수 있는 일을 찾고, 함께할 수 있는 친구를 사귀는 것이 중요하다. 건강이 노년의 행복을 위한 가장 기초적인 조건이므로 규칙적 운동과 영양가 있는 식단을 만들어 건강을 위해 최선을 다해야 한다. 건강하고 젊게 살기 위해서 두뇌 활동을 충분하게 하고, 에로틱한 생활을 추구하는 것이 바람직하다.

노년에도 서로 프라이버시를 존중하기 위해 각자의 물리적·정신적 공간을 인정해야 한다. 환경의 변화로 여러 가지 문제가 생길 수 있는데, 돈을 어떻게 사용할 것인가 합의를 보고, 문제가 생기면 바로 털어놓고 이야기해서 해결해야 한다. 노년에도 가정의 평화가 최고의 가치인 만큼 소통하면서 협동하는 방식으로 살아가야 한다. 이 10계명은 모든 것을 포괄하고 있지는 않지만, 다른 계명들과는 달리 부부관계에 초점을 맞추어 도출한 계명으로 특색이 있는데, 노년의 행복에 접근하기 위해 유념해야 할 계명들이 열거되어 있다.

6. 한국인에게 비교적 '어울리는 방법'은 다른 측면이 있다

2010년에 중앙일보는 한국심리학회와 공동으로 '2010 한국인 행복지수 조사'를 하고, 그 결과를 바탕으로 한국식 '행복 10계명'을 도출하였다. 서양 학자들이 제시하는 요소들은 사회적 환경과 문화적 차이에서 오는 차이점 때문에 우리 현실에 어울리지 않는 측면도 있지만, 이 10계명은 긍정심리학자들이 제시하는 요소들 외에 우리 현실에 맞도록 추출·분류된 요소들이 있다는 점에서 특이하다.

① 물질주의에서 벗어나라.
② 삶은 생각하기 나름이다.
③ 사촌이 땅을 사면 함께 웃어라.
④ 자기 삶의 주인이 되어라.
⑤ 감사하는 마음을 가져라.

⑥ 긍정적 정서를 표현해라.

⑦ 가족과 친구가 우선이다.

⑧ 적극적으로 살아라.

⑨ 가능한 실현 목표에 몰입하라.

⑩ 지금 여기에서 시작하라.

2010년에 한국을 방문한 긍정심리학자 에드 디너 교수는 갤럽과 함께 130개국을 대상으로 '주관적 행복감 지수'를 조사하여 각국의 행복도를 측정하였는데, 한국인들의 행복지수는 116위에 머물렀다. 그는 한국인의 불행요소로서 물질주의, 심한 경쟁과 비교 심리를 들었다. 물질이 최고의 가치요, 인생의 목표로 만든 '물질만능주의' 가 우리나라 사람들의 행복을 송두리째 앗아가고 있고, 세계에서 경쟁이 가장 심한 나라로서 이러한 '경쟁'이 스트레스를 유발시키는 행복의 가장 큰 적이며, '부적절한 비교'가 상대적 박탈감을 불러와 행복을 멀리하게 만들고 있다는 것이다.

한국 사람들은 기본적으로 이와 같은 잘못된 가치관과 그릇된 사고방식이 스스로 불행을 초래하고 있다는 점을 적절하게 지적하고 있다. 나아가 최고만을 목표로 지향하고 성공해야 행복해진다는 생각을 함으로써 현재는 행복을 누리지 못하고 살며, 더 중요한 요인은 공동체의식이 무너짐에 따라 삶의 질이 떨어지고, 개인의 행복도는 더욱 낮아지고 있다는 점이다. 사촌이 땅을 사면 배 아파하는 심성을 고쳐야 하고, 가족과 친구를 일보다 우선하라고 경고하고 있다. 그런데 아직까지 총체적인 요소들을 체계적으로 제시하는 문헌을 볼 수 없으니, 철학·심리학·사회학·경제학·신학 등 여러 분야에서 연구하여 다양한 요소들을 제시하고, 총체적으로 행복의 조건들을 체계화해야 할 것이다.

7. 60대 이후 노인들의 99%가 '후회하는 10가지'가 있다

노년이 되어야 비로소 노후를 미리 준비하지 못해 후회하는 것들이 있다. 뒤집어 생각하면 노년에 대비하기 위해 미리 준비해야 할 사항들이다. 이들이 노년에 행복을 누리기 위한 기본적인 조건들이다. 사람마다 그 유형의 차이는 있지만, 이들은 누구나 공감을 하고, 한 번쯤은 생각해본 것들이다. 미리 준비하고, 지속적으로 실천하면서 사는 것이 노년에 행복으로 가는 길이다.

① 더 많이 저축하라.
② 아내를 상전으로 모셔라.
③ 노년을 함께할 친구를 만나라.
④ 자식과 대화를 많이 하라.
⑤ 건강을 관리하라.
⑥ 배움을 멈추지 말라.
⑦ 평생 할 취미를 만들어라.
⑧ 일기를 쓰고 기록을 남겨라.
⑨ 연금과 보험을 들어라.
⑩ 좀 더 도전하고 여행을 많이 해라.

이들을 요약하면, 저축·연금과 보험 등을 통해 노년을 살아갈 수 있는 경제력을 충분하게 준비하고, 부인·자식·친구 등과 인간 관계를 두텁게 해서 소외와 고독을 극복하며, 평생 취미를 가지고 배우면서 건강을 관리하고, 여행을 하면서 새로운 것에 도전하는 자세를 가지라는 것이다. 사람들에 따라 그 종류가 다르고 중요성의 순위가 다르지만, 대체로 노후 준비 사항으로 일반적으로 인정되고 있는 실용적인 사항들이 망라되어 있다. 누구든지 이러한 조건들을 준비하지 못하면 후회를 할 수밖에 없다.

하버드대학교 의대 연구진이 발표한 '장수비결'에는 늘 새로운 도전을 하라, 스트레스를 해결하라, 많이 웃어라, 음식을 가려서 먹어라, 숙면하라, 종교를 가져라, 봉사활동을 하라 등이 포함되어 있다. 전자가 이기적 행복에 집중되어 있는 반면, 이 비결의 특징은 정신 건강에 비중을 두고 있으며, 봉사활동을 통해 공동체적 행복을 누리고, 종교를 가짐으로써 종교적 행복을 누릴 것을 요구함으로써 질 높은 행복을 들고 있는 점에 있다. 최대한 이들 조건을 갖추도록 노력하고 노년을 맞이해야 마지막 행복을 보다 풍부하게 누릴 수 있게 된다.

8. '젊어지기 위한 10가지 충고'는 노년의 행복을 위해 참고할 사항들이다

노년에도 젊음을 유지하면서 건강하게 사는 것이 누구나의 로망이다. 젊음은 인생에 있어서 최고의 자산으로 젊은이들의 독점물이 아니다. 노년에는 육체는 비록 노화과정을 거치지만 정신적으로는 얼마든지 젊음을 누릴 수 있으며, 그만큼 행복을 연장시킬 수 있다. 이제는 단순한 장수가 아니라 건강한 삶이 노년의 과제다. 노년에 젊고 행복하게 살기 위해서는 다음과 같은 사항을 준수해야 한다.

① 항상 꿈꾸며 포기하지 말고 살아라.
② 새로운 인생계획표를 작성하라.
③ 지속적으로 성장하라.
④ 마음의 문을 활짝 열어라.
⑤ 지금 이 순간 바쁘게 살아라.
⑥ 젊은 사람들의 자극을 받아라.
⑦ 취미생활을 하고, 새로운 만남을 추구하라.
⑧ 항상 배우고, 독서를 게을리하지 말라.
⑨ 나눔과 봉사를 하면서 이웃사랑을 하라.
⑩ 긍정적으로 생각하고, 낙관적으로 살아라.

인생에서 가장 중요한 행복요소가 '꿈'이다. 꿈을 가지고 있어야 건강한 삶을 누릴 수 있으며, 노년에도 꿈을 잃어서는 안 된다. 꿈을 실현하기 위해 새로운 '인생계획표'를 만들고, 죽을 때까지 바쁘게 살면서 '성장'을 계속해야 한다. 노년에도 의미 있는 일을 하면서 여생을 값지게 살아가야 한다. 나이가 들어도 젊게 사는 것이 누구나가 바라는 소망이므로 열린 가슴으로 젊은이들의 자극을 받아야 한다. 파우스트는 자신의 전 재산을 바쳐서라도 젊음을 원하였듯이 인생에서 최고의 자산이 무엇과도 바꿀 수 없는 젊음이다.

행복이란 사물을 바라보는 관점에 달려 있으므로 긍정적인 생각을 하면서 낙관적으로 사는 것이 행복으로 가는 길이다. 일에 몰입하고, '인간관계'를 넓히며, 다양한 '취미생활'을 하고, 평생 '배우는 자세'로 사는 것이 행복을 살찌게 만들 수 있다. 노년에 특히 중요한 일이 '봉사'하는 것으로 공동체적 행복을 누림으로써 행복의 질을 높일 수 있다. 노년에는 '영성'이 발달하므로 신앙을 가지게 되면 더 행복해질 수 있다. '지금' 이 순간을 즐겁게 살면 젊어질 수 있고, 행복은 그만큼 성장할 것이다.

9. 노년에 '삼가야 할 10계명'도 생활화하는 것이 바람직하다

노년에도 열정을 가지고 무엇인가를 하면서 살아야 행복을 누릴 수 있다. 그러나 노년에는 해야 할 것과 마찬가지로 하지 말아야 할 것을 지키는 것 또한 중요하다. 노년에 하지 말아야 할 것은 결코 어려운 것이 아니라 마음의 자세만 갖추면 쉽게 할 수 있는 것들이다. 그래서 대인관계를 원만하게 만들어 마음의 평화를 누리는 것이 마지막 행복을 누리는 길이다.(한광남)

① 말을 많이 하지 마라.
② 목청을 높여 가르치려고 하지 마라.
③ 남을 원망하지 마라.
④ 포기하지 마라.
⑤ 젊은이에게 질책을 하지 마라.
⑥ 자주 삐치지 마라.
⑦ 다 아는 척하지 마라.
⑧ 응석 부리지 마라.
⑨ 너무 아끼지 마라.

⑩ 자식이나 며느리 흉보지 마라.

노년에는 노인답게 살아가는 것이 바람직하다. 말을 많이 하면 잔소리가 되므로 말은 아끼는 것이 미덕이다. '침묵이 금이다.'라는 말은 이제는 노년에게나 적용되는 금언이라고 할 수 있다. 노년들은 자신의 지식과 경험을 바탕으로 젊은 사람들을 가르치려고 하거나 질책을 하는 경향이 있는데, 이는 금물이다. 세대 간의 가치관과 사고방식에 차이가 있기 때문에 마찰을 일으킬 수 있다. 아는 척하는 것도 잔소리로 들릴 수 있고 거부반응을 일으킬 수 있다. 늙으면 젊은이들의 행동이나 언사에 불만이 생기고 자주 삐치는 경향이 있는데, 가능하면 세대 간의 차이를 이해하고 수용하면서 화합을 중시해야 노년이 힘들어지지 않는다.

노년의 모습은 존경받고 사회에 귀감이 되도록 아름답게 가꾸어야 한다. 자식이나 며느리에게 응석 부리지 말고, 노인답게 처신하는 것이 바람직하며, 잘못 모신다고 생각하더라도 다른 사람들에게 흉보는 것은 바람직하지 않다. 노년에는 과거를 다 잊고 모든 것을 용서하며 살아가는 것이 자신을 위해 유익하다. 분노를 껴안고 사는 것은 건강에도 좋지 않다. 노년에는 비우며 사는 것이 행복을 채우는 방법이다. 재산이든 지식이든 가진 것을 베풀고 나누며 봉사하고 사는 것이 아름다운 노년이다. 노년에도 이제 모든 것이 끝났다고 포기해서는 안 된다. 포기하고 나면 희망이 사라지고 인생이 더 힘들어진다. 끝까지 희망을 가지고 열정적으로 살아가는 것이 마지막 행복으로 가는 길이다.

10. '노년에 걸맞은 행복'을 찾아 누려야 한다

세대에 따라 추구하는 행복은 다르다. 행복의 본질은 변함이 없지만, 행복의 조건들이 상이하고 만족도가 다르기 때문이다. 노년에는 나이에 걸맞게 가진 것과 주어진 환경에서 만족하면서 즐겁게 사는 것이 행복이다. 환언하면, 자기 분수에 맞게 처신하는 것이 행복으로 가는 길이다. 제1의 인생은 많은 일을 하면서 바쁘게 살아가는 데 반해, 제2의 인생에서는 마음의 여유를 가지고 삶의 속도를 줄이면서 살아가는 '슬로우 라이프'가 바람직한 삶의 패턴이다. 순리적으로 합당한 범위에서 가능한 계획을 세워 추진하여야 한다. 무리하면 오히려 생명을 단축시킬 수 있다.

노년에는 젊은이들처럼 큰 목표를 지향하지 않고, 대단한 성취를 기대하지 않는다. 포기할 줄 알고, 가진 것에 만족할 줄 알아야 한다. 노욕을 부려서는 안 된다. 자신의 나이를 잊지 말고, 젊은 척해서는 안 된다. 육체적으로나 경제적으로, 또는 환경적으로나 능력적으로 자신의 한계를 넘어선 계획을 세워서는 안 된다. 이제는 심한 경쟁을 하지 않으므로 쉽게 행복해질 수 있다. 과유불급: 노년에게 더 어울리는 경구이다. 노년답게 사는 것이 가장 중요한 조건이다. 일반적인 행복의 조건들을 어느 정도 갖추는 것이 바람직하지만, 노년의 목표는 쾌락을 추구하는 삶이 아니라 '관조하는 삶'이어야 한다. 이성을 통해 세상을 바라보고 즐거움을 느끼며 사는 것이 노년의 특권이다.

혼자서 누리는 시간은 고독이 아니라 행복으로 장식하는 것이 필수적이다. 직업은 없더라도 '일'을 계속한다는 것은 노년을 행복의 길로 안내한다. 노년의 행복을 결정하는 중요한 요소가 원만한 '인간관계'로서 가족 간에 소통을 잘 하고, 친구나 이웃과 교류를 넓힘으로써 소외나 고독을 극복하는 것이 정신 건강을 위해 필수적이다. 노년에는 '취미생활'을 다변화시켜 사람들을 사귀고, 좋은 시간을 보내며 여유 있는 생활을 누리는 것이 바람직하다. 관심의 폭을 넓혀 평생 배우면서 사는 것이 삶의 의욕도 높이고 질 높은 행복을 추구하도록 만든다.

평생 쌓아온 경험과 지식을 '지혜'로 승화시켜 후배들에게 전수하는 것은 사회발전을 위해 필요하다. 이제는 시간의 여유가 있으므로 예술작품을 감상하거나 직접 예술 활동을 함으로써 '문화적 행복'을 추구하면 그만큼 행복의 질을 높일 수 있다. 노년에는 세상사를 관조하면서 삶으로써 '마음의 평화'를 누릴 수 있다. 나아가 공동체 가치를 위해 기부·나눔·봉사 등의 자선 활동을 함으로써 개인적 행복의 차원을 넘어서 '공동체적 행복'을 누려야 더 질 높은 행복을 체험할 수 있다. 노년에는 영성이 깊어가서 종교에 귀의하는 경향이 있는데, 참된 신앙을 가지게 되면 '종교적 행복'을 누릴 수 있다. 자신의 능력·환경과 취향에 따라 자신만의 행복지도를 만들어 실천하면 된다. 한 번밖에 못 사는 인생: 사랑하면서 구원으로 가는 길이 마지막 행복이요, 최고의 행복이다.

제5장

'어떻게 살 것인가?': 그것이 문제로다

노년에 있어서도 가장 중요한 문제가 '어떻게 살아야 하는가?'이다. 질병·빈곤·고독·죽음 등 노년에 겪어야 할 4고(苦)를 어떻게 극복하여 '건강한 노화'를 이루느냐가 기본적 과제다. 그 위에 행복하게 사는 것이 성공한 인생이다. 행복이란 한마디로 '즐겁게 사는 것'이다. 그 즐거움을 어디서 찾느냐가 문제일 뿐. 제2의 인생이 행복하기 위해서는 재미와 의미 있는 삶을 누려야 한다. 노년은 궁극적으로 자아완성을 이루어야 하는 시기이다. 그 구체적인 방법은 어떻게 살 것인가에 맞추어 스스로 선택할 문제이지, 정답이 있는 것은 아니다. 인생을 관조하면서 중용의 원칙에 따라 살며, 자신의 조건에 맞게 속도를 조절하며 걸어가야 한다. 자신이 선택한 자아상을 형성하면서 지속적으로 행복을 누리며 살아가는 것이 성공한 인생이다. 그러나 이러한 삶을 산다는 것은 쉬운 일이 아니다. 인생이란 전장에서 주적은 자기 자신이다. 자신과의 싸움에서 승리해야 비로소 성공할 수 있고 행복을 누릴 수 있다.

1. '살아 있다는 사실'에 감사하면서 사는 것이 최고의 행복이다

인간은 참으로 어리석은 존재다. 평소에는 생명에 대한 외경을 느끼지 못하고, 살아 있다는 사실에 감사할 줄 모르고 산다. 경험이 최고의 스승이다. 어느 해 봄 이른 아침 아파트 23층의 서재에서 창밖을 내려다보니 도봉산 자락이 한눈에 들어온다. 푸릇푸릇한 새싹들이 햇빛을 받으며 나뭇가지에서 솟아오른다. 산자락 전체가 봄의 기운을 타고 푸른 옷으로 갈아입고 있다. 넘실거리는 연두색 물결 위로 생명이 흐르고 있다. 그 모습이 그야말로 장관이다. 생명이란 얼마나 고귀한 것인가? 살아 있다는 것은 얼마나 감사한가? 그 순간 살아 있다는 사실만으로도 비로소 행복함을 느끼게 되었다. 그날 이후 매일 아침 눈만 뜨면 살아 있다는 사실에 감사하면서 하루를 시작하니 노년의 하루하루가 행복하다.

생명은 신의 선물이다. 살아 있다는 것 자체가 축복이다. 생명은 최고의 가치요, 모든 행복의 근원적 조건이다. 법정 스님은 '버리고 떠나기'에서 "삶은 소유물이 아니다. 순간순간의 있음이다. 영원한 것이 어디 있는가? 모두 한때일 뿐. 그 한때를 최선을 다해 최대한으로 살 수 있어야 한다."라고 강론하였다. 인생은 찰나에 불과하며, 모든 인간사는 덧없고 헛된 것이다. 이처럼 인간이 순간순간의 존재요, 있음일진대, 지금 내가 살아 있다는 사실에 감사함을 느끼는 것이 최고의 행복이다. "매 순간이 행복해질 수 있는 순간이다."(도스토옙스키) 인간의 실존은 결국 이 순간에 있는 것이고, 이 순간을 어떻게 사느냐가 인생을 결정하며, 이 순간의 느낌이 행복과 불행을 결정하는 것이다. 노년에는 특히 순간순간 즐거움을 느끼며 사는 것이 마지막 행복을 누리는 방법이다.

그런데 우리나라는 자살률이 세계 최고인 나라다. 지금 생명경시 사상이 이곳저곳에서 드러나고 있다. '생명에 대한 외경'을 신조로 삼고 아프리카에서 의료봉사를 하면서 일생을 마친 알베르트 슈바이처는 생명에 대한 외경이야말로 인간이 지켜야 할 도덕적 명령이라고 했다. 살아 있다는 사실에 감사하는 마음을 가지게 되면 순간순간 행복을 누릴 수 있고, 모든 것에 감사할 수 있다. 생명 그 자체가 가장 고귀한 가치요, 귀중한 선물임을 깨닫게 될 때 최고의 행복감을 느낄 수 있다. 노년의 생명도 존엄하고 보호받아야 한다. 그러므로 개인은 자신을 사랑하고, 자존감을 가지고 살아야 한다.

존재하는 모든 것이 아름답게 보일 때 인생은 행복한 것이다. 사람은 누구나 생명을 외경하는 마음을 가지고 있고, 자연을 바라보며 감동하는 것은 바로 생명력 때문이다. 모든 것은 살아 있기 때문에 이루어지는 것이고, 살아 있기 때문에 누릴 수 있는 것이다. 모든 것의 근원이 생명에 있을진대 생명이 최고의 축복 아닌가? 이처럼 살아 있다는 사실이 귀중함을 인식하고, 살아 있다는 사실에 감사할 때 인간은 진정으로 행복을 느끼며 살아갈 수 있다. "행복은 살아 있음을 느끼는 것이다."(프랑수아 를로르) 이것이 최고의 행복이요, 노년에도 항상 이런 감정을 가지고 살아가면 지속적으로 행복을 누릴 수 있다.

오스트리아 시인 마샤 칼레코는 우리들에게 살아 있다는 사실이 기쁨을 준다는 명시를 남기고 있다.(편집) 이 시를 되새기면서 나의 존재에 감사하면서 살아가는 것이 지속적인 행복을 누리는 길이다.

나는 기쁘다
하늘에 구름이 지나가는 것이
비가 오고 우박이 내리고

눈이 쏟아지고 날이 꽁꽁 얼어붙는 것이
달이 하늘에 걸려 있는 것이
해가 날마다 새로 뜨는 것이
똑똑하다는 사람들도 그것을 보지 못할지언정
모든 것을 머리로는 이해할 수 없다
나는 기쁘다
이것이 인생의 의미다
나는 무엇보다 기쁘다
내가 있다는 것이

2. 늙으면서 노인이 되지 말고 '어르신'이 되자

인생은 미완성이다. 죽을 때까지 진화해간다. 사회에 귀감이 되는 삶을 누리는 것이 자신을 완성하고 사회에 기여하는 방법이다. 개인의 최종적인 성공 여부는 이 시기에 결정되며, 이 시기를 행복하게 보내는 인생이 성공한 인생이다. 어떻게 살 것인가에 대한 정답은 따로 없다. 자신의 경험과 취향, 능력과 여건에 맞추어 여생을 설계하고 실천하면 된다. 인간의 이상형은 자기가 원하는 사람으로서의 자기 자신이 되는 것이다. 시간을 잘 소비하고 즐겁게 사는 것이 일차적 목표이지만, 가능한 한 사회에 귀감이 되고 후세에 남길 수 있는 일을 하는 것이 의미 있는 삶을 사는 것이다.

노인이 잘 산다는 것은 오래 사는 게 아니라 잘 늙는 것이다. 늙으면서 노인이 되지 말고 '어르신'이 되라는 글이 인터넷에 떠돌고 있다. 늙은 사람으로 머물지 말고, 존경받는 사람·덕을 베푸는 사람·언제나 활동하고 배우는 사람으로 살다가 가라는 말이다. 건강하고 현명하게 늙어가는 것이 제2의 인생의 과제다. 인생의 황금기는 후반전에 있다고 하지 않는가? 노년이 인생에서 가장 행복을 두루 누리며 살 수 있는 시기이다. 심한 경쟁에서 벗어나 스트레스를 덜 받고, 가진 것에 만족할 수 있으며, 지혜를 살려 세상을 받아들일 수 있는 관용과 포용력이 생기기 때문이다.

노년에도 사회의 짐이 되지 않고, 의미 있는 삶을 이어가야 한다. 노년은 인생의 경험과 지식을 '지혜'로 성숙시켜 열매를 맺는 시기이다. 노인이 된다는 것은 인생의 경륜을 통해 사회의 귀감이 되고, 후세들에게 남기는 일을 하는 것이다. 노년을 빛나게 만드는 발광체는 사랑과 믿음이다. 사랑을 나눠줄 때 반대급부로 행복은 찾아온다. 사랑으로 세상을 밝히고, 믿음으로 세상을 하나로 만드는 작업이야말로 노년의 신성한 의무이다. 노년에도 고독을 승화시켜 창의적인 삶을 살도록 노력해야 한다. 세계적으로 위대한 인물들을 보면 노년에 위대한 발명을 했거나 작품을 남겼다.

무엇보다 품위 있게 늙어야 한다. 늙어가는 것을 불평하지 말라. 과거를 자랑하지 말라. 부탁받지 않은 충고나 잔소리하려고 하지 말라. 다른 사람들에게 관대하고 모든 것을 용서하라. 항상 매사에 감사하라. 부인과의 관계를 대화를 통해 돈독하게 하고, 자손들의 짐이 되지 않도록 홀로서기를 준비해두어야 한다. 마음의 문을 열어놓고 다른 사람들의 말을 경청할 줄 알아야 한다. 노년에는 베풀면서 사는 것이 최고의 미덕이요, 행복으로 가는 길이다. 이러한 품격을 갖출 때 사람들로부터 존경을 받고 의미 있는 삶을 누릴 수 있게 된다.

3. 노년에는 새로운 변화에 적응할 수 있는 '지혜'가 생긴다

노년에는 인생에 대한 인식이 바뀌고 젊었을 때 몰랐던 깨달음을 얻게 된다. 오랜 경험과 지식이 쌓이면서 삶에 유용한 '지혜'가 형성된다. 나이가 들어갈수록 지혜가 깊어진다는 것이 심리학자들의 정설이다. 불확실한 것을 예견할 수 있고, 변화에 적응할 수 있는 지식이 생겨 현실에 잘 적응할 수 있는 힘이 바로 지혜다. 삶의 여건들이 바뀌고 비록 힘든 일이 닥칠지라도 인내할 줄 알고 용서함으로써 세상을 살아갈 수 있는 적응력이 생긴다. 용기와 힘으로 극복하는 것이 아니라 지혜와 인내로써 이겨낸다. 인간의 잠재력도 세월을 견디면서 변화한다. 노년에도 노력하지 않으면 열매를 건질 수 없다. 이러한 능력을 키워가는 것이 행복으로 가는 길이다.

노년에는 불필요한 욕망을 내려놓기 때문에 일상 속에서 사소한 것에 만족하면서 즐겁게 살 수 있다. 그 바탕에는 '체념'과 '포기'가 깔려 있다. 그런데 사회변화에 적응하면서 성장하기 위해서는 '열린 마음'을 가지고, 새로운 지식을 배우는 자세를 가지고 있어야 한다. 긍정적인 사고방식을 익히며 적극적인 행동양식을 키워야 한다. 인생길에 정답이 있는 것은 아니므로 자신만의 길을 만들어가는 과정이 인생이다. 주어진 환경하에서 긍정적인 사고와 건강한 생활양식을 갖추어나가면 노년에도 행복을 누리면서 아름다운 삶을 이어갈 수 있다.

인생의 완성은 없으며, 인간은 죽을 때까지 '성장'하는 것이다. 세상은 끊임없이 변하고 있는데, 자신만 변하지 않으면 그 인생은 낙오될 것이다. 그러므로 인생은 항상 변화하면서 성장해야 한다.

에머슨은 "우리는 성장할 뿐 늙지 않는다. 성장을 멈추면 비로소 늙게 된다."라고 했다. 만년에도 이러한 자세로 꿈을 잃지 않고 열정을 가지고 살아가면 노년의 부정적 정서를 극복하고 살 수 있고, 이러한 과정에서 인간은 성장하는 것이다.

노년에는 더 성숙해지면서 인격을 가다듬고 타인들과 잘 어울리며 '자아완성'으로 가는데, 이 길이 아름다운 인생길이요, 지속적인 행복을 누리는 방법이다. 성장에는 종점이 없으며, 종점까지 가는 과정이 성장이다. 그 과정에서 용기를 잃지 말고 항상 배우면서 창의성을 발휘하고, 원만한 인간관계를 유지하며, 사랑을 광범하게 하면서 변화에 적응하는 것이 성장이요, 그러면서 지혜도 깊어져 간다. 이러한 지혜가 노년의 최대의 자산이요, 행복의 원료가 된다.

4. 지혜 있는 자는 인생을 '물'처럼 살아간다

물은 위에서 아래로 흘러 내려간다. 샘물에서 시작되어 모여서 내를 이루고 졸졸졸 흐르다가 합류하여 강이 되어 늠름하게 흐르고, 마침내 광활한 바다로 들어간다. 물은 거슬러 올라가지 않고, 장애물이 있으면 돌고 돌아 아래로 내려간다. 고여 있으면 물은 썩는다. 이것이 물의 생리이고 자연의 법칙이다. 물처럼 자연의 순리대로 살아가는 것이 인생의 도리요, 현자의 길이다. 노년에는 쌓여 온 지혜를 바탕으로 물처럼 유연하고 조화롭게 살아가는 것이 행복으로 가는 길이다.

도덕경은 이러한 이치를 이와 같이 적고 있다. "세상에는 물이 가장 약하지만, 아무리 굳세고 강한 공력이라도 물을 이기지 못한다. 약한 것이 강한 것을 이기고, 부드러운 것이 굳센 것을 이긴다." 물방울이 계속 흘러내리면 바위도 뚫을 수 있다. 약한 것이 강한 것을 이기고, 부드러운 것이 강한 것을 이긴다는 진리를 물은 몸으로 보여준다. 노년에는 젊음이 가지는 강한 성격이 세월에 부딪치면서 유연함으로 바뀌게 되고, 모든 것을 받아들일 수 있는 아량을 쌓게 된다.

물이 모여 바다가 되면 넓은 가슴으로 모든 것을 포용하고, 낮은 자세로 모든 것을 받아들인다. 인간이 공동체를 만들고 공생하는 원리도 바로 바다의 진리이다. 사람들에게 길을 내주고 육지와 육지를 연결해준다. 이러한 물의 생리에서 지혜를 얻고 물처럼 살아가는 것이 현자의 길이다. 노년에는 현자까지는 아니더라도 이러한 지혜를 가지게 되는데, 이 자질이 적응의 틀이 된다. 강한 성격은 꺾이기 마련이고, 강한 리더십은 잘 부러진다. 그러므로 지도자는 물 같은 리더십을 가지고 통치해야 세상을 잘 관리할 수 있다.

5. '성숙한 인생'을 위해 도전을 계속하자

나이를 먹는다는 것은 '상실'과 '성숙'이란 두 가지 측면을 가지고 있다. 시간이 흐르면서 젊음과 건강은 잃어버리지만, 살아가면서 정신적으로는 성숙해진다. 인생은 늙어가는 것이 아니라 익어가는 것임을 깨닫고, 나이가 들수록 풍성한 결실을 맺도록 노력하면서 살아가야 한다. 노년에는 쾌락보다 의미를 추구하며 살게 된다. 노년의 결실은 외적인 결실이 아니라 내적인 성장에 있다. 은퇴 이후의 시기를 '노년의 황금시대'라고 말하기도 하지만, 이것은 현실이 아니라 노년을 황금시대로 만들어가도록 노력해야 한다. 늙어도 90% 이상의 뇌세포가 남아 있으므로 용기를 가지고 도전만 하면 노년에도 할 일은 많고 충분하게 성취시킬 수 있다.

나이가 들면서 인간은 더 지혜롭게 성장한다. 빅토르 위고는 "젊은이들은 불을 보지만, 나이 든 사람들은 그 불길 속에서 빛을 본다."라고 했다. 다른 사람들을 이해하고 자비를 베풀며, 감정과 이성 간에 조화를 통해 균형 있는 시각으로 세상을 바라볼 수 있다. 다른 사람의 의견에 귀를 기울이고, 굳이 충돌하거나 싸움을 하지 않으며, 용서하고 인내할 줄 안다. 피에르 신부는 항상 두 눈을 뜨고 살라고 권고하고 있다. 이는 세상을 관조하면서 균형 있는 삶을 누리라는 권고의 말이다. 심리학자 마리 드 엔젤은 노년이란 "인생을 완성하는 시기"라고 하는데, 인생에는 완성은 없으며, 단지 완성을 향하여 가는 도정일 뿐이다.

노년에는 육체적으로 일을 하지 않는다고 해도 사회에 미치는 역할은 다양하고 중요하다. 자녀의 양육, 가정의 평화, 전통의 계승, 봉사와 나눔, 생활 지혜의 보급 등 여러 분야에서 다양한 도움을 줄 수 있다. 노년들은 단지 일자리를 빼앗는다거나 복지로 인한 재정적 부담을 준다는 편견을 버려야 한다. 노년들은 경제발전에 이바지해 왔고, 노년에 대우받을 만큼 봉사해 왔다. 노년에게는 평생 쌓아온 '지혜'라는 자산이 있기에 노인의 삶에도 가치가 있는 것이다. 산 경험을 통해 얻은 경험과 지혜야말로 다음 세대에 물려줄 가장 소중한 자산이다. 세상을 하직하는 그날까지 꿈과 열정만 있으면 제2의 인생은 얼마든지 보람되게 엮어갈 수 있다.

6. 노년에도 '열정'이 식어서는 안 된다

노년에도 열정이 식어서는 안 된다. '열정'이 인간의 최고의 자

산이다. 나이는 숫자에 불과하다. 열정을 잃지 않으면 청춘이요, 열
정을 잃으면 영혼이 시든다. 열정을 가지고 있을 때 인생은 활력을
가지게 되고, 성공 가능성은 높아진다. 나이가 들수록 꿈을 간직하
면서 열정을 다해 사는 것이 노년에 행복으로 가는 길이다. 그러므
로 자기가 하고 싶은 일, 의미 있는 일, 능력에 맞는 일을 찾아 열
정적으로 수행해야 한다. 세상에 공짜는 없다. 하물며 행복을 공짜
로 얻으려고 하면 안 된다.

행복해지려면 투자를 해야 한다. 자기 인생을! 샤하르는 "내면의
열정을 따르라."라고 권고한다. 인생의 목표를 설정했으면 그다음
은 이를 실현하기 위해 노력해야 한다. '노력'이야말로 잠재력의 자
물쇠를 푸는 열쇠라고 윈스턴 처칠은 말했다. 성공하느냐 여부는
결과론이고, 그 과정에서 열정을 다하면서 행복을 느껴야 한다. 자
신과의 싸움에서 이겨야 세상을 잘 살아갈 수 있다. 그러나 젊은
사람과 경쟁하지는 말라. 자신의 환경과 조건에 걸맞은 목표를 세
우고 실현 가능한 것을 향하여 나아가야 하지, 가능성 없는 것에
도전하는 무모함은 피해야 된다.

바쁘게 일하는 꿀벌에게는 슬퍼할 시간이 없다. 열정 그 자체가
성공의 원동력이요, 행복의 원천이다. 열정이 식으면 그 인생은 메
말라간다. 열정적으로 일하는 모습은 얼마나 아름다운가? 활기찬
노년의 모습은 사회에 모범이 된다. 무엇을 하든지 항상 열정을 가
지고 하는 것이 행복으로 가는 길이다. 그러나 지나친 욕심을 부려
서는 안 된다. 항상 마음의 여유를 가지고 즐기면서 일하는 것이
노년에 행복으로 가는 길이다.

7. '희망과 현실' 사이의 간극을 극복해야 한다

나이별 '상품가치'라는 유머가 있다. "10대는 샘플, 20대는 신상품, 30대는 정품, 40대는 명품, 50대는 세일품, 60대는 이월상품, 70대는 창고 대매출, 80대는 폐기처분"이란다. 이 도식은 노화과정을 거치면서 인간의 가치가 점차적으로 떨어진다는 식으로 불리고 있다. 그러나 제2의 인생에서도 꿈만 남아 있으면 연령은 문제가 되지 않으며, 그 가치도 평가절하 될 필요가 없다. "풍요로운 노년을 보내기 위해서는 건강·돈·일·친구와 꿈이 있어야 한다. 꿈을 잃으면 모든 것을 다 잃게 된다."라고 파크시하는 말했다.

괴테는 "노년이라는 시기는 모호하다. 욕망을 향해 무턱대고 전력 질주하기에는 나이가 너무 많다. 그러나 모든 욕망을 버리고 자연의 순리에 몸을 맡기기에는 너무 짧다."라고 했다. 여기에 노인들의 희망과 현실 사이에 간극이 있다. 노년에도 '꿈'을 가지고 살되, 꿈이 구름 위에서 둥실둥실 떠 있어서는 안 된다. 실현 가능한 꿈을 꾸면서 항상 현실화시킬 수 있어야 한다. '열정'을 가지고 젊게 살되, 열정이 지나쳐서도 안 된다. 아직 욕망이 남아 있더라도 모든 것을 수용하면서 만족하게 살아가야 한다. 이처럼 노년에도 이상과 현실 사이에 거리가 있지만, 양자를 균형 있게 조화시키면서 충족시키는 것이 과제이다.

과거로부터 해방되고, 헛된 미래에 현혹되지 말며, 오늘을 즐겁게 사는 것이 행복이다. 모든 것에 감사하라. 모든 것을 용서하라. 가진 것에 만족하라. 뛰지 말고 서서히 걸어가라. 젊음을 유지하도록 노력하되, 노년답게 관조하면서 삶을 누려야 한다. 노년에는 주어진 환경과 조건을 수용하면서 자신의 이상을 실현하도록 노력해야 한다. 노년의 특권은 이러한 부조리를 극복할 수 있는 '지혜'가 있다는 것이다. 못다 쓴 재산과 재능과 지혜를 사회에 환원하고 빈손으로 돌아가는 것이 자연의 순리다. 이러한 인생은 얼마나 아름답고 행복한가?

8. '단순한 삶'이 행복으로 가는 길이다

행복하게 사는 데는 반드시 많은 것이 필요한 것은 아니다. 특히 노년에는 주어진 것에 만족하면서 사는 것이 행복으로 가는 길이다. 테오도르 폰타네는 인간이 행복을 느끼는 데 필요한 것은 대단한 것들이 아니라 단지 '좋은 책 한 권과 친구 서너 명 그리고 치통 없이 지내는 것'이라고 하면서 수용소 안에서도 행복을 누릴 수 있다고 했다. 이반 일리히는 공생에 필요한 세 가지 요소로 '시, 자전거와 도서관'이라고 했다. 사람들이 말하는 행복의 요소들은 다르지만, 단순하게 사는 것이 행복으로 가는 길임을 강조하고 있다. 아인슈타인은 "조용하고 소박한 삶이 끊임없는 불안에 얽매인 성공 추구보다 더 큰 기쁨을 준다."라고 했으며, 소로는 '월든'에서 "삶에서 필요를 줄이면 그만큼 자유의 공간이 늘어난다."라고 했다.

1895년에 샤를 와그너는 '단순한 삶'이란 책에서 단순한 삶이 곧 행복이라는 명제를 밝힘으로써 '심플 라이프'의 개념을 처음으로 제시하였다. 이 책은 인생 전체에 걸쳐 단순함을 밝히고, 그 가치를 실천하는 방법을 제시하고 있다. 살아가는 데 필요한 것만 갖추어진다면 그 이상은 필요치 않다. 더 큰 가치를 추구하기 위해 살아갈 때 인생은 의미 있는 삶이 되고, 그 과정에서 더 큰 행복은 찾아온다. 카프카는 우리가 가진 유일한 인생은 '일상'이라고 했다.

일상에서 욕심을 버리면 영혼이 자유로워지므로 사소한 일에서 즐거움을 느끼고 행복을 찾을 수 있다. 그러므로 물건을 사랑하지 말고, 삶을 사랑하는 것이 행복으로 가는 길이다.(태미 스트로벨)

샤하르 교수는 '단순한 삶을 살라'고 권고한다. '단순하게 살기'가 삶의 형태를 바꾸기 위해 생활운동의 일환으로 범세계적으로 전개되고 있다. 소박하게 산다는 것은 단지 작은 집에 살고, 살림살이를 줄이며, 자동차 없이 사는 것만을 의미하지 않는다. 단순하게 살라는 말은 삶의 규모를 줄이고, 행동과 말과 생각을 단순화하라는 것을 의미한다. 이는 사소함 속에서 인생의 여유와 가치를 되찾아 '긴 행복'으로 가는 중요한 방법으로 많은 사람들의 공감을 얻고 있다. 노년들에게는 주어진 것에 만족하면서 살아갈 수 있는 지혜가 있으므로 이러한 생활태도를 쉽게 수용하고 행할 수 있다.

가오위엔은 휴대폰을 예로 들면서 그 기능 중 30%만 사용하고 나머지 70%는 빈 공간이라고 하면서, 인생을 단순하게 즐기려면 가진 것의 30%만 있으면 충분하다고 한다. 사람들은 사회 활동을 바쁘게 하지만, 그중 70%는 의미 없는 행동이라는 것이다. '작게 살고 크게 생각하는 것'이 진정한 참된 삶을 사는 것이다. 이러한 생활태도의 최대의 수확은 일상생활에서 자유·공간·시간과 에너지 등을 얻는 것이다. 생활의 규모를 줄임으로써 자유를 누리게 되고, 관리할 시간을 벌게 되며, 빈 공간을 넓히고, 관리하는 데 필요한 에너지를 절약할 수 있게 된다. 단순하게 살기를 실천할 때 그 빈 공간을 행복이 채워줄 것이다. 그래서 노년은 더 행복하게 살수 있다.

9. '비움'을 실천하며 살아야 인생이 자유로울 수 있다

"인생은 될 수 있으면 가벼운 것이 좋다."(프렘) 가벼워야 구름처럼 세상을 잘 흐를 수 있다. 노년에는 최소한의 조건만 갖추면 행복을 누릴 수 있다. 러셀은 '어느 정도의 결핍'이 행복의 필수조건이라고 했다. 인생의 부자가 되는 길은 '채움'이 아니라 '비움'에서 온다는 사실을 깨달을 때 진정한 행복을 누릴 수 있다. 여행을 하게 되면 이 진리를 몸소 체험하게 된다. 짐이 가벼울수록 여행은 즐거워진다. 노년에는 '내려놓음'이 행복으로 가는 길임을 깨닫는 것이 중요하다. 내려놓는 것은 잃는 것이 아니라 새로운 것으로 채울 수 있다. 노년에는 마음을 비우고, 가진 것을 베풀며, 인생을 관조하면서 살아가는 것이 자연의 섭리이다. 욕망을 떨쳐내고 마음의 평화를 얻게 될 때 참된 행복은 찾아온다.

장자의 '빈 배 이야기'는 이 대목에서 다시 음미해볼 필요가 있다. "배는 인생이라는 강을 타고 흘러간다. 배는 너무 많이 실으면 무겁고, 무거우면 흐름이 더디고 둔해진다. 그러나 비우면 배는 가볍게 흘러간다. 무겁게 채우는 것은 탐욕이고, 비움은 무심(無心)이다. 채우는 자는 그 채움에 매이게 되고, 비우는 자는 비움으로 인해 자유로워진다." 중국의 노장사상은 자연의 섭리를 따름으로써 물욕에서 벗어나는 '비움의 지혜'가 행복으로 가는 길임을 가르쳐주고 있다.

알렉산더 대왕은 견유학파의 거장인 디오게네스를 스승으로 모시기 위해 작은 동굴 속에 기거하며 인생의 진리를 명상하는 그를 찾아가 간청하니 한마디로 거절하였다. 알렉산더 대왕이 그러면 "단 한 가지 소망을 말하면 무엇이든지 들어주겠다."라고 했더니 그는 "폐하, 저는 지금 햇빛을 즐기고 있으니 가리지 말고 좀 비켜 주십시오."라고 답하였다. 알렉산더 대왕은 햇빛 한 줄기만으로도 감사하고 행복해하는 모습을 보고, 행복의 의미를 되새기며 돌아왔다고 한다.

많은 사람들은 채움으로써 행복해지려고 하지만, 인간의 욕망은 끝을 모르므로 채우려고만 하면 결코 행복해질 수 없다. '무'의 철학이 이를 뒷받침해 준다. 욕심을 덜어내는 것이 행복으로 가는 길이다. 적지만 가진 것에 만족하는 것(소욕지족): 이것이 행복으로 가는 길이다. 나이가 든다는 것은 욕심과 성냄을 덜어내는 것이다. 노년에는 쾌락이 아니라 의미를 추구하면서 행복을 누려야 한다. 외형적인 행복의 조건들을 덜어내면 진정한 행복이 찾아온다. 노년에는 나머지 재산과 에너지를 다 쓰고 간다는 생각으로 베풀고 봉사하며 사는 것이 최고의 행복이고 아름다운 인생이다.

10. 노년에도 '배움'은 계속되어야 행복을 누릴 수 있다

아리스토텔레스는 "좋은 삶을 위해서는 올바른 교육이 필수적이다."라고 했다. 노년에도 좋은 삶을 위해서는 학생으로 계속 남아 있어야 한다. 그러니 노년에도 새로운 정보를 받아가면서 항상 배우며 사는 것이 급변하는 세상에 적응하고, 궁극적으로 자아의 완성으로 가는 길이다. 그러므로 행복한 삶을 위해서는 보다 가치 있는 일을 추구하면서 배움에 열중해야 한다. 배움 그 자체가 성장이요, 행복이다. 로베르 미스라이는 노년을 재탄생의 기회라고 하면서 창조성의 차원, 기쁨의 차원과 죽음의 차원 등 세 가지 차원에서 재교육을 시켜야 한다고 했다. 이들 차원이 의미 있는 노년을 사는 데 필수적인 영역들이다.

로마의 철학자 세네카는 "삶을 배우려면 일생이 걸린다."라고 했다. 배움은 노후대책을 위해 다방면에서 이루어져야 한다. 배움을 즐기는 사람은 반드시 성공을 한다. 배움을 포기하는 순간 늙기 시작하고, 사회로부터 멀어져 간다. 현실적으로는 기술을 배우고 자격증을 따서 재취업을 할 수 있도록 준비해야 한다. 여가생활을 잘 보낼 수 있도록 취미를 배우고, 공동체에 기여하기 위해 봉사활동을 할 수 있는 방법을 익힌다. 배움을 통해 자신의 능력을 키우고 자기 발전을 기하며 사회에 봉사할 수 있다. 노년의 지혜는 경험에서 오기도 하지만, 배움을 통해 심화시켜야 한다.

'평생토록 배워도 인간의 머리는 채워지지 않는다'고 탈무드는 가르치고 있다. 인생에 완성은 없으며, 성장할 뿐이다. 배움을 통해 자아존중감이 생기고, 지속적으로 성장하게 된다. 배움의 중요한 요소는 바로 모든 것을 바라보는 자세에 달려 있다. 배우고자 하는 의지만 있으면 무엇에서든 배울 수 있다. 일본에서 60대 여성을 대상으로 어떤 사람이 행복한가에 관하여 사회조사를 했더니 새로운 행복을 찾아 누린 사람들의 유형으로 '공부를 시작한 사람을 들고 있다. 그러니 몸은 늙어도 뇌는 늙지 않으므로 배움의 길에는 끝이 없다. 배움만이 삶을 풍성하게 만들어주므로 배움을 게을리해서는 안 된다. 노년에는 기억력이 떨어지므로 메모하는 습관을 기르고, 조그만 것부터 차근차근 실천해가야 한다.

급변하는 세계에서 계속 배우지 않으면 그 인생은 퇴보한다. 인터넷 사용법을 배워야 한다. 모든 정보가 이곳에 축적되어 있고, 이 속에서 생활이 이루어지고 있으므로 인터넷을 할 줄 모르면 시대에

뒤지고 만다. 노년에는 배움을 통해 삶의 활력을 찾고, 새로운 생활 양식을 만들어가야 한다. 오늘날 평생교육을 받을 수 있는 기관이 다양하게 설치되어 있다. 대학의 평생교육원을 비롯해서 지방자치단체가 운영하는 노인대학이나 노인복지관, 백화점이나 언론사 등이 운영하는 문화센터, 여러 곳에서 열고 있는 문화의 집 등이 있다.

사람들과의 만남에서도 항상 배우는 자세가 필요하다. 현자가 아니더라도 누구에게나 배울 것은 있다. 노후에도 만남의 기회는 많이 있으며, 만남의 기회를 만들기 위해 노력해야 한다. 항상 열린 마음으로 세상을 바라보며 살아가야 한다. 인생은 미완성: 죽을 때까지 채워가는 과정이므로 배움에는 끝이 없다. 모든 사람들로부터 배우는 사람이 지혜로운 사람이다. 공자는 "세 사람이 함께 길을 걸으면 반드시 내 스승이 있다."라고 했다. 누구에게나 배울 것이 있으므로 항상 열린 마음으로 다른 사람들의 말에 귀를 기울이고 배움의 자세를 유지해야 한다는 말이다.

11. 노년에도 새로운 정보를 얻기 위해 '독서'는 계속해야 한다

"세상은 마치 한 권의 책과 같다."(나탈리) 책 속에 인생의 길이 있다. 책 속에는 모든 지식이 쌓여 있고, 각종의 살아 있는 정보가 담겨 있다. 고전을 읽는 것은 마음의 보약을 먹는 것과 같다. 좋은 책을 선택하는 것이 중요하고, 지혜를 얻으며, 이를 실천해야 한다. 중국 진종 황제의 '권학문'은 "책 속에 모든 것이 있으니 다른 곳에서 구하거나 찾지 말라."라고 하면서 책을 삶의 근본으로 삼으라고 권한다. 그리스시대부터 도서관은 "영혼을 치료하는 장소"라는 말이 전해오고 있으며, 이반 일리히는 공생에 필요한 세 가지 요소로 '시, 자전거와 함께 도서관'을 들고 있다. 이처럼 독서는 인류 역사에서 지식을 얻고 정신을 치료하는 중요한 기능을 해왔다.

독서를 통해 인생을 바꾼 위대한 사람들이 많이 있다. 경제적 사정 때문에 교육을 받을 기회가 없는 경우에도 독서를 통해 스스로 성장을 한 위대한 인물들이 많다. 그 대표적인 예가 링컨 대통령이다. 정식으로 고등교육을 받지 않고서도 변호사, 정치인, 대통령에 오른 입지전적인 인물이었다. 사회에 공헌한 많은 사람들은 독서를 통해 성장하고 사회발전에 기여해왔다. 그러므로 노년에도 새로운 정보를 얻고 삶의 지혜를 얻기 위해 독서는 계속되어야 한다. 무엇보다 중요한 것은 독서에 몰입하게 되면 책이 친구가 되고, 스승이 되며, 의사가 되어 힐링을 받을 수 있게 된다는 사실이다. 독서는 또한 휴식을 가져다주는 역할도 한다.

최근에는 책읽기운동이 널리 퍼지고 있으며, 우울증 치료의 한 방법으로 독서요법이 행해지고 있다. 책은 의무적으로 읽기보다는 지식을 얻는다는 기쁨으로 읽어야 집중할 수 있고, 계속할 수 있다. 독서는 앉아서 하는 여행이다. 오늘날 책을 즐기는 방법은 다양하다. 자신의 서재가 아니더라도 카페에서 읽기, 책과 맥주를 함께 즐기기, 서점에서 읽기, 쉼터에서 읽기 등을 할 수 있다. 책과 함께하는 시간: 가장 보람 있는 시간이요, 의미 있는 삶이다. 평생 책을 벗 삼으며 품성을 닦고, 지식을 깊게 하며, 도덕으로 무장하는 것이 인생의 덕목이고, 평생의 행복으로 가는 방법이다.

노년의 가장 큰 자산이 시간이므로 마음의 여유를 가지고 독서를 할 수 있는 기회가 주어진다. 자신만이 사용하는 독서공간을 확보하는 것이 중요하다. "인생을 백지로 가득한 텅 빈 책으로 만들지 마라."(예후다) 항상 책을 가까이 놓고 독서하는 습관을 키우는 것이 바람직하다. 독서는 뇌의 인지능력을 향상시키고, 축적된 지식을 새롭게 연결함으로써 창의력이 나온다. 독서를 하는 동안 고독을 잊게 되고, 앎의 희열을 느낀다. 특히 노인들은 치매에 걸릴 확률이 낮아진다고 하니 책을 계속 읽음으로써 뇌의 건강을 유지할 필요가 있다. 그래서 선진국들은 읽기혁명을 주도하는가 하면, 북스타트운동이 전개되고 있다. 그런데 부끄럽게도 우리나라 사람들의 독서량은 세계에서 최하위다.

예로부터 각 분야에서 연구업적들이 책으로 발간되어 왔다. 그속에 사회현상에 관한 모든 이론이 들어 있고, 모든 문제에 대한 해결책이 실려 있다. 다른 사람들의 경험을 통해 자신의 지식을 키우는 것이 행복의 밑거름을 붓는 것이다. 문학서적을 읽고 즐거움을 찾는 것은 문화적 행복을 누리는 방법이다. 최근에는 창의성을 개발하는 책, 인생의 길을 직접적으로 제시하는 책, 인생의 괴로움이나 외로움을 위로해주는 힐링 책들이 많이 출간되고 있다. 요즘에는 인터넷이나 스마트폰과 같은 전자기기에 의존하는 경향이 있다. 급변하는 현대사회에서 새로운 지식을 지속적으로 습득하지 못하면 낙오자가 될 것이다. 어떤 책을 읽느냐가 그 인생을 결정한다.

12. '자연' 속으로 들어가 행복의 옷으로 갈아입는다

인간도 자연의 일부로서 자연 속에서 사는 것이 정신적으로나 육체적으로 건강에 좋다. 자연의 모습은 아름답고, 그 소리와 빛에는 평안이 있다. 자연 속으로 들어가면 세로토닌이 분비되어 행복감을 느끼고, 우울증을 완화해준다. 자연 속을 거닐면서 건강을 챙기는 것이 오늘날 유행이 되고 있다. 자연 속을 걸으면 자연이 친구가 되고, 결코 외롭지 않다. 자연과 대화를 나누며 거닐면 자연의 섭리를 배우고, 마음의 힐링을 받는다. 노년에는 특히 자연이 그리워진다. 여행을 할 경우에도 노년에는 자연 속으로 가는 것을 좋아한다. 자연과 하나가 되면 마음의 평화가 오고, 깊은 행복감을 느끼게 된다. 루소가 '자연으로 돌아가라'고 했던 말을 되새기지 않고도 능히 자연의 힘을 느낄 수 있다.

지금은 봄이다. 생명의 계절. 하늘을 쳐다보며 구름 따라 걷는다. 개나리가 세상을 노랗게 물들이고 있다. 포근한 햇살의 감촉이 싱그럽다. 향긋한 봄 냄새가 코를 자극한다. 푸른 자연의 숨결이 느껴진다. 생명이 살아 있음을 보여주고 있다. 나도 자연 속에서 살아 있음에 감사한다. 자연을 마주하면 내 마음도 푸른 색깔로 채색된다. 영감을 받으며, 무아지경에 빠진다. 불교의 명상법 중에 '경행'이라는 수행법이 있는데, 이는 가볍게 걸으면서 한 걸음 한 걸음에 집중하는 명상법을 말한다. 이 순간 행복이 내 안에 머물고 있다. 자연이 스승이요, 친구이며 의사가 되니 자연 속으로 들어가 배우고 대화하며 힐링을 받는다.

바람이 나뭇잎을 흔들며 스쳐간다. 내 마음도 흔들어놓고 지나친다. 모든 생명을 깨워놓는다. 장애물이 있으면 피해서 간다. 기어이 목적지를 향하여 달려간다. 그 바람 속으로 걸어간다. 바람 지나가는 것이 보인다. 미련 없이 머물지 않고 가는 그 길이 보인다. 인생의 길이 그 속에 있다. 옛 선현들이 '바람처럼 살다 가라!'고 권고하지 않았는가? 바람은 몸으로 보여준다. '욕망을 버리고 집착하지 말고, 머물지 말고 항상 전진하라'고. 바람은 무(無)라는 존재요, 빈(貧)이라는 상태로 흘러가다 사라진다. 그 속에 진정한 자유로움이 있다. 그 속에서 마음의 평화를 누릴 때 참된 행복은 찾아온다. 오늘은 사패산 자락을 따라 누워 있는 트레킹코스를 거닐고 있다. 푸른 새싹이 돋는 모습에서 생명의 위대함을 느낀다. 목련·개나리·철쭉꽃·벚꽃·아카시아꽃·밤꽃들이 계절 따라 순서대로 피어오르면서 꽃길을 연출하고 있다. 자연의 섭리를 생각하며 걷는다. 나무에서 인생의 교훈을 얻을 수 있다. 나무는 언제나 제자리를 지키며 서 있다. 나뭇잎으로는 햇빛을 받고 뿌리로는 수분을 섭취하면서 성장하고 열매를 맺는다. 비바람을 이겨내고 눈보라를 견디면서 한 해를 보낸다. 나무는 결코 욕심을 부리지 않고 자신의 영역에서 성장할 뿐이다. 인생도 환경에 순응하면서 살아가는 과정이다.

오늘은 길이 아니라 숲속으로 들어간다. 녹색 잎을 보면 눈의 피로가 가시고 마음에 평화를 얻는다. 과학자들은 더 나아가 숲의 여러 가지 효과를 설명하고 있다. 숲속으로 들어가면 나무들이 내뿜는 산소가 싱그럽고, 수분이 가슴을 촉촉하게 하며, 나무 향기가 코를 상쾌하게 만든다. 나뭇가지 사이로 스며드는 햇빛은 생기를 돋우고 있다. 과학자들은 이러한 현상이 사람들의 인지능력을 향상시키는 '숲의 효과'라고 말한다. 자연을 이루고 있는 것은 무엇이든 존재가치가 있으며, 인간에게 도움을 준다. 자연은 눈으로만 즐기는 대상이 아니라 온몸으로 느낄 때 행복은 극치에 달하게 된다. 노년이 가는 길을 푸르게 만들어주니 건강해지고 희망이 솟아오른다.

13. 범사에 '감사'하면서 사는 것이 행복으로 가는 길이다

노년에는 감사하는 마음을 생활화하는 것이 지속적으로 행복을 누릴 수 있는 비결이다. 아리스토텔레스는 "행복은 감사하는 사람의 것"이라고 했으며, 시성 타고르는 "감사의 분량이 행복의 분량"이라고 했다. 감사는 단지 자신이 받은 것에 대한 감사뿐 아니라 모든 존재나 활동 나아가 경험에 대한 감사를 포괄한다. "항상 기뻐하라. 쉬지 말고 기도하라. 범사에 감사하라."라는 성경 말씀이 긍정심리학의 뿌리를 이루고 있다.

세계적인 과학자 스티븐 호킹은 루게릭병을 앓으면서 휠체어에 불편한 몸을 싣고 고된 삶을 이어가면서도 항상 감사하게 생각하며 살았다. 살아 있다는 사실에 감사할 수 있으면 모든 일이 즐겁게 느껴진다. 존 헨리는 "감사는 최고의 항암제요, 해독제요, 방부제"라고 말했다. 감사하는 마음은 스트레스를 극복하는 힘이 되고, 긍정적인 감정을 가지게 만들며, 무엇보다 탐욕을 억제하게 만들고, 인간관계를 원활하게 만든다. 일상에서 감사하는 마음을 가지게 되면 행복도가 높아진다.

감사할 일은 주변에 얼마든지 있다. 지금 가진 것에 감사하고, 주어진 환경에 만족하는 것이 행복의 요체이다. 감사하는 마음이 없으면 그 인생은 지옥과 같고, 감사할 줄 모르는 가정은 메마른 광야와 같다. 감사함을 표시하면 도파민이라는 행복호르몬이 분비되고, 그 행복은 널리 전파된다. 이처럼 감사하는 마음은 사람을 행복하게 만드는 가장 쉬운 긍정정서이다.

행복해서 감사한 것이 아니라 감사하면 행복해진다고 한다. 탈무드는 "세상에서 가장 지혜로운 사람은 배우는 사람이고, 가장 행복한 사람은 감사하며 사는 사람"이라고 한다. 감사는 다른 사람을 향한 사랑의 표현이고, 가장 순수하고 강력한 행복의 도구이다. 그러므로 행복해지기 위해서는 항상 감사하며 살아야 하고, 감사하는 습관을 기르는 것이 지속적인 행복을 누리고, 삶의 질을 높이는 비법이다.

14. '친절'은 인간관계를 부드럽게 만드는 윤활유와 같다

니체는 오늘 하루를 행복하게 사는 방법은 "적어도 한 사람에게라도 어떤 기쁨을 줄 수 있을까" 고민하는 것이라고 했다. 친절은 즐거운 삶의 원동력이 되고, 인간관계를 윤택하게 만드는 윤활유와 같다. 인간관계의 출발점이 바로 만남에 있으며, 좋은 만남을 만들면 기쁨을 준다. 괴테는 "친절은 한 사회를 묶어주는 금으로 된 사슬과 같다."라고 했다.

대인관계에서 친절을 베풀면 감사하는 마음이 생기고 가까워지면서 서로 행복해질 수 있다. 다른 사람에게 친절하게 대하고 칭찬을 하는 것은 일종의 투자요, 처세의 비결이다. 아무리 작은 친절이라도 베풀면 다른 사람들의 마음을 감동시키고, 반드시 그 대가가 돌아온다. 노년에는 마음이 유해지고 포용력이 커지므로 친절을 베푸는 것이 쉬워진다.

친절을 베푸는 방법은 다양하다. 단지 웃음을 보내거나 대화를 나누는 것부터 어려운 사람을 돕거나 돈을 기부하거나 사회봉사를 하는 것들이 있다. 타인에 대한 친절과 배려는 결국 자신에게로 돌아오기 마련이므로 자신을 위한 것이기도 하다. 이처럼 친절은 인생과 세상을 바꿀 수 있으며, 사회 전체적으로 행복지수를 높일 수 있다.

그런데 상대방의 태도가 이를 긍정적으로 받아들여야 하는데, 우리 사회 분위기는 그렇지 못하다. 같은 아파트에 살면서 인사도 하지 않고 사는 사람들이 많다. 이제는 이웃사촌이란 개념이 사라졌다. 상대방에 대한 불신이 원죄다. 일상생활 속에서 솔선수범해서 바로 지금 곁에 있는 사람에게 친절을 베풀며 사는 것이 노년에게는 자신의 행복을 위해 더 절실하게 요구된다.

15. '겸손'은 인생에 있어서 최고의 자산이다

인간은 불완전한 존재이므로 겸손하게 살아야 하며, 특히 노년에는 자신을 내세우지 않고 겸손한 자세로 임해야 한다. '겸손'이란 다른 사람을 대함에 있어서 공손하고 예의 바르며, 자만하지 않고 배움을 구하는 태도를 말한다. 겸손은 인간관계에 있어서 최대의 무기이며, 교만은 최대의 적이다. 겸손해야 사람들에게 존경을 받고, 교만하면 사람들이 등을 돌린다. 겸손은 빈 항아리와 같아서 빌수록 많은 것을 담을 수 있다. 사람은 겸손함으로써 인생을 채워가면서 온전한 인간으로 성장해야 한다.

겸손을 갖춘 인재를 양성하는 것이 하버드 경영대학원의 중요한 교육목표 중 하나라고 한다. 겸손함으로써 훌륭한 사람들로부터 배우고, 기꺼이 본받으려는 자세를 가지고 살아가야 한다. 자신은 항상 부족하다는 각성을 하고, 다른 사람들로부터 배우려고 할 때 발전을 기대할 수 있다. 덕이 있으면 외롭지 않고 반드시 이웃이 있다.(공자) 그러니 세상을 살면서 자신을 남보다 낮추어라. 그렇지 않으면 마치 촛불 속으로 뛰어드는 불나방이나 울타리를 들이받는 숫양처럼 안락을 바랄 수 없다.(채근담)

티베트 격언 중에 '지혜는 물과 같다'는 말이 있는데, 지혜는 낮은 곳으로 모인다는 의미다. 겸손한 태도로 사회생활을 함으로써 다른 사람들의 신뢰와 호의를 받을 수 있고, 자기 발전을 이룰 수 있으니 겸손이야말로 성공의 촉진제가 된다. 빌 게이츠는 IT산업을 성공적으로 이끌어 세계적인 CEO가 되었음에도 결코 자만하지 않고 다른 사람들의 의견에 귀를 기울이고, 항상 배움의 자세를 유지했다. 그러나 겸손도 지나치면 신뢰를 잃게 되어 역기능을 할 수 있다. 자신의 정체성을 지켜야 하고, 겸양의 덕을 넘어서는 안 된다. 이처럼 적정한 겸손을 통해 대인관계를 원만하게 만드는 것이 성공과 행복으로 가는 길에 디딤돌을 놓는 역할을 한다.

16. '웃음'은 인생을 즐겁게 만드는 특효약이다

세상은 경쟁이 심하고 살기가 힘들기 때문에 실상 웃을 일이 별로 없다. 그런데 긍정심리학자들은 하루를 웃음과 함께 시작하라고 권고한다. 웃으면서 하루를 보내게 되면 즐겁고 행복한 하루가 되고, 행복한 하루하루가 모이면 평생 행복해질 수 있다는 이야기다. 노년에는 마음을 비우고 살게 되면 잘 웃을 수 있고, 다른 사람들에게 기쁨을 줄 수 있다. 앤드류 카네기는 미소는 "인간이 표현할 수 있는 가장 아름다운 예술"이라고 했다.

항상 미소를 머금고 사람을 대하는 것은 행복을 전하는 바이러스이다. 의학적으로 '웃음'은 엔도르핀을 분비시켜 불안과 스트레스를 극복하고, 혈액순환이 잘되며, 면역력을 높여주는 효과가 있다. 또한 다른 사람들의 기분을 좋게 만드는 사회성을 발휘하며, 암 환자의 호전율도 높여준다고 한다. 그래서 웃음을 '내적 조깅'이라고도 표현한다. 웃음에는 담소·미소·홍소·파안대소·가소·조소·실소·고소·냉소 등 아홉 가지 종류가 있다고 한다.(유안진 시집, 알고) 후 다섯 가지는 부정적인 웃음으로 이에 해당하지 않는다. 긍정적인 웃음은 근육을 많이 움직이고 마음을 움직이게 만들수록 좋다.

15초 동안 웃기만 해도 수명이 2일이나 연장된다는 보고서가 있고, 암 환자의 호전율을 높여준다는 연구결과도 있다. 행복해서 웃는 것이 아니라 웃으면 행복해진다. 일부러 웃는 것도 자연스러운 웃음의 90%의 효과가 있다고 하니 자주 웃으면서 살 일이다. 웃으며 사는 데는 환경적인 요인도 있지만, 무엇보다 기본적으로 '낙관적인 사고방식'을 가져야 한다. 긍정심리학은 사람들의 사고방식을 긍정적으로 변화시켜 기쁨을 줌으로써 사람들을 행복으로 인도하려고 한다. 최근에는 웃음을 정신질환의 치료방법으로 많이 이용하고 있다. 고 황수관 박사는 자칭 웃음전도사로서 많은 사람들에게 웃음을 가르치고 전파시켰다. 항상 웃는 습관을 가지는 것이 자신의 행복도를 높이고, 다른 사람들을 즐겁게 만드는 방법이다.

웃음은 유머를 통해 오는 경우가 많으므로 오늘날 유머는 행복심리학의 중요한 테마가 되었다. 루이 뱅상 토마는 노쇠함과 사망이 주는 두려움을 극복하는 동력은 '사랑, 믿음과 유머'뿐이라고 했다. 노년에 유머는 이처럼 행복을 일구는 중요한 요소이다. 유머는 인생에 대한 태도이자 일종의 능력으로 잘 활용하면 삶에 윤활유 역할을 한다. 웃음은 '신이 준 선물'로서 인생을 즐겁게 만드는 최고의 명약이요, 노년의 중요한 자산이다.

유머는 웃음을 줄 뿐 아니라 생각하게 만드는 교육적인 효과도 있다. 다른 사람들에게 마음 문을 활짝 열고 책을 많이 읽으면서 생활습관으로 만들어야 한다. 경직된 우리 사회의 분위기를 부드럽게 만들기 위해서도 노년에는 유머와 위트를 적극적으로 활용하는 것이 필요하다. 일노일노 일소일소(一怒一老 一笑一少)는 웃으면서 살아가는 것이 건강에 좋고 장수할 수 있다는 말이다. 그러니 노년에는 평소에 유머를 즐기면서 마음의 여유를 가지고 생활함으로써 개인의 행복도도 높이고, 밝은 사회로 가는 분위기를 만들어가야 한다.

17. '용서'는 가장 효과적인 치유방법이다

다른 사람에게 배신·사기를 당하거나 모욕·무시를 당하면 누구나 분노하고 증오하게 된다. 사람과 사람 사이에는 여러 가지 갈등이 생기고, 나아가 원한관계가 생길 수 있다. 이러한 마음을 가지고 살아가는 것은 정신적으로나 육체적으로 건강에 좋지 않으므로 해소시키는 것이 필요한데, 그 치유방법은 '용서'가 가장 효과적이다. 간디는 "사람들이 '눈에는 눈, 이에는 이'를 실천한다면 세상은 온통 장님과 이빨 빠진 사람밖에 없게 될 것이다."라고 말했다. 악을 악으로 갚지 말고 선을 베풂으로써 함께 사는 사회를 만들어야 한다는 당위의 전갈이다. 용서를 받고 싶으면 먼저 용서를 하라. 용서함으로써 서로의 관계가 회복되고 마음의 치유를 받을 수 있다. 나를 힘들게 하는 사람을 위해서가 아니라 바로 자신에게 베푸는 가장 큰 선물이다.

용서한다(forgive)는 말은 위해서(for) 준다(give)는 말이다. 용서란 우리를 해친 사람을 복수하지 않고 선의로 바꾸는 것을 말한다. 용서하는 마음으로 세상을 바라보면 언제나 세상을 이겨낼 수 있고, 함께 할 수 있는 에너지가 생긴다. 성숙한 사람이 되기 위해서는 마음의 문을 열고 용서를 해야 한다. "잘못을 저지르는 것은 인간적인 것이고, 용서하는 것은 성스러운 것이다."(알렉산더 포프) 용서를 함으로써 나 자신이 정신적 고통으로부터 해방되고 마음의 평화를 얻을 수 있다. 그러나 용서를 한다는 것은 쉬운 일이 아니고, 오랜 시간이 걸린다. 용서하는 능력은 나이가 듦에 따라 증가한다는 연구 결과도 있다. 노년에는 모든 것을 용서하는 습관을 키워 항상 마음의 평화를 유지하는 것이 마지막 행복으로 가는 길이다.

18. '긍정적인 생각'으로 제2의 인생을 즐기며 살자

나이가 들면 나이에 비례해서 시간이 더 빨리 흐르는 것처럼 느껴진다. 코이케 류노스케는 그 이유를 과거에 축적해놓은 정보가 오감을 통해 느끼는 새로운 정보를 지워버리기 때문이라고 한다. 과거에 입력된 정보는 생각이 나는데, 최근에 경험한 정보는 생각이 안 나는 것을 보면 일리가 있다. 그 이유는 뇌기능이 약화되어 건망증이 생김으로써 입력된 정보들이 지워져버리기 때문에 시간의 흐름이 빠르게 느껴지는 것이다. 그러므로 힘들었던 일들을 잊어버리고 즐거웠던 추억만 간직하고 사는 것이 노년의 특권이다.

문제는 새로운 자극을 얻기 위해 인간은 부정적인 방향으로 생각을 몰고 가도록 프로그램화되어 있다는 데 있다. 그러니 나이가 들수록 부정적인 생각에 휘둘려서 우울증에 걸리지 말고, 긍정적인 생각을 하면서 정신 건강을 유지하는 것이 행복으로 가는 길이다. 과거에 대한 분노를 버리고, 미래에 대한 불안을 생각하지 않는다. 무엇보다 은퇴했다는 생각을 하면서 절망하지 말고, 용기를 내서 새로운 도전을 해야 한다. 오늘에 집중해서 몰입을 하면 행복을 온전하게 누릴 수 있다. 노년에도 '지금 이 순간을 즐겨라.': 이것이 행복으로 가는 첩경이다.

제2의 인생을 건강하게 만들고 즐기는 것이 마지막 행복으로 가는 길이다. 그 방법은 무수히 많다. 자신의 환경·능력·취향과 경력에 비추어 원하는 것을 선택하면 된다. 노년의 특권은 자유의지를 가지고 무엇이든지 자기가 원하는 것을 선택할 수 있는 권리를 가지고 있다는 점이다. 무한한 가능성이 열려 있으므로 자신이 원하는 행복을 추구하면 된다. 행복과 불행은 생각하기 나름이며, 스스로 선택하는 것이다. 행복은 멀리 있는 것이 아니라 자신 안에 있다. 어제는 지나간 것, 내일은 오지 아니한 것: 오늘, 아니 지금 이 순간을 즐기면 행복해진다.

항상 세상을 낙관적으로 보고 긍정적인 생각을 하면 행복은 자신 안에 머문다. 부정적 정서를 극복하고 긍정정서를 만들고 키우는 것이 행복으로 가는 길이다. 행복은 만드는 것이고, 일종의 습관이다. 배움과 훈련을 통해 행복을 만들고, 긍정적인 사고를 습관화하면 행복은 지속적으로 누릴 수 있다. 노년에는 욕망을 내려놓기 때문에 여러 가지 구속으로부터 해방되어 자유로움을 누리면서 더 행복하게 살아갈 수 있다. 긍정적인 사고가 노년에게 주어진 마지막 선물이다.

제6장

노년의 '꿈': 마지막 순간까지 간직하고 있어야 한다

노년에도 꿈을 잃지 말고 살아야 한다. 아니 '꿈'은 저세상으로 가는 마지막 그날까지 간직하고 있어야 한다. 꿈이 사라지는 날 인생은 허망해지고, 사실상 의미 있는 인생은 끝나고 만다. 그러므로 제2의 인생에 있어서도 꿈은 등대와 같은 역할을 한다. 죽을 때까지 희망을 놓아서는 안 된다. 희망이 있는 한 무엇을 하든 스스로 만들어 할 수 있다. 꿈은 높을수록 좋지만, 실현 가능한 것이어야 한다. 탐욕을 멀리하고 평온한 마음을 누리며 행복을 추구하는 합리적인 꿈이어야 한다. 끝까지 꿈을 좇아가는 길 위에 마지막 행복이 깃들고 있을 것이다. 모든 욕망을 자연의 순리에 맡기기에는 인생이 너무 짧다. 늙는다는 것은 지혜를 쌓아가는 것이므로 육체와 정신의 조화를 잘 이루면서 사회에 모범을 보이고, 후손들에게 지혜를 전수하면서 만년을 보내는 것이 성공한 인생이다.

1. '노년에도' 꿈은 반드시 간직하고 있어야 한다

세상은 꿈을 꾸는 자의 것이다. 지난날의 꿈을 잊거나 버려서는 안 된다. 과학자 호킹스는 "나를 보라. 누구도 희망을 버릴 필요가 없다."라고 했다. 은퇴 후 주어진 시간은 못다 한 꿈을 이룰 수 있는 기회이다. 버킷리스트를 작성하여 꿈을 구체화하는 것이 필요하다. 꿈을 이루는 과정에서 행복을 누리고, 성취감을 얻어 보람을 느끼게 된다. 인생이란 자아완성을 향하여 가는 과정이다. 인생의 후반기는 인생의 결실을 위해 주어진 시간이다. 꿈을 가지고 이를 실현하기 위해 용기를 내고 최선을 다하는 것이 성공이요, 그 과정이 행복이다.

인간은 꿈을 꾸는 존재다. 노년에도 꿈은 계속 간직하고 있어야 한다. 꿈은 '어떤 사람이 될 것인가?', 즉 인간의 미래상을 그리는 것이다. "꿈을 추구하는 것이야말로 인생의 진정한 의미다."(로빈슨 아로니카) 그러므로 꿈이 없는 인생은 허망하다. 꿈은 인생의 목표와 방향을 설정하고 목적지로 인도하는 '나침판'인 동시에 고해라는 인생에서 목적지를 밝혀주는 '등대'와 같은 것이다. 인생이란 꿈을 이루어가는 긴 여정이다. 꿈을 향해 한 걸음씩 전진하는 것이 성공으로 가는 길이며, 그 과정에서 행복을 느끼고 누려야 한다. 행복의 열쇠는 꿈을 갖는 것이고, 성공의 열쇠는 꿈을 실현하는 것이다. 꿈이 있는 한 절망하지 않고 그 목표를 향해 나아갈 수 있다.

꿈은 청년들의 전유물이 아니다. 노년에도 반드시 간직하고 있어야 하는 것이 꿈이다. 잠을 자면 꿈을 꿀 수 있지만, 공부를 하면 꿈을 이룰 수 있다. 꿈을 잃는 것은 인생을 포기하는 것이다. 인생의 최종적인 목표는 젊은 시절에 성취되는 것이 아니라 만년에 가서야 가능하고, 인생은 미완성으로 자아완성을 향하여 가는 도정일 뿐이다. 그러므로 은퇴 후에도 꿈을 간직하면서 자신에 걸맞은 목표를 세우고 꾸준하게 일하며 살아가야 한다. 여기서 반드시 필요한 것이 '용기'와 '열정'이다. 이들은 성공의 문을 열어주는 열쇠와 같다.

행복의 전성기는 인생의 후반에 있다. 노년에는 하고 싶은 일, 못다 한 일을 자유롭게 하면서 자아형성을 완성하는 시기이다. 나이가 들수록 평화로운 환경에서 더 만족하고 기쁨을 누릴 수 있다. 모든 것을 내려놓고 원숙함을 향하여 걸어가는 노년이야말로 인생에 있어서 가장 행복한 시기가 될 수 있다. 가슴이 뛰는 한 나이는 없다. 항상 꿈을 간직하고 그 목표를 실천하면서 살아야 한다. 꿈을 꾸면서 저세상으로 가는 것이 마지막 행복, 아니 최고의 행복이 아닐까?

2. 노년에도 꿈을 가지고 있어야 '의미 있는 인생'을 살 수 있다

꿈은 젊었을 때만 누리는 특권이 아니라 노년에도 필요한 '자산'이다. 소망을 가지고 있는 한 가야 할 길이 있고, 에너지가 솟아오르며, 항상 즐거움을 느낄 수 있다. 누구나 자기만의 별을 가지고 있다. 밤하늘에서 자신의 별을 쳐다보며 희망을 가지고 그리움을 키우며 아름다운 내일을 고대한다. 그 별에 꿈을 싣고 바라보는 마음은 행복하다. 노년에는 꿈이야말로 마지막 행복으로 가는 길 위에 떠 있는 무지개와 같은 존재다. 괴테도 '희망'을 노년을 행복하게 살 수 있는 가장 중요한 요소로 들고 있다.

노년에는 많은 행복의 조건들을 잃고 있기 때문에 오히려 꿈은 더욱 절실하게 필요하다. 꿈이 사라지는 날 인생은 끝난다. 꿈이 없는 노년은 무엇을 할지 몰라 무력감을 느끼고, 그 영혼은 공허함으로 죽어간다. 그러므로 항상 꿈을 꾸며 살아가야 한다. 희망이 없으면 정신적으로 절대고독을 느끼고, 삶의 의미를 상실하게 되면 우울증이 생기는 등 삶의 의욕을 잃게 된다. 그러므로 직장에서는 은퇴를 하지만, 꿈에서 은퇴를 해서는 안 된다.

꿈이 있어야 말년도 의미 있고 보람 있는 인생을 살 수 있다. 노년에는 젊었을 때 가지지 못한 지혜가 있으며, 더 이상 욕망에 휘둘리지 않으므로 더 의미 있는 일을 하거나 더 심도 깊은 작품을 남길 수 있다. 그러니 끝까지 꿈이란 끈을 놓지 말고 계속 의미 있는 일을 하고 그 결과를 남겨야 한다. 세상을 위해 무엇인가를 남기고 간다는 것은 단순한 개인적 욕망이 아니라 사회와 역사에 헌신하는 고귀한 작업이다.

마지막으로 남기고 싶은 말이 무엇이냐고 묻는다면 '꿈꾸면서 저세상으로 가고 싶다'고 말하고 싶다. 괴테가 죽음을 맞이하면서 '좀 더 빛을!'이라고 외친 것을 보면 그는 인생의 끝자락까지 꿈과 희망을 놓지 않고 살았다는 사실을 알 수 있다. 마지막까지 꿈을 간직하고 사는 인생이야말로 성공한 인생이요, 행복한 삶이다. 마지막까지 사랑하다가 베토벤의 교향곡 No. 5를 들으며 저세상으로 가는 것이 저자의 마지막 꿈이다. 누구나 뜻만 있으면 의미 있는 인생을 위해 노년을 살아갈 수 있다.

3. 노년에도 꿈을 가지고 살아야 '행복'할 수 있다

사람들이 은퇴를 하면 필수코스로 일정한 '대학과정'을 이수하게 된다고 한다. 제일 먼저 가는 곳이 '하버드대'이다. 하루 종일 할 일도 없으면서 바쁘게 돌아다닌다는 뜻이다. 다음으로 가는 곳이 '동경대'다. 먼 곳으로 나가지 못하고 동네를 울타리 삼아 제한된 곳에서 생활한다는 의미다. 그다음으로 가는 곳이 '하와이대'다. 하루 종일 와이프가 가는 곳을 따라다닌다는 뜻이다. 마지막으로 가는 곳이 '방콕대'다. 병이 나거나 세상과 단절되어 방에서 콕 박혀 사는 모습을 가리킨다. 이러한 코스는 생물학적 코스를 말하며, 은퇴 후 아무것도 하지 않기 때문에 오는 현상을 풍자하는 말이다. 꿈이 남아 있는 한 할 일이 있고, 이러한 코스는 안 밟을 수 있다.

은퇴한 사람들이 행복하지 못한 가장 중요한 이유는 나름대로 목표가 없고 희망이 없기 때문이다. 작곡가 조지 버나드 쇼의 묘비에는 "우물쭈물하다 내 이럴 줄 알았다."라고 적혀 있다. 이 구절은 꿈을 실현하기 위해 최선을 다하라는 경구로 받아들이면 된다. 아무 일도 하지 않으면 인생이 지루해지고 권태를 느낀다. 그러면 정신 건강에 문제가 일어나고, 우울증 등 질병이 생긴다. 육체적으로 건강을 유지하도록 힘써야 하지만, 정신적으로도 건강하도록 노력해야 한다. "꿈꾸어라. 그리하면 이룰 것이다. 상상하라. 그리하면 이룰 것이다."(도티 빌링턴)

마지막 남은 인생을 보람 있게 보내기 위해서는 항상 '꿈'을 지키면서 살아야 한다. 꿈이 남아 있는 한 할 일이 있으며, 인생이 지루하거나 권태를 느끼지 않으며 살 수 있다. 꿈만 꾸고 있으면 꿈으로 끝난다. 꿈을 실현하기 위해서는 구체적인 목표를 세우고, 지금 행동으로 옮겨야 한다. 과거와 미래가 아니라 현재, 아니 지금 이 순간만이 우리들의 실존이요, 어떻게 하느냐에 따라 성공과 행복이 결정된다. 마지막 남겨진 시간을 유용하게 사용함으로써 제2의 인생이 행복해지고, 건강한 삶을 누릴 수 있다. 꿈은 대단한 것만이 아니라 마지막으로 자연사하는 것도 꿈이 될 수 있다.

4. 노년의 꿈은 '실현 가능성'이 있어야 한다

꿈은 가능한 한 높게 세워야 한다. 그래야 미래를 멀리 내다보고 큰 꿈을 꿀 수 있다. 미국 소설가 리처드 바크의 소설 '갈매기의 꿈'은 인간의 꿈의 중요성을 잘 묘사하고 있다. 서문에서 "가장 높이 나는 갈매기가 가장 멀리 본다."라고 했다. 그렇다. 높이 올라갈수록 더 넓게 세상을 내려다볼 수 있다. 그 주인공 조너선은 높은 하늘을 날아오르고 있는데, 그 이유는 생존문제를 해결하기 위해서가 아니라 꿈을 실현하기 위해서였다. 조너선은 갈매기 사회에서 추방되면서 홀로 비행을 하면서 더 큰 세상을 볼 수 있는 기회를 얻게 되었다. "눈이 보여주는 것은 한계가 있으니 믿지 말고, 마음의 눈이 가르쳐주는 것을 믿어야 한다."라는 깨달음을 얻게 된다.

인생은 맹목적인 삶을 누리다가 갈 것이 아니라 자아를 실현하는 보람 있는 삶을 살아야 한다는 교훈을 우리들에게 주고 있다. 꿈은 젊었을 때만 누리는 특권이 아니라 노년에도 반드시 필요한 자산이다. 그러나 노년의 꿈은 실현 가능성이 있어야 하고, 허무맹랑한 것이어서는 안 된다. 근거 없는 자신감은 금물이다. 구체적인 목표를 세우고, 순차적으로 실현해가야 한다. 그 목표는 자신의 환경과 능력을 고려하여 결정해야 하며, 다른 사람과 비교해서는 안 된다. 노년에도 실패할 수 있지만, 실패에 무릎을 꿇어서는 안 된다. 실패는 아픔을 주지만, 인간을 성숙하게 만든다. 자신의 목표에 도달하기 위해 자신만의 길로 가면 되는 것이다.

과학자나 문학가들은 성숙한 지식을 바탕으로 남은 과업을 해가면 될 것이다. 노년에도 자신의 능력과 환경을 고려하여 가능한 목표를 세우고, 강한 의지를 가지고 끝까지 인내하면서 실천하는 것이 중요하다. 완전한 인간은 없으므로 자신의 계획을 달성할 수 없을 수도 있다. 이때에는 계획을 수정해서라도 순간순간 적극적으로 대처해나가는 유연성을 발휘해야 한다. 남겨진 시간과 주어진 건강을 가지고 꾸준하게 추진하면 희망이 남아 있고 삶에 활력소가 될 것이다. 꿈이 사라지는 날 인생은 사실상 끝난다. 그러므로 죽는 날까지 항상 꿈을 가지고 살아가는 것이 건강한 인생을 만들고, 행복한 나날을 보내는 비결이다.

5. 노년에도 '희망'이 행복을 가져다주는 최고의 명약이다

노년에도 누구나 '희망'을 가지고 있어야 한다. 희망이란 깨어 있는 꿈이요, 부두에 서 있는 등대와 같다. 셰익스피어는 "불행을 고치는 약은 희망밖에 없다."라고 했다. 희망만 있으면 행복의 싹은 그곳에서 튼다. "내일 세상이 멸망할지라도 나는 오늘 사과나무를 심겠다." 하는 말은 어떠한 고난이 있을지라도 끝까지 희망을 가지고 씨앗을 뿌려야 결실 있는 미래를 맞이할 수 있다는 말이다. 아리스토텔레스는 "머릿속으로 바라는 것을 생생하게 그리면 온몸의 세포가 그 목적을 달성하는 방향으로 조정된다."라고 했다. 노년에도 희망은 삶의 원동력이 되며, 희망이 있는 한 그 삶은 미래가 있고 즐거울 것이다. 희망은 사람을 성공으로 이끄는 '신앙'이다.(헬렌 켈러)

행복의 열쇠는 꿈을 갖는 것이다. 노년에도 꿈이 있는 한 절망하지 않고, 그 목표를 향해 나아갈 수 있다. 살아가면서 고난이 없는 인생이 어디 있겠는가? 어떤 어려움이 있더라도 절대로 포기해서는 안 된다. 자신감을 가지고 끝까지 노력하면 반드시 성공의 문은 열린다. 희망을 잃는 것: 그것이 인생의 최대의 적이다. 불행의 나락으로 떨어지는. 희망을 버리는 것: 인생의 최대의 실패다. 스스로를 버리는. 희망: 인생의 나침반이다. 인생이라는 고해에서 희망을 잃지 않고 힘차게 노를 저어가면 반드시 목적지에 도달할 수 있다.

꿈과 희망을 잃어버릴 때 비로소 인간은 늙는다. 세월은 피부에 주름살을 늘려가지만 열정을 잃으면 영혼에 주름이 진다. 고개를 들고 희망의 물결을 붙잡는 한 여든 살이라도 인간은 청춘으로 남는다.(울만) "구하라. 그러면 얻을 것이다. 찾아라. 그러면 찾을 것이다. 두드려라. 그러면 열릴 것이다."(예수). 그러므로 죽는 날까지 항상 꿈과 열정을 가지고 살아가는 것이 건강한 노년을 만들고 행복한 나날을 보내는 비결이다. 안정과 도전: 이 두 가지 요구를 잘 조화시키면서 발전해감으로써 행복을 추구해야 한다.

6. 인간은 죽을 때까지 '진화'한다

나이가 든다는 것은 생물학적으로는 늙어가는 것이지만, 도덕적으로는 성숙해진다는 것을 의미한다. 인생의 최종적인 목표는 젊은 시절에 성취되는 것이 아니라 만년에 가서야 가능하고, 그때 평가를 할 수 있다. 인생이란 죽을 때까지 성장하는 과정이다. 꿈이 있는 한. 인생(Life)이란 사랑(love), 상상(imagination), 재미(fun)와 발전(evolution)으로 구성된다. 인생이란 전장에서 자신과의 싸움에서 이겨야 비로소 성공할 수 있고 성숙해진다. 성공과 실패는 마지막 단계에서 결정되는 것이다. "최후에 웃는 자가 가장 행복한 사람이다."(디오게네스) 그러므로 은퇴 후에도 자신에 걸맞은 목표를 세우고 꾸준하게 일하며 성장해야 한다. 성취가 젊은이들의 행복의 목표라고 한다면 노년들의 행복 목표는 누림에 있다. 나이가 들수록 평화로운 환경에서 더 만족하고 기쁨을 누릴 수 있다.

저자는 은퇴를 한 후 전공을 접고 여행을 하면서 글을 쓰고 있다. 구름 쳐다보면서 걷는 여행길에서 나를 만나고 행복을 누리면서 하루하루를 건너가고 있다. 터키 여행을 하면서 세속에서 해방되고 참된 자유로움을 누리면서 진정한 행복을 깨닫게 되었다. 이스탄불에서 푸른 하늘 쳐다보며 보스포루스해협을 따라 걷다가 종교란 하늘나라로 가는 '가교'임을 깨닫고, 살아서 가는 '천국'을 발견하게 되었다. 마지막 꿈을 가지고 열정을 다해 여행을 하면서 글을 쓰면서 바쁘게 살고 있다. 책을 발간할 때마다 자존감을 가지고 감사하면서 생활을 하니 평생 모르고 살던 행복이 찾아왔다.

배움은 평생 지속되어야 하며, 배움을 통해 지혜는 쌓여간다. 계속 정진하면서 인간은 성장해가는 것이다. 그 산증인들이 있다. 괴테는 유명을 달리하기 9개월 전인 82세 때 희곡 파우스트를 완성하였고, 피카소는 92세까지 그림을 그렸으며, 루빈스타인은 89세에 카네기홀에서 연주하였다. 이처럼 위대한 인물들은 노년, 그것도 말년에 위대한 작품들을 남겼다. 말년이 인생의 끝자락이 아니라 인생을 완성하는 시기임을 말해주고 있다. 그러니 우리도 마지막 순간까지 희망을 잃지 않고 열정적으로 무엇인가 하다가 가야 하지 않겠는가?

중요한 것은 오늘 자기가 하고 싶은 것을 하면서 열심히 사는 것이다. 제2의 인생: 바로 시작할 수 있다. 인간은 죽을 때까지 성장하고 진화한다. 나이를 먹는다는 것은 육체적으로는 노화(老化)하지만, 정신적으로는 진화(進化)하는 것이다. 경험을 통해 지혜를 얻게 되고, 욕망을 버리고 만족할 줄 알며, 원만한 인간관계를 이룰수 있고, 성숙한 인간상을 형성하게 된다. 그래야 행복한 노년, 아니 성공한 인생을 누릴 수 있다.

7. 노년에도 꿈을 이루는 결과보다 '과정'이 더 중요 하다

인생이란 여행길에서 행복은 목적지에 도착해서 얻는 것이 아니라 그곳까지 가는 수많은 간이역에서 발견하고 누려야 한다. 로이굿먼은 "행복은 여행길이지 종착역이 아니다."라고 했다. 행복은 하나의 상태가 아니라 '과정'이고, 지속적으로 노력함으로써 얻는 것이다. 결과로서의 행복보다 중요한 것이 성공으로 가는 과정을 즐기는 '과정으로서의 행복'이다. 행복은 어느 목적지로 가느냐가 아니라 '어떻게' 가느냐의 문제로서 그 과정에서 행복을 느끼는 것이성공의 열쇠이다.

스페인의 작가 파울로 코엘료는 세계적인 작가로 만들어준 '연금술사'에서 "이 세상에는 위대한 진실이 하나 있어. 자네가 무엇인가를 간절하게 원할 때 온 우주는 자네의 소망이 실현되도록 도와준다네."라는 명구를 남겨 많은 사람들에게 용기와 희망을 주고 있다. 평범한 양치기 소년인 주인공 산티아고는 이집트 피라미드에가면 숨겨진 보물을 찾을 수 있다는 '꿈'을 실현하기 위해 찾아 나서지만 여러 가지 난관들이 가로막고 있다. 그때 연금술사가 나타나 꿈을 이루기 위해서는 '마음의 소리'를 들으라고 권고한다.

마음이 가는 곳에 보물이 있고, 마음은 끝내 자아를 실현하게 된다고 가르친다. 진정으로 원하는 것을 깨닫고 이를 실현하기 위해 노력하는 과정을 '자아의 신화'라고 묘사하고 있다. 이처럼 꿈을 현실로 만들 연금술은 용기이며, 인생의 신성한 목표는 '자아의 실현'에 있다고 한다. 마음의 소리에 귀를 기울이고 진심으로 용기를 내며 끝까지 자신을 믿을 때 자아실현을 이룰 수 있다. 그러므로 인생을 살아가면서 스쳐가는 수많은 간이역에서 맞이하고 느끼며 누리는 행복의 총화가 인생의 행복임을 깨닫고 하루하루를 즐겁게 사는 것이 행복한 인생이다.

우리나라 사람들은 성공해야 행복해진다는 잘못된 생각을 하고, 성공에 올인 하면서 살고 있다. 어떤 방법으로든 성공이라는 종점까지 가는 것이 목표이고, 그곳으로 가는 과정은 중요시하지 않는다. 우리나라 사람들은 행복은 지금 이곳에서 누려야 하는데, 성공을 한 후 먼 미래에나 행복해질 수 있다는 생각을 하고 있으므로 현재는 언제나 행복하지 못하다. 괴테는 "모든 사람들은 성공하려고만 할 뿐 성장하려고 하지 않는다."라고 했다. 행복은 성장하는 과정에서 누리는 것이지 반드시 성공해야 행복해지는 것이 아니다. 노년의 경우에 몇 개의 간이역이 남아 있을지 모를지라도 간이역을 지나칠 때마다 행복을 놓치지 않고 누리며 사는 인생이 아름답고 행복한 인생이다. 성공해야 행복한 것이 아니라 행복하게 사는 것이 성공이다.

제7장

노년의 '건강': 노년 행복의 유일한 외적 조건이다

건강은 행복이 거주하는 집으로 생존과 행복의 필수적 요소이다. 건강이야말로 행복의 유일한 외적 조건인데, 특히 노년에는 가장 중요한 행복요소가 된다. 이제는 단순한 장수가 아니라 건강한 장수가 문제이다. 노화과정에 들어선 노년들에게는 건강이 악화되고, 질병이 다반사로 발생하므로 건강관리가 노후의 행복을 위한 가장 중요한 조건이다. 만성질환을 잘 관리하고, 그 예방책을 강구해야 한다. 혈관관리가 중요하고, 주기적으로 운동을 하며, 충분한 수면, 올바른 식습관, 스트레스 관리, 우울증 관리 등을 하여야 한다. 그러나 육체적 건강 못지않게 정신 건강이 중요하다. 정신적으로 건강해야 자존감을 가지고 행복을 누릴 수 있다. 비록 건강이 나쁘거나 장애가 있는 경우에는 그 상태를 있는 그대로 받아들이고 자신만의 행복을 만들어가는 것이 중요하다.

1. '건강'은 노년의 생존과 행복의 필수적 요소이다

행복은 건강이라는 집에 거주한다. 쇼펜하우어는 건강이야말로 행복의 '유일한 외적 조건'이라고 했다. 행복한 노후를 보내려면 '건강'을 유지하는 것이 가장 기초적인 조건이다. 이제는 단순한 장수가 아니라 건강한 장수가 문제이다. 건강이 행복의 90%를 점하고 있다는 견해가 있는데, 건강이 삶의 만족도를 높여준다는 사실은 노년에 더욱 절감하게 된다. 노년에 질병이 생기면 개인적으로는 비용이 엄청나게 들고 가족이 힘들어지며, 사회적으로는 불필요한 존재로 전락하고 말게 된다. 그런데 OECD 통계에 의하면, 우리나라 노년의 은퇴 후 '기대여명'은 남성이 12.9세, 여성이 16.3세로 OECD 국가 중 가장 짧다고 한다. 이는 노후 준비가 안 되어 있고, 특히 건강보험 등의 제도적 장치가 잘 마련되어 있지 않기 때문이다.

노년에는 질병이 행복의 최대의 적이다. 신체기능의 퇴화는 20대부터 시작되지만, 60대 이후에는 급격하게 진행된다. 노년에 나타나는 질병으로는 각종 성인병을 비롯해 우울증·뇌졸중·골다공증·퇴행성관절염·치매 등이 있다. 이러한 질병에 대비해서 반드시 보험, 가급적이면 특수질병보험을 들어놓아야 한다. 특히 치매는 개인적 비극일 뿐 아니라 가족에게 큰 부담을 주는 사회적 문제가 되고 있다. 치매란 질병은 아직 치료제가 없으므로 예방이 중요하다. 이러한 질병에 걸리지 않도록 건강관리를 잘 하는 것이 행복한 노년을 보내는 데 가장 중요한 과제이다.

행복의 생물학적 조건이 건강이지만, 정신적 건강 또한 중요하다. 행복 연구의 선구자 루트 벤호벤은 한 나라의 평균수명에 삶의 만족도를 곱해서 얻는 '행복수명'이라는 새로운 지수를 제안했다. 이는 단순한 생물학적 삶이 아니라 행복한 삶에 착안한 개념으로 건강이 가장 중요한 요소다. 건강은 인생의 기초자산으로 젊어서부터 건강에 신경을 쓰고, 관리를 잘 해야 노년을 건강하고 행복하게 살수 있다. 그런데 사람들은 호흡이 곤란해져야 산소의 중요성을 깨닫듯이 어리석게도 건강을 잃고 나서야 건강의 중요성을 깨닫는다.

"돈을 잃으면 조금 잃은 것이고, 명예를 잃으면 많이 잃은 것이며, 건강을 잃으면 모든 것을 잃는 것이다." 건강을 잃고 나면 그 인생은 사실상 끝나고, 행복은 사라지고 만다. 건강한 장수를 누리려면 질병을 예방하고, 건강습관을 가지며, 몸과 마음을 젊게 하고, 인적 교류와 사회 활동을 활발하게 하여야 한다.

미국 질병예방센터에서 행한 조사에 따르면, 건강을 결정하는 변수는 유전은 20%, 환경은 20%, 치료불비가 10%에 불과하고, 생활습관이 50%나 된다고 한다. 유전이나 환경적 요인은 자신이 해결할 수 있는 문제가 아니므로 건강을 유지하는 것은 기본적으로 본인의 노력에 달려 있다. 건강에 자신을 갖지 말고, 평소 종합검진을 받아 질병을 예방하는 것이 중요하다. 평소 건강하게 보이지 않는 사람이 장수하는 사례가 많은데, 그 이유는 조심스럽게 살면서 절대로 무리를 하지 않기 때문이다. 육체적 건강 못지않게 중요한 것이 정신 건강이다. 성숙한 인격체로서 균형 잡힌 사고와 생활을 함으로써 건전한 생활을 하고, 사회에 귀감이 될 수 있도록 만반의 준비를 해야 한다.

2. '건강한 노년을 일구는 요소들'은 다양하다

1960년의 평균수명은 남자 51세, 여자 54세이던 것이 2015년에는 남자 78세, 여자 85세로 55년 사이에 평균수명이 약 30년 정도 연장되었다. 기하급수적으로 생명이 연장된 것을 보면 경제발전과 의료기술의 향상이 수명에 미친 영향이 크다는 것을 알 수 있다. 제2의 인생은 덤이 아니고, 노년은 잉여인간이 아니다. 노년기는 인생의 후반기로서 제1의 인생에서 못다 한 일, 하고 싶은 일, 의미 있는 일을 함으로써 '의미 있는 인생'을 살아갈 수 있는 유용한 시기이다. 이러한 과업을 이루기 위해서는 은퇴 이전에 충분한 준비를 하고, 은퇴 이후에는 건강한 노화를 위해 성실하게 살아야 한다.

최근에는 노화를 예방하거나 완화시키기 위한 약품들이 속속 생산되고 있다. 삶의 질을 높여주는 기억력의 강화, 개성을 표현하는 외모의 꾸밈, 근육의 힘을 보완해주는 약품, 성생활을 도와주는 약품 등이 개발되고 있는데, 이들을 '완화 약품'이라고 부른다. 또한 유전자 프로그램을 바꾸는 줄기세포나 배아세포가 개발되고 있으며, 원격진료를 통해 가택치료가 가능해졌다. 이러한 의료혁명이 노년에게 장수할 수 있는 희망을 주지만, 노화는 자연법칙이므로 이를 벗어날 수는 없다. 그러나 정신적으로 노년기는 인간이 성숙하는 과정이므로 자신의 삶을 온전하게 가꾸고, 사회에 모범이 될 수 있도록 살아가야 한다.

하버드대 의대 연구진이 발표한 '장수비결'은 다음과 같다. ① 늘 새로운 도전을 하라. ② 스트레스를 해결하라. ③ 많이 웃어라. ④ 음식을 가려서 먹어라. ⑤ 숙면하라. ⑥ 종교를 가져라. ⑦ 봉사활동을 하라. 이 비결의 유형은 기본적인 행복의 비결을 단순화해서 열거하고 있을 뿐, 특별한 내용은 없다. 다만 건강에 중점을 두고 있으며, 종교를 가지라는 권고가 특이하다.

그 밖에 보람 있게 은퇴생활을 할 수 있도록 만들어주는 것으로 일·사회적 만남·취미 활동·문화적 생활 등을 들 수 있다. 학자들마다 제시하는 요소들은 다양하지만, 관점에 따라 다를 뿐 본질적 차이는 없고, 모든 요소들을 포괄하지 못하고 있다. 누구나 행복의 모든 조건들을 충족시키며 살 수는 없으며, 자기의 능력·취향·환경·조건 등에 따라 선택할 수밖에 없으니 '자신의 행복모델'에 만족하면서 사는 것이 행복의 비결이다.

3. '건강한 장수'야말로 마지막 행복으로 가는 길이다

인간은 누구나 장수를 기원하지만, 건강하지 못한 장수는 차라리 저주요, 불행이다. 노년에 질병에 시달리게 되면 절망하게 되고, 절대적 고독 속에서 죽음을 생각하게 된다. 그래서 노년에는 건강이 행복의 가장 중요한 요소이다. 인터넷상에서 '노노족'이라는 단어가 한때 유행하였다. 이 단어는 No와 老의 합성어로서 노년에도 젊게 살려는 노인을 가리키는 말이다. '9988 234'라는 말이 생겨났다. 99세까지 팔팔하게 살다가 2~3일간 아프다가 죽는다는 뜻이다. 노인들 사이에 덕담으로 하는 말이지만, 누구나 인정하는 마지막 소망이다. 오래 사는 것이 중요한 것이 아니라 건강하게 사는 것이 중요하다.

노년기는 노화가 진행되는 과정으로 노화현상은 자연현상이요, 자연법칙이다. 노년에 건강관리를 잘 하는 것이 자신은 물론 사회와 국가를 위해 필수적이다. 그러나 노화는 막을 수 없는 법이니, 의술이나 운동으로 어느 정도 극복하도록 노력은 해야 하지만, 그대로 받아들이는 것이 순리이다. 자연의 순리는 거스를 수 없는 법: 진시왕이 아무리 불로초를 비롯한 장수를 위한 약을 복용해도 장수도 못 하고 이 세상을 떠나지 않았는가? 그러므로 질병이 찾아왔을 때는 이를 거부하려고 하지 말고, 순리대로 수용하면서 어떻게 남은 인생을 보람 있게 살 것인가를 고민해야 한다. "가장 잔인한 노화는 몸의 노화가 아니라 마음의 노화다."(크리스티안 생제) 비록 몸은 늙어가더라도 마음은 젊게 살아가야 노년에도 건강하고 행복해질 수 있다.

노년층이 급성장함에 따라 의료 비용은 상승하는데, 그 비용은 후세들에게 돌아가므로 세대 간의 갈등이 생긴다. 생명의 연장이 의미 있는 삶을 연장시켜 준다면 좋지만, 고통만을 더한다면 개인적으로 불행해지고, 가족 나아가 사회·국가에 부담을 준다. 우리나라 노년은 OECD 국가 중에서 삶의 질이 아주 낮은 편인데, 그 이유는 대체로 노후 준비가 부족하고, 사회보장제도가 아직 불비하며, 노후생활에 대한 노하우가 없기 때문이다. 노인 자살률이 세계에서 가장 높다는 사실은 우리나라 노년들의 생존조건과 환경이 좋지 않다는 사실을 보여주는 것이다.

건강한 노화를 위해 국가는 공공의료서비스를 확충하고 의료복지시설을 확대시켜야 한다. 주어진 여건하에서 건강관리를 잘 하고, 긍정적인 마음을 가짐으로써 노후관리를 잘 해야 행복한 노후를 보낼 수 있다. 영화 '엔딩노트'처럼 죽기 전에 할 일을 하면서 마지막 순간까지 보람 있게 시간을 보내다가 가는 것이 마지막 행복이다.

4. 건강한 여생을 보내기 위해서는 '건전한 생활습관'을 키워야 한다

예로부터 건강을 유지하기 위한 건강오정법(健康五正法)이 내려오고 있다. 정식(正食)·정동(正動)·정식(正息)·정면(正眠)·정심(正心)이 그것이다. 이들을 골고루 행하면 건강은 반드시 뒤따라온다. 베일런트는 건강한 노화를 예견할 수 있는 행복의 조건으로 고통에 대응하는 성숙한 방어기제·교육·안정된 결혼 생활·금연·

금주·운동·알맞은 체중 등 일곱 가지를 들고 있다. 50대에 이들 조건 중 5-6가지 조건을 갖추면 80세에도 건강하고 행복한 상태였고, 세 가지 미만의 조건을 가진 경우에는 80세에 건강하고 행복한 사람이 없었다고 한다. 그중에서도 운동과 인간관계의 힘이 크다는 사실을 밝히고 있다. 분명한 것은 행복한 생활을 누리는 데는 일정한 조건이 필요하지만, 필요 이상의 조건을 충족시키려고 행복을 놓치는 우둔함을 범하지 않아야 한다.

가장 중요한 것이 '건전한 생활습관'을 가지는 것이다. 건강에 해로운 술과 담배를 자제해야 한다. 물을 많이 마시고, 골고루 식사를 하며, 과식은 금하는 등 적절한 식이요법을 해야 한다(正食). 충분히 휴식을 취하고(正息), 잠을 자되 취침시간을 규칙적으로 정한다(正眠). 충분한 수면과 약간의 낮잠이 건강에 좋다. 규칙적으로 운동을 하고, 근육을 키워 낙상과 골절 예방에 힘써야 한다(正動). 노년에는 정신 건강에 유의하고, 뇌를 바쁘게 활용하며, 건강검진을 주기적으로 받아야 한다.

세상을 낙천적으로 바라보며 젊게 사는 것 또한 중요하다. 정신 건강 또한 중요하므로 즐거운 마음으로 하루를 시작하고, 항상 웃음을 잃지 말며, 사랑의 눈으로 세상을 보는 낙천적 성격을 가져야 한다. 욕심을 버리고 작은 배려에도 감사하며, 모든 것을 있는 그대로 받아들인다(正心). 노년에는 베풀면서 살아가는 것이 가장 행복한 일에 속한다. 건강한 노화의 비법은 욕망을 내려놓고 원만한 인간관계를 지속하는 것이다. 이처럼 건전한 생활습관을 실행해야 만년에 건강과 행복이 찾아온다.

5. 노년에도 '올바른 식생활 습관'을 가져야 한다

'올바른 식생활 습관'을 가지는 것이 건강에 가장 중요한 요소이다. 건강은 먹는 대로 가는 것이 자연법칙이다. 미국 질병예방센터에서 행한 조사에 따르면, 건강을 결정하는 변수로서 생활습관이 50%나 된다고 한다. 그러므로 건강하게 사는 것은 기본적으로 본인의 노력에 달려 있다. 식(食) 자를 풀어보면, 사람 인(人) 변에 좋을 양(良)으로 구성되어 있다. 음식은 사람에게 좋은 것이라는 해석과 인간은 좋은 것을 먹어야 한다는 풀이가 가능하다. 소식이 노화를 지연시키고 생명을 연장시키다. 우리나라 식습관 중 나쁜 것이 짜고 맵게 먹으며, 뜨거운 음식을 잘 먹는 것인데, 이러한 습관을 고쳐야 한다. 건강을 위해서는 몸에 좋은 음식을 적당하게 먹어야 하며, 건강에 나쁜 음식은 피하도록 식생활 습관을 만들어야 한다.

노년에는 특히 영양 상태를 잘 관리해야 하므로 항산화 식품·섬유소류 식품·칼슘·비타민 B 종류 등을 반드시 섭취해야 한다. 노년에는 젊음의 호르몬이라고 불리는 멜라토닌을 흡수하면 면역계를 강화시켜 감염을 막으며, 수면장애·만성피로증후군·당뇨병·고혈압·두통 등에 좋다고 한다. 세로토닌은 뇌의 생화학물질로서 기분에 영향을 미침으로 행복과 직접적 관련이 있는데, 바나나·초콜릿 등이 좋다고 한다. 영양 상태가 좋지 않으면 노화가 그만큼 빨리 진행된다. 정상체중을 유지하는 것이 건강에 필수적이므로 적당한 운동과 적정량의 식사로 체중관리를 해야 한다. 동물성 지방의 섭취를 줄이고, 카페인 음료나 튀긴 음식을 자제해야 한다. 소금·설탕이나 지방질은 과도하게 먹으면 건강에 안 좋다. 자신의 체질에 따라 식단을 만들어 건강을 유지해야 한다.

잘 먹는 것만이 중요한 것이 아니라 잘 소화시켜 배출시키는 것 또한 중요하다. 음식물을 소화시키고 영양소를 흡수하고 에너지로 변환시키는 과정에서 몸 안에는 노폐물이 생겨난다. 불필요한 노폐물은 땀·소변·대변·호흡 등을 통해 자연적으로 배출된다. 그런데 몸에 이상이 생기면 배출되지 아니한 노폐물이 독소가 되어 염증을 일으킨다. 그래서 소화와 대사를 촉진시키는 디톡스가 필요하다. 수분이 몸속 노폐물을 배출시키기 때문에 물을 많이 마시는 것이 중요하다. 식사는 고단백 위주로 하고, 레몬·오이·디톡스 물 등이 좋다고 한다. 그 밖에 몸을 부드럽게 문질러주거나 반신욕으로 땀을 배출시키는 것이 도움이 된다.

좋아하는 음식과 싫어하는 음식을 가려서 먹는 것은 안 좋다. 균형 잡힌 식사가 올바른 식사방법이다(正食). 모든 음식은 한 곳에 좋으면 다른 곳에 좋지 아니한 성분을 가지고 있다. 이를테면, 약을 세게 조제하는 때에는 위에 영향을 미치므로 소화제를 함께 처방하는 이유에서도 알 수 있다. 따라서 필요한 만큼만 골고루 먹는 것이 건강에 유익하고, 행복으로 가는 방법이다. 저자의 철학은 신토불이(身土不二)가 자연의 섭리로서 가장 과학적인 방법이라고 생각한다. 즉, 우리나라에서 제철에 나오는 음식을 골고루 균형 있게 먹는 것이 올바른 식이요법이다.

6. 노년의 건강에는 '적당한 운동'이 필수적이다

건강은 행복한 생존의 기초조건인데, 노년이 되어서야 더 실감이 난다. 오늘날 운동은 모든 병을 극복할 수 있는 치료제처럼 회자되고 있다. 플라톤은 음악과 함께 체조를 치료법으로 사용했다고 한다. 특히 노화과정을 거치고 있는 노년에는 질병이 생기면 노화를 촉진시키므로 건강하지 않으면 행복한 노후를 생각할 수 없다. 건강을 위해서는 '적당한 운동'을 하는 것이 필수적이다(正動). 과도한 운동은 오히려 노화를 촉진시킨다고 한다. 운동은 인간의 기본적 욕구로서 신체의 활기를 주는 호르몬의 분비를 촉진시킬 뿐 아니라 뇌의 산소 흐름을 증가시키기 때문에 기분을 좋게 하고 건강을 촉진시킨다.

운동을 계속하면 불안이나 우울증을 제거하는 데 도움이 되며, 면역력을 향상시켜 줌으로써 질병의 예방효과를 기대할 수 있고, 집중력과 창의력을 높여줌으로써 일의 효율성을 올릴 수 있다. 특히 노년에는 스트레스를 줄이고, 우울증을 피하며, 비만을 줄이고, 기억력을 증진시켜 치매를 방지할 수 있다. 운동은 육체적 피로뿐 아니라 정신적 피로를 회복시켜 주므로 규칙적으로 하는 것이 좋다. 운동을 하면 엔도르핀 분비를 500%나 증가시킨다니 그만큼 행복한 감정을 만들어주며, 인생을 낙천적으로 살아갈 수 있는 힘을 키워준다. 그래서 예방에 주력하고, 병원에 안 가도 되는 사람이 이상적인 노년상이다.

운동의 종류는 다양하므로 자신에게 맞는 운동을 하되, 무리하지 않게 해야 한다. 무리하게 하면 오히려 건강을 해치는 경우가 많이 있다. 다만 노년에는 걷기·수영·자전거 타기 등과 같은 저강도 '유산소운동'이 좋다. 노화가 진행되면 인지기능이 떨어지고 치매까지 걸릴 수 있으므로 적당한 운동을 함으로써 이들을 예방해야 하며, 만성질환을 방지함으로써 건강한 노후를 보내는 것이 행복의 전제가 된다. 운동을 통해 근육의 유연성을 증가시키고, 관절의 가

동성을 높이며, 약화된 근육을 발달시키고, 신체의 균형을 유지시켜야 하는데, 이를 위해서는 '근력운동'이 필수적이다. 게으름이 최대의 적이다. 그러므로 자신에게 맞는 운동을 함으로써 건강을 지키는 것이 행복으로 가는 길이다.

7. 노년에는 많이 '움직이는 것'이 건강에 필수적이다

노화현상은 불가피한 것이지만, 몸은 적절한 방법으로 쓰면 쓸수록 건강해진다. 걷기는 노년에 가장 좋은 운동이다. 걸으면 살고 누우면 죽는다는 생각으로 걸어야 한다. 걸을 수 있어야 행복해질 수 있고, 걸을 수 없으면 삶의 질이 떨어진다. 움직이지 않으면 건강은 나빠지고 노화는 빨리 온다. 현대인은 하루 평균 13시간을 앉아 있는데, 1시간 앉아 있을 때마다 기대수명이 22분 감소한다고 한다. 세계보건기구는 2002년에 '의자병'이라는 신종 질환을 발표하였다. 노년에 움직이기를 싫어하거나 TV만 보는 것은 건강을 해친다. 30분에 한 번씩 일어나 2-3분 정도 움직이라는 권고가 있다. 생활을 하면서 신체의 활동량을 늘리면 운동한 효과를 얻을 수 있고 건강해진다. 반드시 운동을 해야 하는 것은 아니고, 산책을 하거나 걷기를 하고, 집안일을 하는 것도 좋은 방법이다.

미국의 애리조나주립대학 비만센터의 총책임자인 제임스 레바인 박사는 '비운동성 활동 열 생성'을 의미하는 니트(NEAT: Non-Exercise Activity Thermogenesis) 운동을 주도하고 있다. 운동 이외에 생활습관을 바꾸는 것만으로도 체내열량의 20%를 소비함으로써 건강에 도움을 준다고 한다. 앉아서 계속 일하는 경우 비만의 문제를 넘어서 당뇨병·동맥경화·심장병·고혈압·직장암·요통

·치질 등 각종 질병을 일으킨다. 레바인 박사는 '병 없이 살려면 의자부터 끊어라'라는 책에서 "앉기는 흡연보다 위험하고, 에이즈 바이러스보다 더 많은 사람을 죽이며, 낙하산으로 뛰어내리는 것보 다 더 아찔하다. 우리는 앉아서 죽어가고 있다." 하는 충격적인 사 실을 밝히고 있다.

주로 앉아서 일하는 현대인들에게는 경각심을 불러일으킨다. 질 병에 걸리지 않으려면 의자부터 치우라는 경구가 가슴을 울린다. 립스틱 바르는 95세의 여의사 한원주 내과 과장은 건강 비결은 "끊 임없이 움직이고, 바쁘게 활동하며, 마음가짐을 편안하게 하는 것" 이라고 한다. 운동을 전혀 하지 않는 사람들은 이 충고를 받아들여 야 한다. 많은 노년들이 운전을 하든가 책을 쓰든가 간에 앉아서 하는 일을 계속하고 있는데, 이 경구를 듣고 가능한 한 많이 움직 이는 것이 건강을 위해 필수적이다. 나이가 들수록 운동은 하지 않 고 사람을 만나지 않고 TV를 많이 보는 경향이 있는데, TV 보는 시간을 줄이는 것이 건강에 좋다. 자주 움직이면 뇌 건강에도 좋고, 삶에 생기를 불어넣는다. 그러므로 많은 움직임을 통해 건강을 지 킴으로써 행복으로 다가가야 한다.

8. 노년에도 '뇌 건강'에 신경을 써야 한다

뇌 건강은 신체 건강의 기초가 되고, 정신활동을 원만하게 만들 며, 삶의 질을 높여주기 때문에 중요하다. 뇌세포 속 유전자에는 고 통을 줄여주는 엔도르핀, 안전감을 주는 세로토닌, 수면을 조절하 는 멜라토닌이 있다. 내부적 변질과 외부적 손상으로 유전자는 변 한다. 특히 노년에는 뇌 건강에 힘을 써서 건망증이나 치매 등 정신질환을 예방하거나 노화과정이 늦추어지도록 노력해야 한다. 많은 사람들은 뇌 건강 문제에 관심을 가지고 있지 아니한데, 그 원인은 바로 무지 때문이다.

운동을 하면 뇌로 공급되는 피와 산소량이 늘어나면서 세포 배양 속도가 빨라지고, 뇌 안의 신경세포가 더 활기를 띤다고 한다. 뇌를 건강하게 만들기 위해서는 독서·악기 연주·유산소운동 등 취미 활동을 하고, 다양한 활동에 참여하며, 새로운 분야에 호기심을 가지고 도전하는 태도를 기르는 것이 좋다. 여러 분야에서 열심히 함으로써 몰입하는 자세를 가지면 행복해지고, 치매예방도 될 수 있다. 감사하는 마음을 가지면 뇌세포가 건강해진다고 한다. 감사와 건강의 관계를 연구해온 데이비드 스노드 박사에 의하면, 감사하는 마음과 긍정적인 자세를 가진 수녀들과 불평이 많고 부정적인 사고를 하는 수녀들을 비교·조사한 결과 전자가 수명이 7년 정도 더 길고, 뇌세포도 덜 파괴되었다고 한다.

'운동화 신은 뇌'의 저자 존 레이티 교수는 세계는 운동기반교육을 강화하고 있는 데 반해 한국식 교육은 이에 역행하고 있다고 지적했다. 운동을 하면 집중력·성취욕·창의성이 증가하고, 뇌의 능력이 확장되어 학업 성취도가 높아지고 스트레스가 감소하는데, 우리 학생들은 가만히 앉아서 주입식 교육만 받고 있으므로 창의성 개발도 안 되고, 스트레스를 많이 받는다. 뇌가 건강해야 스트레스·화 등 부정적 감정을 극복할 수 있다. 나이가 들어갈수록 뇌 건강에 신경을 써서 치매를 예방하는 등 건강한 여생을 보내도록 노력해야 한다. 숙면을 취하면 삶의 질을 향상시킬 수 있다는 연구 결과들이 많이 나와 있다. 뇌 건강이 행복바이러스를 증가시켜 지속적인 행복을 누릴 수 있게 만들므로 뇌 건강에 신경을 써서 행복기반을 튼튼하게 쌓아야 한다.

9. 노년에도 몸과 마음의 건강이 '조화'를 이루어야 한다

건강이 행복을 누릴 수 있는 최고의 자산이지만, 한국 사람들은 육체적 건강에만 신경을 쓰고, 정신적 건강(正心)에는 등한시하는 경향이 있다. 육체적 건강 못지않게 정신 건강이 중요하다. 평안함과 안정감을 누리는 것이 건강에 좋고, 즐거운 마음으로 사는 것이 최고의 보약이다. 노인들의 질병은 육체적인 경우가 가장 많지만, 정신적 이유에서 오는 경우도 허다하다. 한 노인실태조사에 의하면, 노인 10명 중 8명이 만성질환을, 3명이 우울증을 앓고 있다고 한다. 뇌 건강은 신체 건강의 기초가 되고, 정신활동을 원만하게 만들며, 삶의 질을 높여주기 때문에 중요하다. 즐겁고 사랑할 때에는 도파민, 평안하고 행복할 때에는 세로토닌이 분비된다. 이처럼 뇌와 건강은 순환관계에 있으므로 나이가 들어갈수록 뇌 건강에 신경을 써야 한다.

'정신 건강'이란 정신적 장애가 없고, 긍정적인 심리 상태를 말한다. 정신 건강을 유지해야 육체적 건강과 조화를 이루고, 자신감을 가지고 세상을 살아갈 수 있으며, 성공확률이 높아지고, 대인관계가 좋아진다. 정신 건강에서 일반적으로 문제가 되는 것이 우울증상이다. 이것이 심해지면 우울증이란 질병으로 나타나는데, 자살을 하는 등 그 부작용이 심각하다. 노년의 자살 원인은 경제, 건강, 가족과 사회 활동 순으로 나타나지만 가장 무서운 것이 우울증이다. 다음으로 심각한 문제가 치매이다. 치매는 노인 개인에 그치지 않고 가족과 사회에 큰 부담을 준다. 예방방법이 없기 때문에 더욱 심각하다. 일반적으로 수면장애와 불면증이 널리 노년을 괴롭히는 질병이며, 알코올 중독과 약물 남용이 문제가 된다. 이러한 질병을 예방하는 것이 건강한 노화를 이루는 방법이다.

도티 빌링턴 박사는 두뇌를 성장시키라면서 뇌를 건강하게 유지하고 발달시키는 비법으로 '다양하게 활동하라', '새로운 분야에 관심을 가지고 도전하라', '새로운 경험·도전과 배울 거리들을 찾아라', '늘 질문을 하고 해답을 찾아라' 등을 들고 있다. 우리에게 필요한 것은 노화에 대한 불안을 극복하고 정신적으로 젊게 사는 것이다. 나이와 신체, 특히 질병에 초연해지는 것: 그것이 노년에 행복으로 가는 길이다. 몸과 마음은 하나로서 서로 영향을 주기 때문에 '심신일여(心身一如)'라는 말이 생겨났다. 몸이 건강해야 마음도 건강해지고, 마음이 건강해야 몸도 건강해진다. 훈련을 통해 정신 건강을 튼튼하게 키워야 한다. 오늘날 세계적으로 명상이 좋은 방법으로 유행하고 있다.

10. 노년에도 건강에 '좋은 습관'을 길러야 한다

건강은 육체적 건강뿐 아니라 정신적 건강이 상호작용을 하면서 이루어진다. 이러한 건강을 챙기기 위해서는 '좋은 습관'을 길러야 한다. 단순한 생활습관을 넘어서 건강한 인생을 살아갈 수 있는 습관을 형성해야 한다. 규칙적으로 운동을 하는 것이 기초 작업이고, 신체 활동을 하는 것이 최소한의 조건이다. 노년에는 걷기운동이 좋다고 누구나 말한다. 정신 건강이 육체적 건강에 영향을 미치므로 독서·배움·창작 활동·놀이 등 정신을 쓰는 활동을 해야 한다. 그러나 건강해지기 위해서는 여기서 그치는 것이 아니라 주변 환경과 마음의 태도가 중요한 역할을 한다.

무엇보다 몸을 깨끗하게 관리해야 한다. 건강을 위해서뿐 아니라 냄새가 안 나도록 해야 다른 사람들에게 피해도 안 주고, 가까이할 수 있다. 어린이들은 냄새가 나기 때문에 할아버지와 할머니, 나아가 노인들을 피하는 경향이 있다. 노년에는 식사·수면·음악 듣기·산책·만남 등 일상 속에서 소소한 행복을 느끼며 살 수 있다. 즐겁게 시간을 보내고 만남을 할 수 있는 놀이를 하거나 유머를 하면서 즐거움을 줄 수 있는 생활을 하는 것이 좋다. 노년의 장점은 절제와 만족을 통해 정신적 평정심을 누릴 수 있다는 점이다.

좋은 인간관계를 유지하고 새로운 관계를 만드는 것이 고독으로부터 탈출하고 우울증 등 질병을 예방하는 데 중요하다. 가족들과 친구와의 만남이 최종적인 만남의 담보이다. 미움·질투·분노·원한 같은 부정적 생각을 버리고, 항상 감사하고 용서하면서 긍정적인 생각을 하며 사는 것이 건강을 위해 필수적이다.

그 위에 나눔·기부·봉사 등을 통해 이타적 행복을 누리면 건강에 도움이 되고, 종교를 믿고 건전한 신앙생활을 하면 더 건강하고 질 높은 행복을 누릴 수 있다. 마지막까지 꿈을 잃어서는 안 되고, 희망을 버려서는 안 된다. 이들은 질병을 극복하고 밝은 내일을 약속하는 진통제와 같은 것이다. 이처럼 복합적인 요소들이 모두 충족될 때 온전한 건강을 누릴 수 있고, 그 토대 위에 행복이란 집이 건축될 수 있는 것이다.

11. 청춘이란 나이의 숫자가 아니라 '마음가짐'을 말한다

내일에 대한 희망과 호기심을 가지고 열정적으로 오늘을 살아가면 항상 청춘에 머무를 수 있다. 생리적으로 늙는 것이야 어찌할 수 없지만, 젊음을 유지하는 것은 육체적 문제라기보다는 정신적 문제이다. 마음속에 젊음을 유지하면 새로운 에너지가 생긴다. 희망을 가지고 있는 한 젊음을 유지할 수 있다. 열정을 잃으면 영혼이 시든다. 끝까지 자신감과 신념을 가지고 살아갈 때 꿈은 이루어진다. 사무엘 울만은 '청춘'이란 시에서 "청춘이란 인생의 어떤 기간이 아니라 마음가짐을 말한다. 머리를 높이 치켜들고 희망의 물결을 붙잡는 한 80세라도 인간은 청춘으로 남는다."라고 노래하고 있다.

결국 마음가짐이 성공과 행복을 결정한다. 긍정적인 감정을 가지고 살면 건강해지고, 자신의 능력을 끌어올릴 수 있으며, 인간관계도 개선할 수 있다. 그러므로 젊음을 유지하기 위해 가능한 한 젊은 친구들을 많이 사귀는 것이 좋다. 상대방이 기피하거나 잘 응해주지 않지만, 공부모임이나 봉사활동 등을 통해 기회를 만들 수 있다. 나이란 숫자일 뿐 젊음을 유지하는 한 늙지 않는다. 사랑할 것이 남아 있는 자, 가슴 두근거리는 삶을 살리라. 젊음을 유지하는 것이 노년에 가장 행복한 길로 가는 것이다.

청춘

사무엘 울만

청춘이란 인생의 한 기간이 아니라

마음가짐이다
장밋빛 볼, 붉은 입술, 부드러운 무릎이 아니라
씩씩한 의지, 풍부한 상상력, 불타오르는 정열이다
청춘은 인생이란 깊은 샘의 신선함이다

청춘이란 두려움을 물리치는 용기
안일한 삶을 뿌리치는 모험심
때로는 스무 살 청년보다 일흔 노인이 더 젊을 수 있다
나이 먹는 것만으로 사람은 늙지 않는다
꿈과 희망을 잃어버릴 때 비로소 늙는다
세월은 피부에 주름살을 늘려가지만
열정을 잃으면 영혼에 주름이 진다
고뇌, 공포, 실망에 의해서 기력은 땅을 기고
정신은 먼지처럼 되어간다

일흔이든 열여섯 살이든 인간의 가슴속에는
경이로움에 끌리는 마음
어린이처럼 미지에 대한 탐구심
인생에 대한 흥미와 환희가 있다
우리 모두의 관심 속엔 마음의 눈에
보이지 않는 우체국이 있다
다른 사람들과 하느님으로부터
아름다움, 희망, 기쁨, 용기와
힘의 영감을 받는 한, 당신은 젊다

영감의 교류가 끊기고

영혼이 비난의 눈에 덮여

슬픔과 탄식의 얼음 속에 갇힐 때

스무 살이라도 인간은 늙을 수밖에 없고

고개를 들고 희망의 물결을 붙잡는 한

여든 살이라도 인간은 청춘으로 남는다

12. 세계 장수촌 사람들의 '장수비법'의 공통점은 다음과 같다

내셔널지오그래픽사가 펴낸 'The Blue Zones'에는 '최장수촌 사람들에게 배우는 장수 비법'이라는 부제가 붙어 있는 것처럼 세계 장수촌 사람들의 장수비법을 소개하고 있는데, 그들의 공통점은 다음과 같다.

① 정제되지 않은 통밀, 현미 등 통곡식과 견과류를 많이 먹고 물을 많이 마신다.
② 채소와 과일을 많이 먹고 육식을 줄여서 비만을 막는다.
③ 노인을 존경하는 태도를 가진다.
④ 가족을 중요시하며, 가족이 함께 신앙공동체에 소속되어 신앙생활을 하고, 어려운 이웃에게 사랑을 베푼다.
⑤ 정원을 가꾸고 채소나 약초를 기르며, 활발한 야외 활동을 통해 맑은 공기와 햇볕을 많이 쪼인다.
⑥ 마음이 통하는 친구와 만나 유쾌한 시간을 자주 보낸다.
⑦ 저녁 식사는 가볍게 그리고 되도록 일찍 먹는다.

이들을 정리하면, 건강을 위해 식이요법을 권유하는 메뉴와 동일하고, 저녁 식사는 일찍 하되 적게 할 것을 권유한다. 집안일을 하고, 야외 활동을 통해 건강을 챙겨야 한다. 친구와 좋은 시간을 보내고, 가족을 중시하며, 봉사활동을 하면서 공동체적 행복을 누리는 것이 좋다. 서로 노인을 존경하면서 자존감을 가지는 것이 중요하다. 이들은 건강하고 보람되게 노년을 보내기 위한 비결을 요약해놓고 있다. 사람들마다 다른 요소들을 말하기도 하지만.

13. '자연치유'가 중요한 치유방법으로 회자되고 있다

루소는 자연치유력을 강조하였다. 현대 의학은 질병의 근본치료를 하는 것이 아니라 대증요법을 써서 질병의 진행과정을 억제하거나 통증을 제거하는 데 중점을 두고 있다. 이에 대해 '대체의학'은 인간은 생명체 내부에 치유력을 가지고 있으므로 최악의 경우가 아니면 아프다고 약을 먹거나 병원에 가지 말도록 권장하고 있다. 한의학에서는 '약초요법'이 주된 방법으로 사용되어 왔지만, 민간 차원에서 약재를 채취해 약으로 사용하기도 한다. 다양한 압력과 온도를 이용해서 온욕·좌욕·사우나·수중 마사지 등의 형태로 진통과 소염효과를 발휘하고, 순환을 촉진시키며, 면역기능을 강화하는 '수치료법'이 사용되고 있다. 노년에는 이러한 치유방법을 잘 활용하는 것이 건강에 도움이 될 것이다.

세계보건기구가 장수지역으로 선정한 오키나와섬에 살고 있는 노년들이 장수하는 이유는 온화한 기후나 식습관의 영향도 중요하지만, 그들의 마음가짐과 공동체적 삶의 영향이 크다고 한다. 그들은 기도나 명상의 수행으로 어떠한 고난에도 이를 극복할 수 있는 정신적 능력을 키웠고, 세상을 긍정적으로 보며 밝게 살아가는 태도를 길렀다. 또한 그들은 공동체 생활을 통해 가족·친구·이웃들과 즐거운 교류를 하고 각종 봉사를 함으로써 행복도를 높이고 있다. 이러한 생활태도가 건강하고 행복하게 살 수 있는 원동력이 되고 있다고 한다.

대체의학의 필요성과 중요성도 인정되어야 한다. 이를테면, 서양의학에서는 MRI에 나타나지 않는 경우 머릿속 통증 원인을 모른다. 문제는 이러한 한계를 시인하지 않고 아프다는 환자가 있으면 정신과에 가라는 횡포를 부린다. 한방의학에서는 환자의 말을 듣고 침으로 더 진전되는 것을 막아주지만, 완쾌시키는 방법은 없다. 그런데 대체의학에서 근본적인 치유방법을 가지고 있다. 병의 근본원인은 피의 흐름이 원만하지 않아 산소공급이 잘 안 되는 데서 옴으로 피의 흐름을 원만하게 해주는 방법으로 치유를 한다. 아직 제도적으로 인증되지 않고 있어 합법적으로 치료할 수 없지만, 과학적으로 체계화시키고 합법화되어 의학의 외연을 넓혀가는 것이 필요하다.

14. 조선일보가 제공하는 '2020 경자년 건강 달력'이 좋은 건강 정보를 제공해준다

조선일보가 선우성 서울아산병원 가정의학과 교수와 유준현 삼성서울병원 가정의학과 교수의 도움을 받아 '2020년 건강 달력'을 만들었는데, 이 매뉴얼대로 생활하면 노년에게도 건강을 위협하는 불청객들을 미리 예방하고, 건강을 지키면서 행복한 한 해를 보내는 데 도움이 될 것이다. 이는 생활습관을 교정함으로써 건강을 유지하기 위한 방법으로 노년에게도 훌륭한 참고자료가 될 것이다. 다른 방법들과 중첩되는 면도 있지만, 월별로 분류해서 소개한 점에서 도움이 될 것이다.

1월에는 독감이 유행하는 계절이므로 외출한 후에는 반드시 손을 씻고 양치질을 하는 것이 좋다. 채소와 과일 등 비타민 C를 충분히 섭취해야 한다. 심근경색이나 뇌졸중 등 심뇌혈관 사망률이 높은 달이므로 노년들은 특히 조심해야 한다. 2월에는 추운 날씨가 계속되어 실내에만 있으면 멜라토닌 분비가 덜 되어 우울증이 생길 수 있으므로 야외 활동을 늘리는 것이 좋다. 실내 습도를 40-60%로 유지하기 위해 가습기를 사용하고, 환기를 자주 하는 것이 필요하다. 3월에는 미세먼지 농도가 높아 야외 활동을 가급적 줄이는 것이 좋다. 온도 차이가 많으므로 면역력이 약한 노년들은 감기에 특히 주의해야 한다. 충분한 수면과 야채 섭취를 하는 것이 좋다.

4월에는 꽃가루가 많이 날리는 시기이므로 자극에 예민한 사람들, 특히 노년들은 알레르기를 유발하는 물질을 피하는 게 좋다. 꽃가루가 날리는 날에는 외출 자체를 자제하는 것이 바람직하다. 5월에는 날씨가 더워지면서 자외선이 강해지므로 외출 시에는 자외선 차단제를 바르는 것이 필요하다. 곤충이나 벌레에 물리지 않기 위해서는 색이 짙은 옷을 삼가고, 향이 짙은 향수도 사용하지 않는 것이 좋다. 6월에는 눈의 결막이 바이러스에 감염되기 쉬운 계절이므로 손을 수시로 씻고, 눈병환자가 만진 물건은 만지지 않도록 주의해야 한다.

7월에는 식중독이 본격적으로 발생하는 계절이므로 물은 끓여서 먹고, 음식은 가급적 익혀 먹는 것이 좋다. 가급적으로 에어컨 사용을 자제하여 냉방병을 예방해야 한다. 8월에는 햇빛이 강하여 오래 햇빛을 받으면 피부가 타거나 통증이 생길 수 있으므로 태양광 차단제를 반드시 바르고 외출해야 한다. 오전 11시-오후 2시에는 외출을 삼가고, 실내온도는 적정한 수준으로 유지하는 것이 좋다. 9월에는 가을 전염병이 유행하므로 산과 들에 갈 때에는 긴 옷을 입어야 하고, 풀밭에서 눕거나 앉지 않는 것이 좋다.

10월은 환절기이므로 감기가 유행하기 때문에 손발 씻기를 게을리하지 않고, 충분히 휴식을 취하며, 영양분을 잘 섭취하여 예방을 해야 한다. 또한 노년에게는 독감이 잘 걸릴 수 있으므로 외출 시 주의를 해야 하고, 독감 예방접종이 시작되면 반드시 접종해야 한다. 11월에는 난방을 하면서 실내가 건조해지므로 실내 습도를 적정한 수준에서 유지해야 한다. 잦은 목욕을 피하고 샤워 후에는 보습제를 바른다. 음식은 익혀 먹고, 오염의 위험성이 있는 음식은 피하는 것이 좋다. 12월에는 실내 생활이 늘어나고 과식하는 경향이 있으므로 고혈압, 당뇨병 등 만성 심혈관 질환자들은 건강에 신경을 써야 한다. 겨울철에 노년들이 많이 겪는 낙상도 하지 않도록 주의해야 한다.

15. '장애'는 행복해지는 데 결코 장애가 되지 않는다

의학과 의술이 발전해왔지만, 아직까지는 진단과 치료에 한계가 있으며, 불치병은 항상 존재해왔다. 장애를 가지고 있는 사람들이 많이 있는데, 장애가 비록 불편하고 고통을 줄 수 있지만, 결코 인생의 걸림돌은 아니다. 노년이 되면 누구나 한두 가지 질병은 가지고 있는데, 가벼운 경우에는 이들과 함께 산다는 심정으로 살아가야 한다. 어떠한 질병에 걸릴지라도 그 현실을 수용하면서 희망을 가지고 의미 있는 생활을 추구하게 되면 새로운 삶이 전개된다. 어느 날 귀에서 소리가 난다. 이명이란다. 약을 먹어도 쉽게 낳지 않는다. 그래서 그냥 지내기로 한다. 독서, 컴퓨터 등 무엇인가에 몰입을 하면 소리를 듣지 못한다. 그래서 이명을 그냥 수용하면서 생활을 하니 별로 불편함을 모른다.

장애를 가지고도 위대한 업적을 남긴 위인들은 존 밀턴·베토벤 등 많이 있다. 이들은 질병을 극복하는 과정에서 자신의 일에 몰입함으로써 창조적 활동을 하고, 정신적으로 성숙해짐으로써 의미 있는 삶의 모델을 보여주었다. 이러한 과정을 통해 자신을 구원하는 길이 바로 행복으로 가는 길이다.

장애는 수용하면 결코 행복을 앗아가지 못한다. 오스트리아 출신의 파울 비트겐슈타인(1887-1961)은 왼손 피아니스트로 음악사에 이름을 남기고 있다. 그는 음반을 내고 피아니스트로 촉망을 받으며 음악계에 혜성처럼 나타났지만, 제1차 세계대전에 참전하였다가 오른팔을 잃었다. 그는 이를 운명으로 받아들였다. 승전국인 러시아 포로수용소에 수감되었지만, 그 살벌한 분위기 속에서도 피아니스트로 성공하겠다고 결심하고 나무상자를 두들기며 연습을 했다고 한다. 기어코 훌륭한 피아니스트로 성장하여 세계적인 피아니스트가 됨으로써 세계인들에게 감명을 주었다. 어려운 환경에서도 좌절하지 않고 집념을 가지고 눈물 어린 노력을 함으로써 일구어낸 스토리다.

병에 굴복하지 않고, 인내와 투지로써 이를 극복하면 새로운 인생이 시작된다. 15년째 파킨슨병을 앓고 있는 정신분석 전문의 김혜남의 인터뷰 기사가 사람들의 가슴을 울리고 있다. 병상에 누워 힘든 고통을 이겨내면서 그 고통을 깨달음으로 승화시켰다. "세상다 버티는 것 아닌가요? 잘 버티는 게 중요한 거겠죠."라고 했다. 그는 "내 병이 내 스승"이라고 했다. 자신이 고통을 겪으면서 비로소 다른 사람들의 고통에 공감하게 되고, 자신의 한계를 알게 되어 겸손해졌으며, 고통 속에서도 감사함을 알게 되었다고 한다. 이것이야말로 불치병을 치유하는 최선의 방법이리라. 인생이란 결국 미래를 위해 현재를 참고 견디는 것이라는 교훈을 우리들에게 주고 있다.

장애는 삶이 행복해지는 데 결코 장애가 되지 않는다. 서울대학교의 이상묵 교수가 그러한 삶을 통해 우리들에게 교훈을 주고 있다. 2006년 미국으로 지질조사 여행을 갔다가 자동차가 전복되는 사고를 당해 전신이 마비되었다. 그는 손끝 하나 움직이지 못하는 장애인으로 입으로 불어서 사용하는 마우스와 마이크로컴퓨터로 글을 쓴다. 컴퓨터는 신이 장애인에게 내려준 선물이라고 한다. 다친 후에 연구업적을 남겨야 된다는 중압감에서 벗어나 오히려 홀가분하고 자유로워졌다고 한다. 장애는 결코 인생의 길을 막는 걸림돌이 아니라는 사실을 보여주는 산증인이 되었다. 장애를 수용하면서 자신의 목표를 위해 몰입하게 되면 그 과정에서 행복의 꽃이 피어오른다.

제8장

노년의 '고독':
고독은 즐기면 행복이 되고,
괴로워하면 불행이 된다

외로움이란 인간이 때때로 느끼는 감정으로 삶의 일부이다. 산다는 것은 외로움을 이겨내는 것이다. 인간은 살아가면서 이런 감정을 이겨내면서 성장한다. 인생이란 사막을 혼자 걷는 낙타와 같은 존재이다. 키르케고르는 고독은 '죽음에 이르는 병'이라고 했고, 테레사 수녀는 외로움이란 '가장 끔찍한 가난'이라고 했다. 고독은 즐길 줄 모르면 죽음 다음으로 두려움을 주는 일종의 질병이다. 고독은 즐기면 행복이 되고, 괴로워하면 불행이 된다. 은퇴를 한 노년은 할 일이 없고, 인간관계가 좁아지며, 가족제도가 핵가족제도로 바뀌면서 1인 가구와 독거노인이 급증함에 따라 고독문제는 개인적 차원을 넘어 심각한 사회문제가 되고 있다. 오늘날 영국에서는 고독을 일종의 질병으로 다루기도 한다. 그러므로 개인적으로는 고독을 즐길 줄 아는 '고독력'을 키워야 하며, 국가적으로는 적극적인 대책을 마련해야 한다.

1. 노년에 가장 힘든 것이 '고독'의 문제다

인간은 사회적 동물이므로 함께 살면서 외로움을 잊고 살아간다. 원론적으로 혼자 사는 것보다는 함께 사는 것이 좋다. 그래서 많은 사람들은 대인관계의 중요성을 강조한다. 그러나 외로움은 인간의 본능과도 같은 것이다. 인간은 홀로 태어나서 홀로 돌아가는 원자적 존재이므로 생래적으로 '원초적 고독'을 느낀다. 정호승 시인은 "울지 마라. 외로우니까 사람이다. 살아간다는 것은 외로움을 견디는 일이다."라고 노래하고 있다.

고독은 연령대에 따라 다르다. 젊었을 때는 경쟁하면서 스트레스를 받고 때로는 외로움을 느낄 수 있지만, 가정·학교·직장이라는 공동체에서 함께 살면서 고독을 거의 못 느끼며 살아간다. 그런데 노년에는 고독이 가장 힘든 문제이다. 브누아트 그루는 늙는다는 것은 '고독한 항해'라고 한다. 노년의 시간과 공간은 고독으로 가득차 있으므로 고독을 극복하지 못하고는 행복을 생각할 수 없다.

기본적으로 건강이 나쁘거나 수입원이 사라지면 고독이 앞을 가린다. 일로써 맺어진 인간관계는 은퇴를 하게 되면 끝나기 마련이다. 게다가 대가족제도가 핵가족제도로 바뀌고, 가족마저 이해관계로 갈라서는 세상이 되었으니 외로울 수밖에 없다. 부부가 배우자를 다른 세상으로 보내고 나면 생활이 불편해지고 더욱 외로워진다. 친구들이 떨어져 나가고 저세상으로 떠나기 시작하면 또한 외로움을 느낀다. 같은 아파트에 살면서 인사도 하지 않고 지내는 사람들에게는 이웃사촌이란 없다. 더욱이 은퇴 후에 얻은 자유가 무엇을 해야 할지 선택이 힘들어 고독을 느낄 수도 있다.

노년이라는 이유로 사회적으로 고립되어 소외감을 느끼게 되는 우울증의 70%가 사회적 고립에서 온다고 한다. 이와 같은 소외가 노년에는 고독을 일상화시키고, 스스로 극복하지 못하는 경우에는 정신적 질환을 일으킨다. 그래서 노년에는 성격이 내성적인 성향을 띠게 된다. 가장 중요한 원인은 무엇인가에 몰입을 하지 못하기 때문에 권태와 무료함을 느끼기 때문이다. 오히려 인간관계가 힘들게 만들 수 있다. 이러한 경우에는 '나만의 세계'를 건축하고, 그곳에서 마음의 평화를 찾는 것이 더 바람직할 수 있다. 굳이 불필요한 관계는 줄이는 것이 노년의 행복을 위해 필요하다.

한국리서치가 조사한 바에 의하면, 외로움을 거의 항상 느끼는 사람이 7%, 자주 느끼는 사람은 19%, 가끔 느끼는 사람은 51%라고 하니 외로움을 느끼지 않는 사람은 사실상 없다고 하겠다. 외로움은 인생의 그림자이기 때문이다. 나이가 들수록 더 그리고 자주 외로움을 느낀다. 절대고독이 외로움을 더 부채질하기 때문이다. 영국에는 이러한 고독의 문제를 국가적 차원에서 해결하기 위해 '외로움 담당 장관'이란 직책이 세계에서 처음으로 생겼다. 현대사회에서는 사회적 단절로 인한 외로움이 보편화되어 있고, 단순한 감정의 문제가 아니라 모든 질병의 근원이 되기도 하므로 국가적 차원에서 관리해야 할 필요성이 있음을 보여주는 것이다.

우리나라에서도 부산시의회가 지난 5월에 최초로 고독사·자살 등의 사회문제를 예방하기 위해 '부산시민 외로움 치유와 행복 증진을 위한 조례'를 제정하였다. 이러한 입법이 전국적으로 확산되어야 하며, 단지 지방의회 차원에서 그치지 않고 국회가 적극적으로 대책을 마련하는 입법을 해야 할 것이다. 이제 고독의 문제는 단순한 개인적 차원의 정신적 문제가 아니라 사회복지 차원을 넘어선 심각한 사회문제로서 국가가 적극적으로 대책을 강구해야 한다.

인간은 홀로 죽음을 맞이하며, 누구도 내 인생을 대신 살아줄 수는 없다. 인간은 사회적 동물로서 함께 살고 있지만, 마음까지도 함께 할 수는 없다. 이러한 외로움은 인간관계를 해치고 더욱 외로워지게 만든다. 군중 속에서 오히려 고독을 느끼지 않는가? 고독은 인생의 그림자와 같은 존재다. "우리는 모두 한데 모여 북적대며 살고 있다. 그러나 우리는 너무나 외로워서 죽어가고 있다."(슈바이처) 외로움은 다른 '나'로서 함께 살아가야 할 숙명과도 같은 존재이다. 그래서 인생이란 외로움과 싸워가는 과정으로 늙는다는 것은 고독을 받아들이는 것을 의미한다. 노년에 고독을 극복하지 못하면 발병률이 높아지고 말년이 불행해진다.

2. '절대고독'이 노년을 불행하게 만든다

인생의 황혼기에 들어서면 부딪히는 공통된 문제가 '절대고독'이다. 인생의 끝은 죽음이다. 노년에는 인생의 마지막을 생각하며 고독을 느낀다. 노년이 되면 누구나 크고 작은 질병을 앓게 되는데, 그렇게 되면 죽음의 문제에 부딪히고 절대고독에 시달린다. 키르케고르는 이를 '죽음에 이르는 병'이라고 불렀다. 언젠가는 내 인생도 죽음을 맞이하고 끝날 것이라는 생각에 무한한 고독을 느낀다. 그러므로 노년에는 죽음의 문제를 일찍이 해결함으로써 건전한 삶을 누리는 것이 중요한 과제이다. 절대고독에 시달리게 되면 여생이 어려워진다. 우울증에 걸리는 등 질병이 되기도 한다. 생로병사는 인생에서 피할 수 없는 과정이므로 순리적으로 죽음을 받아들이는 것이 이를 극복하는 최종적인 방법이다. 그러므로 이러한 절대고독을 극복하는 것이 노년의 가장 중요한 과제이고, 노년의 행복의 기초이다.

핵가족으로 가족형태가 변하고, 부모를 공경하지 않는 풍조 때문에 만년에는 노인들은 더 고독감을 느낀다. 게다가 부부 중 한 사람을 사별하게 되면 생활 자체가 어려워지고 외로움은 더욱 심해진다. 친구들과 사별을 해도 외로움은 자란다. 소통할 수 있는 사람이 없게 되면 고독을 이겨내는 것은 쉽지 않다. 그 결과 우울증이 생기면 자살까지 하는 경향이 있다. 우리나라 노인들의 자살률은 세계에서 가장 높다. 그러므로 노년을 잘 보내기 위해서는 의미 있는 일을 하면서 자신에게 맞는 건강유지법을 터득하고, 좋은 인간관계를 유지하며, 다양한 취미 활동을 해야 한다. 일단 우울증이 오면 본인의 마음만으로는 치료가 불가능하므로 주위의 관심과 약물치료가 필수적이다. 종교에 귀의하게 되면 죽음의 문제를 쉽게 해결할 수 있어 안 믿는 사람보다 더 행복할 수 있다.

3. 노년에도 고독은 즐기면 '행복'이 되고, 괴로워하면 '불행'이 된다

고독은 신의 축복도 저주도 아니다. 고독은 즐기면 행복이 되고, 괴로워하면 불행이 된다. 문제는 고독 그 자체가 아니라 고독을 어떻게 받아들이느냐이다. 나이가 든다는 것은 혼자가 된다는 것을 알아가는 과정이다. 노년에는 혼자인 것을 두려워하지 말고 즐겨야 한다. 인생이란 어차피 홀로 걷는 나그네 아닌가? 혼자가 된 자유를 잘 누려야 한다. 자신이 원하는 것을 마음대로 할 수 있으니 그 자체가 행복이다. 내면의 성숙을 통해 고독을 즐기며 살아가는 것이 행복으로 가는 길이다.

오늘날 가족공동체가 해체되어 외로움이 일상화되고, 사이버공간에서 홀로 일상생활을 하고 있으며, 혼자 살 수 있는 세상이 되어가고 있다. 특히 노년에는 인간관계가 점차 줄어들기 때문에 홀로 남게 된다. 이러한 현상은 자연현상으로 수용하고, 홀로 사는 방법을 터득해야 한다. 현재를 나 홀로 즐기며 살자는 '욜로족('You Only Live Once'의 줄임말)'이 등장하였다. 한 번뿐인 인생 즐겁게 살자는 모토이다. 고독은 혼자 있는 고통이 아니라 혼자 있는 '즐거움'이어야 한다. 고독이란 노년에게 주어진 선물이라고 생각하는 것이 바람직하다. 무엇인가에 몰입하게 되면 고독을 잊게 되고, 그 결과로 얻는 수확에서 기쁨을 느끼게 된다. 본인이 할 수 있고 관심이 있는 그 무엇을 찾아 하는 것이 고독을 극복하는 최선의 방법이다. 고독으로부터 탈출하기 위해 발버둥 치지 말고, 그 속에서 즐거움을 발견함으로써 노년의 행복을 찾아야 한다.

고독을 사랑하는 자는 외롭지 않고 오히려 행복하다. 고독은 즐길 줄 모르면 죽음 다음으로 두려움을 주는 일종의 질병이 된다. 우울증은 생래적으로 인간은 고독하기 때문에 오는 질병이므로 이러한 고독에서 벗어나기 위해서는 고독을 즐길 줄 아는 '고독력'을 키워야 한다. 이를 생활화하면 고독을 능히 극복할 수 있고, 오히려 활기찬 인생을 살 수 있게 된다. 노년에는 나만의 시간(=홀로 있다는 것)을 휴식, 사색과 창조의 시간으로 만들어 의미 있는 인생을 만들어가야 한다. 홀로 있는 시간을 적극적으로 만들고 활용함으로써 삶을 풍부하게 만드는 것이 노년에 행복으로 가는 길이다.

4. 노년의 고독은 '창조의 원동력'으로 승화되어야 한다

피카소는 "나는 예전에 나를 위해서 고독을 만들었다."라고 하면서 고독을 창조를 위한 시간으로 활용했다. 육체적 노화야 피할 수 없지만, 마음의 젊음을 유지하면서 사는 것이 항상 새로운 에너지를 제공하는 길이다. 고독이 인생을 괴롭히는 부정적 정서가 아니라 긍정적 정서로서 '창조의 원동력'으로 승화될 때 노년은 행복해진다. 소로는 대화가 서로를 이해하게 하지만, "천재를 만드는 것은 고독이다."라고 함으로써 고독이 창조의 원동력임을 강조하고 있다. 그러므로 가끔은 고독해야 하고, 고독을 즐기며 살아야 한다. 괴테는 "인간은 사회에서 여러 가지를 배울 수 있다. 그러나 영감을 받는 것은 오로지 고독 속에 있을 때만 가능하다."라고 했다.

노년이 되면 인지능력이 점차 떨어지고, 창조적인 일은 할 수 없다는 생각을 하기도 한다. 인간의 창조성은 30대에 가장 강하고, 그 후에는 10년 단위로 쇠퇴한다는 견해가 있었다. 그러나 최근에는 노년에도 지적수행능력이 유지되어 창조적 활동을 할 수 있다는 연구들이 계속 나오고 있다. 고독의 눈으로 볼 때 새로운 것이 보이고, 고독의 귀로 들을 때 새로운 소리가 들린다. 고독한 마음에서 새로운 아이디어가 생기고, 창조적인 힘이 솟아 나온다. 고독이 오히려 창조의 기회를 제공해주는 것이다. 고독감을 고독력으로 승화시켜 창조적 에너지를 활용함으로써 노년은 행복을 만들어낼 수 있다.

니체는 고통을 자기 인생의 원동력으로 승화시켰다. 그는 가난, 고독과 질병으로 고통을 받았지만, 이러한 고난 속에서 나름대로 천국을 만났으니 그곳은 자신의 철학세계였다. 중요한 사실은 고독 속에서 진정한 자유로움을 누릴 수 있고, 그 힘을 창조의 원동력으로 활용할 수 있다는 점이다. 그때에 인간은 한 단계 성장하고, 행복에로 다가가고 있는 것이다. 철학자 쇼펜하우어, 작가 카프카, 음악가 베토벤 등이 그 대표적인 인물들로서 예술작품이나 철학은 바로 고독의 산물이었다.

노년이야말로 고독을 창조의 시간으로 만들 수 있는 절호의 기회요, 최후의 선물이다. 저자도 혼자 있는 시간을 고독에 맡기지 않고 독서를 하고 글을 쓰면서 행복을 누리고 있다. 하늘을 쳐다보며 둘레길을 거닐면서 자연과 교감을 하고, 나와의 만남을 가진다. 그 근본적 동인은 무엇인가에 몰입하게 되면 고독은 도망쳐버린다는 사실이다. 그러므로 고독 속에서 무엇인가를 창조하면서 자기 인생의 마지막을 장식하는 것이야말로 저녁 하늘에 떠 있는 일몰처럼 빛날 것이다.

5. 노년에 고독을 벗어나는 '나름대로의 방법'을 가지고 있어야 한다

외로움을 스스로 관리하는 방법을 찾고 생활화해야 한다. 외로움이 생산적인 시간이 되도록 해야 한다. 고독감이 아니라 고독력을 키워야 한다. 고독을 관리하는 자신만의 고유한 방법을 개발하고 습관화해야 한다. 관계의 시작이 외로움 방지의 시작이다. 영국의 외로움 방지협회 '엔드 론리네스(End Loneliness)'는 관계의 시점을 '나'가 아닌 '우리'로 바꾸는 데서 찾고 있다. 최근에는 'Be More Us' 운동이 전개되고 있다. 우리를 강조하고 우리 안으로 들어감으로써 소속감을 키워 고독을 극복하려는 것이다. 중요한 것은 양이 아니라 질이다.

영화 '본 투 비 블루'의 주인공 쳇 베이커의 고향을 찾은 연인 제인은 허허로운 벌판 앞에 서서 그의 고향을 보니 과거 영상이 스크린처럼 지나간다. "외로웠겠구나. 형제도 없이. 이렇게 아무것도 없는 곳에서." 그러나 베이커는 반전을 시킨다. '아니'라고. "트럼펫이 있었지. 음악도 있었고, 라디오도 있었어." 트럼펫과 대화를 나누고, 음악 작업에 몰입하고, 라디오가 친구가 되니 베이커는 고독을 극복할 수 있었다. 인간은 사회적 동물이므로 관계가 중요하고, 관계 속에서 고독을 잊으며 살아가지만, 사람이 주변에 없다고 결코 외로운 것은 아니다. 인생의 목표가 확실하고, 희망을 항상 간직하고 있으며, 좋아하는 일을 하고 있으면 결코 외롭지 않다. 그 일에 몰입함으로써 자신을 망각하게 되고, 결과를 이루어냄으로써 성취를 통해 얻는 즐거움은 행복을 가져다주기 때문이다. 주인공 베이커는 결코 외롭지 않았다. 고독이 창조의 원동력이 되었으므로.

"난 결코 외롭지 않아. 고독이 함께 있으니까."(무스타키의 노래, 나의 고독) 고독을 극복하는 최선의 방법은 고독 속으로 여행을 하는 것이다. 노년은 그 어느 시기보다 고독을 즐길 수 있는 시기이다. 그런데 고독이 마음이나 육체의 질병을 유발하는 경우에는 탈피할 수 있는 방법을 터득해야 한다. 세상을 아름답게 볼 수 있을 때 고독은 가슴속으로 침잠해버린다. 모든 것을 사랑할 때 고독은 바람처럼 사라져버린다. 큰 틀에서 자신을 사랑하고, 환경을 개선하며, 자신에게 즐거움을 선물해야 한다. 나아가 원만한 인간관계를 지속적으로 유지하며, 궁극적으로 긍정적인 정서를 키워야 한다. 그 방법은 운동 등의 신체적 활동, 음주 등의 스트레스 해소, 독서 등의 지적 활동, 미술 등의 창작 활동, 대화 등의 대인관계 등 다양한데, 자신의 취향에 따라 선택하면 된다.

궁극적으로 고독이라는 공간을 메울 수 있는 것은 자신의 '마음' 뿐이다. 홀로 있을 때 마음의 평화를 느끼고, 새로운 활력을 얻는 귀중한 시간이 될 수 있다. 마음이 자신 안에 가득 찰 때 행복은 함께 한다. 자신을 먼저 사랑하라. 항상 자긍심을 가지고 적극적으로 사는 것이 중요하다. 자신의 길을 걸어가라. 열정적으로 일하라. 진정한 사랑을 하라. 인간관계를 잘 관리하라. 폭넓은 봉사활동을 하라. 끝까지 목표를 포기하지 않고 인내하며 살아가라. 꿈이 있는 한 외롭지 않다. 또 하나: 종교를 가지게 되면 하나님과 함께 하므로 고독을 넘어설 수 있다.

6. '상상'은 성찰의 시간이요, 창조의 원동력이다

특정한 곳을 향하여 떠나는 것만이 여행은 아니고, '상상' 속에서도 여행을 할 수 있다. 상상의 대상이 무엇이냐에 따라 행복과 불행이 갈린다. 인생(Life)이란 사랑(love), 상상(imagination), 재미(fun)와 발전(evolution)으로 구성된다. 노년의 경우에는 시간이 많으므로 이를 고독과 고민의 시간으로 소비하지 말고, 그리움과 즐거움을 상상함으로써 행복을 만드는 기회로 삼아야 한다. 즐거운 상상을 하면 즐거워지고, 괴로운 생각을 하면 슬퍼진다. 아인슈타인은 "지식보다 중요한 것이 상상력"이라고 했다. 개인의 프라이버시를 위해서 자기만의 공간이 필요하듯 정신적 프라이버시를 위해 상상의 공간이 필요하다. 혼자만의 시간을 가지는 것은 자신의 성찰의 시간을 가지는 것이다.

상상을 함으로써 정신세계는 확장되고, 상상을 통해 인생의 폭은 넓어진다. 자기의 인생관을 정리하는 시간은 바로 이때다. 자신이 하는 일에서 아이디어를 찾는 기회이기도 하다. 문제를 해결하는 방법을 찾아내는 것도 바로 이때이다. 외로움을 달래고, 그리움을 이끌어내는 이 순간은 아름답다. 남은 시간을 고민과 번뇌의 골짜기에서 헤매지 말고, 낙관적인 상상을 하면서 즐겁게 사는 것이 노년의 특권이요, 행복이다.

상상은 인생의 양식이요, 약이 될 수 있다. 상상력은 바로 창조의 원동력이 될 수 있다. 자신이 원하는 미래를 상상하면 그러한 미래가 다가올 것이다. 낙관적으로 희망적인 상상을 하면 현재의 기분도 좋아질 수 있다. 불확실한 것을 상상해도 미래에 대한 기대가 솟아오르고 현재 기쁨을 누릴 수 있다. 상상 그 자체만으로도 새로운 경험을 하고, 아이디어를 이끌어낼 수 있다. 미지의 세계로 여행을 가기로 하고 상상을 하면서 계획을 세우면 얼마나 황홀한 기분이 드는가? 여행 전에 상상을 하면서 계획을 세울 때 더 행복감을 느낀다. 그래서 여행을 미루면 더 행복을 누릴 수 있는데, 이를 마이클 노턴은 '공짜 행복'이라고 부른다.

하버드대 출신들이 성공한 하나의 비결은 바로 상상에 있다고 한다. 자신을 엘리트라고 생각하고 그들처럼 공부하고 행동하고 일함으로써 성공한다는 것이다. 위대한 인생은 상상에서부터 시작된다. 상상을 통해 자신만의 세상을 설계한다. 사색을 통해 통찰력을 이끌어낼 수 있다. 한발 물러나서 사태를 바라보면 해답이 보인다. 상상을 하는 동안 마음에 평화가 오고, 그것에 몰두함으로써 행복할 수 있다. 이런 상상을 자주 그리고 깊이 하는 것이야말로 행복으로 가는 길이다.

7. '명상'은 새로운 구도의 방법이다

노년에는 시간의 여유가 있으므로 쉽게 할 수 있는 것이 '명상'이다. 명상(瞑想)이란 한자로는 눈을 감고 차분한 마음으로 깊이 생각하는 것을 말하고, 한 백과사전에 의하면 마음을 자연스럽게 안으로 몰입해서 내면의 자아를 확립하거나 정신을 집중하는 것을 말한다. 이처럼 명상은 자신의 내면으로 들어가 진정한 자아와 만나는 것이다. 명상을 하면 자신이 누구인지 깨닫게 되고, 순수한 자화상을 만날 수 있다. 생각을 모두 내려놓으면 온전한 휴식이 된다. 명상을 하면서 모든 번뇌를 털어버리고 앞날을 설계한다. 명상은 일종의 휴식인 동시에 수양이기도 하다. 나를 비움으로써 새로운 것을 채우는 방법이다. 이것이 명상의 본질이다.

명상을 통해 평소에 느끼지 못한 많은 사실들을 깨닫게 된다. 조용하게 내면의 목소리에 귀를 기울인다. 그러나 처음에는 훈련이 안 되어 있으면 정신을 집중하고 생각을 버리는 것이 쉽지 않다. 그러므로 훈련을 통해 명상하는 법을 스스로 익혀야 한다. 반복된 훈련을 통해 명상은 가능하게 되므로 수련의 역할을 하는 것이다. 모든 잡된 생각을 털어버리고 새로운 마음으로 거듭난다. 그러면 마음의 평화가 생기고, 자기 안에 에너지가 발생한다. 나아가 명상은 스트레스와 질병 증상을 완화시켜 주고, 면역기능을 강화해주기도 한다. 그리하여 명상을 계속하게 되면 새로운 삶이 시작되고 행복으로 다가가게 된다.

서양에서는 종교가 몰락하고 있지만, '명상'은 서양에서도 확산되고 있다. 종교 차원을 넘어 정신적 문제들을 해결하려는 수련으로 인식되고 있다. 이제 명상은 사람들을 구원하는 도구로써 역할을 할 것인가? 종교마다 그 형태는 다르지만, 자신의 마음을 바로 세우고 구원으로 가는 방법이라는 점에서 공통된다. 불교에서는 수행의 한 형태가 '禪(선)'이고, 이것이 곧 명상이다. 유교나 도교에서는 '靜坐(정좌)'의 형태로 행하고, 기독교에서는 '祈禱(기도)'의 형태로 행한다.

항상 스트레스를 받고 있는 현대사회에서 명상은 이를 해결하는 중요한 방법이 되고 있다. 명상은 여러 가지 방법으로 할 수 있다. 마음명상을 비롯해서 걷기명상, 자연명상, 음악명상 등 다양하며, 심지어는 자비명상을 들기도 한다. 자신에게 맞는 방법을 찾아 명상을 하면 육체적으로나 정신적으로 건강해지고, 보다 행복한 생활로 나아갈 수 있을 것이다.

8. '산책'은 마음을 건강하게 만든다

책을 읽고 글을 쓰다가 피로하면 산책을 나간다. 아이디어가 안 떠오르고 글이 안 써지면 또한 산책길을 걷는다. 특히 외로움이 몸속으로 파고들면 산책을 나간다. 불교의 명상법 중에 '경행'이라는 수행법이 있는데, 이는 가볍게 걸으면서 한 걸음 한 걸음에 집중하는 명상법을 말한다. 이를 통해 정신을 집중시키면서 문제를 해결하고, 고독을 사라지게 만들 수 있다. 다비드 르 브르통은 걷기는 생명의 예찬이요, 인식의 예찬이라고 했다. 걷기는 시간과 공간의 의미를 깨닫게 해준다. 길 위를 걷다 보면 영감이 떠오르고, 근원적인 문제에 대한 해답을 얻게 된다. 혼자 걸으면 인생은 어차피 혼자라는 사실을 산책은 가르쳐준다.

인생을 즐기는 가장 좋은 방법은 자신의 발로 걸어가는 것이다. 걸어라. 인생은 여행이고, 세상은 길이다. 세상을 걸어서 건너가는 것이 인생이다. '나는 걷는다. 고로 나는 존재한다.' "그 누구도 걷는 법을 배우지 않고 걸어간다."(이반) 인생을 살아가는 법을 먼저 배우고 살아가는 사람은 없다. 길 위에서 걸어가는 법을 익히듯이 살아가면서 사는 법을 배운다. 자신의 길을 믿고서. 노년이야말로 걸으면서 인생을 관조하고 자아를 완성하는 시기이다. 걷고 걸으면서 건강도 챙기고 행복도 만들어갑시다.

걷기는 성인병을 예방하고 체중감량에도 좋지만, 무엇보다 뇌를 젊게 단련시킨다. 밖으로 나가 햇볕을 쐬면 자외선이 흡수되어 비타민 D3를 만들어내고, 심장병과 암 발생의 위험을 줄여주며, 우울증을 예방할 수 있다는 연구보고가 있다. 자연을 마주하면 세상일은 다 잊어버리고 무아지경에 빠진다. 자연과 만남으로써 친구가 되고, 대화를 통해 배우고, 자연 속에서 치유를 받는다. 명상 중에서도 자연 속에서 하는 자연명상이 가장 좋은 방법이다. 산길을 걸으면서 사색을 하고 그 과정에서 내 마음은 성숙해진다.

산책 하면 루소의 생각이 떠오른다. 루소는 자연 속에서 산책을 하면서 그의 인생과 자연에 대한 철학의 줄기를 세웠다. 산책을 하면서 베토벤은 작품을 구상했으며, 소로는 고독의 철학을 세웠다. 오늘은 길이 아니라 숲속으로 들어간다. 녹색 잎을 보면 눈의 피로가 가시고 마음에 평화를 얻는다. 심리학자들은 녹색이 가진 심리적 효과를 말하는데, 과학자들은 사람들의 인지능력을 향상시키는 것이 숲의 효과라고 말한다.

역사적으로 많은 천재들이 숲으로 들어가 인지능력을 키운 사례들을 볼 수 있다. 다빈치·가우디 등 위대한 예술가들이 많은 걸작을 남겼고, 뉴턴·다윈 등 과학자들이 위대한 발명을 하였다. 이러한 숲의 효과를 상기하면서 내 인지능력도 향상되리라는 기대를 하며 숲속을 걸으니 행복하기 그지없다. 노년이 가는 길을 푸르게 만들어주니 희망이 솟아오른다. 그러므로 산책을 하면서 육체적·정신적 건강을 일구고, 고독이라는 노년의 질병을 치유하는 것이 행복으로 가는 길이다.

9. '등산'은 인생을 빼닮았다

노년에도 등산을 할 수 있다는 것은 큰 축복이다. 그런데 노쇠해지거나 무릎관절이 망가져 산에 오를 수 없게 되면 노년에 겪는 서글픔 중 하나를 맞보게 된다. 이제 '늙었구나!' 하는. 산에 오를 수 있는 노년은 그것만으로도 행복을 누리기에 충분하다. 누군가는 관절만 튼튼하면 행복할 수 있다고 했는데, 산에 오르지 못하면서 그 말이 실감이 난다. 산에 오르면 건강에 좋고, 무엇보다 스트레스를 해소하는 등 정신 건강에는 최고의 명약이다. 자연과의 만남을 통해 자신의 마음속 빈 곳을 채울 수 있으므로 잠시나마 공허감을 극복하고 활력이 넘치게 된다. 등산은 스승이고 의사이며 예술가이다. 건강이 허락하는 한 자주 오르는 것이 인생을 살찌게 만든다.

인간은 목표를 정해놓고 이를 성취하기 위해 노력을 한다. 땀을 흘리며 정상을 향하여 올라가는 등산은 너무나 인생을 빼닮지 아니하였는가? 정상에 오르는 것이 등산의 목표이다. 정상에 올라 느끼는 성취감과 희열, 대자연 앞에서 느끼는 외경심: 그것이 등산하는 사람의 행복이다. 인생이란 홀로 걷는 등산과 같다는 생각을 하면서 발을 옮긴다. 삶의 길이 그곳에 누워 있다. 자연과 대화를 나누며 오른다. 성전 스님은 "걸음은 삶의 오만을 버리는 기도이고, 번뇌를 죽이는 죽비이고, 평화를 건네는 풍경 소리가 된다."라고 하였다. 그래서 등산은 수도와 같은 것이고, 인생도 수도하는 기분으로 살아가야 한다.

사람들은 빨리 정상에 오르기 위해 쉬지도 않고 기를 쓰며 허겁지겁 산을 오른다. 정상을 정복하는 것이 등산의 목표인 것처럼. 그러나 행복은 정상을 향해 올라가는 과정에서 느껴야 한다. 샤하르는 "행복은 정상을 향하여 올라가는 과정"이라고 했다. 등산을 통해서 마음을 닦고 수련을 통해서 삶의 모습을 가꾸어가는 것이 등산이 주는 최대의 선물이다. 서서히 오르면서 자연을 관조하고 사색을 하면서 그 과정을 즐겨야 한다. 오를 때는 힘이 들고 땀이 나지만, 정상에 오른다는 목표가 있고 희망이 있기 때문에 기꺼이 오를 수 있다. 정상에 올라 누워서 하늘과 얼굴을 마주하면 자연의 일부가 되어 희열을 느끼고, 나아가 무아지경에 이르게 된다. 그러다 보면 끝내 '자신과의 만남'에 이르게 된다.

정상에 오른 기쁨은 잠깐이고, 다시 비탈길을 내려와야 한다. "어떠한 오르막길에도 반드시 내리막길이 있다."(유태 격언) 인생도 성공이라는 목표를 향해 긴 세월 노력하다가 성공을 하면 곧 정상에서 내려오게 되어 있다. 노년에는 자신을 돌아보는 좋은 기회가 된다. 오를 때보다 내려올 때가 더 위험하고 사고가 많이 난다. 내려올 때 관절이 더 나빠지고, 나쁜 관절은 통증을 느낀다. 성공을 거둔 뒤 갖추어야 할 것이 '절제'와 '겸손'이다. 그렇지 못하면 성공의 결실이 한꺼번에 무너질 수 있다. 그래서 헤럴드 멜처트는 "매일 등산하는 것처럼 인생을 살아라."라고 주문한다. 등산하는 자세로 하루하루를 살면 그 노년은 아름다운 인생을 마감할 수 있을 것이다.

10. '취미생활'이 노년을 행복하게 만든다

노후에는 많은 시간을 어떻게 보내느냐가 고독을 극복하고 행복을 만들어가는 데 중요한 영향을 미친다. 시간을 단지 소비하기 위해 사는 것이 아니라 의미 있는 일을 함으로써 노년을 아름답고 보람되게 만들어가야 한다. 노년에는 취미와 여가 활동이 삶의 질을 결정한다. 노년기의 취미생활의 유형은 다양하다. 한 사회조사에 따르면, 일반적으로 등산·스포츠·헬스·요가·조깅·산책 등 운동으로 시간을 보내는 사람들이 가장 많다(40%). 다음으로 친구 모임·동창회·동호회 등의 교류(35%)와 영화·연극·TV 등 관람(18%)을 하며 시간을 보낸다. 최근에는 여행·오지 탐험·유적지 관람·박물관 방문 등 관광 활동이 늘고 있고, 독서·글쓰기 모임·음악 감상·미술관 방문·사진 찍기 등의 교양 활동이 늘어나고 있다. 여성들의 경우 요리·다도 등의 취미 활동을 하기도 한다. 자기 성향에 따라 복수로 하는 것이 바람직하다. 그 활동이 낭만적일수록 행복은 커진다.

교양 활동을 통해 문화적 행복을 누림으로써 행복의 질을 높이는 것이 바람직하다. 노년에는 부부 사이에 대화의 소재도 줄어들고, 시간을 함께 보내는 방법을 모르기 때문에 갈등이 심해지거나 무관심하게 되기 마련이다. 그러므로 노년에는 부부 사이에도 취미생활을 함께 하는 것이 대화의 기회를 넓히고, 함께 생활할 수 있게 만들므로 바람직하다. 취미생활을 하면 새로운 인간관계를 형성함으로써 고독을 극복할 수 있는 좋은 방법이다. 인간관계 위주로 시간을 보내는 경우 생산성이 있거나 보람을 느끼면 더 의미 있는 인생이 될 것이다. 이러한 취미생활을 함으로써 노년을 즐거운 인생으로 만드는 것이 마지막 행복으로 가는 길이다. 그런데 쾌락적응현상 때문에 재미를 잃어버릴 수도 있는데, 그럴 때는 새로운 취미를 만들어 지속적으로 즐거움을 누릴 수 있도록 해야 한다.

좀 더 보람 있게 삶을 마감하려면 개인적 행복만을 추구하지 말고, 전문성을 살리거나 자원봉사를 하는 것이 사회에 더 기여할 수 있으므로 바람직하다. 노년의 시기는 행복도 진화를 시켜 기부·나눔·봉사 등을 통한 '이타적 행복'에서 진정한 행복을 찾아야 한다. 봉사활동을 통해 공동체적 행복을 누림으로써 최고의 행복을 누릴 수 있다. "신은 돈이 아니라 얼마나 많은 사람들에게 도움을 주었는지를 보고 인생을 평가한다"고 한다. 의미 있는 인생을 보낸다는 것은 바로 공동체적 행복을 추구하면서 다른 사람들에게 봉사하는 것이다. 남은 시간을 행복의 질을 높여가는 데 투자하는 것이 진정한 성공으로 가는 길이다.

11. '여행'은 인생 교육의 현장이고 치유의 교실이다

매일 아침 여행하는 기분으로 길을 나선다. 길 위에서 여행자가 된다. 그러면 하루하루가 새롭고 모든 것이 새롭게 보인다. 여행에서 중요한 것은 여행하는 장소가 아니라 세상을 바라보는 새로운 방식이다. 여행에서 돌아오면 예전 것들이 새롭게 보이는데, 그 이유는 환경이 변한 것이 아니라 자신이 변했기 때문이다. 세상의 무거운 짐 다 내려놓고 가벼운 마음으로 걷는다. 날씨가 아무래도 상관없고 어디를 가도 좋다. 모든 것은 마음먹기에 달려 있다. 가벼운 마음으로 거닐면 발걸음이 가벼워지고 여행이 즐거워진다. 여행자로서 사는 지금 행복을 누리게 된다. 은퇴 후 새로운 인생은 오롯이 여행과 같다. 행복을 누리며 걷는 길 위에 새 세상이 펼쳐진다.

여행은 인생에 있어서 가장 훌륭한 교육의 현장이고, 치유의 교실이다. 인간은 두 번 태어난다고 하는데, 한 번은 자궁으로부터, 다음은 여행길 위에서 태어난다고 한다. 그러나 넓게 생각하면 인생이 곧 여행이다. 인생은 '여정'이요, 세상은 '길'이다. 인간은 세상이라는 길 위에서 오늘도 인생을 여행하고 있다. 그래서 노년에도 사정이 허락하면 여행을 자주 하는 것이 좋다. 자신이 갇혀 살고 있던 좁은 세상에서 벗어나 여행을 떠나면 새로운 세상을 만나게 된다. "세상은 넓고 할 일이 많다"는 어느 기업가의 책 제목이 떠오를 것이다.

괴테는 여행의 목적이 해방·자유·행복과 구원에 있다고 했다. 낯선 곳에서 걸으면 일상의 속박으로부터 벗어나서 해방감을 느끼고, 아무런 구속이 없는 자유로움을 누리며, 더없는 행복감을 만끽하게 되고, 자신의 내적 세계에서 구원에 이를 수 있다. 칼 야스퍼스는 "철학은 길 위에서 행해진다."라고 했다. 여행지에 도착해서 낯선 곳을 걷게 되면 호기심이 생기면서 사색을 하고 철학을 하게 된다. 특히 걸으면서 짐이 가벼울수록 여행하기가 좋다는 것을 알게 되면서 비움의 진리를 깨닫고 행복으로 가는 길을 걷게 된다.

그곳 문화 속에서 인간은 무엇으로 사는가를 보고 배운다. 문화에는 그 나라의 역사가 묻혀 있다. 문화 속에 역사가 숨 쉬고 있으므로 그들의 지혜를 살펴보고 역사를 배운다. "인간은 무엇으로 사는가?"라는 질문을 짊어지고 세상을 돌아보니 비로소 그 해답이 도출된다. 나라마다 환경이 다름에 따라 적응방법이 다를 뿐, 인간이 사는 것은 모두 동일하다는 사실을. 그러면서 우리 문화를 돌아보고 비교하게 된다. 여행을 하고 나면 문화를 이해하고 적응하는 방식이 달라진다.

여행이란 길을 거닐면서 인생을 돌아보고, 자연과 문화를 바라보며 사유하는 과정이며, 그 체험을 통해 자신과 만나고, 배우고 치유하는 선물을 받는다. 사람들과의 만남이 또한 여행의 즐거움을 준다. 그 나라 사람들의 생각을 듣고, 여행자들의 경험을 듣는 등 새로운 형태의 배움이 있다. 여행의 궁극적인 목적은 나를 만나러 가는 것이며, 그 과정에서 나를 발견하고 치유하며 새로운 길을 찾는 것이다. '나'란 존재를 확실하게 알게 된다. 자연 속에 진리가 숨어 있다. 대자연 앞에서 인간은 얼마나 왜소한가 생각을 하면서 자연에 대한 경외심을 느끼게 된다.

여행하는 사람들은 누구나 자기만의 오솔길을 걷는다. 솔닛은 "마음은 일종의 풍경이며 실제로 걷는 것은 마음속을 거니는 것"이라고 했다. 반드시 여행지를 찾아가는 것만이 여행은 아니다. 자신의 방에서 앉아서 할 수 있는 '방콕 여행' 또한 중요한 여행이다. 책을 읽고 사색을 하면서 여행을 할 수 있다. 창문을 열고 산을 바라보면서 여러 가지 상상을 한다. 마음속에 세계가 있고, 아니 우주가 있다. 마음속을 거니는 것이 여행이라면 그 방법은 무수히 많다. 여행하는 기분을 가지고 하면 무엇이든 여행하는 것과 같은 효과를 얻을 수 있다. 무엇인가를 추구하고 자신과의 만남을 이룰 때 이들은 훌륭한 여행이 된다. '나는 걷는다. 고로 나는 존재한다.'는 결론을 얻는다.

여행자는 소유하지 않고 세상이 주는 것을 누릴 뿐이다. 최소한의 필요한 물건만을 챙겨가지고 떠나는 그 비움 속에 여행은 새로운 것들로 채워준다. 여행을 할 때 이 진리를 가장 선명하게 깨달을 수 있다. 여행자는 길 위에서 모든 것을 누리며 걸으니 그 순간은 세상이 다 그의 것이 된다. 욕망을 내려놓고 걷는 것: 그것이 여행의 본질이다. 그 과정에서 걷고 배우고 느끼는 것이 여행의 본체이다. '어디에 있는가?' 이런 질문을 하면서 걷고 걷는다. 걸으면서 상상을 하는 과정이 여행의 진수요, 그 과정에서 느끼는 행복이 여행의 결실이다.

마음이 답답할 때 어디론가 떠나고 싶으면 섬으로 가는 것도 좋다. 태양과 바다: 이들은 모든 사람들에게 행복을 가져다준다. 그 목적은 바다에 떠 있는 섬이 아니라 '내 안에 있는 섬'을 만나기 위해서다. 성전 스님은 "바다처럼 낮아져 모든 것을 섬기며 살겠습니다. 바다처럼 넓어져 모든 것을 이해하고 살겠습니다. 바다처럼 깊어져 모든 것을 사랑하며 살겠습니다."라고 하였다. 성인의 길을 따라갈 수야 없지만, 노년에 새롭게 자신을 돌아보고 바다처럼 넓은 가슴으로 모든 것을 품는다는 마음의 다짐을 하는 것만으로도 섬 여행은 보람을 느낀다. 가장 낮은 곳에서 포용하는 마음으로 모든 것을 받아들이니 바다는 선생이 된다. 바다가 되어 섬을 품으면 행복은 파도처럼 춤을 추게 된다.

12. '사이버공간'에서 여행을 하다

지금 우리는 정보사회에서 살고 있다. 사이버공간에 모든 정보는 쌓여 있으며, 정보 없이는 살 수 없다. 컴퓨터를 켜고 들어가면 그야말로 이곳은 '정보의 바다'이다. 원래 컴퓨터는 군사용 통신수단으로 시작되었지만, 이제는 모든 정보가 모이고 유통되는 정보장비가 되었다. 이러한 정보를 얻기 위해 우리는 매일같이 사이버공간으로 여행을 떠날 수밖에 없다. 노년들도 예외는 아니다. 소극적일 뿐. 오늘날 대부분의 사람들은 거의 매일같이 오랜 시간 사이버공간에서 생활을 하고 있다. 이러한 가상여행을 통해 새로운 정보를 얻고 이를 활용해서 살아가는 것은 불가피한 현상이 되었다.

이제 정보사회에서는 베이컨의 "아는 것이 힘이다."라는 말은 쓸모가 없어지고, 어떻게 필요한 정보를 신속하게 얻느냐가 성공의 열쇠가 되었다. 정보가 바로 경쟁력의 원천이다. 이러한 정보사회에서 세계는 국가·기업·개인을 불문하고 정보를 얻기 위해 무한경쟁을 벌이고 있다. 홉스가 말하는 '만인에 대한 만인의 투쟁'이 이곳에서 재연되고 있다. 이제 사이버공간은 더 이상 국가와 동떨어진 가상공간이 아니라 새로운 생활공간으로서 우리는 그 안에서 쉴 새 없이 활동하고 있다. 그 과정에서 새로운 정보를 통해 발전을 추구하고 행복을 발견하는 것이 오늘날 노년들의 과제이다. 그런데 노년들이 디지털에 익숙해져서 모든 정보를 접하고, 급변하는 디지털 문화에 적응하는 데는 일정한 한계가 있으므로 노년이 디지털 문화에서 소외되지 않도록 국가가 적극적으로 배려해야 한다.

인터넷상의 정보가 잘 활용되면 생활이 편리해지는 등 순기능을 하지만, 악용되면 역기능을 하여 많은 병리현상이 나타나고 있다. 개인의 프라이버시에 속하는 사항들이 '사물인터넷'에서 모두 집적되고 여과 없이 공개되고 있다. 타인의 명예를 훼손하는 언어폭력을 일삼기도 하고, 유언비어를 퍼트려 명예훼손은 고사하고 죽음으로까지 몰아가고 있다. 고의적으로 악플을 달고, 심지어는 이를 비즈니스로 하는 무리들이 있다. 더욱이 인터넷상에서는 그 확산 속도가 너무 빠르기 때문에 피해는 더 심각하여 행복을 해치는 역기능을 하고 있다. 아직 자정능력이 부족하고, 이를 통제할 법적·제도적 장치도 잘 마련되어 있지 않기 때문에 심각한 문제가 제기된다.

그런데 인터넷상의 정보는 단순하거나 잘못된 정보들이 범람하고 있어 올바른 정보의 선택이 어렵다. 그러므로 필요한 정보를 얻기 위해 인터넷을 이용하되, 지나치게 이에 의존하지 말고 적절하게 활용해야 한다. 중요한 정보는 활자를 통해 얻어야 하고, 행복을 누리기 위해서는 컴퓨터를 잠시 끄고 생각할 시간을 가져야 한다고 울프 교수는 권고한다. SNS 등을 통해 글을 읽는 것은 '읽기'가 아니라 '보기'라고 한다. 보르헤스는 인터넷을 '가장 멍청한 신'이라고 비판했다. 아이러니컬하게도 인터넷세계로부터 해방되어 자유로운 영혼이 활보할 수 있도록 만드는 것이 인터넷세상이 부닥친 과제이다.

제9장

노년의 '부정정서': 노년의 행복을 위해 극복해야 할 과제이다

이 세상 어느 곳이나 고통은 있기 마련이고, 인생에서 고통은 반드시 따라다닌다. "불안과 즐거움은 언제나 같은 장소에 있다."(크리스·카밀레) 인간은 나약한 존재로서 이러한 환경을 어떻게 극복하느냐가 행복과 직결되어 있다. 세상은 고해로서 노년에도 사회생활을 하면서 불안·스트레스·분노 등 여러 형태의 부정적 정서를 느끼게 되고, 이들이 심해지면 우울증 등의 질병으로 번져가고, 심지어는 자살이란 극단적 선택을 하기도 한다. 그 원인을 직시하고 극복하기 위해서는 감정을 다스리는 법을 터득함으로써 마음의 평화를 유지하는 것이 노년의 행복의 필수적 조건이다. 인생이란 전장에서 주적은 다름 아닌 자기 자신이다. 자신과의 싸움에서 이기는 사람이 사회적 경쟁에서 이길 수 있고, 궁극적으로 행복을 누릴수 있다. 심리학자들은 인간은 이런 위기를 극복할 수 있는 회복탄력성을 가지고 있다고 한다. 오늘날 긍정심리학은 이러한 부정정서를 건강하고 즐겁게 살 수 있는 긍정정서로 바꾸는 것을 연구목적으로 하고 있다. '모든 것은 지나가는 것': 고통도 참고 견디면 반드시 지나간다. 이 진리를 인식하고, 있는 그대로를 수용하고 살아가는 것이 노년에 행복으로 가는 길이다.

1. 피할 수 없는 고통이라면 그대로 '수용'하라

세상은 문제들로 가득 차 있으며, 이러한 고통을 극복해가며 사는 과정이 인생이다. "고통 없이는 얻는 것이 없다"고 한다. 눈앞에 닥친 고통을 잘 극복해서 이기라는 권고의 말일 것이다. 인간은 누구나 유토피아를 꿈꾸지만, 그러한 세상은 지상에는 없다. 그래서 불교에서는 세상을 고해(苦海)라고 부른다. 불행을 피해가는 방법은 없고, 다만 극복해야 할 대상일 뿐이다. 누구도 평생 행복을 누리는 사람은 없으며, 행복과 불행 사이를 오가며 살고 있다. 모든 고통은 영혼을 훌륭하게 만드는 연습과제일 뿐이다. 채플린은 "인생이란 멀리서 보면 희극이지만, 가까이서 보면 비극"이라고 했다. 이러한 비극을 극복하며 사는 것이 행복으로 가는 것이다. 극단적인 예들이지만, 예수·마호메트·석가모니 등 성인들은 고난을 극복하면서 종교의 아버지가 되었다. 고난의 바다를 건너가야 행복이라는 평야가 나타난다.

감각적으로는 즐거움과 괴로움은 인생의 두 개의 얼굴이다. "불안과 즐거움은 언제나 같은 장소에 있다."(크리스·카밀레) 슬픔과 기쁨, 고통과 즐거움, 소통과 소외감, 건강과 질병, 부와 빈곤: 이들에 대한 생각의 비율이 '3:1'이라고 한다. 그만큼 세상사에는 고통과 슬픔이 더 많고, 이는 거부할 수 없는 엄연한 현실이다. 문제가 발생하면 실패를 인정하고, 성공 가능성을 믿고, 용기를 내서 정면돌파를 시도하라. 그리고 점차적으로 개선해가라. 그러나 피해갈 수 없는 일들도 발생하는데, 그때는 있는 그대로 수용하라. 이러한 과정을 거쳐 인간은 더 강한 인물로 성장한다. "피할 수 없는 고통은 즐겨라."(하버드대 명문 30) 이 경구가 최고의 극약처럼 들린다.

고통을 즐길 수 있는 마음의 자세를 갖추게 되면 평생 행복을 누릴 수 있을 것이다.

노년에는 자의 반 타의 반 이러한 심성이 생기므로 어떤 고통이 닥칠지라도 일단 받아들이는 자세가 되어 있다. 주어진 상황을 받아들이는 것이 자신을 어려운 환경으로부터 해방시키는 것이고, 내 욕구대로 하려는 이기심을 극복하는 방법이다. 그다음에 경험과 지식에 비추어보고, 지혜의 눈으로 최선의 방법을 찾는다. 레오나르도 다빈치는 어떤 난관도 나를 굴복시킬 수는 없으며, 남다른 분투에 무릎을 꿇는다고 했다. "괴로움이 남기고 간 것을 맛보아라. 고통도 지나고 나면 달콤한 것이다."(괴테) 역경을 겪고 나면 정신력이 강해져서 새로운 적응력이 생기며, 대인관계도 원만해지고 성숙해진다.

행복과 불행은 생각하기에 달려 있으며, 바라보는 관점에 따라 달라진다. 빛과 그림자가 공존하고 있듯이 행복과 불행의 원인은 공존하고 있다. 행복학자들은 부정정서를 긍정정서로 바꿈으로써 행복해질 수 있다고 한다. 로베르 미스라이는 노년에게는 늙는 법을 세 차원에서 재교육시켜야 하는데, 창조성·죽음과 함께 '기쁨'을 들고 있다. 그러니 이들을 조화시키면서 살고, 나아가 긍정정서로 불행의 원인들을 극복하는 것이 바로 행복으로 가는 길이다. 석가모니가 설시한 고통을 극복하는 네 가지 진리는 "고통을 알아보고, 그 근원을 제거하여, 고통을 멈추게 하기 위해, 수행의 길을 걷는 것이다."라고 했다. 자신 앞에 놓여 있는 과제를 있는 그대로 수용하고, 하나씩 풀어가는 과정에서 노년의 행복은 찾아온다.

2. 고통은 인간의 위대한 '교사'이다

사람들이 직접 겪는 고난은 교훈을 주고, 다시 반복하지 않는 반면교사의 역할을 한다. 이처럼 고난은 인간의 위대한 '교사'이다. 고난을 견디는 것은 힘들지만, 그로부터 얻는 교훈은 성공의 디딤돌이 되고, 인생을 튼튼하고 풍성하게 만든다. 고난의 숨결 속에서 인간은 성장한다. 그런데 노년에는 많은 경험을 통해 교훈을 얻고, 인생의 지혜가 생기므로 어떠한 고난이라도 극복할 수 있는 능력이 생긴다. 세상을 긍정적으로 바라보고 세상사를 낙관적으로 풀어갈 수 있도록 자신을 바꿔야 한다. 이것이야말로 고난을 초월하는 방법이요, 행복으로 가는 길이다. 최근 긍정심리학자들은 부정정서를 긍정정서로 바꾸는 이론을 제시하고, 각종 프로그램을 만들고 있다.

'모든 것은 지나가는 것': 이 진리를 인식하고, 있는 그대로를 수용하고 살아가는 것이 행복으로 가는 길이다. 탐험가에게 가장 큰 고통은 신발 속에 들어 있는 모래 한 알이라고 한다. 조그만 고통이 인생을 힘들게 만든다. 어떤 고통이나 고난일지라도 참고 견디면 언젠가는 해결된다. 우리에게 주어진 가장 값진 선물은 고통을 이기고 승리할 수 있는 능력이 자신 속에 있다는 사실이다.(타고르) 모든 것은 구름처럼 사라지는 법이니 자연의 섭리를 깨닫고 그대로 수용하라. 그러면 근원적인 문제는 해결될 것이다. "고통은 인간을 생각하게 만든다. 사고는 인간을 현명하게 만든다. 지혜는 인생을 견딜 만한 것으로 만든다."(패트릭) 그러므로 고통은 인생의 교사이다.

노년에도 어떤 형태로든 고통을 겪지만, 젊었을 때 겪는 것과는 그 유형이 다르다. 질병과 고독, 이별과 죽음: 이들이 노년을 괴롭히는 적들이다. 이들과 맞서 싸우면서 인간은 성장을 하게 된다. 오늘의 나를 인정하고 생활을 즐기며 만족할 수 있는 사람이 진정으로 성공한 사람이고 행복한 사람이다. 사람은 죽을 때 "걸, 걸, 걸" 하고 죽는다고 한다. "베풀 걸, 용서할 걸, 재미있게 살 걸." 지나고 나서 후회한들 무슨 소용이 있겠는가! 베풀고 용서하며 재미있게 사는 것이 노년을 행복의 길로 안내하는 길잡이다. 누구에게나 영원한 사막은 없다는 것을 명심하자! 그러면 산 위에 떠 있는 무지개처럼 노년의 발길은 가벼워질 것이다.

3. 노년에는 불가능한 것은 '포기'할 줄 알아야 한다

자기가 계획하고 있는 일이 마음대로 안 되는 경우가 종종 있다. 인간은 완전한 존재가 아니므로 자기 계획대로 다 성취할 수는 없다. 노년에는 불가능하다고 생각되면 포기할 줄 아는 지혜가 생기므로 긍정적으로 살 수 있는 시기이다. 사람들은 세상이 불공평하다고 비난을 하면서 그 환경을 바꾸려고 한다. 그러나 환경을 바꾼다는 것은 제도적으로 이루어져야 하고, 먼 훗날의 이야기다. 그러므로 먼저 어려움을 이해하고 적응하는 것이 급선무다. 자신의 부족한 점을 찾아 이를 보완하도록 노력하여야 한다. 노력해서 바꿀 수 있고 성취할 수 있으면 밀고 나가되, 불가능하다면 그대로 수용하는 것이 현명하다.

리처드 칼슨은 "행복은 중요하지만 그것에 목숨을 걸지 않을수록 더 행복해진다."라고 했다. 행복해지려면 행복을 찾아 떠나는 것이 아니라 행복을 가로막는 '사소한 것'들을 버리는 것이라고 한다. 불안·슬픔·질병·갈등·실패 등은 우리들을 불행하게 만들므로 행복해지려면 이들을 미련 없이 버려야 한다는 것이 그의 처방이다. 이러한 고통들은 시간이 지나고 나면 사소한 것에 불과한데, 이들에 목숨을 걸고 살지 말라고 권고한다. 그는 마음을 어둡게 만드는 장애물을 버리고, 삶의 중요한 것에만 집중하게 되면 더 행복해질 수 있다고 한다. 이러한 접근방식은 행복을 찾아 나서는 현실적이고 손쉬운 방식이다.

세상만사에 대응하는 감정에 따라 행복과 불행의 길은 갈린다. "이 세상에는 나쁜 것도 좋은 것도 없다. 생각이 그렇게 만들 뿐이다."라고 셰익스피어는 '햄릿'에서 말하고 있다. 행복과 불행을 결정하는 중요한 요인은 그의 성격이 긍정적이냐 부정적이냐에 달려 있다. 행복은 상대적인 것으로 불행을 피하면서 긍정적으로 세상을 바라보는 '믿음'이다. 노년에는 행복을 위해서는 긍정적인 사고를 하면서 세상을 바라보는 관점을 바꿔야 한다. 전체적으로 고통을 극복하고 인내하면서 살아가는 것이 행복으로 가는 길이다. 가장 중요한 것은 "이미 충분히 행복하다."라는 사실을 깨닫는 것이다.

4. 노년에 '부정적 정서'는 인간을 불행으로 몰아간다

세상은 문제들로 가득 차 있으며, 이들을 극복해가는 과정이 인생이다. 노년에도 사회생활을 하면서 불안·스트레스·걱정·분노 등 여러 형태의 부정적 정서를 느끼게 되고, 이들이 심해지면 우울증 등의 정신질환으로 번져간다. 일상적인 감정에 휘둘려서는 안 된다. 감정의 노예가 되면 불행의 늪으로 떨어지고 만다. 노년에는 살아온 경험과 지혜를 가지고 현실을 직시하고, 모든 부정적 정서를 극복하면서 행복을 추구하며 살아가야 한다. 불행을 피해가는 방법은 없고, 다만 극복해야 할 대상일 뿐이다. "인생의 가장 큰 영광은 넘어지지 않는 데 있는 것이 아니라 넘어질 때마다 일어서는 데 있다."(만델라) 노년에도 불행을 맞게 되므로 문제는 어떻게 이들을 잘 극복하느냐가 과제이다. 모든 것은 마음먹기에 달려 있으며, 운명이란 스스로 굴복하는 태도일 뿐이다. 노년들도 불행 앞에서 굴복하지 말고 굳건하게 투쟁해서 행복을 쟁취해야 한다.

행복과 불행은 이를 바라보는 관점에 따라 갈리게 되므로 부정정서를 극복하고 긍정정서로 무장하는 것이 행복으로 가는 길이다. 일부 심리학자들은 행복을 추구하는 것보다는 고뇌하지 않는 것이 더 중요하다고 한다. 불행에 대한 두려움을 가지고 있다면 이미 그 인생은 불행한 것이다. 굳이 미래의 불확실성에 대한 불안을 느끼며 사는 것은 불행을 자초하는 것이다. 낙관적인 생각을 가지고 잘 될 수 있다는 희망을 가진다면 불안할 필요가 없다. 행복은 상대적인 것으로 불행을 피하면서 긍정적으로 세상을 바라보는 '믿음'이다. 가정을 바꾸는 것은 어렵지만, 관점을 바꾸는 것은 쉽다. 따라서 행복을 위해서는 긍정적인 사고를 하면서 세상을 바라보는 관점을 바꿔야 한다. 긍정적 마인드를 가지는 것이 부정정서를 극복하는 즉효 약이다.

일상에서 '평정심'을 유지하는 것이 부정정서를 극복하는 방법이다.(에마 세팔라) 부정정서에 휘둘리지 않고 있는 그대로를 수용하면서 이를 극복할 수 있는 '마음가짐'을 유지하는 것이 행복으로 가는 길이다. 평정심을 가지게 되면 긍정정서가 강해지고, 재능을 잘 발휘할 수 있게 된다. 그러므로 긍정적인 생각을 가지고 이를 탈출하려는 노력이 필요하며, 훈련을 통해 그 방법을 터득해야 한다. 즐거움, 만족, 몰입, 사랑, 친밀감, 창의성 등 긍정적 상태는 유전에 의해 결정되는 측면도 있지만, 후천적으로 노력을 통해 만들어낼 수 있다. 오늘날 긍정심리학은 고통을 벗어나 긍정심리를 가지도록 치유하는 다양한 방법을 제시하고 있다.

행복과 불행은 이에 대응하는 '감정'에 따라 결정된다. 정신의학자 맥스 몰츠비에 의하면, '합리적 생각'을 하게 되면 사회적 현실을 대체로 인정하고, 신속하고 효과적으로 목표를 달성할 수 있으며, 내적 갈등과 환경의 방해를 줄일 수 있다고 한다. 긍정적 정서는 신체적으로는 더 건강하고 장수할 수 있게 만들고, 정신적으로는 성공 가능성이 높고 창의성을 촉진시키며 이타심을 증진시킨다. 자신의 감정을 다스리는 법을 배우는 것이 행복으로 가는 길이요, 인간으로서 성장하는 방법이다. 긍정심리학은 교육과 연습을 통해 긍정정서를 불어넣을 수 있고, 나아가 이를 생활습관으로 만들어야 지속적인 행복을 누릴 수 있다고 한다.

5. 노년의 '불안'은 불필요한 걱정에서 온다

인간은 '생각하는 동물'이다. 인간이 만든 역사와 문화는 그 결과물이다. 그런데 문제는 지나친 상상으로 생기는 부작용이다. 그 대표적인 것이 미래에 대한 걱정에서 오는 불안이다. '불안'이란 앞을 내다보기 힘들고 잘 해결될 것이라는 확신이 없을 때 생기는 마음의 상태다. 심리학자들은 과도한 불안이 문제이지 불안은 생존에 중요한 감정 에너지라고 한다. 적정한 수준의 불안은 위기를 관리하고 미래를 준비하게 만드는 순기능을 한다. 불안은 누구나 일상적으로 느끼는 증상인데, 이를 정상적으로 통제할 수 없을 때 문제가 생긴다.

불안이 적정수준을 넘어 인지기능에 악영향을 미치고 삶에 불편을 줄 때 문제가 된다. 불안이 커질수록 현재의 행복을 느끼지 못하게 되고, 불행의 씨앗이 되고 만다. 비정상적인 불안과 공포로 일상생활을 하는 데 장애가 되는 일종의 정신질환이 '불안장애'이다. 예전에는 병리적 불안은 청·장년기에 오는 질병으로 여겨왔는데, 최근에는 죽음·불안 등 그 증상이 노년에 더 생긴다고 한다. 한 연구결과에 의하면, 노년의 7%가 불안장애를 앓고 있으며, 노인의 정신질환 중에서 1위를 차지하고 있다고 한다.

노년에도 불필요한 근심·걱정은 행복을 앗아간다. 근심이 쌓이면 정신 건강은 물론 육체 건강까지 해칠 수 있다. 한 연구결과에 의하면, 걱정하는 대상의 대부분은 일어나지 않거나 별로 신경 쓸 필요가 없는 경우가 대부분이고(90% 이상), 어떻게도 바꿀 수 없거나(4%) 해결할 수 있는 경우(4%)는 얼마 안 된다고 한다. 불안은 인간의 유일한 진짜 감옥이고, 이로부터 행방시킬 수 있는 것은 희망이라고 한다. 불안을 극복하는 가장 좋은 방법은 적극적으로 사회 활동을 하고, 원만한 인간관계를 넓히며, 독서 등 인지 활동과 운동을 함으로써 적극적으로 대처하는 방법이다. 불안이 스며들 시간을 주지 않는 것이 최선의 방법이다. 불확실한 미래에 대하여 걱정을 하지 말고 오늘 열심히 즐기며 사는 것이 그 해결책이다. 그래서 다니엘 길버트는 "미래를 생각하지 말고 현재에만 몰두하라."라고 권고한다.

노년에도 일이 잘 안 풀릴 때 걱정하지 말고, 해결할 수 있다는 자신감을 가지고 마음의 평정을 유지하는 것이 중요하다. 그리고 그 일을 해결하기 위해 온갖 정열을 투입하면 반드시 해결될 것이다. 비관적인 생각을 버리고 긍정적인 생각을 하도록 생활태도를 바꾸는 것이 가장 중요하다. 긍정심리학은 낙관성과 같은 긍정정서를 심어줌으로써 불안을 극복할 수 있도록 하는 데 도움을 주고 있다. 일상적인 방법으로 극복할 수 없는 때에는 최종적으로 정신과 의사를 찾아 조언을 구하고, 필요하면 심리치료를 받아야 한다. 이 방법이 행복의 길로 가는 길이다.

6. 노년의 '스트레스'는 만병의 근원이다

일상생활을 하면서 누구나 스트레스를 받으며 살고 있다. 경쟁 사회에서 스트레스가 발생하는 것은 너무나 당연하다. 노년의 경우에도 예외가 아니다. 스트레스에는 근원적인 스트레스, 반응에서 오는 스트레스, 환경에서 오는 스트레스 등 여러 종류가 있다. 두려움 때문에 스트레스를 받는다면 그 원인은 외부에 있는 것이 아니라 자신의 내부에 있음을 알아야 한다. 적당한 스트레스는 긴장감을 일으켜 보다 철저한 준비를 하게 만들고, 일의 효율성을 높이는 긍정적인 기능을 한다. 또한 면역력을 증가시켜 바이러스의 침입을 막아주고, 신체의 회복 속도를 높여주며, 인지능력과 기억력을 강화해준다. 그러므로 어느 정도의 스트레스는 받으면서 사는 것이 자기 발전에 도움이 된다는 사실을 명심해야 한다.

'스트레스'는 현대사회가 경쟁이 심해짐에 따라 발생하는 현대적 질병으로 의사들은 이를 만병의 근원이라고 한다. 우리나라는 경쟁이 심한 사회이므로 사람들이 가장 스트레스를 받는다. 스트레스를 너무 받으면 불안·초조·분노·우울 등 부정적 정서를 초래하여 건강을 해치고, 인간관계가 끊어질 수 있으며, 심지어는 죽음에 이를 수도 있는 질병의 원인이 된다. 이러한 현상을 '여키스-도슨 법칙'이라고 부르는데, 여기에도 과유불급의 원칙이 적용된다. 스트레스를 과도하게 받으면 노년에 가장 무서운 질병으로 나타난다. 그러므로 스트레스를 잘 관리하고 극복하는 것이 현대인들의 중요한 과제이다.

노년에 받는 스트레스는 다른 점이 있다. 직장에서 받는 무한경쟁을 통해서 오는 스트레스는 받지 않는 반면, 소외·고독·절망·죽음 등에서 스트레스를 받는다. 스트레스는 생존과 경쟁의 산물로서 피해갈 수는 없지만, 운동·산책·요가·명상 등을 통해서 과다한 호르몬을 소모하면 해소될 수 있다. 노년의 스트레스는 마음만 먹으면 비교적 쉽게 벗어날 수 있다. 스트레스는 상황이 만들어내는 것이 아니라 '생각'이 만들어내는 것으로 자존감이 높을수록 스트레스를 덜 받는다. 그러므로 세상을 바라보는 '마음가짐'이 긍정적이고 적극적이며, 스트레스에 적응할 수 있는 '자기조절능력'을 키울 때 쉽게 스트레스를 해소시킬 수 있다. 스트레스가 심화되면 약물치료나 심리상담치료를 받아야 한다. 스트레스를 해소시키는 나름대로의 방법을 터득해서 행복한 생활을 하는 것이 노년들의 과제다.

7. 노년의 '화(분노)'는 행복의 적이다

사회생활을 하면서 일상적으로 일어나는 것이 화(火)이고, 그것이 심하면 분노로 표출된다. 일상생활에서 일어나는 작은 일에 감정이 휩쓸려 화를 내는 경우가 많고, 사회생활이 복잡하고 업무가 어려워질수록 화가 더 날 수 있다. '화'는 자신의 감정을 다스리지 못함으로써 나타나는 약한 마음의 표현이며, '분노'는 주로 과거에 대한 기억에서 생겨나고, 그 기억에 집착하게 되면 고통을 확대재생산 하게 된다. 분노는 열이 나고, 적개심이 생기며, 마침내 난폭한 행동으로 나타난다. 이성적으로 살아가기 위해서는 감정의 노예가 되어서는 안 되므로 자신의 감정을 다스리는 법을 익혀야 한다.

분노와 관련이 있는 신경전달물질이 세로토닌인데, 이것이 부족하면 분노 공격성이 증가한다. 화는 자라기 마련이고, 마침내 화(禍)를 부른다. 화가 증오로 변하면 더 큰 화를 부른다. 우리나라는 가장 대표적인 '화 공화국'이다. 국민들의 성격 탓도 있지만, 복잡한 환경이 화를 부채질하고 있다. 한 조사에 의하면, 50%의 국민이 분노성향을 나타내고, 12%는 치료를 필요로 한다고 한다. 화를 잘 내면 비이성적인 행동을 해서 실수를 하게 되고, 행동의 자유를 누릴 수 없게 된다.

분노를 계속 발산하면 성격이 삐뚤어지고, 참기만 하면 병이 될 수 있으므로 화를 잘 다스리는 것이 중요하다. 화병의 원인은 남성과 여성 간에 차이가 있는데, 남성의 경우 부부간의 공감의 결여, 자신의 무능력과 무력감에 대한 자책감, 과거사에 대한 후회 등에서 나오고, 여성의 경우 고부간의 갈등, 경제적 빈곤, 낮은 자존감, 남편의 외도 등에서 나온다. 화에 대처하는 방법은 그 원인을 빨리 인식하고, 자기 마음에서 삭제해버리는 것이다. 자신의 내면에 집중함으로써 화를 통제할 수 있다. 그러므로 화를 없애는 것은 지혜와 이해를 통해 가능해진다. 화를 잘 내는 것은 습관이 되고 나중에는 성격이 되므로 지속적으로 화를 통제하는 기술을 스스로 습득하여야 한다.

자기감정을 다스릴 수 있는 '마음가짐'이 중요한데, 평정심을 유지해야 한다. 노년에는 성격이 굳어져 습관적으로 화를 내는 사람들이 일부 있다. 그러나 대부분의 노인들은 현실을 그대로 수용하면서 화를 내지 않는 경향이 있다. 지나온 경험에 비추어 이해할 수가 있는 한편, 원만하게 살고자 하는 의지 때문이기도 하다. 화는 행복의 적으로 화를 내지 않는 것이 행복하게 사는 방법이고, 화를 내는 것은 인생의 행복을 파괴하는 행태이다. 법구경은 "성냄보다 더한 독약은 없다."라고 한다. 그러니 노년에는 더욱 화를 다스릴 줄 아는 지혜를 얻어 마음의 평화를 지키면서 사는 것이 마지막 행복의 길로 가는 것이다.

8. 노년의 '우울증'은 무서운 질병이다

일시적으로 느끼는 우울한 감정은 인간이 가지고 있는 보편적 현상이다. 평상시에도 여러 가지 상황에서 우울한 감정이 생겨난다. 치료가 필요한 우울증은 지속적으로 우울한 증세를 나타날 때이다. '우울증'이란 현실의 고통에 반응하는 심적 고통을 말하는데, 그중에서 정도가 심해 치료를 필요로 하는 상태를 질병으로서의 우울증이라고 부른다. 우리나라는 2012년 현재 우울증 환자가 270만 명에 이른다. 사회 환경이 심한 경쟁으로 살기가 힘들기 때문에 일어나는 현상이다. 그런데 노년이 되면 더 이상 희망이 없고, 사회적으로 소외되며, 죽음이 다가오고 있기 때문에 심각할 정도로 우울해질 수 있다. 우울증은 치매와 함께 노년에 겪는 가장 힘든 질병이다.

우울증을 앓게 되면 뇌에서 기쁨의 호르몬인 세로토닌이나 의욕의 호르몬인 노르아드레날린이 분비되지 않는다고 한다. 그 증상이 계속되면 기억력 저하, 불안과 걱정의 증가, 정신적 고통, 의기소침, 절망 등이 나타나서 삶이 힘들어진다. 우울증에 걸리면 환경에서 받는 고통을 스스로 극복하지 못하고, 그 고통을 비관적으로 보게 되어 정신적으로 감정은 피폐해진다. 세상이 주는 즐거움을 누려야 되는데, 그렇지 못하게 되면 사회로부터 도피하게 된다. 최악의 경우 '삶의 의미가 없다'는 결론을 내리고 자살까지 생각하고 실행하게 된다. 우리나라 노인들의 자살률이 세계에서 가장 높은 이유도 우울증 환자들이 많기 때문이다.

우울증 환자들에게는 이를 극복할 수 있는 환경을 조성해주어야 하고, 항상 주변의 관심과 도움이 필요하다. 일에 몰두하거나, 음악·영화·운동 등을 통해 기분전환을 하거나, 책·가족·친구 등과 함께하는 것이 필요하다. 특히 운동을 통해 스트레스를 풀게 하고, 마음을 이완시키는 습관을 길러주는 것이 중요하다. 치매를 예방하려면 인지비축분(認知備蓄分)이 클수록 좋다고 한다. 이는 세 가지 요소로 구성되는데, 독서를 하거나 글을 쓰는 등의 인지 활동, 여행을 하거나 봉사활동을 하는 등의 사회적 활동과 친구·가족 등의 사회적 관계 등이다. 결국 치매를 예방하기 위해서는 오늘을 즐겁게 살면서 행복을 누리는 것이다.

그 정도가 심해지면 전문의를 찾아가 치료를 받아야 한다. 심리치료와 항우울제 처방을 하면 치료 성공률은 80%에 이르므로 보호자들은 우울증 환자들로 하여금 조기에 치료를 받도록 돕는 것이 필수적이다. 가장 중요한 것은 항상 곁에 보호자가 붙어 있어 대화를 나누고 위로를 해줌으로써 고립감을 없애주는 것이다. 평소에 긍정적인 사고를 함으로써 우울한 마음이 생기지 않도록 낙관적인 태도를 가지는 것이 중요하다. 우울증을 이기는 최고의 명약은 행복이므로 행복의 길로 인도하는 것이 최선의 방법이다.

9. '인내심'은 사회생활에서 반드시 갖춰야 할 덕목이다

누구에게나 시련이 오기 마련이다. 가정에서나 직장에서나 사회생활에서 항상 문제에 부닥치며, 갈등을 일으키고 싸우며 살아가고 있다. 이처럼 인생은 갈등과 싸움의 연속이다. 그런데 노년에는 인생에 대한 지혜가 생기므로 인내하면서 갈등을 극복하고 평화롭게 살아가는 것이 곧 행복이다. 어려움 없는 인생이 어디 있겠는가? 이러한 문제들을 감정적으로 처리하면 더 큰 화를 입을 수 있으므로 신중하고 합리적으로 대처해야 한다. 그러므로 사회생활을 함에 있어서 '인내심'이 절대적으로 필요하다.

인내는 갈등을 줄이고 분쟁을 피하는 훌륭한 방법이다. 인내가 때로는 능력보다 더 중요할 때가 있다. 능력이 부족하더라도 인내하고 기다리면 성취될 수가 있기 때문이다. 참을 인(忍) 자를 풀이하면 마음에 칼을 얹어놓는 것이다. 참는다는 것은 그만큼 어렵다는 이야기다. 인내심이 없다면 사회는 원한과 보복으로 얼룩져 불행한 환경이 조성될 것이다. 그러니 불필요한 충동을 막고 사회적 평화를 유지하기 위해서는 인내하는 방법을 배워야 한다.

모든 것은 지나간다. 참고 견디면 시간이 해결해준다. 끝까지 포기하지 않으면 마침내 해결되기 마련이다. 괴테는 인내심을 키우는 방법으로 원대한 계획을 세우고, 등산을 하며, 가시 많은 생선요리를 먹는 것이라고 했다. 누구나 나름대로 인내하는 방법을 익혀야 한다. 궁극적으로 자신의 마음을 통제할 수 있는 '자제력'을 키우는

것이 최대의 과제다. "나그네에게 유일한 즐거움은 참고 견디는 것이다."(헤세)

위대한 성공은 모두 인내의 산물임을 알아야 한다. 위대한 사람들은 성공할 때까지 인내했기 때문에 결실을 맺을 수 있었던 것이다. 인내야말로 성공에 이를 수 있는 방법이며, 그 끝자락에서 성공은 행복의 꽃으로 피어날 것이다. 노년에는 모든 것을 수용하는 자세로써 인내심을 발휘하며 사는 것이 마지막 행복으로 가는 길이다. 노년은 오랜 경험을 통해 어느 정도 인내하는 방법을 터득했기 때문에 인내력이야말로 어떤 고통도 극복하며 살아갈 수 있는 자산이 된다.

10. 인생이란 미래를 위해 현재를 '참고 견디는 것'이다

15년째 파킨슨병을 앓고 있는 정신분석 전문의 김혜남은 병상에 누워 힘든 고통을 이겨내면서 그 고통을 깨달음으로 승화시켰다. "세상 다 버티는 것 아닌가요? 잘 버티는 게 중요한 거겠죠."라고 했다. 이것이야말로 불치병을 치유하는 최선의 방법인 동시에 세상을 살아가는 지혜이리라. 인생이란 결국 미래를 위해 현재를 참고 견디는 것이라는 교훈을 우리들에게 주고 있다. 그는 "내 병이 내 스승"이라고 했다.

자신이 고통을 겪으면서 비로소 다른 사람들의 고통에 공감하게 되고, 자신의 한계를 알게 되어 겸손해졌으며, 고통 속에서도 감사함을 알게 되었다고 한다. 노년에는 경험을 통해 이러한 진리를 터득하고 있으므로 남의 이야기처럼 들리지 않는다. 인내는 쓰지만 열매는 달다. 불필요한 걱정과 근심은 내려놓아야 한다. 오늘에 집중하면 어떤 고통도 잃어버릴 수 있다. 이를 극복하기 위해서는 기다릴 줄 아는 미덕이 필요하다. 니체는 "행복이란 그 자체가 긴 인내이다."라고 했다. 인내: 그 과정의 연속이 인생이다.

김혜남은 가능한 한 가족들에게 짐이 되지 않기 위해 웃음으로 대하면서 '유쾌한 짐이 되자'고 결심을 하고 웃음을 주는 환자의 길을 가고 있다. 그리고 버킷리스트를 작성했는데, 마지막에 '조용히 온 데로 다시 가기'를 적었다. 남은 인생을 견디면서 희망을 그리고 마지막 행복을 꾸미고 있는 그녀의 모습은 아름답다. 아니 위대하다. 우리들도 언제 이러한 역경에 빠질지 모른다. 노년에는 어떤 경우라도 그 현실을 수용하고 인내하면서 이를 극복함으로써 행복을 쟁취하는 것이 마지막 행복으로 가는 길이다.

제10장

노년의 '경제력': 생존을 위한 최소한의 조건은 갖추어야 한다

돈은 행복한 생활을 누리기 위해 필요하고, 삶의 질을 결정하므로 인간다운 생활을 할 수 있을 정도의 자금은 행복의 필수적 조건이다. 그래서 은퇴 준비를 말하면 '노후 자금'이 가장 중요한 관심사로 떠오른다. 은퇴 후의 행복한 삶을 위해서는 반드시 필요한 만큼의 경제력은 갖추어야 한다. 경제적으로 자립할 수 있어야 하고, 수입이 적어지는 만큼 생활수준을 낮추어야 한다. 경제력이 준비가 안 된 노년들에게는 은퇴가 저주요, 불행이 될 것이다. 이들에게는 취업이 가장 심각한 문제이다. 그러나 제2의 인생을 살아감에 있어서 돈만 있으면 된다는 생각은 잘못이다. 돈으로 행복을 살 수는 없으며, 노년에는 돈으로 얻는 행복도는 낮아진다. 돈으로부터 해방될 때 진정한 자유로움을 누릴 수 있다. 그러므로 돈에 집착하지 말고, 주어진 여건에서 어떻게 적응하며 남은 시간을 의미 있게 보낼 것인가가 노년의 가장 중요한 과제다.

1. 노년에도 돈이 없으면 '자유'를 잃는다

노년에도 기본적인 생존을 누리기 위해 필요한 돈은 행복의 필수적 조건이다. 소냐 류보머스키는 "소득과 행복은 실제로 상관관계가 있다. 다만 그 관련성이 큰 것은 아니다."라고 말했다. 소득이 적은 사람에게는 행복해지기 위해 돈이 더욱 절실하게 요구되며, 소득이 증대되는 만큼 행복도가 높아진다. 의·식·주 등의 기본적 욕구를 해결할 돈마저 없다면 그 노년은 행복을 생각할 수 없다. 소득이 높을수록 잘 먹고 의료혜택을 받아 건강하게 살 수 있고, 사고나 재난 등의 위험을 예방할 수 있으므로 돈이 많을수록 어느 정도 행복도는 올라간다. 그런데 우리나라는 OECD 국가 중 GDP 12위로서 객관적으로 잘사는 나라인데, 주관적 행복지수가 아주 낮다는 사실은 국민들의 기대치가 높고 (절대적) 평등의식이 강하기 때문이다. 그러나 경제력이 주는 행복감은 일정한 범위에서만 작동한다. 이처럼 경제력은 행복을 위한 충분조건은 아니지만, 반드시 갖추어야 할 '필요조건'이다.

돈이 없으면 '자유'를 잃는다고 한다. 자유가 있다고 하더라도 돈이 없으면 아무것도 할 수 없기 때문이다. 가난은 고난 중의 고난으로 빈곤하면 자유마저 제대로 누릴 수 없게 만든다. 1980년대에 운동권 학생들은 "택시를 탈 자유가 있다고 하는데, 택시를 탈 돈이 없으면 그 자유는 무슨 의미가 있느냐?"라고 반문했다. 형식논리로는 일정한 범위에서 맞는 말이다. 생존을 유지할 돈이 없는 사람에게는 돈이 가장 중요하고, 실제로 다른 가치는 당장에는 아무런 의미가 없다. 취약 노년에게는 경제적 문제가 가장 어려운 문제이다. 빈곤하게 되면 대인기피증이 생겨 사람을 만나려고 하지 않고, 모든 관계를 끊으려는 경향이 생겨 만남의 자유마저 누릴 수 없게 된다.

생존을 위해 기초적인 생활을 할 수 있는 돈은 필수적이며, 이 범위에서 돈과 행복은 필수적인 상관관계가 있다. 그런데 현재 우리나라에서 국민연금을 한 푼이라도 받는 사람은 37%에 불과하고, 월수입이 50만 원 미만인 사람이 76%라고 하니 노년문제는 심각하다. 탈무드는 "수중에 돈이 떨어지면 누구도 스스로를 통제할 수 없다."라고 한다. 굶주림 앞에서는 인간의 이성은 물러나고, 야만성이 발동을 하게 된다는 말이다. 생존문제를 해결하는 것은 행복의 대전제이고, 사회정의가 바로 서야 하는 이유다. 생존능력이 없는 사회적 약자를 도와야 하는 이유는 상대적 박탈감을 줄이고, 사회질서를 유지하며, 함께 사는 건전한 사회를 만들기 위한 것이다.

오늘날 가정 안에서도 경제권이 없으면 권위가 없어지고, 위계질서가 무너지는 세상이 되었다. 사랑으로 결속되어야 할 가정마저 금권이 지배한다는 것은 비극이다. 우리나라는 세계적으로 경제대국이 되었음에도 불구하고 노년을 둘러싼 많은 사회문제가 제기되고 있는데, 아직 사회보장제도가 갖추어지지 않았고, 사회안전망이 잘 구비되지 않았기 때문이다. 개인적으로는 생존문제를 해결할 수 있는 경제력을 갖추어야 하고, 국가적으로는 약자를 보호하기 위한 사회정의가 굳건하게 세워져야 비로소 노년의 행복의 터전은 마련될 수 있다.

2. 은퇴 후 행복한 생활을 위해서는 '경제력'을 준비해야 한다

행복한 삶을 누리는 데 있어서 가장 기초적인 조건이 건강과 함께 의·식·주 문제를 해결하는 것으로 그 전제가 '경제력'의 확보다. 경제력은 곧 권력이므로 경제력이 있어야 가정에서 권위가 서고, 사회생활을 함에 있어서 인간관계까지 영향을 미친다. 나아가

문화적 생활을 할 수 있는 최소한의 돈이 없으면 만년이 힘들고 괴로워진다. 더욱이 중요한 것은 돈이 개인의 독립성을 보장하고, 심리적으로 자아존중감을 주므로 노후에는 돈의 가치가 더욱 중요해진다. 우리나라 노년들은 64.9%가 일하기를 원하고 있는데, 그중 경제활동 참가율은 OECD 국가 중 1-2위를 점하고 있다. 우리나라의 노인 빈곤율은 49.6%(2013년 기준)로 OECD 국가의 평균 빈곤율 12.6%의 4배나 될 정도로 가장 높다. 노년층이 급속하게 증가하고 있는데 노후 준비가 잘 안 되어 있고, 아직 사회보장제도와 사회안전망이 잘 구축되어 있지 않다는 증거이다.

핵가족이 대세가 됨에 따라 노년들은 독자적으로 생계를 꾸려가기 위해 일자리를 찾는 사람들이 증가하고 있다. 그런데 노년들에게는 일자리가 거의 제공되지 못하고 있으며, 고작해야 시간제 비정규직 일자리가 대부분이다. 게다가 소득대체율이 낮을 뿐 아니라 노인복지제도가 제대로 갖춰지지 않음으로써 노인 빈곤율은 높아질 수밖에 없다. 선진국에서는 은퇴를 하면 사회보장제도를 통해 기본적인 생존문제는 해결되므로 '자유·만족·행복'을 누릴 것이라는 기대감을 가지고 있는 데 반해, 우리나라 노인들은 이러한 제도적 장치가 잘 마련되어 있지 않으므로 대부분 '빈곤'을 가장 걱정하고 은퇴를 두려워한다.

세계에서 멕시코 다음으로 가장 많은 노동을 하고 GDP 12위의 경제대국이 되었으면서도 노인 빈곤율이 가장 높은 중요한 원인은 자녀들의 교육과 결혼 비용 때문에 노후 준비를 잘 할 수 없었고, 연금제도를 비롯해 노인복지제도가 제대로 갖추어지지 않았기 때문이다. 경제력이 갖추어지지 아니한 은퇴는 비극이요, 그 자체가 불행이다. 그러므로 노년의 행복을 위해서는 퇴직 후 어느 정도 안정된 생활을 누릴 수 있을 만큼 경제력을 마련해놓아야 노년의 행복을 누릴 수 있게 된다.

어느 정도 돈을 비축해야 하는가는 인생의 목표가 어디에 있는가, 그리고 노년을 어떻게 살아갈 것인가에 따라 달라진다. 그런데 소득불균형이 개인의 행복에도 영향을 미치는데, 그 이유는 질투심 때문이다. 소득불균형을 어떻게 받아들이느냐는 자본주의가 얼마나 정착되어 있는가와 그 나라의 문화와 민족의 심성에 따라 다르게 나타난다. 우리나라 사람들은 절대적 평등을 지향하고 있으므로 소득불균형에서 많은 분노를 느끼고, 개인의 행복에도 큰 영향을 미치고 있다. 그리고 물질지상주의가 국민들 가슴속에서 넘쳐흐르고 있으므로 돈 벌기 위해 인생을 걸다시피 하므로 행복지수는 낮아질 수밖에 없다.

노년을 준비하기 위한 방법은 일반적으로 첫째로, '연금'을 들어 기본적인 생활조건을 갖추어야 하고, 둘째로, '보험'을 통해 생활의 안정을 찾아야 하며, 셋째로, '적금'을 들어 노후자금을 더 마련해야 한다. 주택밖에 재산이 없는 경우에는 새로이 마련된 주택연금을 이용해서 해결할 수도 있다. 전문가들은 앞으로는 유동성이 많은 부동산 투자보다는 부동산펀드에 투자하는 게 좋다고 권고한다. 어떤 방법이 좋은지는 자기 환경과 조건에 따라 결정하면 된다. 빠를수록 좋다. 뭐니 뭐니 해도 '머니(money)'가 노년의 행복한 생활을 위한 가장 필수적인 조건이다. 그래야 건강한 노후를 계획하고, 행복한 생활을 할 수 있게 된다.

그런데 은퇴 후에는 눈높이를 낮춰 생활을 해야 하며, 특히 위험을 잘 관리해야 한다. 자신의 능력에 따라 분수에 걸맞게 생활하면 주어진 환경과 조건에 능히 적응할 수 있다. 많은 사람들이 재산을 잘못 관리해서 빈털터리가 되고 있다. 창업을 하는 경우 충분한 준비를 해야 한다. 자금을 늘리기 위해 투자를 하는 경우 노년에는 사기에 조심해야 하고, 반드시 전문가의 조언을 받고 해야 한다. 부동산 투자에도 실패하지 않도록 주의해야 한다. 가족이나 아는 사람들에게 인정 때문에 보증을 서주는 것은 절대로 금물이다. 있는 재산을 잘 지키는 것 또한 버는 것 이상으로 중요하다.

3. 돈을 쓰는 방법에 대해 부부간에 '합의'가 이루어져야 한다

은퇴가 가까울수록 심리적으로 돈이 부부관계에 영향을 미치고, 은퇴 후에는 실제로 돈이 부부관계를 변화시킨다. 어느 정도까지 돈을 모아야 하는지 그리고 어떻게 쓰는지에 대해 부부간에 의견이 다르면 갈등이 생긴다. 돈에 대한 가치관이 같을수록 함께 잘 살수 있다. 자본주의사회에서는 돈이 권력이다. 충분한 재력을 갖추고 있으면 개인의 독립성을 누릴 수 있고 생활의 주도권을 행사할수 있으나, 돈이 없으면 자존감마저 떨어지고, 궁핍의 문제를 넘어인간 대접을 받을 수 없게 된다. 그래서 노후에는 돈에 대한 심리적 영향이 클 수밖에 없으므로 노후자금에 관한 계획을 함께 세우고 마련하는 것이 중요하다. 노년에는 다른 사람들로부터 대접을받고 살기 위해서는 베풀며 살아야 하기 때문에 여유자금을 어느정도 마련하는 것이 필요하다.

일단 은퇴한 후에는 자금을 어떻게 유용하게 사용하면서 행복한 노년을 보낼 것인가의 문제로 집약된다. 부부 사이에 돈을 대하는 태도에 차이가 있으면 의견을 좁히기 힘들다. 부부가 한 사람은 돈을 인생의 목표로 삼고 돈을 사랑하고, 다른 사람은 돈을 가볍게 생각하고 쓰기를 좋아하면 일상생활에서 두 사람은 의견 충돌로 항상 싸울 것이다. 돈에 대한 이러한 태도는 성격과 관련이 있어 쉽게 의견 접근이 되지 않으므로 시간을 두고 노력해서 해결해야 한다.

은퇴 후에는 돈에 대한 태도가 바뀌기 마련이다. 은퇴 전에는 가사에 간섭하지 않았고 돈 사용에 무관심했던 남편도 은퇴하고 나면 가사에 관심을 가지게 되고 돈 사용에 간섭을 하게 된다. 그 이유는 성격의 변화라기보다는 환경의 변화에서 오는 측면이 더 강하다. 집안에서 항상 함께 있고 따로 할 일이 없으며, 자금 고갈로 인한 미래의 불안 때문이리라. 부인 또한 독립적으로 생활하던 것을 간섭해오니 불편해지고 혼자 즐기던 시간을 빼앗기니 힘들어진다. 이제는 성 역할을 구별하지 말고, 서로 대등한 관계에서 협업의 형태로 생활태도를 바꾸어야 가정의 평화를 이룰 수 있다.

어떻게 돈을 사용할 것인가에 대한 기준을 마련하는 것이 중요하다. 그렇지 않으면 항상 갈등이 일어날 것이다. 부부간에 갈등이 가장 많이 일어나는 경우가 소비 분야이고, 자식들에게 돈을 얼마나 주느냐도 갈등을 일으킨다. 부부간에 견해 차이가 생기는 이유는 여러 가지가 있다. 우선 돈에 대한 가치를 다르게 생각하는 경우이다. 다음으로 돈을 사용하고자 하는 목적이 다를 수 있다. 또한 성장배경이 다르기 때문에 소비행태가 다를 수도 있다. 노년에는 한정된 돈을 사용하기 때문에 미래에 대한 불안으로 이러한 문제가 자주 발생하고, 심각한 감정싸움으로 번지기도 한다.

4. 노년은 '셀프 부양'을 준비해서 홀로서기를 해야 한다

가족제도가 대가족제도로부터 핵가족제도로 바뀌고, 개인주의적으로 생활패턴이 변함에 따라 가족의 구성이 바뀌었다. 자녀들은 결혼하면 분가하는 것이 원칙이 되었다. 젊은 세대들에게 부모를 공양한다는 사고는 사라지고, 이제 부모들도 기대하지 않는 자세를 가지게 되었다. 그래서 요즘 부모들은 자식들의 부양을 기대하지 않고, 노후를 스스로 책임지는 '셀프 부양'을 하려는 경향이 있다. 현재 다수의 5060세대는 부모에게는 전통적 부양, 자신들은 셀프 부양이라는 이중의 부담을 지게 되었다. 이러한 흐름은 시대적 변화와 세대 차이에서 오는 결과로 가치관의 시대적 변화를 반영하는 것이다.

통계청 조사에 따르면, 1998년에는 노부모를 가족이 부양해야 한다는 의견이 89.9%였는데, 2014년에는 31.7%로 줄어들었으며, 스스로 해결해야 한다는 의견이 8.1%에서 16.6%로 2배로 늘었다. 이제 50-60대 부모들은 자녀들과 함께 살려고도 하지 않고, 경제적 도움도 원치 않는다. 이러한 사고를 관철하려면 충분한 경제력을 갖추어야 한다. 은퇴 후에 일을 계속하기 위해서는 전문성을 살리는 것이 본인에게나 사회적으로 도움이 된다. 일자리가 부족한 상태에서 무엇인가를 하려면 눈높이를 낮추어야 한다. 노년에는 일한다는 자체가 행복이다. 그러므로 노후 준비를 완벽하게 해놓아야 홀로서기를 통해 행복하게 살 수 있다.

건강을 유지해야 하지만, 생로병사는 피해갈 수 없으니 병과 친해져야 한다. 한두 가지 질병은 노화현상으로 받아들이고, 이를 극복하면서 행복을 추구해야 한다. 이제 가족들에 의한 간병을 기대하는 것은 쉽지 않다. 질병으로 눕게 되는 경우 간병인을 두거나 요양원이나 요양병원으로 가야 한다. 그런데 그 비용이 대부분의 노인들에게는 비싸고, 또한 시설이 부족해서 오랫동안 대기하여야 한다. 국민연금은 턱없이 부족하니 노후 준비를 충분하게 해야 한다. 국가적 차원에서 연금제도를 활성화시키고, 노후자산 증식을 위한 세제정책이 마련되어 노인들의 생활문제를 해결해야 한다.

부부 중 누군가가 먼저 세상을 떠나면 '나홀로가정'이 된다. 이는 자연현상으로 피해갈 수 없는 숙명이다. 독자적으로 생활을 할 수 있도록 그 방법을 배우고 실습하며 준비를 해야 한다. 무엇보다 중요한 것이 '정신적 자립'이다. 이제 노년은 홀로서기를 생활화하면서 의존심을 버리고 독립심을 길러야 한다. 건강한 몸으로 일을 계속하는 것이 바람직하고, 다양한 취미생활을 통해 긍정적인 삶을 누려야 하며, 의미 있는 삶을 누림으로써 공동체 구성원으로서의 모범을 보여주어야 한다. 홀로서기가 고독의 원천이 아니라 행복의 기틀이 되도록 노력을 해야 한다.

5. 노년에도 행복감은 '소득 수준'에 비례하지 않는다

물질만능주의는 우리나라 사람들의 행복지수를 낮추는 가장 중요한 요소이다. 자본주의가 들어오면서 우리나라는 자본, 아니 '돈'이 지배하는 사회가 되었으며, 물질만능주의 풍조가 사회 곳곳에 스며들고 있다. 돈의 중요성을 과대평가하는 물질만능주의적 사고가 사람들을 불행하게 만들고 있다. 젊은이들도 돈이 최고의 가치로 자리 잡고, 부자가 되는 것이 인생의 목표가 되었다. 심지어는 종교도 돈을 추구하고 있으므로 이른바 '돈교'가 나타났다. 그러나 노년에는 돈이 삶을 결정한다는 사고를 버리고, 사소한 것에 만족하면서 의미 있는 삶을 누리는 것이 바람직하다. 돈이 인생의 목적이 되어서는 안 되고, 삶을 위한 수단일 뿐이다. 심리학자 호르눙은 "물질 지향적 인생관은 행복과 안녕에 독이 된다."라고 했다. 많은 사회조사가 물질적 가치를 중시하는 사람들이 그렇지 아니한 사람들에 비해 덜 행복하다는 사실을 보여주고 있다.

'세계가치관 조사'에 의하면, 한국의 물질주의는 미국인의 3배, 일본인의 2배나 된다. 돈만 있으면 무엇이든 할 수 있다는 풍조가 만연되고 있으며, '유전무죄 무전유죄'라는 사회적 부조리가 국민들의 분노를 사고 있다. 돈이 최고의 권력으로 세상을 지배하고 있다. 돈 때문에 각종 범죄가 자행되고 있고, 인간성마저 앗아가고 있다. 심지어는 가정에서도 경제력이 있어야 권위가 서고, 돈 때문에 살인사건이 일어나는 사회가 되었다. 이러한 잘못된 가치관이 우리 사회를 병들게 만들고, 사람들의 행복까지 앗아가고 있다.

돈을 벌고자 하는 목표는 돈이 가져다주는 안정감과 돈을 통해 얻는 성취감 때문이다. 그러나 돈을 벌어서 얻는 기쁨은 순간적이고 오래 지속되지 않는다. 일정한 시간이 지나면 새로운 상황에 익숙해지면서 처음 느끼던 만족감은 사라지고, 종전의 상태로 돌아가 둔감해지는데, 이를 '쾌락적응현상'이라고 부른다. 1971년에 심리학자 필립 브리크먼과 도널드 캠벨은 쾌락과 적응이란 개념을 묶어서 '쾌락의 쳇바퀴'라는 용어를 만들어냈다. 쳇바퀴 속의 다람쥐처럼 인간도 계속 같은 자리에 머무는 현상을 말한다. 경제학자 이스털린은 쾌락적응 이론을 경제 분야에 적용하여 "인간은 일단 기본적 욕구가 채워지면 그다음에는 소득수준이 행복감을 향상시키지 못한다."라는 결론을 이끌어냈는데, 이를 '이스털린의 역설'이라고 부른다.

선진국을 보면, 대체로 연간 1인당 실질소득이 2만 달러까지는 소득과 행복지수가 정비례하지만, 그 선을 넘어서면 양자 사이에는 아무런 상관관계가 없다고 한다. 그래서 선진국 사람들의 행복지수는 GDP가 높아질수록 올라가지 않고 있다. 우리나라도 지금 이스털린의 역설이란 덫에 걸려 1인당 GDP는 2만 달러를 넘었지만, 다른 환경적 요인 때문에 행복지수는 오히려 떨어지고 있다. 소득수준의 격차로 인한 경제적 불평등은 상대적으로 소득이 적은 사람들에게 심리적으로 행복하지 못하게 만드는 중요한 요인이 된다. 노년에는 이러한 쾌락의 쳇바퀴를 벗어나 항상 행복을 누릴 수 있는 습관을 만들어야 지속적인 행복을 누릴 수 있다.

6. 노년에 돈은 '필요한 만큼'만 있으면 된다

노년에 돈은 얼마만큼 있으면 행복할까? 물론 돈이 많으면 생활이 윤택해지고, 사회봉사를 할 수 있는 여력이 생기니 좋을 것이다. 그러나 돈은 인간다운 생활을 함에 있어서 '필요한 만큼' 있으면 되고, 그 이상의 부는 행복을 누리기 위한 필수적 요소가 아니다. 기본적 수요를 충족시킬 정도를 넘으면 소득의 증가가 행복에 미치는 영향은 적으며, 필요 이상의 돈은 인간을 결코 행복하게 만들지 못한다. 연꽃이 아름다운 이유는 스스로 감당할 만한 빗방울만 담고 있기 때문이다. 그런데 필요한 액수를 정하기 위해서는 '노년을 어떻게 살고자 하는가?'를 먼저 생각하고, 그 계획에 따라 필요한 돈의 범위가 정해진다. 이 계획표에 따라 얼마를 벌고, 어떤 방식으로 재테크를 할 것인가를 결정해야 한다.

행복의 정도를 객관적으로 표시하는 수치가 개발되었는데, 그것이 '국민총생산(GDP: Gross Domestic Product)'이다. 이는 기업들이 1년간 생산한 모든 상품과 서비스의 총합을 말한다. 이 수치가 행복의 측정수치로 사용되면서 오로지 경제력이 행복을 결정하는 것처럼 회자되어 왔다. 그러나 이 지표에서는 행복의 질을 결정하는 국가적 안전, 환경의 질, 노동의 조건, 사회체제 등이 고려되지 않고 있다. 국민총생산이 행복과 직접적인 관련이 있는 이유는 복지제도 때문인데, 경제력이 강화될수록 복지제도는 다양화될 수 있기 때문이다. 그러나 이러한 문제들에 착안해서 삶의 질이 문제 되기 시작하였고, 새로운 행복의 측정방법으로 GHP(Gross Happiness Product)가 등장하였다. 부탄이 선도적으로 이를 국가정책의 기조로 채택하였으며, 그 후 UN을 비롯해서 대부분의 국가들이 이를 사용하기에 이르렀다. 한마디로 이는 경제가 행복의 유일한 요소가 아님을 반증하는 것이다.

그러므로 노후를 위한 경제력은 적정선에서 준비하면 되고, 필요 이상의 부를 축적하려는 '탐욕'은 금물이다. 돈은 많을수록 좋다는 생각은 욕망의 산물이다. 인간의 욕망은 바닷물을 마시는 것과 같아서 마실수록 목이 타므로 계속 마시게 된다. 돈을 비타민에 비유하기도 한다. 비타민은 건강에 반드시 필요한 요소이지만, 과도하게 섭취하면 건강에 오히려 안 좋다. 돈을 벌고 증식시키고 관리하느라 모든 시간과 에너지를 소비해야 하므로 돈을 많이 버는 것은 스스로를 물질의 노예로 만든다. 인간이 돈의 주인이 되어야지 돈의 노예가 되어서는 안 된다. 돈을 유용하게 쓰지 못하고 버는 데만 인생을 거는 것은 허망한 일이다.

돈이면 만사형통이라는 생각을 할 수 있지만, 돈으로 살 수 없는 것들이 있다. 가정·건강·사랑·존경·수면 등이 그것들이다. 진정한 행복은 돈이 아니라 이와 같은 다른 기본적 재화에서 찾아야 한다. 행복은 소유라는 외적 요소가 아니라 만족할 줄 아는 내적 요소에서 발견해야 한다. 물질은 소유가 아니라 향유에서 행복을 찾아야 한다. 행복의 비결은 필요한 것을 얼마나 가지고 있느냐가 아니라 불필요한 것에서 얼마나 자유로운가에 달려 있다.(법정 스님) 재산을 다른 사람과 비교하는 것은 금물이다. 소유욕만 덜어내면 마음의 평화를 얻게 되어 행복을 누릴 수 있다.

동남아시아의 한 어촌에서 어부가 고기 몇 마리를 잡고 집으로 돌아가려고 하자 이를 본 서양인이 물었다. 더 잡아서 갖다 팔면 돈을 벌 수 있지 않느냐고. 그러자 그 어부는 "이 정도면 우리 식구들이 먹기에 충분하다."라고 했다. 잡은 고기에 만족하면서 돌아서는 그 어부는 가진 것에 만족할 줄 알기에 행복한 것이다. 노년에는 작은 것에 만족할 줄 알기에 공감이 간다. 돈은 부족해도 문제이고, 넘쳐도 문제이다. 과유불급의 원칙은 부에도 적용된다. 그러므로 가진 것에 만족하면서 진정한 행복을 누리는 것이 성공한 인생이다.

7. '주어진 것에 만족'하며 사는 것이 행복으로 가는 길이다

무제한의 소비는 행복을 만드는 것이 아니라 오히려 불행을 초래

할 수 있다. 소유를 추구하다 보면 소유물이 자신을 소유하고 만다. 필요한 만큼 누리며 살면 되지, 욕망의 노예가 되면 불행을 자초한다. 자제하면서 건전한 소비생활을 하는 것이 행복으로 가는 길이다. 극단적인 예이지만, 영화 '인생은 아름다워'의 주인공 로베르토 베니니는 수용소 안에서도 행복하다고 고백했다. 주어진 환경에서 삶을 누릴 수 있는 최소한의 조건만 갖추어져도 행복해질 수 있다는 이야기로 욕망의 노예가 되지 말고, 참된 가치를 추구하면서 살라는 교훈이다. 노년에는 단순하게 사는 것이 여러 가지로 좋다. 불행은 만족할 줄 모르는 탐욕에서 나오고, 모든 행복의 근원은 스스로 만족하는 데서 나온다.

법정 스님은 무소유를 설교할 뿐 아니라 몸소 실천하면서 모범을 보여주고 저세상으로 가셨다. 무소유란 소유 그 자체를 부정하는 개념이 아니라 필요한 만큼만 소유하고 그 이상의 욕심을 버리라는 금언이다. 이는 권력이나 명예나 성에도 적용된다. 무소유란 '나무처럼 사는 것'이라고 한다. "나무는 '나' 홀로 '무'언의 침묵을 미덕으로 살아간다"는 뜻으로 풀이된다. 나무는 생존에 필요한 최소한의 뿌리와 가지 그리고 잎만 가지고 삶을 이끌어간다. 생존에 필요한 그 이상의 것을 가지려고 하지 않는다. 나무를 가꾸는 사람들은 더 자라고 열매를 많이 맺을 수 있도록 일 년에 한 번씩 가지치기를 해준다.

이처럼 무소유란 아무것도 소유하지 않는다는 뜻이 아니라 꼭 필요한 만큼 소유하면서 자유롭게 누리면서 사는 삶을 의미한다. 필요한 만큼 소유하고, 많은 것을 이웃과 공유하며, 사회에 기여하는 것이 가치 있는 삶이다. 소유욕을 버리고 물질로부터 해방될 때 진정한 자유로움을 누릴 수 있다. 가진 것에 만족하는 삶이 행복한 인생이다. 자신에 만족하면서 살면 행복해진다. '빈손'이 윤리적인 이유는 다른 사람의 손을 잡을 수 있기 때문이다. 노년에는 절약을 미덕으로 알고 살고, 효율적인 소비생활을 함으로써 평범한 생활에서 만족하며 살 수 있다. 청빈한 삶, 절제하는 생활, 함께 나누며 사는 마음: 그것이 공동사회의 가치이고, 그런 생활 속에서 참된 행복을 느끼며 사는 것이 노년의 미덕이고, 의미 있는 인생을 사는 것이다.

8. 소유보다 '향유'가 더 중요하다

중요한 것은 소유가 아니라 '향유'라는 것을 깨닫게 될 때 진정한 행복은 찾아온다. 향유를 통해 경험을 쌓는 것이 행복을 건축하는 것이다. 찰스 스펄전은 "행복을 만드는 것은 얼마나 많이 가졌는가가 아니라 얼마나 즐길 수 있느냐?"라고 했다. 돈을 많이 벌고 가진 것이 많다고 하더라도 누리지 못하면 그 부가 무슨 의미가 있겠는가? 돈은 버는 것보다 어떻게 사용하느냐에 그 진가가 있다. 부의 진정한 가치를 깨닫는 것이 행복으로 가는 길이다. 노년에는 가진 것을 누리고 나누면서 즐겁게 사는 것이 행복의 비결이다.

프롬은 인간의 삶의 방식으로 소유와 존재의 두 양식을 들고 있다. 인간은 소유욕을 가지고 만족을 얻기 위해 경쟁을 하면서 행복을 추구해간다. 이에 대해 존재 양식은 소유하려고 갈망하지 않으면서 내면적으로 만족하고 성장하는 동시에 다른 사람들을 위해 봉사하고 희생하는 태도를 말한다. 인간은 두 가지 성향을 동시에 가지고 있다. 어느 쪽을 선택하느냐에 따라 사고·감정·행위 등 삶의 방식이 달라진다. 프롬은 소유욕을 성취시키는 만족만을 추구하면 결국 행복을 잃게 되므로 어떻게 사용하며 보람 있는 삶을 살 것인가의 존재 양식을 중요시하고 있다.

돈을 벌고 나면 더 이상 기대할 것이 없어지므로 인생이 허무해진다. 벌어놓은 돈을 현명하게 쓰는 방법을 알아야 한다. 소비는 짧은 행복을 줄 뿐이다. 부자가 행복하게 돈을 쓰는 방법으로 소냐 류보머스키는 '욕구를 충족시키는 활동에 써라', '자신이 아닌 다른 사람을 위해 써라', '시간을 벌기 위해 써라', '돈을 지금 지불하되, 기다리는 기쁨을 누려라' 등을 들고 있다. 하노 벡과 알로이스 프린츠는 '상품 대신 경험을 구매하라', '다른 사람을 위해 돈을 써라', '큰 것보다 작은 것을 사라', '구매할 때는 소소한 일상을 고려하라' 등을 들고 있다. 쾌락을 추구하는 데 쓰지 않고 의미 있는 곳에 사용하는 것이 더 기쁨을 준다. "버리지 못하면 떠날 수 없습니다. 툭툭 털어버리고 가장 값어치 있는 일에 몸과 마음을 던지세요. 하루에 갈 수 있는 만큼 조금씩 행복을 즐기며 인생을 항해하세요!" 어느 스님의 경구다.

인천에서 덕적도 가는 중간에 위치한 자월도에 갔을 때 얻은 교훈이다. 다른 조그만 섬과 연결되어 있는 구름다리에서 바다를 바라보기 위해 걸어서 갔다. 조그만 마을을 가로질러 나지막한 산길을 올라가 정상에서 뒤를 돌아다보았다. 푸른 하늘이 내려와 바다에 누워 있고, 푸른 바다는 가슴 조이며 출렁거리고 있다. 산속에 누워 있는 자궁처럼 생긴 조그만 마을이 한눈에 들어온다. 시원한 바람이 가슴을 식혀준다. 자연에 취해 내 마음은 몽롱해진다. 그래, 지금 자연을 이처럼 누리면 되지 이 섬을 소유한들 누리지 못하면 무슨 의미가 있겠는가?

그 순간 소유보다 '향유'가 중요하다는 사실을 깨닫고 무한한 행복을 누린 기억이 되살아난다. 여행자는 가능한 한 짐을 줄이고 가벼운 가방을 메고 걸어야 즐겁게 여행할 수 있다. 짐을 줄일수록 발걸음은 가벼워진다. 이것이 여행이 주는 교훈이다. 노년에는 여행자의 심경으로 삶을 가볍게 하면서 사는 것이 행복을 키우는 방법이다. 소유로부터 해방되는 것이 진정한 자유를 누릴 수 있는 조건이다. 진정한 행복은 소유에 있지 아니하고 향유에 있으며, 주어진 것을 즐기는 데 있음을 깨닫고 실천할 때 행복은 날개를 펴고 세상을 비행할 것이다. 노년의 행복은 이처럼 소유에 관심을 두지 않고, 가진 것을 누리는 데 있다.

9. 주택은 '안식과 행복'으로 채워야 한다

노년에게는 집이야말로 삶의 보금자리로서 안정감을 주지만, 또한 발병하거나 사고가 일어날 수 있는 위험한 곳이기도 하다. 특히 노년에는 대부분의 시간을 집에서 보내므로 어떤 집을 선택할 것인가가 더 중요하다. 따라서 은퇴하게 되면 행복한 노후를 위해 어디에서 살 것인가가 중요한 문제인데, 노년에는 살아오던 집이 친숙하고, 프라이버시를 보장 받거나 인간관계를 유지하기 위해 이사를 기피하는 경향이 있다.

그 판단기준은 건강 상태, 병원 접근성, 생활의 편리성, 문화생활과 자녀와의 관계 등이 된다. 노년에 살 수 있는 지역은 안정성이 우선이고, 환경이 좋을수록 좋으며, 생활을 편리하게 할 수 있고, 의료 서비스의 접근성이 중요하다. 시골에서 전원형 실버타운에 살면서 전원생활을 할 것인가, 도시에서 도시형 실버타운에서 문화생활을 즐길 것인가에 따라 결정된다. 시골에 살면 자연친화적이고 물가가 싸며 평화스럽게 살 수 있지만, 생활이 무료해지거나 스스로 모든 것을 해결해야 하고 의료서비스 접근이 힘든 문제들이 있다.

그 반면 도시에 살면 문화생활을 누릴 수 있고 대형병원이 가까이 있으며 인간관계를 유지하기가 쉽지만, 공해 등 생활환경이 안 좋고 물가가 비싸며 주변 환경이 복잡하다. 그런데 양자를 모두 누리기 위해 서울에서 한 시간 정도 걸리는 곳에 있는 도시근교형 실버타운을 선호하는 경향이 있다. 또한 자녀들과의 교류를 편리하게 만들기 위해 가까운 곳에 집을 구하는 경향이 있다. 어느 곳을 선택할 것인가는 단지 논리적으로 장점이 많은 곳을 선택할 문제가 아니라 자신의 능력과 소망에 따라 선택할 문제이다. 선택한 후에는 그곳에서 적응하면서 노년을 즐겁게 사는 것이 만년의 행복을 누리는 길이다.

노년에 이사를 하려는 이유는 여러 가지가 있다. 우선 가장 중요한 이유가 노후를 편안하게 즐기며 살 수 있는 곳으로 이사 가는 것이다. 여가생활을 즐길 수 있는 환경이 갖추어진 곳이 좋을 것이다. 물론 그 환경은 골프·등산·낚시 등 무엇을 원하는가에 따라 달라진다. 생활비를 줄이고 삶의 규모를 적게 만들기 위해 생활비가 적게 드는 곳으로 이사할 수 있다. 건강상 이유로 날씨나 기후가 좋은 곳을 찾아갈 수 있다. 이러한 이유로 동남아시아로 이주하거나 계절별로 오가는 사람들이 늘고 있다. 가족과 가까이 살거나 많은 사람들과 교류를 할 수 있는 곳으로 가기도 한다. 의료서비스를 잘 받을 수 있는 지역으로 이사하기도 한다. 최근에는 함께 삶으로써 고독을 극복하고 생활의 협동을 기하기 위해 공공주택을 선호하기도 한다. 노년에는 큰 집에서 사는 것이 바람직하지 않고 집을 생활하는 공간으로 인식해서 적절한 규모로 줄여야 한다. 노년의 경우에는 집의 규모가 중요한 것이 아니라 집의 기능이 중요하다. 살아가는 데 필요한 최소한의 공간에 필요한 것들이 갖추어져 있으면 된다. 영화 타이니는 "작은 집을 선택함으로써 얻는 가장 중요한 자산은 바로 자유다. 작게 살면 세상이 커진다. 지금은 온 세상이 내 거실이다."라고 한다. 이제는 집의 기능이 주거공간에서 여가생활을 즐기는 공간으로 변하고 있으므로 '분위기'가 중요하다. 집의 노예가 되어 행복을 잃어가지 말고, 집의 주인공이 되어 즐기면서 살 수 있는 최적공간으로 만드는 것이 노년의 행복을 누리는 방법이다.

그런데 질병이 있거나 노화로 치료나 간호가 필요한 노인들의 경우에는 어떤 시설을 선택해야 할 것인가가 중요하다. 자택에서 그 서비스를 받을 것인가 아니면 서비스시설로 가야 할 것인가, 양로원·요양원·요양병원 중 어디로 갈 것인가가 마지막 길에 중요한 선택에 해당한다. 이들 모든 문제는 자신의 경제적 능력과 소망에 따라 선택할 문제이다. 오늘날 노년을 위한 공공주택과 거주지역이 형성되고 있다. 문화생활을 할 수 있고 의료서비스가 제공되는 복합적 공동체 시설이 이상적일 수 있지만, 비용이 너무 비싼 것이 문제다. 노년의 주택문제는 이처럼 기능성 중심으로 자신의 조건에 맞게 빨리 해결되어야 할 것이다.

10. 진정한 부자는 '마음의 부자'이다

돈은 가치척도·교환·보관 등 삶을 위한 수단으로 만들어진 것인데, 오늘날에는 물질만능주의가 만연되어 인생의 목표가 되었다. 더 많은 것을 소유하려는 욕망이 인생을 지배하고 있다. 그 대상은 돈·명예·권력·성 등 행복의 외부적 조건으로 이들을 얻기 위해 사람들은 인생을 건다. 돈을 신처럼 최고의 권력으로 보는 현대인들의 관습이 있는데, 이를 티머시 켈러는 '거짓 신'이라고 부른다. 그래서 '돈교'가 세상을, 아니 종교까지도 지배하고 있다. 돈이 지배하는 사회에서는 인간이 타락하기 쉽고, 인간의 고유한 가치가 존중받지 못한다.

돈이 인생의 유일한 목표가 될 때 돈은 더 이상 행복을 가져다주지 못한다. 돈의 가치를 다른 가치보다 위에 놓게 되면 돈 버는 데 인생의 목표를 두므로 사람이 돈의 노예가 될 수 있다. 그 과정에서 시간·에너지·건강 등을 바치면서 사소한 행복들을 모두 잃게 되고, 돈을 벌고 나면 행복해지는 것이 아니라 오히려 허탈하게 된다. 벌기만 하고 쓰지도 못하며, 저세상으로 가지고 가지 못하니 그 돈은 잉여자금이라고나 할까, 효용가치가 사실상 제로이다.

재벌이 결코 중산층보다 행복하지 못하다는 사실을 명심하자. 재벌은 돈을 벌기 위해 인생을 바침으로써 그 욕망은 끝을 모르고, 돈을 벌고 나면 일시적 성취감은 누리지만 인생이 허망해진다. 돈의 노예가 되면 일시적인 환락을 누릴 수 있지만, 결국 인생의 파멸을 불러와 불행을 초래하고 만다. 진정한 부자는 물질의 부자가 아니라 '마음의 부자'이다. 마음의 그릇은 '덕'이고, 덕은 나누는 일이다.(이반 일리히) 마음이 충만할 때 세상을 품을 수 있는 능력이 생긴다. 마음을 비울 때 그 공간을 행복으로 채울 수 있다. 마음은 돈이 채우는 것이 아니라 여유와 의미가 채우는 것이다.

에리히 프롬은 행복해지기 위해서는 소유를 중시하는 '소유형 인간'에서 사랑·배움·나눔 등을 추구하는 '존재형 인간'으로 삶의 자세를 바꿔야 한다고 주장한다. 소유의 가치보다 존재의 가치가 더 중요하다는 말이다. 물질을 소유하는 것이 아니라 의미 있는 일을 추구하는 것이 행복으로 가는 길이다. 가진 것과 이룬 것에 만족하면서 '마음의 평화'에 도달하는 것이 지속적인 행복을 누리는 길이다. 노년에는 욕망을 줄이고 살기 때문에 비교적 쉽게 이러한 행복을 누릴 수 있게 된다. 이것이 노년의 성향이요, 특권이다.

11. 행복은 '마음먹기'에 달려 있다

어느 날 아침 꿈에서 깨어났다. 복권 1등에 당첨되었는데, 상금이 8억 원이란다. 당첨금을 타려고 찾아가 왜 상금이 다른 때보다 적으냐고 항의를 하고 있는데, 사람들이 몰려들어 잠에서 깼다. 다음 날 아침에 주례를 서러 가기 위해 옷을 입으면서 아내에게 꿈 이야기를 하니 복권 한 장을 사보란다. 나는 생각할 여유도 없이 즉각적으로 단호하게 거절하고 사지 않았다. 복권을 샀다가 당첨이 안 되면 아름다운 꿈이 개꿈이 되고 말 테니까.

그런 행운을 나는 믿지 않는다. 초등학교 때 학생들에게 구호물자를 나눠주는데, 물건들이 다르니까 제비뽑기로 결정을 하였다. 학생은 60명인데 선물은 59개이므로 한 사람에게는 아무것도 돌아가지 않는다. 그때 꽝을 뽑은 경험 때문에 그 뒤부터 복권을 사지 않을 뿐 아니라 절대로 공짜 행운을 기대하지 않았다. 모든 것은 노력의 대가로만 얻기로 굳게 마음먹은 기억이 새록새록 떠오른다.

그 돈 8억 원은 허황된 것으로 치부하고 잊어버릴 수 있다. 그러나 나는 평생 한 번도 만져보지 못한 거금이라 꿈속 은행에 저축해 두었다. 사람들을 만났을 때 꿈 이야기를 하면서 대화의 소재로 사용하고 있다. 그 돈은 항상 상상 속에서 사용하며 즐기고 있는데, 아무리 사용해도 잔고는 줄어들지 않는다. 죽을 때까지 사용해도 그 돈은 아름다운 스토리로 남아 있을 것이다. 그래서 나는 아무도 모르는 부자다. '정신적 부자.'

이처럼 행복은 무엇이 있든가 무슨 일이 생겨야 오는 것은 아니고, 상상 속에서도 만들 수 있다. 그때 깨닫게 되었다. 행복은 만드는 것이고, 생각하기 나름이라는 것을! 그 후부터 나는 상상을 통한 그리움으로 행복을 만들어가니 바로 이곳이 천국임을 느끼며 살고 있다. 행복을 밖에서 찾지 말고, 자신 안에서 찾아야 행복은 언제나 함께 있다. 행복은 마음먹기에 달려 있는 것이다. 노년에 이러한 추억을 가지고 있다는 사실만으로도 행복 한 조각을 지니고 있는 셈이다.

12. 자식에게 '과도한 투자'를 하지 말라

노후자금을 마련하지 못하면서 번 돈은 자식에게 다 쏟아붓고 자신의 노년을 자식에게 의탁하고자 하는 것은 어리석은 일이다. 젊은이들은 노년의 부모들을 모신다는 관념이 사라지고 있다. 단지 불효의 문제가 아니라 가치관이 바뀌고 있다. 재산을 모두 자식들에게 넘겨주면 그 순간부터 천덕꾸러기가 된다. 장래 어떻게 될지는 아무도 예측할 수 없으므로 이것은 결코 보험이 될 수 없다. 법적으로 아무런 책임이 따르지 않고, 양심만 믿어야 하는데 마음은 변한다. 상황이 바뀌어서 그럴 수도 있고, 마음이 변해서 그럴 수도 있다. 절대로 인간의 마음은 믿지 말라.

우리나라 부모들은 자녀들에 대한 과잉보호가 큰 사회적 문제를 일으키고 있다. 자녀들의 교육비와 결혼 비용 심지어는 주택 마련 때문에 허리가 휠 지경이다. 필요한 최소한의 비용은 지원해야 하지만 능력이 허락하는 범위에서 해야 하지 과도한 투자는 금물이다. 남들보다 잘되게 하기 위해 교육에 열을 올린다. 그러나 자식의 능력이나 소질을 감안해서 그 방향으로 키워야 하지, 무조건 최고의 인물로 키우겠다고 욕심을 부려서는 안 된다. 남의 이목을 두려워해서 과도한 예식 비용을 사용하는 것도 바람직하지 않다. 조촐하면서 의미 있는 결혼식을 올리는 것은 얼마나 아름다운가?

무조건 사업자금을 준다는 것은 위험천만한 일이다. 신중을 기해야 한다. 과도한 증여나 상속도 피해야 한다. 이러한 것들이 모두 자식에 대한 사랑이라고 생각하고 본능적으로 행하는 경향이 있다. 그러나 그것은 현명한 사랑도 아니고, 교육상으로도 좋지 않다. 이제 서양처럼 성년이 되기 전까지만 부모들이 양육을 하고, 성년이 되면 독립시키는 방향으로 바뀌어야 한다. 자기 인생의 짐은 스스로 짊어지고 세상을 건너가야 한다.

경제 교육을 시켜 올바른 경제관념을 가지고 건전한 생활을 할 수 있도록 해야 한다. 물고기 잡는 방법을 가르쳐 주어야지 직접 물고기를 잡아서 주는 것은 좋은 방법이 아니다. 유대인들은 자식들에게 독립적으로 생활할 수 있도록 교육을 철저하게 시켜서 자생력을 키워주지, 상속은 시키지 않는다. 과도하게 투자를 해서 자신의 노후자금을 없앤다는 것은 절대로 해서는 안 되고, 자산 관리를 잘 해서 손에 항상 자금을 쥐고 있어야 한다. 돈이 있어야 인간관계를 관리할 수 있고, 사람들이 가깝게 모인다. 자식들로부터 효도를 받기 위해서도 돈이 필수적이다. 돈이 없으면 인생길이 더 허무해진다.

13. 노년에는 '다 쓰다 간다'는 자세로 살아야 한다

인간은 빈손으로 왔다가 빈손으로 돌아가는 존재이다. 어느 부자가 죽을 때 유언을 하였다. "염을 하고 입관할 때 두 손에 악수를 끼우지 말고 관의 양면에 구멍을 뚫고 두 손을 그 구멍 밖으로 내어놓아라. 그리하여 행인들로 하여금 내가 빈손으로 돌아간다는 것을 보도록 하라."(청구야담) 인간은 결국 빈손으로 돌아가는데, 무거운 짐을 내려놓지 못하고 평생 고생을 하며 살아가고 있다. 끝없는 욕망 때문이다. 나이가 든다는 것은 욕심을 덜어내는 것이다. 물질로부터 해방되는 것이 노년의 덕목이다. 노년에는 나머지 재산과 에너지를 다 쓰고 간다는 생각으로 베풀고 봉사하며 사는 것이 최고의 행복이다.

하우스 푸어(house poor): 집을 가지고 있으면서 빈곤에 시달리는 것은 어리석은 일이다. 주택연금이란 제도를 적극적으로 활용하여 경제적 빈곤에서 탈출할 필요가 있다. '주택연금'이란 자신 소유의 집을 금융기관에 맡기고 매월 일정한 돈을 연금처럼 받는 제도를 말한다. 이는 자기 집에서 계속 살 수 있으면서 일정액의 생활비를 받음에 따라 다른 사람들로부터 자금 지원을 받지 않아도 된다. 받는 총액은 가입 당시 집값 범위 안에서 결정되는데, 사망 시까지 원리금 상환이 다 이루어지지 아니한 경우에는 그 차액은 유족에게 상속된다.

자본주의사회에서 상속제도 자체를 부정할 수는 없다. 그러므로 적정한 선에서 상속은 시키되, 나머지 재산은 서양처럼 사회에 환원하는 관행이 생겨야 한다. 공동체적 가치를 실현하고 사회정의를 이루기 위해서. 아직 우리나라 사람들의 의식은 이 단계에 이르지 못하고 있다. 수단과 방법을 가리지 않고 상속을 시키려다 들통나는 사례들이 언론에 회자되고 있지 아니한가? 유산은 남기지 않고 사망하는 것이 자녀들 간의 분쟁의 씨앗을 없애는 방법이다. 상속을 많이 받은 자녀들은 돈의 가치를 모르고 관리할 줄 몰라 전 재산을 날리는 경우들이 종종 발생한다.

유대인들은 유산을 남기지 말고 교육에 투자하라고 권고한다. 물고기를 잡아서 주지 말고 물고기 잡는 법을 가르쳐주라는 말이다. 모든 재산을 상속시키고 자기 노후를 의탁하게 되면 실망하게 된다. 유산은 자식들에게 공평하게 배분해야 분쟁이 안 생긴다. 분쟁을 막기 위해서는 죽기 전에 상속분에 관하여 합의를 해놓는 것이 좋다. 상속분은 변호사 공탁을 받아 비밀금고에 보관하고, 사후에 공개하는 것이 좋다. 그러므로 돈은 자신이 다 쓰고 간다는 각오로 의미 있는 일에 사용하도록 하는 것이 필요하다. 그리하여 공동체적 행복을 누리는 것이 최고의 행복이다.

14. 돈은 '의미 있는 일'을 위해 사용할 때 더 행복해 진다

돈을 의미 있는 일에 사용하면 그의 인생은 행복해진다. 무조건

돈을 아끼는 것은 바람직하지 않다. 돈은 개처럼 벌어서 정승처럼 쓰라는 우리 속담이 있지 아니한가? 돈은 물건을 사는 것보다 좋은 사람과 식사를 하거나 예술 관람을 하는 등 의미 있는 경험에 투자할 때 더 보람을 느끼고 그 기억은 오래간다. 돈은 보람되게 사용하는 것이 의미 있는 인생이다. 돈은 어떻게 사용하느냐에 따라 그 의미가 달라진다. 스마일스는 악의 근원을 이루는 것은 돈 그 자체가 아니라 돈에 대한 사랑이라고 했다. 돈을 사랑하면 돈을 좇게 되고, 탐욕을 자초하게 되어 결국 불행을 초래한다. "중요한 것은 무엇이 주어졌느냐가 아니라 주어진 것을 어떻게 활용하느냐에 달려 있다."(아들러) 돈으로 횡포를 부리거나 돈을 남용해서는 안 된다. 돈을 유용하게 사용하는 것이 행복으로 가는 길이다.

노년에는 덕을 베푸는 것이 특히 중요하다. 가슴이 뜨거우면 선을 행하게 되고, 그 반대급부로써 행복이 돌아온다. 자신이 번 돈을 직접 사용하면서 행복을 추구하는 것이 바람직하다. 돈은 다른 누군가를 위해, 새로운 경험을 위해, 좋은 시간을 위해 사용할 때 행복지수는 올라간다. 여러 사회조사에서 나타났듯이 사람들은 다른 사람을 위해 돈을 쓸 때 자신을 위해 쓸 때보다 더 큰 행복을 느낀다. 여행이나 박물관 관람 등 새로운 경험을 위해 돈을 쓸 때 다른 곳에 쓰는 것보다 행복감은 더 오래 지속되고 보람을 느낀다. 가족이나 친구들에게 시간과 돈을 쓸 때 행복은 자란다. 기부·나눔·봉사 등의 공동체적 가치를 위해 돈을 쓸 때 사람들은 가장 행복을 느낀다는 사회조사가 있다.

상속은 좋지 않은 결과를 가져온다는 연구결과가 있다. 상속을 포기하고, 의미 있는 곳과 일에 사용하는 것이 본인과 자식의 행복을 위해서나 공동체의 행복을 위해 바람직하다. 조지 소로스, 빌 게이츠, 워런 버핏 등이 보여주는 것처럼 돈을 의미 있는 일에 사용할 때 행복도는 높아진다. 그런데 보상을 기대하며 타인을 돕는 것은 금물이다. 그러한 보상심리는 기대를 충족시키지 못하게 되면 배은망덕하다고 생각하게 되어 오히려 불행을 자초하게 된다. 그냥 주는 데서 행복을 느끼고 만족해야 한다. 이처럼 의미 있는 일에 돈을 사용하면서 행복을 키우고 가꿔가는 것이 참다운 인생길이다.

15. 노년에는 '기부와 나눔'에 동참하는 것이 최고의 행복이다

인간은 빈손으로 왔다가 빈손으로 돌아가는 존재이다. 인간은 결국 빈손으로 돌아가는데, 벌어놓은 재산을 지키려고 안간힘을 쓰는 것은 어리석은 짓이다. 공동체가 이상적으로 작동하기 위해서는 이웃에 대한 관심, 배려와 사랑(인간애)을 바탕으로 이루어져야 한다. 이들은 사회적 약자를 보호함으로써 공생을 가능케 하는 사회정의를 실현하는 방법이다. 나눔은 능력이 아니라 관심에서 나오는 것이다. 많은 사람들은 나눠줄 것이 없다고 하지만, 줄 것은 웃음·칭찬·포옹·시간·봉사 등 얼마든지 있다.

불교에서는 물질이 아니라도 베풀 수 있는 7가지 보시가 있다고 하는데, 이를 무재칠시(無財七施)라고 부른다. 이들은 부드럽고 편안한 눈빛, 자비스럽고 미소 띤 얼굴, 공손하고 아름다운 말씨, 친절하고 부드러운 행동, 착하고 어진 마음, 편한 자리를 양보하는 자세, 잠자리를 제공하는 배려 등이다. "이 세상에서 참다운 행복은 남에게 받는 것이 아니라 남에게 주는 것이다. 그것이 물질적이든 정신적이든 크든 적든 간에 인간에게 있어서 가장 아름다운 행동이기 때문이다."(아나톨 프랑스) 나눔을 실천하는 자가 마음의 부자이고, 덕을 베풀면서 공동체 가치를 실천하는 것이다.

기부행위는 사회적 약자를 돕고 함께 살 수 있는 환경을 조성하는 사랑의 표현이다. 영화배우 오드리 헵번은 "한 손은 나 자신을 돕기 위한 것이고, 다른 손은 남을 돕기 위한 것"이라고 했다. 자본주의사회는 경쟁이 심하기 때문에 빈부 차이가 심화되고, 빈곤이 중요한 사회적 문제로 제기된다. 모든 사람이 승자가 되는 'win-win' 사회는 지구상에는 존재하지 않는다. 그래서 국가는 조세제도를 통해 부를 재분배하고, 복지제도를 통해 사회적 약자를 지원하지만, 제대로 해결되지 않는다. 이러한 사회적 약점을 보완하는 하나의 방법이 '기부'이다. 록펠러와 카네기는 기부문화를 만든 사람들인데, 그들은 돈을 축적하는 것이 아니라 돈을 나눠줄 때 더 행복을 느꼈다고 한다.

우리나라에서도 아름다운 기부행위가 점차 확산되고 있다. 돈이 많아서 기부하는 것이 아니라 공동체 가치를 실현하기 위해 여러 가지 형태로 기부를 하고 있다. 20년째 붕어빵 노점을 하며 매월 30만 원씩 사회복지공동모금회 계좌로 입금을 하는 사람이 있다(김흥만, 61세). 120만 원 정도의 적은 월수입에서 4분의 1을 매월 쾌척한다. 그 대상은 조부모와 함께 사는 한 학생의 학비로 사용된다. "꼭 돈이 많아야 남을 도울 수 있는 건 아니잖아요."라면서. 어린 시절 가난했던 그는 초등학교를 졸업하면서 생업을 시작하여 여러 가지 일을 해왔다. 그는 조금 벌더라도 의미 있는 일을 하기 위해 기부를 시작했다고 한다. 아름다운 기부는 한 학생이 고등교육을 받아 사회에 나갈 수 있도록 하였고, 그는 보람 속에 마음에 행복을 저축하고 있다.

빌 게이츠 마이크로소프트 회장은 32조에 이르는 기부를 하였으며, 마크 저커버그 페이스북 CEO도 자기 주식(52조 원)의 99%를 기부하겠다고 약속했다. 페이스북 CEO 저커버그(32세)와 소아과 의사 프리실라 챈(31세) 부부는 질병 퇴치를 위한 연구에 10년간 30억 달러(약 3조 3천억 원)를 기부한다고 발표했다. 자식들에게 물려주는 것보다 사회에 환원시키는 것이 정당하다고 생각하기 때문이다. 그 이유는 개인적 부로 남겨주는 것보다 사회 환경을 개선하는 데 사용함으로써 더 살기 좋은 세상을 만들고자 하는 것이다. 이러한 행복은 스스로 경험을 통해서만 얻을 수 있으므로 기부를 통해 행복을 키워가는 것이 성공한 인생이다. 기쁨으로 나눔을 몸소 실천하는 이들이야말로 '마음의 부자'이고, 가장 높은 단계의 행복을 누리는 것이다.

16. 준비 안 된 노년들을 위해서는 '사회보장제도'를 통해 최소한의 행복의 기초를 닦아주어야 한다

벤담의 공리주의는 '최대다수의 최대행복'이라는 집단적 행복을 주장하고 있는데, 이는 사회 전체의 이익을 극대화시키는 것을 목표로 한다. 근대국가는 이를 국가정책의 기조로 삼고, 사회보장제도를 통해 그 목표를 실현하고자 하였다. 그리고 삶의 만족도를 측정하기 위한 지표로 GDP(국민총생산)를 사용하였다. 그런데 경제력이 최소한 갖추어져야 행복을 누릴 수 있지만, GDP가 높을수록 행복지수가 올라가지는 않으므로 오늘날 GHP(국민행복총생산)를 행복의 측정방법으로 활용하고 있다.

국가는 복지 향상을 통해 개인의 행복을 추구할 수 있는 조건을 만들어줄 수 있지만, 모든 개인을 행복하게 만들 수는 없다. 공리주의는 쾌락을 행복의 유일한 요소로 보고, 행복의 다른 요소들을 외면하고 있기 때문에 오늘날 합리적인 행복철학으로 받아들이지 않는다. 또한 공리주의는 개인의 자유를 제한하지 않으면 불가능하므로 개인의 인권을 침해할 수 있다는 자유주의적 관점에서 비판을 받아왔다. 그러나 국민의 '최대의 행복'을 목표로 하는 복지국가에서는 '최대다수의 최대행복'은 여전히 유효한 정책목표이지만, 국가의 임무는 노년들이 행복을 추구할 수 있는 '틀'만 제공할 뿐, 궁극적인 책임은 개인에게 있다.

우리나라도 복지국가로서 국민들의 행복을 정책지표로서 표방하기 시작하였지만, 유럽 국가들에 비해 일천하고 경제적 능력이 충분치 못하므로 아직 노년들을 위한 복지정책은 충분하게 개발되지 않았다. 노인복지정책은 크게 사회보장제도와 사회적 서비스 프로그램으로 나눠볼 수 있다. 복지제도에는 연금을 비롯하여 각종의 보험제도가 있다. 노년을 위한 공적부조제도로 국민기초생활보장과 기초노령연금 등이 있으며, 간접적 지원방법으로 경로우대제도와 세금혜택 등이 있다. 나아가 정부는 장기요양제도, 요양보호사제도, 실버타운 등을 적극적으로 광범하게 추진해야 할 것이다. 그 밖에 노년을 위한 사회적 서비스 프로그램과 복지시설들이 있다.

이러한 복지제도는 '행복의 분배'로서 오른쪽 주머니에 있는 것을 왼쪽 주머니로 옮기는 것이다.(하노 벡) 사회보장제도는 결국 국민들의 세금으로 재원을 조달해야 하므로 경제발전이 뒷받침하지 않으면 공염불에 지나지 않는다. 파이를 키워야 더 큰 몫을 나눠줄 수 있지 아니한가? 그런데 분배정책과 복지 분야에만 골몰하게 되면 일시적으로는 복지제도를 활성화시킬 수 있지만, 경제발전이 수반되지 않으면 그 한계를 드러내고 만다. 현 정부가 정책기조로 하고 있는 소주성(소득주도성장) 정책이 그것이다.

사회보장제도가 잘 되어 있는 북유럽의 여러 나라들은 세금이 50%에 달하고 있다. 현 정부는 '출발은 평등, 과정은 공정, 결과는 정의'라는 정책기조를 표방하고 있지만, 그 길은 아직 멀다. 소주성 정책으로 경제가 침체됨에 따라 여러 가지 문제들을 안고 있다. 노년들의 경제적 어려움을 해결하기 위해 각종 복지제도를 활용하고 있지만, 국가부채만 늘어나고 근로정신이 무너지는 등 근본적인 문제를 일으키고 있다. 일자리가 최고의 복지이고, 경제성장이 그 전제인데, 그 전망이 어두우니 문제다. 지금 우리나라는 국민연금을 둘러싸고 갈등이 깊어가고 있다. 높은 부담과 수혜 연도의 늦춤은 국민들의 불신을 받고 있고, 높은 부담은 세대 간 갈등을 일으키고 있다. 이 딜레마를 해결하기 위해서는 솔로몬의 지혜가 필요한 시기이다.

제11장

노년의 '일': 의미 있는 일을 해야 마지막 보람을 느낀다

노동을 하는 일차적인 이유는 생존문제를 해결하기 위한 것이지만, 또한 그 이상의 의미를 가지고 있다. 의미 있는 삶을 산다는 것은 무슨 일을 하느냐에 달려 있는데, 가치 있는 일을 하면서 살면 보람된 인생이 된다. 노년에도 일을 하면서 살아가는 것이 고독을 극복하면서 행복으로 가는 길이다. 인간은 일을 함으로써 자신의 자아를 확인하고, 계속 자아의 완성을 추구하며 살아간다. 많은 시간을 일도 하지 않으면서 소비만 하게 되면 지루함과 게으름으로 인해 불행을 자초하게 된다. 일이란 돈을 버는 직업뿐 아니라 돈은 벌지 못하더라도 다른 모든 활동을 포함한다. 대체로 경제적 문제를 해결해놓은 노년들은 하고 싶은 일을 하면서 노년에 더 보람을 느끼며 행복하게 살 수 있다. 나아가 나눔과 봉사를 통해 이타적 행복을 누리면 그것이 한 차원 높은 행복으로 가는 길이요, 가장 이상적인 노년의 삶이 될 것이다.

1. 노년에도 무슨 '일'이든 해야 인생이 지루하지 않다

인생의 행복을 설계함에 있어서 필수적인 두 요소는 일과 사랑이며, 노후 설계에 있어서도 마찬가지다. 돈만 마련되면 노년이 행복해질 수 있는 것처럼 생각하는 사람들이 있는데, 돈이 행복의 최소한의 조건이지만 노년의 행복을 전부 해결해주지는 못한다. 남아 있는 시간과 에너지를 가지고 무엇을 하고 보낼 것인가에 대한 답을 얻어야 하는데, 그것이 '일'이다. 일의 목적은 돈이 아니라 가치에서 찾아야 한다. 노년에도 자기가 하고 싶은 일에 몰입할 때 기쁨과 보람을 느끼게 되고, 그 자체가 행복이다.

노년에도 직장은 없더라도 무엇인가 '일'을 찾아서 해야 한다. 어떤 일을 할 것인가는 '자신의 인생의 목표가 무엇인가?' '어떤 인생을 살 것인가?'에 따라 스스로 선택할 문제이다. 노년에는 새로운 일을 찾아 의미 있는 인생을 사는 것이 이상적이다. 호랑이는 죽어서 가죽을 남기고 사람은 죽어서 이름을 남긴다고 하지 않는가? 어떤 일을 하든지 간에 사회에 기여함으로써 이름을 남기는 것이 가장 보람 있고 의미 있는 일이다. 그 대가는 돈이 아니라 보람이요, 행복이다.

일은 신체와 정신 건강을 허락하고, 자존감을 높여주며, 낙관적 사고를 하게 만들고, 궁극적으로 건강한 노년을 보장해준다. 무엇보다 자신의 정체성을 세우고, 소속감을 느끼도록 만든다. 일이 없어서 논다는 것은 지옥생활과 다름없다. 일을 하지 않으면 무력감·공허감·지겨움·게으름 등이 생기고, 심한 경우에는 우울증에 걸리기도 한다. 취미생활을 하거나 여행을 다니거나 사랑을 하는 것도 그 시간을 다 책임지지 못한다. 사람들과의 만남을 통해 시간을 소비하는 것도 한계가 있다. 그러므로 노후에도 일을 계속하면서 시간을 보내는 것이 가장 이상적인 삶의 방식이다.

어느 정도 경제력을 갖춘 경우에는 굳이 돈 버는 데 더 시간을, 아니 인생을 투자할 필요가 없고, 새로운 인생계획을 세우고 출발하는 것이 바람직하다. 제2의 인생을 인간답게 누릴 수 있는 충분한 경제력을 마련한 노년들은 제1의 인생에서 하지 못한 일, 새로운 일, 의미 있는 일을 선택해서 할 수 있다. 그러나 경제문제가 해결되지 아니한 노년들은 생존을 위한 일을 계속할 수밖에 없다. 노년에게는 취업의 기회가 거의 없고, 창업을 하는 데는 위험이 도사리고 있으며, 연금이 나오지 않는 때에는 생존을 위한 경제문제가 가장 심각하다.

젊었을 때는 성공을 향하여 외면적 발전을 추구하지만, 노년에는 마음의 평화와 같은 내적 계발을 이루는 것이 행복으로 가는 길이다. 최종적으로 자아완성을 향하여 자신이 선택한 일을 계속하면서 사는 것이 성공으로 가는 길이다. 그러나 소망하는 직업을 얻을 수 없는 경우에는 눈높이를 낮추어서 일자리를 찾아야 한다. 전문성을 살려 계속 일할 수 있다면 행운이다. 은퇴하기 전에 새로운 일자리를 위해 자격증을 미리 얻거나 기술을 연마해두는 것이 바람직하다. 그때에는 자기가 부득이 선택한 일을 하면서 어느 정도 행복을 누리고, 자기가 하고 싶은 일은 취미생활을 하면서 할 수 있을 것이다.

직업을 갖지 않더라도 주변에 할 일은 얼마든지 있다. 박물관 관람·시 짓기·사진 찍기·미술 감상 등 문화생활을 하거나, 독서·배움·여행 등 평생 공부를 하거나, 여러 가지 나눔·봉사활동을 할 수 있다. 무엇을 원하는가, 어디에 재능이 있는가, 어떤 삶을 추구하는가에 따라 일의 종류는 결정하면 된다. 일에는 귀천이 없다. 은퇴한 후에는 욕망을 내려놓고, 체면을 생각하지 않으며, 자신이 원하는 것을 하면 된다. 한 번뿐인 인생: 하고 싶은 일을 하면서 행복을 추구하는 것은 얼마나 아름다운가?

노년에 추구하는 가치는 소유가치가 아니라 '존재가치'이다. 가지고 있는 것을 향유하면서 행복을 누리는 것이 노년의 길이다. 소명의식을 가지고 일을 하면 그것이 가치 있는 일, 의미 있는 일, 훌륭한 일이다. 일은 의무로서가 아니라 즐기면서 해야 건강에도 좋고 행복도를 높일 수 있다. 일터가 놀이터 역할을 할 때 즐거운 만년이 될 수 있다. 보상을 받지 않고 하는 일에는 은퇴란 없다. 건강이 허락하는 날까지 일을 할 수 있으면 그것이 평생의 행복이요, 성공한 인생이다.

2. 노년에도 '몰입'이야말로 행복으로 가는 지름길이다

지금 내가 무엇을 하느냐가 행복의 잣대가 된다. 일을 계속한다는 것은 노년을 행복의 길로 안내한다. 인생은 생로병사의 과정을 거치게 되어 있는데, 노년에 무슨 좋은 일이 있겠는가 생각하지 말고 스스로 즐거움을 만들어 가면서 행복을 누려야 한다. 행복은 선물로써 받는 것이 아니라 스스로 만들어가는 것이다. 그러나 과욕을 부려서는 안 된다. 자신의 능력과 적성에 맞는 일을 선택해서 추진해야 한다. 무리하면 오히려 생명을 단축시킬 수 있다.

"인생에 있어서 가장 행복한 때는 일에 몰두해 있을 때이다."(힐티) 몰입이론의 창시자 칙센트미하이는 "일에 빠져 시간 가는 줄 모르고 자각하지 못하는 상태"를 몰입(flow)이라고 정의하면서 몰입할 때 가장 만족도가 높고 행복의 기간이 길다고 한다. 몰입이란 여러 가지 일에 분산되어 있는 관심과 에너지를 한곳에 집중시키는 것을 말하며, 섹스에 비유하기도 한다. 칙센트미하이는 인생을 훌륭하게 만드는 것은 깊이 빠져드는 몰입이라고 하면서 몰입의 결과 얻는 행복감이야말로 스스로 만드는 것으로 행복도를 고양시킨다고 했다.

이처럼 몰입하는 것이 행복으로 가는 지름길이다. 어떤 일이라도 일단 선택을 한 경우에는 흥미를 가지고 열정적으로 해서 성취감을 얻도록 해야 한다. 그러기 위해서는 일을 사랑해야 한다. 그러므로 노년에도 자기가 하는 일에 몰입하는 것이 성공으로 가는 길이요, 긴 행복을 느끼는 방법이다.

3. 평생 '현역'으로 살아가도록 준비를 하자

제2의 인생은 자기가 못다 한 일을 함으로써 '자아의 완성'을 이루는 시기이기도 하다. 제1의 인생은 권력·부·명예 등 외부적 조건들을 성취하는 데 모든 시간과 에너지를 투자하지만, 제2의 인생은 남은 시간과 에너지를 못다 한 것에 투자함으로써 만년의 행복을 추구할 시기이다. 역사적으로 위대한 업적의 64%는 노년에 이루어졌다고 한다. 그래서 60세부터 75세까지를 인생의 황금기라고 부르기도 한다. 은퇴하지 않고 계속 현역으로 일할 수 있는 직업은 축복을 받은 것이다. 그러나 이런 행운을 누리는 것은 거의 불가능하므로 다시 일을 계속하기 위해서는 전문성을 살리는 것이 중요하고, 새로운 직업을 얻기 위해서는 자격증을 미리 획득하는 등 준비를 하여야 한다.

노후에 할 수 있는 일은 해설사·시간강사 등 공익강사, 간병인·경비원 등 파견인력, 세차·배달 등 시장참여 등 그 유형은 다양하다. 오늘날 시장이 다변화되고, 일용직이 늘어남에 따라 일거리는 늘어나고 있다. 그러나 이들은 비정규직이고 저임금이므로 눈높이를 낮추어가야 한다. 일부 전문직이나 공무원의 경우 다른 유사기관·산하기관이나 중소업체에 재취업하는 사례들이 있지만, 그 기회는 아주 협소하고, 공무원의 경우 낙하산 인사 등의 문제가 제기되기도 한다. 자신이 원하는 조건을 충족시키는 것은 쉽지 않으므로 지위를 낮춰서 가는 것이 일반적이다.

일을 계속하게 되면 육체적 건강은 물론 정신적 건강을 유지할 수 있고, 인간관계를 그대로 지속하며, 자신의 인생에 의미 있는 일을 함으로써 자존감을 키울 수 있다. 은퇴를 하게 되면 인간관계는 끊어지고, 세상이라는 사막에서 홀로 걷게 된다. 그래서 일이야말로 '고독'을 극복하는 가장 중요한 방법이다. 제2의 인생은 삶을 소모하는 과정이 아니라 일을 함으로써 인생의 마지막 행복을 누릴 수 있도록 평생 현역으로 살아가는 것이 바람직하다. 그러기 위해서는 노년에 대비한 충분한 준비를 해야 한다. 직업에는 정년이 있지만, 일에는 정년이 없다. 일을 계속하는 것이 노년의 최고의 행복이다.

4. '재취업'이 노년의 인생을 행복하게 만든다

제2의 인생을 의미 있게 살려면 무엇이든지 일을 계속해야 한다. 평생 직업을 가지고 있어 그 일을 계속할 수 있다면 축복받은 인생이다. 생계문제가 해결되지 못한 경우에는 재취업을 해야 한다. 일반적으로 은퇴를 하고 나면 새로운 일을 찾아서 해야 한다. 일을 계속하게 되면 노년이 지루하거나 무의미하지 않게 된다. 하고 싶은 일을 하면 자신의 욕구를 충족시킬 수 있고, 미래에 대한 희망이 생긴다. 새로운 열망이 솟아오르고, 학구열이 자라면 마음도 젊어지고 행복해진다. 항상 꿈을 잃지 않고 무엇인가를 한다는 것이 노년에 행복으로 가는 필수적 코스다.

은퇴 후 다시 일을 시작한다는 것은 노년에게는 축복 중의 축복이다. 은퇴자들은 누구나 계속 일하기를 소망하지만, 일할 기회를 얻기 힘들다. 눈높이를 낮추어야 가능성이 있는데, 체면을 생각해서 그럴듯한 자리를 원하는 경우에는 하늘의 별 따기나 다름없다. 서울시청 계약직으로 재취업한 어느 퇴직공무원은 "출근할 곳이 있다는 것 자체가 행복"이라고 말한다. 은퇴를 한 후 아직 몸과 마음은 건강한데 할 일이 없다 보니 힘들고 괴로웠다고 한다. 그러다가 재취업을 하여 다시 규칙적인 생활을 하게 되니 건강해지고 삶의 의욕도 생겼다고 한다. 재취업을 하여 서울시 안내 데스크에서 민원서비스 업무를 맡아 일하고 있다. 이처럼 재취업을 하는 사람들이 있지만, 소수에 불과하고 운이 좋아야 한다. 노년에 일을 한다는 것은 자긍심을 가지고 여생을 보내게 되니 노년이 행복해진다.

재취업이 쉽지 않으므로 '창업'을 하는 노년들도 많이 있다. 지난날의 자신의 지위를 지키고자 하는 욕망도 작용을 한다. 그러나 창업의 성공률은 아주 낮다. 봉급생활자로 평생 살다가 창업을 하는 때에는 그 성공률이 1%에도 못 미친다고 한다. 이처럼 창업에는 많은 위험성이 있으므로 충분한 준비가 있어야 한다. 충분한 자가진단을 거친 후에 창업 여부를 결정해야 한다. 경험도 없으면서 근거 없는 자신감을 가지는 것은 금물이다. 시장조사를 철저하게 하고, 주변 환경을 철저하게 분석해야 한다. 실패하지 않기 위해서는 무엇보다 그 분야에서 어느 정도 노하우를 쌓아야 한다. 그리고 멘토의 조언을 받아 현명하게 결정해야 한다. 자금을 투자할 때 다른 사람들의 빚으로 하는 것은 금물이고, 생활에 필요한 자금은 남겨두고 여력이 있는 범위에서 투자를 해야 한다.

노동의 개념이 직업에서 '일'로 바뀌고 있다. 한 회사에서 일하고 임금을 받는 직업이 아니라 일정한 시간 근무하는 시간제 노동이 성행하고 있으며, 온라인에서 단기적 노동력을 제공하고 대가를 받는 소위 긱(gig) 이코노미가 등장하였다. 매킨지는 이를 '새로운 디지털 장터에서 거래되는 기간제 근로'라고 정의한다. 이는 아동들에게 책 읽기, 그림 그리기 등의 재능을 기부하거나 불편한 사람들을 도와주는 것을 비롯해서 승용차를 함께 이용하는 카카오 카풀, 파트타임 택배인 쿠팡 플렉스 등 다방면에서 시작되고 있다. 선한 의도를 가지고 '착한 사업'을 해야 고객의 공감을 받을 수 있으므로 이윤추구만을 목적으로 하지 말고 고객이 공감할 수 있는 방법으로 해야 성공 가능성이 높아진다. 그 사업은 베스트 원이 아니라 온리 원이 되어야 하고, 자신이 취미와 흥미가 있어야 한다.

5. '사회적 경제'가 노년의 일자리를 만들어준다

우리나라는 현재 급속한 고령화와 저출산으로 인해 노동인구의 감소가 심각한 사회문제가 되고 있다. 노년들은 은퇴하고 나면 일자리가 없어서 취업이 거의 불가능해지고, 저출산으로 인해 노동인구가 급격하게 감소함에 따라 후손들은 사회복지 부담이 늘어나게 된다. 이 문제는 세대 간 갈등의 원인이 되고, 단기적인 경제문제가 아니라 거시적으로 해결해야 할 국가적 과제가 되었다. 이러한 문제를 해결하기 위한 일종의 해결책으로 부상하는 것이 사회적 경제이다. '사회적 경제'는 자본주의의 불균형발전으로 노동의 소외를 초래함에 따라 사회적·경제적 약자를 보호하기 위해 안출된 것으로 공제조합이나 소비조합 형태로 출범하였다.

우리나라에서는 1998년의 외환위기와 2008년의 금융위기를 거치면서 경제적 양극화로 인한 절대적 빈곤, 일자리 격감과 노동시장의 유동성, 경제저성장으로 인한 재분배의 취약성 등의 문제들이 발생하면서 이를 탈피하기 위해 사회적 기업이 출현하게 되었다. OECD는 '사회적 경제'란 "국가와 시장 사이에 존재하는 조직들로서 사회적 요소와 경제적 요소를 포함한다"고 형식적으로 규정하고, 폴라니는 "사회적 경제는 인간행위 가운데 상호 배려의 정신에 입각한 호혜성과 나눔을 원칙으로 하는 재분배 원리가 작동하는 경제"라고 실질적으로 정의한다. 우리나라의 '사회적 경제기본법'은 사회적 기업을 "취약계층에게 사회서비스 또는 일자리를 제공하거나 지역사회에 공헌함으로써 지역주민의 삶의 질을 높이는 등의 목적을 추구하면서 재화 및 서비스의 생산·판매 등 영업 활동을 하는 조직"이라고 규정하고 있다.

우리나라의 사회적 경제조직으로는 사회적 기업을 비롯하여 협동조합·마을기업·자활기업·농어촌공동체회사 등이 있다. 사회적 경제는 단기적으로는 노년의 일자리 창출과 사회적 참여에 중요한 기여를 할 수 있지만, 장기적으로는 세대 간의 갈등을 극복할 수 있고, 나아가 자본주의의 모순을 치유할 수 있는 하나의 방법이 될 수 있다. 사회적 경제는 국가개입과 시장경제를 넘어선 제3의 경제영역인데, 민간 주도로 이루어지는 것이 바람직하다. 최근에는 사회단체들이 이 분야에 관심을 가지고 참여하고 있다. 그런데 우리나라는 아직 초기 단계에 머물고 있으므로 국가예산을 투입함으로써 정부가 주도하는 형편이다. 국가는 단기적 성과에 급급하여 창업과 일자리 만들기에 정책을 집중시키고 있는데, 정부의 지원이 끝나면 그 효과를 기대할 수 없고, 좋은 일자리가 오히려 줄어드는 등 부작용이 나타나고 있다. 그러나 사회적 경제는 복지국가의 한계를 극복하는 데 기여하므로 조속한 발전이 있기를 기대한다.

하나의 재미있는 예로써 북한산 자락에 있는 '협동조합주택'이다. 자연과 인간이 하나가 되고 함께 사는 삶을 추구하기 위해 8가구가 모여 공동체 주택을 건립하였다. 이는 은퇴자나 예비은퇴자들이 노후의 행복한 삶을 누리려는 발상에서 이루어졌다. 이웃이 서로 관심을 가지고 함께 사니 도시생활의 삭막함이나 인생의 고독함을 이겨낼 수 있고, 생활에서 생기는 문제들, 특히 안전문제를 함께 할 수 있으며, 임대수익으로 노후 비용을 어느 정도 해결할 수 있는 이점이 있다. 노후에 행복한 생활을 누릴 수 있는 일종의 모델이 될 수 있다. 협력은 경쟁사회에서 인간이 행복으로 가는 길이다.

6. 노년에도 '새로운 것'을 찾아 몰입하면 행복해진다

성공적인 은퇴를 위해서는 새로운 도전을 하고 자신의 역량을 강화하기 위해 학습하는 욕구를 가져야 하며,(세라 요게브) 새로운 일에 몰입함으로써 행복감을 누린다고 한다. 과거와 빨리 결별하고 오늘에 충실하게 사는 것이 행복으로 가는 첩경이다. 많은 사람들이 은퇴 후 새로운 도전을 하고 있다. 정신분석학자 융은 중년이 되면 '개별화 과정'을 거쳐 노년으로 넘어간다고 했다. '개별화'란 자신이 진정 원하는 바를 이룸으로써 개체로서 자아를 형성하는 것

을 말한다. 노년이 되면 자유와 시간이 허락되므로 제1의 인생에서
하던 일을 완성하거나 못 한 일을 새롭게 하고자 한다. 우리나라는
노인들이 취업을 할 수 있는 기회가 적으므로 열린 마음을 가지고
무엇이든지 할 수 있다는 자신을 가지고 새로운 일을 찾아야 한다.
그러기에 자기가 평생 하고 싶었던 일을 새롭게 시도하는 사람들이
늘어나고 있다.

'바야흐로'와 '실버그래스'가 노년 반격 프로젝트에서 경쟁 대상
자를 물리치고 시니어가수로 탄생했는데, 전국을 돌면서 콘서트를
진행하고 있다. 시니어 연극단 '카사드림연극단'이 구성되어 은퇴
후유증·황혼 이혼·노인 고독사·웰다잉·노인의 성문제·자살방
지 등 고령화 사회문제들을 주제로 한 공연을 계속할 것이라고 한
다. 소설이나 시를 쓰면서 새로운 삶의 길을 만들어가는 사람들이
늘어나고 있다. 노년에 연극배우가 되고 모델이 되는 등 그 활동의
폭을 넓혀가고 있다. 취미생활을 하면서 삶의 활력을 찾아가는 사
람들도 증가하고 있다. 이처럼 은퇴자들이 교육·문화·예술·봉사
등 여러 분야에서 새로운 일에 도전을 하고 있다. 그동안 일에만
매진하다가 이제 우뇌를 동원해서 창조적인 활동을 하며 행복을 찾
고 있다. 그리하여 노년의 에너지를 사회에 바침으로써 모두가 행
복한 사회를 만드는 데도 기여하고 있다.

영국의 더 타임스는 올해 만 101세인 제시 파워 여사가 영국의
최고령 디자이너로서 아직도 바늘과 실을 놓지 않고 활동하고 있다
고 보도했다. 15세 때 의류공장에 들어가 바느질을 시작하였다. 그
러나 연극에 대한 열정으로 배우 활동을 동시에 하다가 86세에 은
퇴를 하였다. 패션에 대한 열정은 계속되어 87세에는 패션에 관한

학위를 받았다. 지금도 자신의 브랜드 '미스 네노'로 옷을 만들고 있다. 파워 여사의 장수 비결은 "서로 믿고 행복하게 살려고 노력하는 것, 그것만이 우리가 할 수 있는 일"이라고 말했다. 연령만큼이나 그녀의 인생은 무르익었다고 할까, 행복하게 살려고 노력하는 것이 장수의 비결임을 보여주고 있다.

7. 노년에는 '봉사'하며 사는 것이 가장 큰 행복이다

인간은 봉사할 때 가장 행복을 느낀다. 가슴이 뜨거우면 이타심이 생기고, 다른 사람들에게 관심을 기울이게 된다. 타인을 돌보고 마음을 전하며 가르침을 주는 것이야말로 성숙한 인간이 되는 방법이다. 개인의 행복과 함께 공동체 행복의 중요성을 인식하고 있다. 그래서 봉사활동을 많이 한다. 자원봉사는 자신을 사회에 바칠 수 있는 고귀한 작업이다. 자신의 신체적·물질적·정신적 자산을 사회에 환원시키는 성스러운 작업이다. 자원봉사를 하면 기쁨이 충만해지고 자존감이 생기며, 삶의 만족도가 높아지고 사람들의 존경을 받는다. 자원봉사를 하면 주는 것보다 얻는 것이 더 많다. 그것은 이기적 행복으로부터 해방되어 얻는 이타적 행복이다. 이러한 공동체적 행복이 가장 으뜸가는 행복이다. 체험한 사람들은 공통적으로 말한다. 이보다 더 기쁜 일이 없다고.

달라이 라마는 "사랑과 봉사는 다른 것들이 절대로 주지 못하는 특별한 선물을 가져다준다."라고 했다. 그것이 이타적 행복을 통해 느끼는 공동체적 행복으로 행복 중에서도 으뜸가는 행복이다. 단체로써 봉사활동을 하면 소속감이 생겨 소외감을 극복하고, 유용한 사람이라는 자긍심도 생기며, 개인적으로 건강도 챙기고 고독을 극복할 수 있다. 자신에게 맞는 것을 찾아 하는 것이 바람직하다. 자신이 하고 싶은 것을 하면 일 자체를 즐길 수 있으며, 자긍심을 가질 수 있기 때문이다. 자신의 경력과 기술을 멘토링 프로그램으로 만들어 노년들에게 전수하면 '가교 고용'에도 도움이 될 것이다. 전문성을 살려서 일을 하면 효율적이고 생산적이며, 그만큼 더 보람을 느낄 수 있다. 이러한 에너지를 활용하면 사회와 문화가 발전하는 데 도움이 될 수 있다.

인간은 빈손으로 왔다가 빈손으로 돌아가는 존재이다. 그런데 노년에도 이를 깨닫지 못하고 물질에 얽매여 살고 있는 사람들이 있다. 미켈란젤로는 조각이란 '깎아내는 것'이라고 했다. 인생도 마찬가지이다. 나이가 든다는 것은 욕심과 성냄을 덜어내는 것이다. 물질로부터 해방되고 온유한 성격을 가지는 것이 노년의 덕목이다. 노년에는 나머지 재산과 에너지를 다 쓰고 간다는 생각으로 베풀고 봉사하며 사는 것이 최고의 행복이다. 기부를 하거나 나눔을 베풀거나 자선을 함으로써 누리는 이타적 행복: 그것이 고차원적 행복에 속한다.

우리나라 노년들은 선진 국가들에 비해 아직 사회봉사 활동에 소극적이다. 이제 노년들은 봉사활동의 대상인 객체가 아니라 적극적으로 그 주체가 되어야 한다. 기부하는 것은 돈만이 그 대상은 아니다. 무엇이든 기부할 수 있다. 어떤 분야에서도 봉사할 수 있다. 시니어봉사단이 광범하게 조직되어 여러 가지로 봉사활동을 하고 있는 것은 사회를 밝게 만들고 있다. 웃음이나 친절이나 위로를 주는 것은 훌륭한 기부이다. 가장 중요한 기부는 시간과 마음을 주는 것이다. 그 대상은 얼마든지 많이 있다. 자기가 가지고 있는 재능을 기부하는 것은 더 보람을 느낀다. 봉사활동을 하면 노년에 건강에 도움이 되고, 외로움을 극복할 수 있으며, 인간관계도 넓어지고, 나아가 사회에 귀감이 되어 국민 전체의 행복도를 높여준다. 자기가 가지고 있는 모든 것을 남기지 말고 사회에 환원시키고 가는 인생이야말로 성공한 인생이요, 아름다운 삶이다.

8. '슈바이처 박사의 교훈'은 고해를 비추는 등불과도 같다

슈바이처 박사는 평생 봉사활동을 한 대표적인 인물로 세계적으로 회자되고 있다. 슈바이처 박사는 30세에 의학 공부를 시작해서 박사학위를 받고, 38세에 봉사활동을 하기 위해 아프리카로 떠났다. 독실한 크리스천으로 신학 공부도 했으며, 30세까지는 학문과 음악에 심혈을 기울였다. 그런데 아프리카 흑인들이 빈곤에 시달리며 의료혜택을 받지 못하고 전염병에 시달린다는 뉴스를 접하고, 기독교 정신을 되새기며 그들을 인류애로 돕기로 결심하게 되었다. 그곳 열악한 환경에서 평생 의료봉사를 하다가 이 세상을 하직하고 하나의 별이 되어 밤하늘에 떠 있다. 그 공로로 1952년에 노벨평화상을 수상했는데, 그 상금은 나환자촌을 세우는 데 사용되었다.

슈바이처 박사는 '생명에의 외경'이란 사상을 몸소 실천하면서 수많은 생명을 구해낸 천사와도 같은 인생을 살았다. 그의 일은 생명을 구하는 일이라는 소명의식을 가지고 했으므로 천직이었다. 모든 사람들이 이처럼 자신을 바쳐 봉사할 수는 없지만, 그의 봉사정신은 전 세계에 스며들어 많은 후광을 받고 있다. 많은 사람들이 전문 분야에서 재능을 기부함으로써 사랑을 나누고 있으며, 많은 성직자들이 세계 곳곳을 누비며 말씀을 전할 뿐 아니라 봉사활동을 하고 있다. 그의 숭고한 정신은 세계를 향하여 침투되고 있으니 세상을 아름답게 만드는 동력이 되고 있다. 조금이나마 그의 정신을 이어받아 봉사활동을 하는 것이 고차원의 행복으로 가는 길이요, 사회를 밝히는 등불이다.

9. 우리나라에서도 노년의 '봉사활동'이 널리 전개되고 있다

그동안 우리나라는 경제발전에 매달려 다른 사람에 대한 관심을 가지고 사회에 봉사하는 정신이 없었다. 최근에 와서 우리나라에서도 경제성장에 힘입어 사회적 약자에 관심을 가지고 봉사활동을 널리 전개하고 있다. 봉사활동 분야가 다양해지고 있으며, 많은 노년들이 봉사활동을 통해 만년의 행복을 추구하고 있다. 온라인에서도 봉사할 수 있는 방법이 있다. 개인적으로 봉사를 통한 공동체적 행복을 누리는 방법이고, 사회적으로 우리나라에서도 공생을 위한 환경이 개선되고 있다는 증거이다.

"21년간 매일 쓰레기를 주웠더니 병원이 커졌다." 조선일보 Why?의 제목으로 경남 창원에 있는 한양대한마음창원병원 이사장 하충식 원장의 인생 스토리이다. 1995년 1월 월세를 내는 병원 원장으로 시작해서 2016년 9월 착공을 해서 2019년 1월 준공 예정으로 약 3만 7천 평에 400병상을 가진 종합병원으로 키웠다. 성공의 비결을 묻자 쓰레기 줍는 집게를 보여주면서 21년째 아침에 직원들과 함께 거리청소를 하고 있는데, 이 기록이 기네스북에 올랐다고 한다. 청소를 하는 이유는 하루하루를 성실하게 꿈을 이루어나

가겠다는 의지의 표현이고, 함께 청소를 하는 이유는 서로 꿈을 공유하는 것이라고 한다. 전체가 뭉쳐서 비전을 가지고 열정적으로 일하면 언젠가는 승리한다는 '늑대정신'으로 전 직원이 무장을 하고 있단다. 그는 청소를 통해 사회에 봉사를 하면서 동시에 병원을 키우는 일종의 모델을 보여주고 있다.

KBS 9의 '나눔의 행복, 기부' 프로그램을 보았다. 연속 프로그램으로 아름다운 기부의 모습들을 소개를 하고 있다. 평균 78세의 여성들이 함께 더러운 길가나 공터를 찾아다니면서 꽃을 심고 작은 화원을 만들어 도시를 아름답게 꾸미고 있다. 그들은 '게릴라 가드닝 봉사단'이라고 불린다. 한 지역에서는 커피 축제가 열렸다. 커피를 팔아 남는 수익금을 전부 어려운 사람들에게 기부한다. 바리스타 교육도 무료로 병행하고 있다. 커피와 기부가 만나 사람들에게 행복을 만들어준다. 이처럼 노력이나 재능을 기부함으로써 어려운 사람들을 돕고 사회에 봉사하는 사람들이 늘어나고 조직화되는 것은 반가운 일이다. 이와 같은 아름다운 일에 동참함으로써 행복을 키워가는 인생이야말로 아름답다.

10. '밥'이라는 연극이 많은 시사를 준다

어느 날 '배리어 프리(Barrier Free)' 운동을 소재로 한 연극 '밥'을 보러 갔다. 사제생활을 은퇴한 후 치매를 앓게 된 신부 종현은 영적인 쉼터이자 영혼의 고향인 수도원에서 품위 있는 죽음을 맞이하기 위해 찾아가는 길이다. 30년간 식복사로 일해 온 윤정은 가족 이상의 존재인 충현을 직접 데려다주기 위해 자전거를 개조하여 태우고 수도원으로 향하는 둘만의 여행을 시작한다. 눈만 뜨면 감사할 일만 있다고 하루하루 감사하면서 '밥'을 손수 만들어 제공한다. 두 사람은 사랑이라는 또 다른 이름으로 짧지만 행복한 마지막 이별여행을 하고 있었다.

그런데 한 신문은 두 사람의 관계를 색안경을 쓰고 뒤를 쫓는다. 한 곳에서 만남을 가졌는데, 두 사람의 성스러운 관계를 확인하고 기사화하려는 계획을 접는다. 두 사람의 모습을 보고 '밥'이 먼저냐 '말씀'이 먼저냐는 물음에 윤정은 식복사답게 밥이 먼저라고 외친다. 밥을 먹어야 살아서 말씀을 읽고 들을 수 있지 않느냐고. 신과 함께 걷고 있지만 인간이기에 외로울 수밖에 없고, 마지막 순간까지 누군가를 그리워할 수밖에 없는, 고통스럽지만 아름다운 사제의 삶을 식복사의 시선으로 그리고 있다.

마침내 종현 신부는 저세상으로 떠나고, '홀로 자전거를 타고 가는 윤정의 마지막 모습'이 바로 외로운 인간의 진정한 모습이 아닐까? 마지막 장면이 많은 여운을 남기며 생각에 잠기게 만든다. 윤정의 마지막 봉사야말로 수녀의 성스러운 작업이다. 차라리 이는 희생으로 누구나 이런 일을 할 수는 없다. 인간의 심성에는 신성도 있으므로 이러한 봉사와 희생이 가능한데, 이러한 종교적 행복을 누리며 산다는 것은 성스럽다.

제12장

노년의 '인간관계': 원만한 관계를 유지하는 것이 행복으로 가는 길이다

인간은 사회적 동물로서 공동체를 만들고 상호 교류를 하면서 살아간다. 인간은 출생해서 성장하고 사망할 때까지 관계를 형성하며 살아가고 있다. 그러므로 원만한 인간관계를 맺고 사는 것이 행복의 중요한 요소이며, 대부분의 행복은 인간관계에 의해 결정된다. 노년의 중요한 문제가 '소외'다. 노년에는 일로써 맺은 인간관계는 모두 소멸되고, 가족·이웃들과의 관계도 점차 끊어지므로 소외와 고독을 이겨내야 한다. 나이가 들어간다는 것은 인간은 결국 혼자임을 알아가는 과정이고, 노년을 준비한다는 것은 '홀로서기'를 배우는 것이다. 노년에는 오히려 소외를 기회로 삼아 삶에 동력으로 활용하고, 창조의 시간으로 만들어가야 지속적으로 행복을 누릴 수 있다. 노년에는 배움·취미·봉사 등을 통해 새로운 인간관계를 형성하면서 고독을 극복하고 삶에 활력을 얻어야 한다. 그래서 사회 활동을 가급적 많이 하는 것이 필요하다.

1. 노년의 행복도 '사이'에서 온다

인간은 '사회적 동물'이다. 그래서 사회 활동은 필수적이며, 인간관계에 따라 행복과 성공이 결정된다. 사람인(人) 자는 사람과 사람이 기대고 의지하면서 공생하고 있음을 형상화한 것이다. 인간은 혼자서는 살 수 없으므로 여러 형태로 다른 사람과 교류를 하면서 살아야 한다. 진화심리학자들에 의하면, 사람들은 자신의 생존을 위해 다른 사람을 필요로 한다고 한다. 인간사회는 가정·학교·직장·단체 등 여러 형태의 공동체를 구성하고, 그 구성원으로서 소속감을 가지고 교류하면서 살아가고 있다. 피오나 로바즈는 "행복이란 사람에서 사람으로 퍼져나가는 것이다. 그러므로 행복은 사회적 관계 속에서 싹이 튼다."라고 말했다. 사회생활을 한다는 것은 곧 인간관계를 맺으며, 그 그물망 속에서 상호작용을 하면서 살아가는 것을 말한다. 인간은 사회적 동물로서 함께 사는 것이 '공생'의 법칙이다. 그러나 개체로서의 인간은 여러 가지 환경이나 관계로 인해 소외를 느끼는데, 그 유형은 다양하다. 특히 시스템에서 오는 소외는 일상적으로 누구나 겪는 일이다. 사회조직 속에서 시스템이나 규칙 등에 의해 소외를 느끼는 것은 필연적 현상이다. 마르크스는 자본주의사회의 필연적 결과로써 노동 생산물로부터의 소외, 노동으로부터의 소외, 부품으로서의 소외와 타인으로부터의 소외 등 네 가지 소외를 들고 있지만, 이는 수용하기 힘든 이론이다. 여기서는 단지 은퇴 이후 인간관계에서 오는 소외만을 그 대상으로 한다.

직업을 통해 맺은 인간관계는 은퇴와 동시에 단절되고, 이와 관련된 사회적 결사체에서도 소외된다. 대가족제도가 핵가족제도로 변화하면서 자녀들이 분가를 하면 가족들과 소원해지고, 손자·손녀들은 성장하면서 조부모를 멀리한다. 시간이 흐르면서 친구, 이웃 등 사적인 인간관계도, 그 이유야 다양하지만, 점차 줄어든다. 그래서 노년에 부닥치는 중요한 문제가 소외와 고독이다. 고령화가 빠르게 진행되면서 노년들은 더욱이 고립의 위기에 처해 있는데, 이것이 노년이 풀어야 할 중요한 과제이다. 그래서 노년이 된다는 것은 인간은 결국 혼자가 된다는 것을 알아가는 과정이다.

친밀한 인간관계를 맺고 사랑하는 사람들을 곁에 두고 사는 것이 삶의 질을 높여주고, 행복의 폭을 넓혀준다. 이것이 성공적 노화의 필수적 요소이다. 인간관계에서 오는 행복이 소득수준의 향상보다 더 행복에 영향을 미친다는 조사결과들이 있다. 과학연구가인 슈가 먼에 의하면, "주변 사람들과 원만한 관계를 많이 맺을수록 행복과 삶의 만족도가 30% 정도 증가한다"고 한다. 이처럼 행복한 사람들의 공통된 특징은 폭넓은 인간관계를 형성하고 사교적으로 살고 있다는 점에 있다. 그러므로 노년에도 좋은 인간관계를 맺고 잘 관리하는 것이 소외를 극복하고 행복으로 가는 길이다.

2. '좋은 인간관계'를 유지하는 것이 노년의 행복을 위해 필수적이다

'빨리 가고 싶으면 혼자 가라. 멀리 가고 싶으면 함께 가라'는 아프리카 속담이 있다. 함께 산다는 것: 사회생활의 기본이며, 공동체를 형성하는 이유이다. 행복한 사람들은 광범하고 원만한 인간관계를 가지고 있다는 사회조사 결과들이 나와 있다. 그러므로 노년에도 좋은 인간관계를 유지하는 것이 행복으로 가는 길이다. 벤 샤하르 교수도 "궁극적 가치를 실현하기 위해서는 모든 종류의 대인관계가 중요하다."라고 했다. 인간관계가 잘 이루어지지 않는 경우에는 성공으로 가는 길이 평탄치 못하고, 행복과는 거리가 멀어진다. 그러나 가장 어려운 것이 사람과의 관계를 맺고 유지하며 관리하는 것이다.

외향적이고 긍정적이며 사교적인 성격을 가지고 있으면 대인관계가 더 광범하게 이루어지고 행동반경이 넓어짐으로써 성공 가능성이 높고, 행복도가 높아질 수 있다. 조지 베일런트의 '행복의 조건'을 보면, 인간의 운명을 결정하는 것은 인간관계라고 했다. 그러나 성격을 바꾼다는 것은 쉽지 않다. 적극적인 성격을 가지려면 자신의 성격에 자신감을 가지고, 대인관계를 맺으면서 소극적인 성격을 조금씩 고쳐가야 한다. 적응능력을 키워갈 수 있도록 자기관리를 잘함으로써 자신의 성격을 긍정적이고 적극적으로 만들어가야한다. 긍정심리학에서는 성격도 긍정적으로 바꿀 수 있다는 이론을 제시하고, 훈련을 통해 개선하는 방법을 알려주고 있다.

인간관계가 노년의 행복에도 중요한 역할을 하지만, 그렇다고 모든 노년에게 인간관계가 행복을 저해하는 결정적인 요인은 아니다. 노년에는 홀로 남는 경우가 많지만, 혼자라는 것이 결코 고독이나 고통의 원인이 되어서는 안 된다. 어떤 사연으로 인간관계가 끊어질지라도 미련을 갖거나 두려움을 느낄 필요는 없고, 현실은 그대로 수용해야 한다. 그럴 때는 인생이 허망해지지만, 피할 수 없는 것은 그대로 받아들이는 것이 행복으로 가는 방법이다. 그래서 노년을 준비한다는 것은 '홀로서기'를 배우는 것이다. 노년에는 사람 사귀는 것이 힘들지만, 여러 경로를 통해 새로운 인간관계를 만들어가는 것도 중요하다. 외로움을 고독의 늪으로 빠트리지 말고, 즐기면서 고독력으로 키우면 노년에도 행복을 충분하게 누릴 수 있다.

그러기 위해서는 혼자 노는 법을 익히고, 취미생활을 여러 가지로 개발해야 한다. 걷기, 등산, 여행 등을 하거나, 독서, 음악 감상,

박물관 관람 등을 하거나, 시·소설·수필·일기 쓰기 등 창작 활동을 하면서 몰입하게 되면 홀로임을 즐길 수 있고, 마음의 평화를 누리면서 지속적으로 행복할 수 있다. 오늘날 사람들은 인터넷 속에서 새로운 형태의 생활을 하고 있는데, 한편으로는 소외의 산물이기도 하고, 다른 한편으로는 소외를 극복하는 방법일 수도 있다. 위대한 인물들은 고독 속에서 이를 창조의 원동력으로 삼아 위대한 결실을 맺었다. 자신이 하는 일에 몰입하면 행복은 그곳에서 넘쳐날 것이요, 그 결실은 성취감을 통해 행복의 극치를 맛볼 수 있다.

3. 노년에도 인간관계의 '적극적인 관리'가 필요하다

75년간 연구한 '하버드 성인발달 연구'에 의하면, 인간관계가 좋을수록 오래 행복하게 산다고 한다. 인간관계를 잘 관리하고 유지하기 위해서는 능동적 태도를 가지고 상대방에 접근하고, 좋은 관계를 유지하도록 노력해야 한다. 공자는 "덕이 있는 사람은 외롭지 않기 때문에 반드시 이웃이 있다."라고 했다. 그러므로 노년에는 덕을 베풀면서 다른 사람들을 대하고 관리해야 한다. 그러나 인간관계는 반드시 광범한 것이 좋은 것은 아니고 관리 가능한 적정한 선에서 형성·유지되어야 하며, 좋은 관계를 유지하기 위해서는 불가근불가원(不可近不可遠): 너무 가까이도 말고 너무 멀리도 하지 말아야 한다.(와신상담 고사)

노년에는 인간관계의 폭이 좁아지므로 잘 관리를 하면서 행복을 추구해야 한다. 어느 호스피스를 전공한 학자는 행복한 노년을 보내기 위한 요소로서 연골, 할 일과 인간관계를 들고 있다. 이들은 삶을 누리기 위한 최소한의 조건들인데, 이들이 충족되면 행복을 누릴 수 있다. 그런데 이해관계로 맺어진 인간관계는 그 관계가 끝이 나면 자연히 인간관계도 사라지기 마련이다. 대표적인 예가 은퇴를 하면 직장관계로 맺은 인간관계는 끊어진다. 배신감이나 정신적인 고통이 남아 있으면 힘들어진다. 심한 경우에는 우울증이 생길 수도 있다. 그러므로 은퇴 후에는 과거와의 결별을 잘 하는 것이 정신 건강에 좋다.

인간관계를 원만하게 만드는 통로(의사소통)는 '대화'이다. 대화의 중요한 요소가 공감이다. 소통은 언어적 소통이 기본이지만, 목소리, 몸짓, 표정, 신체적 접촉 등 비언어적 소통도 중요한 역할을 한다. 더 중요한 방법이 마음과 마음이 통하는 이심전심(以心傳心)이다. 대화는 간결하게 함으로써 실수를 줄여야 한다. 대화의 기술은 말하는 것보다 듣는 것이 더 중요하다. 다른 사람들의 비평을 잘 듣고 자신을 가다듬는 것이 인간관계를 돈독하게 만들고, 자아완성으로 가는 길이다. 노년에는 열린 마음으로 받아들이고, 부드럽게 대하며, 양보할 줄 알아야 한다. 상대방에 대한 신뢰가 대인관계의 기초가 되며, 교만이 인간관계를 해치는 악폐다.

상대방을 칭찬하고, 심기를 건드리거나 믿음을 깨거나 잘못을 저지르면 안 된다. 끊임 없는 논쟁은 피하고, 직접적인 비난은 금물이다. 상대방이 잘못을 할 때는 용서를 하는 것이 필요하다. 본인의 잘못이 있을 때는 바로 인정하고 사과하는 것이 중요하다. 그러기 위해서는 공손하고 부드러운 태도로 임하되, 무엇보다 대화하고 타협하는 기술을 습득하여야 한다. 그러기 위해서는 인간관계를 잘 관리하는 지혜와 기술이 필요하다.

4. '부부관계'가 노년의 행복과 불행을 가른다

행복과 불행은 가정에서 비롯된다. "가정이 평화로운 사람이 가장 행복하다."(괴테) 우리가 생활하는 기초단위가 가정으로 그 안에서 매일 생활하고 있다. 가정의 화목과 평화는 행복의 전제조건이다. "가정에서 행복을 찾지 못하는 사람은 어디에서도 행복을 찾을 수 없다."(괴테) 그러므로 가정이라는 행복의 텃밭을 잘 가꾸어야 하며, 가족구성원은 이를 위해 서로 협력하고 노력해야 하는데, 그 에너지는 사랑이다. 노년에는 부부만이 함께 살게 되므로 부부관계가 행복과 불행을 결정하는 중요한 행복의 조건이다. 노년이 되어서 어떤 배우자를 만나느냐가 행복의 가장 중요한 요소라는 점을 더 실감하게 된다.

은퇴하게 되면 부부는 새로운 환경에 조속하게 적응하는 것이 필요하며, 역지사지로 서로 이해하면서 협력하며 살아가야 한다. 행복한 결혼 생활이 되기 위해서는 남자는 귀머거리가 되고, 여자는 눈이 멀어야 된다.(프랑스 속담) 여자들의 잔소리와 남자들의 안 좋은 모습이 싸움의 대부분의 원인이 되므로 가정의 평화를 위해 필요한 금언이다. 이제는 부부간의 역할 분담이 새롭게 조정되어야 하며, 소통하는 방법이 달라져야 한다. 돈과 자녀문제가 가장 중요하게 작용하므로 돈 사용하는 방법과 자녀들과의 관계에 있어서 상호 간에 의사의 일치를 보아야 한다. 대화를 꾸준하게 함으로써 항상 의사소통을 해야 한다.

노년에 두 사람을 엮어주는 것은 우정과 같은 부부간의 '정'이다. 젊은이들이 주고받는 애정에서 사랑이 식으면 남는 것은 정이다(애정-애=정). 예전부터 부부는 정으로 살아간다는 얘기를 해왔는데, 노년에는 정으로 살아가는 것이 정도다. 부부 사이에 건전하고 변하지 않는 사랑은 친구와 같은 우정이라고 한다. 이러한 사랑을 이어가는 방법을 알고 실천하는 것이 마지막 행복을 꾸미는 방법이다.

오래 함께 살면 의견이 달라 다투기도 하고, 대화가 안 되어 심심하기도 하다. 더욱이 중요한 사실은 호르몬의 작용으로 남자는 여성화되고 여성은 남성화되어 성 역할이 변함에 따라 새로운 위기를 맞게 되는데, 이런 자연적 현상을 그대로 수용하고, 적절하게 대응하는 것이 중요하다. 역지사지로 생각하면서 서로 양보하고 인내하며 함께할 수 있는 마음을 키워가는 것이 노년에 행복을 누리는 방법이다. 노부부 사이에 가장 중요한 사랑의 묘약이 립 서비스이다. "당신, 고생했소. 당신, 점점 예뻐져요. 당신, 사랑해요. 당신 덕분에 나도 행복해요." 저세상으로 가는 길 위에서 동행하는 것만으로도 행복한 것이다. 이제 남녀와 성격의 차이에서 오는 장애물은 극복할 시간이 지나지 않았는가?

가정이 평화스러워야 밖에 나가서도 즐겁게 살 수 있다. 그러므로 자유로운 시간을 부부가 동행하는 기회로 만드는 것이 노년을 행복하게 만드는 가장 바람직한 방법이다. 그런데 자기중심으로 생각을 하고 생활패턴을 만들려는 것은 금물이다. 부부 사이에 최소한의 다름은 인정하고, 각자의 프라이버시도 서로 존중해주어야 한다. 어떤 경우에도 이혼하는 것은 신중하게 다루어야 한다. 이혼하지 않은 사람들이 이혼한 사람들보다 행복지수가 더 높다. 함께 건강을 챙기면서 해로하는 것이 행복이요, 이상적인 노년이다. 노년에는 가정이 가장 중요한 생활공간이므로 가정 안에서 화해와 평화를 이루고, 노부부가 공생하는 방향으로 살아가야 한다.

5. '자녀와의 관계'가 원만해야 한다

부모는 자식을 사랑하며 가정을 이룬다. 가정의 출발점이고 사랑의 기초를 이룬다. 그런데 일반적으로 사용하는 사랑의 개념과는 그 성격이 다르다. 부모, 특히 모의 자녀에 대한 사랑은 무조건적이고 희생적이며 일종의 본성이라고 할 수 있다. 순수한 사랑이나 희생적 사랑을 의미하는 아가페로서는 다 설명이 되지 않는다. 본성이외에 다른 용어로는 설명할 수 없다. 문어의 일생을 보면서 그 희생정신이 모성을 닮아 있다는 생각을 하게 된다.

모성

- 문어의 일생

어디쯤 있느냐 그대는
정글의 바다에서

바위동굴 속에 집을 짓고
몸을 연장으로 사용하며
살아남기 위해 힘든 싸움을 하는
생존, 타고난 유산이다

수컷과의 한 번의 교접으로
수만 개의 알을 낳고
수개월간 부화시키기 위해 싸우는
모성, 눈물겹다

적들의 침입을 막기 위해
돌로 방어벽을 쌓고
온몸으로 알을 지키는
희생, 애처롭다

새끼들을 부화시켜
넓은 바다로 분가시킨 후
무(無)로 돌아가는
일생, 허허롭다

모성은 사랑만으로는
설명할 수 없는 것
차라리 본능이다
유전자를 이어가기 위한

정글의 바다에서
어디로 가고 있느냐
숙명의 짐 걸머지고

그대는

효행(孝行)은 모든 행동의 근본이다. 예전부터 효행은 덕행의 기본으로 가정의 화평을 이루고, 나라의 질서를 유지하는 기본적 가치로 여겨왔다. 자녀들은 부모를 공경하고 부모들은 자녀들을 사랑함으로써 단란한 가정을 이루는 것이 행복의 출발점이요, 종착점이다. '효'는 유교적 덕목으로 조선시대에 국가기조로 채택된 것으로 일반적으로 인식하고 있지만, 그보다 일천 년 전에 성경에서 가장 강조하고 있는 규범이었다. 모세 10계명 중 5계명이 부모를 공경하라는 명령이다. 모든 종교가 효를 중시하고 있고, 가정을 중심으로 생활하는 것을 기본으로 하고 있다. 그런데 오늘날 이러한 규범은 퇴색하고, 노년이 설 곳이 사라지고 있다.

지금 대한민국의 위기는 가정 안에서도 공동체 정신이 허물어지고 있다는 사실이다. 서구문명을 받아들이면서 우리의 고유한 정신문화인 효(孝) 윤리와 가족제도가 무너지고, 공생과 질서를 기본으로 하는 공동체의 가치가 흔들리고 있다. 부모와 자녀의 관계는 기본적으로 친밀함과 유대감에서 찾을 수 있다. 상호 간 접촉의 빈도와 친밀성 등에 의해 유대감을 측정할 수 있는데, 이러한 자녀와의 유대감이 노년의 행복과 직결되어 있다. 그러나 분가현상, 세대 간의 갈등, 이해관계 등에 의해 유대감은 약해지고, 최근 부모들도 독립해서 살려는 기류가 지배적이다. 그러니 노년의 행복은 물론 건전한 공동체의 유지를 위해 효 가치를 기본으로 하는 인성교육을 통해 가정의 질서와 화목을 이루어야 한다.

이제 가부장적인 문화를 극복하고, 부모와 자녀의 관계는 자유롭고 평등한 관계로 바뀌어 자녀도 하나의 인격체로 대우해야 한다. 가정은 하나의 생활공동체로서 각기 역할을 담당하되, 협력과 유대를 형성해야 한다. 효의 기본정신은 부모 존경, 각자의 책임, 협동과 희생 등이다. 효의 가치를 전근대적 규범으로 무조건 부정할 것이 아니라 효의 의미를 현대사회에 맞게 해석함으로써 아름다운 전통문화를 이어가도록 각 가정은 노력하여야 하고, 이에 대한 국가의 적극적인 정책이 뒷받침되어야 한다. 그래야 인성교육과 노년문제가 어느 정도 해결될 수 있으며, 행복을 누리며 살 수 있는 건전한 공동체가 재생될 수 있을 것이다.

중국 상하이에서는 '효도조례'가 제정되었다. 그 내용은 자식이 찾아오지 않음으로써 외롭다고 느끼면 부모가 자식을 상대로 소송을 할 수 있으며, 법원은 자식에게 부모 방문을 명할 수 있도록 하였다. 사적인 일에 국가가 개입하는 것은 지나친 규제라고 비판하기도 하지만, 오죽하면 그렇게까지 하겠는가 하는 생각이 든다. 우리나라도 이미 2007년에 '효행장려법'을 제정하여 실시하고 있는데, 이 사실을 아는 국민은 얼마나 될까? 법을 통해서라도 효 사상을 불어넣고 전통적인 가족제도를 회복함으로써 건전한 국가공동체를 유지할 수 있도록 노력해야 한다. 그래서 건전한 가족제도가 복원되어 가족구성원들이 행복하게 살 수 있도록 만드는 것이 행복지수를 높이는 방법이다.

6. '인성교육'이 무너지고 있는 것이 가장 위험하다

우리나라 가족제도는 산업화와 도시화 과정에서 대가족제도가 핵가족제도로 바뀌면서 많은 문제를 초래하고 있다. 비록 가정의 형태는 여러 가지로 변할지라도 가정은 사회공동체의 기초단위로서 행복의 보금자리인 점에는 변함이 없다. 그런데 가족공동체로써의 가족제도가 무너지고 있다. 가정 안에서 부부 사이에 불화와 갈등, 외도와 이혼, 고부간의 갈등, 부모와 자식 간의 패륜행위 등이 다반사로 일어나고 있다. 특히 금권만능주의 사상이 가정 안에도 침투하여 돈 문제로 온갖 갈등이 생기고, 심지어는 살인사건이 쉬지 않고 일어나고 있다. 부모의 자녀에 대한 사랑과 자녀들의 부모에 대한 존경과 사랑이 행복의 가장 큰 원천이다. 그러므로 가정이 파괴되면 그 자체가 불행이요, 돈도 성공도 명예도 행복을 가져다주지 못한다.

옛날부터 가정의 화목이 가정은 물론 사회질서의 근간을 이루고, 평화의 상징으로 인식되어 왔다. 그런데 오늘날 전통적인 '밥상머리' 교육은 사라지고, 노인을 모시는 '경로사상'은 외면당하고 있다. 간디는 '인격 없는 교육'이 나라를 망치는 7가지 징후 중의 하나라고 말했다. 인성교육이 되지 않음으로써 공동체 가치가 무너져 가정은 물론 국가의 근본이 흔들리고 있다. 효 사상은 봉건제도의 산물이 아니라 인류의 보편적 가치다. 물질지상주의가 가정 안에도 침투하여 돈이 가족관계를 지배하는 형국이 되었다. 우리들 모두가 불행해지는 가장 중요한 이유다.

가족관계뿐 아니라 사회생활을 함에 있어서도 '인성교육'이 중요하다. 공동체 안에서 공생을 누릴 수 있는 덕목을 가르치는 것이 인성교육이요, 전인교육이다. 그런데 인성교육이 안 될 뿐 아니라 혼자 생활하는 관행 때문에 인간관계를 잘 형성하지 못한다. 인간다운 인간을 양성하여 국가공동체의 주역이 되도록 함으로써 공동체 정신을 심어주어야 공동체의 행복을 도모할 수 있다. 가족공동체가 건전하게 기능을 해야 개인의 행복이 깃들고, 나아가 국가공동체도 행복한 환경을 만들 수 있다. 이를 위해서는 가정에서나 공교육에서 인성교육을 회복하는 것이 시급한 과제다. 인성교육이 안 되면 우리 모두가 불행한 환경에서 살게 된다.

7. 가족 사이에 '의사소통'이 잘 되어야 한다

노년에는 가족 간에 원만한 의사소통이 이루어질 수 있도록 노력해야 한다. 그러기 위해서는 부부 사이에서는 물론 자식들과의 사이에서도 대화가 소통의 가장 중요한 통로이다. 소통의 방법으로 '1:2:3'의 법칙이 있다. 한 번 말하고, 두 번 듣고, 세 번 귀를 기울이라는 말이다. 말하는 것보다 듣는 것이 더 중요한 소통방식이다. 상대방의 입장을 이해하는 역지사지의 자세가 중요하다. 대화는 수평적 관계에서 상대방의 인격을 존중하며 화합하는 방향으로 행해져야 한다. 종전의 가부장적 폐습에서 오는 일방적 결정과 명령을 해서는 안 된다.

부부는 서로 의견을 존중하고, 자식들을 하나의 인격체로 인정하고 소통을 해야 한다. 가족구성원은 서로 독립적 인격체라는 사실을 인정해야 한다. 가정 내에서 모든 문제 해결의 열쇠는 바로 '대화'이다. 대화의 중요한 요소가 공감이다. 대화는 단지 의사소통 방법에 불과한 것이 아니라 바로 사랑의 통로이다. 그런데 우리나라 가정은 대화가 잘 이루어지지 않는 병리현상이 있다. 우리나라 남성들이 저녁 늦게 집에 돌아오면 '밥 다오!', '애들은?', '자자'는 세 마디만 한다는 농담이 있다. 우리나라 남성들이 그만큼 대화를 할 줄 모르거나 할 말이 없다는 이야기가 된다. 그 이유는 개인적 성격 탓도 있지만, 경쟁이 심하니까 스트레스를 많이 받고, 집에서까지 그 고충을 말하는 것도 피하고 싶은 것이다.

대화가 소통이 아니라 불통이 되어 가정의 불행을 초래하는 경우가 얼마나 많은가? 무엇보다 중요한 것이 상대방의 이야기를 경청하고 존중하는 것이며, 친밀감을 가지고 상대방의 입장에서 대화를 나누어야 한다. 자녀를 통해 자기 인생의 보상을 얻고자 하거나 무엇인가를 남기고자 하는 집착은 금물이다. 자녀들은 자신들의 희망을 펴고 자기 책임하에서 스스로 인생의 길을 걷도록 지켜보는 것이 바람직하다. 그러니 대화의 방법과 기술을 익혀서 세대 간의 갈등을 극복하고, 의사소통을 원만하게 함으로써 가화만사성을 실천해야 한다. 가장 중요한 것이 입 조심하는 것이다. 입은 '재앙의 문'이라는 말이 있다. 함부로 말을 해서 상대방에게 상처를 주면 관계가 악화되고 불행을 자초하게 된다. 세 치밖에 안 되는 혀를 통제하지 못하면 그 삶은 가시덤불로 떨어지고 만다. 때로는 침묵이 가정의 평화를 가져오는 더 효과적인 소통의 방식이 될 수도 있다.

8. 가족공동체의 한 '모범사례'를 살펴본다

우리나라는 근대화와 도시화에 발맞춰 대가족제도가 핵가족제도로 바뀌어왔다. 자식들이 성년이 되면 결혼을 하고 분가하며, 할아버지와 할머니가 함께 살지 않는 경향이 있다. 최근에 와서는 경쟁이 심해지고 취업이 어려워짐에 따라 젊은이들이 연애와 결혼을 기피하면서 '1인 가족'이 점차 늘어나고 있다. 이와 같은 가족의 축소와 해체는 세계적인 경향이 되고 있다. 그래서 이러한 경우 고립과 고독이 깊어가고, 가족애에서 오는 행복감을 느끼지 못하게 된다. 이러한 추세는 일종의 사회적 병리로서 노년들에게는 많은 아픔을 안겨준다.

전통적인 가족의 해체로 인해 가정 안에서 윤리와 질서가 무너지고 있다. 행복은 가정에서부터 시작되는데, 가정이 그 역할을 못 하고 있다. 우리나라에서 가족공동체의 실험을 성공적으로 이끈 한

예를 볼 수 있다. 삼대에 걸쳐 13명의 식구가 한집에서 살고 있는 정신과 의사 이근후 박사의 가정이다. 삼대가 한 울타리 안에서 함께 살고 있으니 전통적인 대가족제도의 모습 그대로다. 이는 전통적인 가족의 순기능을 유지하면서 가족공동체의 가치를 현대적 상황에 맞추어 재생시킨 한 형태라고 할 수 있다. 그 동기는 늙으신 부모를 모시고 동시에 육아문제를 해결하려는 장남의 아이디어였다고 한다. 조부모는 손자·손녀들에게 밥상머리 교육을 통해 인성교육을 시키고, 자녀들은 돈벌이를 하면서 부모를 부양하는 데 있다.

그 시도는 성공적이었는데, 이유는 '독립성의 보장'과 '불간섭주의' 때문이었다. 가족 간의 독립성을 보장하기 위해 층과 공간을 달리해서 물리적 공간을 분리시키고, 합의에 의해 의사결정을 함으로써 불간섭주의를 실천하게 되었다. 이러한 방식은 시대변화에 적응하는 순리적 방법이다. 이 가정은 다양한 정보와 경험을 공유하는 소통을 통해 대가족제도의 이점을 최대한 누리면서 행복이라는 탑을 가정 안에 쌓고 있다. 가족 구성원이 모두 원원 하는 방법이다. 나아가 이 형태의 가정은 사회적 안전망을 구축하는 기능을 한다. 무조건 가정이 분화되는 서글픈 우리 현실에서 이러한 가족제도가 널리 보급되어 사랑과 공생이 실현되는 사회가 되기를 바라는 마음이 옷깃을 스치고 지나간다.

도시화가 이루어지고 아파트가 보편적인 가옥형태로 변하였으며, 개인주의가 발전하고 경쟁이 심하기 때문에 이웃에 관심을 미쳐 가질 수 없어 '이웃사촌'이 사라지고 있다. 그만큼 삶의 환경이 삭막해짐에 따라 어느 정도 행복에 영향을 미친다고 할 수 있다. 그러므로 노년에는 새로운 인간관계를 형성하여 소통하고 협력할 수 있는 이웃을 만드는 것이 필요하다. 그 형태는 취미생활을 함께 하거나, 운동을 함께 하거나, 공부를 함께 하거나, 사회봉사를 하는 집단이나 단체에 가입하는 방법이 일반적으로 행해지고 있으며, 주거공간을 공유하거나, 공동체 주택에서 살거나, 공동생활을 함으로써 새로운 이웃사촌을 형성하는 것이다. 혈연관계가 아니더라도 함께 살면 가족이 가지는 이점을 누릴 수 있을 것이다.

9. 노년에 있어서 '우정'은 인생의 가장 큰 자산이다

'우정'이 행복의 가장 중요한 요소라는 점에는 모두가 동의한다. 우정을 중시하는 사람은 심리적으로 더 건강하고, 사회생활에 더 적극적이며, 성공 가능성이 높다고 한다. 신뢰와 사랑을 바탕으로 하는 우정이 평생을 행복하게 만드는 가장 중요한 요소이다. 마음을 열고 인생에 관한 문제를 상의하고, 어려운 문제가 있을 때 교류를 할 수 있는 버팀목은 친구뿐이다. 그래서 부부보다 더 중요한 관계가 친구라고 말한다. 노년에는 좋은 친구를 가지고 있는 것이 가장 중요한 자산이다. 은퇴 후 고독을 극복하고 인간관계의 공백을 메워줄 수 있는 가장 훌륭한 채널이기 때문이다. 여행을 함께 하거나 취미생활을 공동으로 할 수 있는 친구도 필요하다. 서로 교류를 함으로써 연대감을 가지고, 외로움을 극복할 수 있으니 유익하다.

작가 윌리엄 모리스는 "친구가 있는 곳이 천국이요, 친구가 없는 곳이 지옥이다."라고 말했다. 친구는 인생의 울타리와 같다. 친구야말로 이해관계를 넘어 마음으로 사귀고 서로를 위해 헌신할 수 있는 관계이다. 살아가면서 기쁨과 고통을 함께 나눌 수 있는 '우정'

이야말로 삶의 만족도를 높여주는 가장 값진 자산이다. 감정은 전염되는데, 우정이 대표적인 것이다. 좋은 우정은 행복을 전달해준다. 마지막까지 지켜줄 수 있는 친구 두세 명만 있으면 성공한 인생이다. 그런데 우정도 너무 가깝거나 너무 멀지 않게 일정한 거리를 유지해야 한다. 우정이 너무 가깝다가 변해버리면 실망은 더 커진다. 과유불급의 원칙은 여기에도 적용된다.

인터넷 시대에 젊은이들은 인터넷을 활용해서 얼마든지 새로운 친구를 사귈 수 있지만, 노년들은 인터넷에 익숙하지 않을 뿐 아니라 신뢰하지 못하므로 인터넷을 통해 친구를 사귀는 것은 사실상 불가능하다. 노년에는 다른 형태의 만남이 거의 이루어지지 않으므로 친구들과의 만남이 줄어들면 고독감이 자라고, 심지어는 우울증 등의 병리현상이 나타난다. 나이가 들수록 친구를 새로이 사귀는 것은 힘들어진다. 그러나 새로운 친구들을 폭넓게 사귀는 것이 노년의 행복을 위해 필요하다.

각 대학의 특수과정을 이수하거나 자원봉사·문화 활동·문화학교 등에 참여하거나 교회나 사찰에 나가는 등 새로운 친구들을 만들 수 있는 채널들이 많이 있다. 다양한 계층의 사람들을 만나 인적 네트워크를 형성하는 것이 노년의 고독을 극복하는 방법이다. 이성 친구도 다른 맛을 느낄 수 있으므로 사귀는 것이 도움이 된다. 사람들과의 교류도 중요하고, 새로운 정보를 얻는 것도 필요하다. 젊었을 때는 인맥을 형성해서 서로 도움을 받으려는 경향도 있지만, 노년에는 대화의 대상으로 족하다. 친구를 만드는 것도 쉽지 않지만, 친한 관계를 유지하는 것은 더욱 쉽지 않다.

좋은 만남을 유지하기 위해서는 소통하는 방법을 알아야 한다.

좋은 친구를 얻으려면 나부터 좋은 친구가 되어야 한다. 먼저 배려하고 다가가는 자세를 가져야 한다. 먼저 사랑하라. 베풀라. 진실되게 대하라. 그러나 친할수록 예의를 지키고 신뢰를 잃지 않도록 금도를 벗어난 행동을 해서는 안 된다. 그러므로 우정이 변하지 않도록 신뢰를 쌓아가면서 관리를 잘 해야 노년에 행복을 지킬 수 있다. 신뢰가 만족도를 높이고 행복을 키워준다. 이러한 만남은 자존감을 높여주고 긍정적 사고를 하게 만들므로 노년에 있어서 더 중요한 덕목이다.

10. 동남아시아 사람들의 행복의 원천은 '가족'에 있다

동남아시아 사람들이 우리나라 사람들보다 행복지수가 높은 이유가 있다. 우선 더운 기후와 비옥한 농토, 풍부한 자연자원이 그들의 생활양식과 인성을 결정한다. 굳이 먹고살기 위해 아웅다웅하면서 살지 않아도 된다. 다음으로 종교가 가장 결정적인 역할을 하는데, 자비 정신으로 서로 돕고 사는 정신이 강하다. 나아가 어떤 사회체제를 채택하느냐가 중요한데, 자본주의 체제에서는 경쟁이 심하지만, 사회주의 체제에서는 경쟁이 심하지 않다. 또한 국민들의 의식이 교육을 통해 깨어 있어야 하는데, 전통사회에서는 사찰에서 불교교리만을 가르쳤다. 마지막으로 싱가포르에서 보는 것처럼 어떤 지도자를 가지고 있느냐가 나라의 명운을 결정한다. 동남아시아 사람들은 이러한 조건들 때문에, 비록 GDP는 우리나라보다 낮지만, 행복지수는 높다. 현재는 새로운 교육제도가 채택되고, 자본주의를 도입하여 경쟁이 시작되었으므로 변화가 진행 중이다.

동남아시아 사람들의 행복은 '욕망'의 절제와 함께 '가족'의 존중에서 나온다. 동남아시아 사람들은 외부 세력으로부터 간섭받지 않는 고유한 전통문화를 지키며 살 수 있는 것이 행복이라고 믿는다. 가족공동체 안에서 함께 생활하는 전통을 간직하고 있는 것: 이 것이 그들이 행복한 이유이다. 전통사회는 가족이 사회공동체의 중심이고, 가족 단위로 생활을 한다. 가족윤리가 확립되어 있어서 아랫사람이 윗사람을 존경하고 가족 간의 우애가 강하다. 종교적 교리 때문에 동남아시아 사람들은 자선을 생활화하고 있으며, 서로 돕고 협동하는 관습이 있다. 개인의 성공보다는 함께 행복해지는 것을 원한다. 이러한 전통가치를 유지하면서 살아가는 것이 그들의 행복의 원천이다.

동남아시아를 여행하면서 나라마다 개인적으로 대화를 나눌 기회가 있으면 반드시 물어보았다. 발리에서 택시를 타고 유적지를 돌면서 기사에게 물었다. '당신은 행복하냐고?' 수입은 시원치 않지만 가족이 함께 살고 있어 행복하다고 말한다. 묻는 사람들마다 거의 똑같은 대답이 돌아온다. 그들은 저녁 식사는 가족이 함께 먹는 관습이 있다. 공원이나 유적지에 가보면 그들은 가족 단위로 다니고 있다. 주말이나 공휴일에는 다른 곳에서 살던 자녀들이 다 모인다. 의사결정을 함께 하고, 일을 함께 한다고 한다. 가족공동체가 제대로 작동하고 있는 셈이다. 그들의 행복은 이처럼 전통적인 가족제도에서 나온다. 그들의 가족에 대한 믿음과 사랑이 부럽기 그지없었으니 단란한 가족이 그리운 오늘이다. 가족공동체가 해체되고 있는 우리나라의 현실이 그들보다 행복지수가 낮은 이유다.

제13장

노년의 사랑:
'마지막 사랑'도 아름답다

사랑은 인간이 추구하는 보편적인 감정으로 행복의 가장 중요한 요소이지만, 그 형태는 다양하다. 노년의 사랑은 젊은이들의 사랑과는 그 결을 달리한다. 가장 중요한 것이 자신을 사랑하는 것이다. 신체기능의 약화로 에로스 사랑은 점차적으로 추구하지 않게 되고, 부부간에 친구처럼 정으로 살아가게 된다. 남은 에너지와 감정을 다 사용하고 가야 하므로 환경의 변화와 함께 베풀며 살아가는 아가페 사랑으로 진화한다. 그렇지만 노년에도 사랑은 필요하며, 죽을 때까지 간직해야 할 비밀병기가 바로 사랑이다. 나아가 사랑은 인간애로 승화되어야 한다. 인생을 즐겁고 행복하게 만들어주는. 부부간의 사랑에는 유통기한이 따로 없다. 구원으로 가는 길은 사랑하는 마음에 있으므로 모든 것을 사랑하다 저세상으로 건너가는 것이 노년의 마지막 과제이다.

1. 은퇴 후 부부 사이에 '개별성'과 '공동성'을 잘 조화시켜야 한다

의학의 발달과 경제발전에 힘입어 인간의 수명이 연장됨에 따라 은퇴 이후 부부가 함께 사는 기간이 길어졌다. 부부는 적어도 30년 내외의 세월을 더 얼굴을 맞대고 살아야 한다. 핵가족제도로 바뀌면서 자식들은 결혼을 하면 분가를 해 나가고, 가정은 이른바 '빈 둥우리'가 된다. 그래서 노년에는 부부관계가 더 중요하게 된다. 이 제야 인생의 최종적인 보루가 가족공동체이고, 그 중심에 부부가 있다는 사실을 비로소 실감하게 된다. 그러나 가장 중요한 사실은 자신을 사랑한다는 것이다. 자신에 대한 사랑이 있어야 다른 사람에 대한 사랑도 가능하고, 그 공간을 확대해나갈 수 있다.

은퇴 후 한동안은 부부가 사이좋게 시간을 보낼 수 있다. 그러나 시간이 흐르면서 부부는 사소한 문제에도 의견이 다르고 자주 충돌하게 된다. 각자가 일을 하고 저녁시간에만 함께 생활하는 경우에는 함께하는 시간이 짧아 부닥칠 일도 적고 쉽게 넘어갈 수 있는데, 하루 종일 함께 있으면 심리적으로 지구력이나 인내심이 약해져 짜증이 나고, 이러한 현상이 계속되고 심해지면 싸움으로 변한다. 미리 노후문제에 관하여 충분한 준비가 되어 있지 않고, 모든 문제를 상의해서 해결하지 않으면 누구나 겪는 일이다.

부부가 함께 산다는 것은 쉬운 일이 아니다. 부부가 원만하게 공생하기 위해서는 은퇴 후 공동의 목표를 세우고 함께 생활할 수 있는 계획표를 먼저 작성해야 한다. 어떻게 시간을 배분해야 자신을 위해 무엇인가를 하며, 함께 할 수 있는 것이 무엇인가를 잘 선택하고, 이들을 잘 조화시켜야 한다. 이러한 시간 배분을 합리적으로 하는 것이 노년의 행복한 인생을 만들 수 있는 출발점이다. 아무런 목표도 없이 그날그날을 되는대로 살아가면 언제라도 부딪칠 수 있으며, 이러한 생활이 계속되면 몸과 마음의 에너지까지 말라간다. 남은 시간을 생산적으로 활용하여 의미 있는 삶을 누리도록 계획하고 실천해야 한다.

은퇴 후에는 부부가 함께 살면서 가사분담을 어떻게 할 것인가의 문제가 중요하다. 전업주부의 경우 여성이 가사를 전담하는 것은 당연한 것으로 받아들였지만, 은퇴 후에는 함께 생활하므로 평등의식에서 동등하게 분담할 것을 기대하고 요구하기도 한다. 가부장적인 성격을 가진 남편은 가사분담에 소극적일 수 있고, 심지어는 여전히 가사에 무관심할 수 있다. 성 역할에 대한 이해가 없거나 의사소통이 안 되는 경우에 갈등이 생기는 것은 너무나 당연하다. 가사분담의 문제는 단순하게 노동을 덜어주는 것이 아니라 상대방에 대한 배려의 문제이다. 그러므로 누가 무엇을 할 것인가는 개인의 취향이나 능력에 따라 대화를 통해 해결하는 것이 노년의 첫 번째 과제이다. 문제는 여기에서 그치지 않는다. 기본적으로 어떻게 생활을 함으로써 경제문제를 풀어갈 것인가의 문제가 발생한다. 주어진 경제능력과 조건에 맞추어 생활을 해야 하는데, 서로 취향이 다르고 희망이 다르면 이를 조정하는 것이 어렵다. 또한 무엇을 할 것인가도 부부 사이에 의견이 다를 때 충돌이 생긴다. 그러나 이 문제는 성·성격·취향·신체 등의 차이로 생기는 경우에는 각자 다름을 인정하고 일정을 잘 조정해야 한다. 중요한 것은 독자적으로 생활하는 '개별성'을 존중하면서 함께 생활할 수 있는 '공동성'을 잘 조정하고 조화시켜야 각자의 행복과 가정의 평화를 이룰 수 있다.

2. 노년에도 부부간의 사랑을 위한 '노력'은 계속되어야 한다

누구나 행복을 찾아 결혼은 하지만, 행복한 가정을 꾸리는 것은 쉽지 않다. 연애는 눈을 멀게 하지만, 결혼은 시력을 되찾게 되므로 결혼한 후에는 눈을 반쯤 감고 살라고 한다. 연애는 사랑만으로 가능하지만, 결혼은 현실이어서 여러 가지 조건들이 충족되어야 성공할 수 있다. 부부는 각기 배경이 다른 가정에서 성장했고, 성격에 차이가 있으며, 꿈이 다르고, 대화하는 방법이 다르기 때문에 가정의 평화를 누리는 것은 어렵다. 그래서 좀처럼 풀기 힘든 난수표가 부부관계이다. 가정에 평화를 이루기 위해서는 부부간에 '다름'을 인정하고 그 간극을 좁혀가야 한다. 이제 노년기에 들어선 부부는 높은 산을 넘어 하산 길을 걷고 있는 것이다.

인생의 내리막길에서 조심스럽게 발길을 옮겨야 낙상할 수 있는 위험을 막을 수 있다. 인터넷에서는 중년 이후의 부부 유형으로 웬수 부부, 남남 부부, 친구 같은 부부, 애인 같은 부부, 간병인 부부 등을 들고 있다. 부부가 어떻게 살아왔는지 그 방법에 따라 부부의 모습은 달라진다. 애인 같은 부부가 가장 이상적인 형태이지만, 과연 얼마나 많은 노년들이 그렇게 살 수 있을까? 많은 사람들이 웬수 부부·남남 부부로 살고 있는 것이 현실이 아닐까? 건강을 지켜 간병인 부부는 안 되는 것이 좋다. 정으로 살아가고 있는 친구 같은 부부가 이상적인 형태로 노년에 지향해야 할 모델이다.

부부는 일심동체라고 하지만, 실상은 전혀 다른 두 개체로서 '이심별체(異心別體)'이다. 마음도 다르고 몸도 별개이다. 가정에서 불행의 출발은 부부가 가면을 쓰지 않고 인간 본연의 모습을 그대로 보여주는 데서 나오므로 '예의'라는 속옷을 입고 살아야 한다. 애인의 경우는 성격이 다른 것이 매력이 되지만, 부부 사이에는 성격이 달라서 싸움을 한다. 노년에는 서로 적응을 하고, 때로는 포기하기 때문에 이러한 덕목들이 지켜지는 경향이 있지만, 다름을 수용하지 않으면 가정이 파멸로 갈 수 있다. 그러므로 서로 다른 개체로서 부부는 생각이나 의견을 맞춰가면서 살아야 한다.

남성이 늙어서 필요한 다섯 가지는 아내, 집사람, 마누라, 애들 엄마, 처라는 우스갯소리가 있다. 은퇴 이후에는 남성은 아내에 대한 의존도가 절대적이라는 말이다. 그러므로 아내에 대하여 잘하라는 이야기다. 은퇴 후에는 집에서 함께 보내는 시간이 많아짐에 따라 의견 충돌이 자주 일어나고 잔소리를 하게 된다. 그래서 각자 전담 파트를 만들어 간섭하지 않고 잔소리하지 않는 것이 필요하다. 취미를 비롯해 함께 할 수 있는 일을 만들면 시간을 공유하면서 소통하는 폭을 넓힐 수 있어 은퇴 이후에는 부부관계를 돈독하게 만드는 데 중요한 역할을 한다.

부부간에는 친밀감이 가정의 접착제 노릇을 한다. 부부는 독립된 인격체이므로 노년에도 서로 인격을 존중하고, 다른 취향을 존중해야 한다. 진정한 사랑은 어느 정도 프라이버시를 인정하고, 일정한 자유를 주며, 함께 있으면서도 일정한 거리를 유지해야 한다. 사랑은 구속이 아니라 서로 독자성을 존중해야 지속될 수 있다. 마주보지 말고 공동목표를 바라보면서 함께 걸어가는 것이 노년의 행복이다. 친구처럼. 인생의 끝자락까지 가정을 지키기 위해서는 함께 노력하지 않으면 안 된다. 무엇보다 역지사지의 심정으로 상대방의 입장에서 생각하면 그 입장을 이해할 수 있고, 서로 충돌하지 않을 수 있다.

3. 노년의 부부 사이도 사랑을 위한 '연료'는 필요하다

노년이 되어 일상 속에서 부부 사이에 권태를 느끼게 되면 인생이 지루해지고 행복을 느낄 수 없게 된다. 노년의 사랑에도 이처럼 '쾌락적응현상'이 찾아온다. 노년에는 에로스 사랑을 할 수 있는 에너지가 소멸되었기 때문에 사랑은 스스로 타오르지 않는다. 그러므로 노부부 사이에도 사랑을 태우기 위해서는 '연료'를 준비해야 한다. 사랑한다는 것은 주는 것이요, 나누는 것을 의미한다. 즐거운 마음으로 줄 때 행복은 솟아오른다. 그래서 사랑의 불을 지펴서 꺼지지 않게 관리함으로써 삶의 동력을 불어넣어 주는 것이 바람직하다.

소통의 창구와 사랑의 통로로서 대화가 가장 중요한 수단이다. 생일이나 기념일에 선물을 하고, 이벤트를 만드는 것은 기본적이다. 사랑한다는 말 한마디가 불쏘시개 역할을 한다. 항상 감사하고 칭찬하는 습관을 키우는 것이 좋다. 음악 감상을 하러 음악실을 찾거나, 미술관을 찾아다니며 즐기거나, 박물관을 쫓아다니며 새로운 지식을 얻는 부부들은 행복하다. 즐거움을 많이 느낄 수 있도록 관심사를 넓히고 다양한 활동을 하는 것이 좋다. 그 분야는 무궁무진하므로 두 사람이 마음만 있으면 행복의 문은 항상 열려 있다.

노년에는 취미와 여가 활동이 삶의 질을 결정하는데, 특히 정신건강과 건전한 시간 보내기를 위해 취미 활동을 하는 것이 필요하다. 이를테면, 아르헨티나 사람들은 부부가 함께 탱고를 추면서 행복을 누리고 있는데, 그들의 행복지수는 매우 높은 편이다. 평소 하던 취미가 있다면 계속 유지를 하고, 새로운 취미를 만들어 활동 영역을 넓혀가는 것이 좋다. 일반적으로 등산·헬스·산책 등 운동으로 시간을 보내는 사람들이 가장 많다(40%). 다음으로 친구 모임, 동창회, 동호회 등의 교류(35%)와 영화·연극·TV 등의 관람 (18%)으로 시간을 보낸다. 부부가 규칙적으로 문화생활을 하면 지속적으로 행복을 누릴 수 있다.

여행을 함께 하는 것은 조건만 허락하면 견문도 넓히고 배움을 통해 인생을 풍부하게 만들 수 있다. 인간관계 위주로 시간을 보내는 경우 생산성이 있거나 보람을 느끼면 마다할 이유가 없다. 그러나 좀 더 보람 있게 삶을 마감하려면 단순하게 시간을 보내는 것보다 전문성을 살리거나 자원봉사를 함으로써 의미 있는 삶을 사는 것이 바람직하다. 노년의 행복은 자신이 가지고 있는 자원을 효율적으로 사용하면서 의도적으로 삶의 질을 높여가는 데서 찾을 수 있다.

4. 노년에도 부부간에 '대화'는 활성화되어야 한다

니체는 결혼이란 '긴 대화'라고 말했다. 대화는 소통의 수단인 동시에 사랑의 연료이다. 결혼 생활은 대화로써 이루어지며, 대화의 기술을 잘 익혀야 행복한 결혼 생활을 할 수 있다. 노년에는 부부만이 함께 생활하고 있기 때문에 대화가 더 중요한 소통수단이다. 부부 사이에도 대화가 잘 안 되고 소통능력이 부족한 것이 우리나라 가정에 불화가 생기는 주된 원인이다. 노년이 되면 부부간의 대화는 더욱 줄어들고, 심지어는 단절되는 가정도 있다. 이것이 노년의 고독과 불행의 주된 원인이 되기도 한다.

최근 인구보건복지협회에서 조사한 '부부간 대화시간'에 관한 설문조사를 보면, 부부간의 대화시간은 하루에 30분 이하가 가장 많고(38.4%), 그다음으로 대화를 하다 보면 싸우게 되므로 피한다는 답변(31.5%)이 나왔다. 대체로 남성들은 밖에서는 말을 잘하면서도 가정에서는 말을 잘 안 하며, 여성들은 잔소리를 함으로써 대화가 잘 안 된다. 배우자 사이에 대화가 안 되면 간극이 생기고, 집안은 절간으로 변하며, 가정에서도 외로움을 느끼게 된다.

대화야말로 사랑의 기초이고, 가정의 평화를 가져오는 통로이다. 부부간의 대화는 사랑과 신뢰를 바탕으로 수평적 관계에서 이루어져야 한다. 마틴 부버는 "부부 사이에 대화는 '너와 나의 관계', 즉 상대방의 인격을 존중하면서 이루어져야 한다."라고 했다. 대화를 통해 진정한 '우리'가 형성된다. 그런데 많은 가정에서는 부부간에는 대화가 안 이루어지고, 자녀들을 통해 삼각관계로 행해지고 있다. 자녀들이 결혼을 해서 분가해 나가고, 이제 두 부부만 살고 있는 환경에서는 부부가 얼굴을 맞대고 직접 대화를 하는 수밖에 다른 방법이 있겠는가? 노년에 가정에서 행복을 누리기 위한 최대의 과제가 대화를 회복하는 것이다.

친구처럼 대화하라. 친구처럼 대화하는 것이 가장 이상적인 형태이다. 대화에서 중요한 요소는 상대방의 말에 귀를 기울여 경청하는 것이다. 여성들의 경우 대화의 목적이 스트레스를 푸는 경우가 있으므로 들어만 주어도 문제의 반은 해결된다. 그런데 남성은 화성, 여성은 금성에서 왔으므로 대화의 목적이 다르고, 소재와 방법이 다르니 대화가 잘 안 되는 경향이 있다. 그러므로 서로 상대방을 이해하고 역지사지의 입장에서 대화하도록 노력해야 한다. 노년이 되면 대화의 소재가 말라버리므로 공통 관심사를 찾거나 같은 취미를 만들어 함께 하는 것이 바람직하다.

가정의 평화를 위해 가장 중요한 것은 '혀'를 통제하는 것이다.

혀는 잘만 쓰면 사랑의 병기가 되고, 잘못 쓰면 전쟁의 무기가 된다. 세 치밖에 안 되는 자기 혀를 통제하지 못하기 때문에 불화를 일으키고 불행을 불러온다. 부부간의 싸움은 대체로 말조심을 하지 않음으로써 확대 재생산되는 경향이 있다. 공연히 상대방을 자극하지 말고, 참고 또 참자. 화가 났을 때 말조심하는 것이 평화를 누릴 수 있는 방법이다. 인신공격을 하거나 경멸하거나 신경질적으로 하는 것은 금물이다. 그러므로 대화하는 기술을 연마하여 부부가 말의 성찬을 베풀면 행복은 무럭무럭 자랄 것이다.

5. 부부 사이에도 '프라이버시'는 존중되어야 한다

사랑은 소유가 아니라 '향유'일 뿐이다. 노년에도 상대방을 소유하고 지배하려고 시도하면 그 새는 공중에서 날기를 동경하게 될 것이다. 사랑은 한 마리 새와 같은 것: 푸른 하늘을 날 수 있도록 놓아두라. 노년기에 들어선 부부 사이에도 독자성을 가지고 생활할 수 있도록 서로 '프라이버시'는 존중해야 한다. 같은 집 안에서도 부부가 각자 이용할 수 있는 공간을 만들거나 서로 독자적인 시간을 가질 수 있도록 해야 한다. 한 공간에서 항상 얼굴을 맞대고 있으면 싫증이 나고 거리감은 깊어진다. 때로는 숨이 막힐 때도 있을 것이다.

부부는 일심동체라고 하지만, 전연 다른 두 개체이므로 서로 인격을 존중하고, 다른 취향을 존중해야 한다. 노년의 경우에는 더욱 그러하다. 시인 칼릴 지브란은 "함께 있되 거리를 두라/ 그래서 하늘 바람이 너희 사이에서 춤추게 하라? 서로 사랑하라/ 그러나 사랑으로 구속하지는 말라."라고 노래하고 있다. 서로를 소유하고 속박하려는 것은 일종의 욕심으로 사랑을 파멸로 몰아갈 수 있다. 진정한 사랑은 각자가 어느 정도 프라이버시를 인정하고, 일정한 자유를 주며, 함께 있으면서도 일정한 거리를 유지하는 것이다.

결혼을 해서 배우자가 있는 경우에도 외로움을 느낀다. 외로움은 인간의 본성이기 때문이다. 한 조사에 의하면, 62.5%의 배우자들이 외로움을 느낀다고 한다. 그러므로 같은 공간에서 생활을 하더라도 서로의 독립성을 인정하고, 프라이버시를 존중해야 한다. 부부 사이에도 감추고 싶은 것이 있는지 조사를 했더니 카카오톡 메시지 25%, 비자금 20%, 몰래 산 물건 10%, 몰래 선 보증 5% 등의 순으로 나왔다. 외로움을 즐길 수 있도록 훈련이 되어 있지 않으면 노년의 외로움은 더욱 자랄 것이다.

아내가 남편의 허락 없이 이메일을 보고 "잘 도착했어요?"라는 문자를 발견하고, 상대방 여성을 상대로 위자료 청구소송을 낸 사건이 있다. 이에 대응하여 남편은 사생활 침해로 아내를 고소한 사건에서 법원은 이메일을 훔쳐보는 것은 사생활 침해로 형사처벌의 대상으로 인정하고, 벌금 30만 원을 선고하였다. 이처럼 부부 사이의 프라이버시는 일종의 권리로서 법적으로 승인되었다. 부부간에도 프라이버시를 존중해야 신뢰가 쌓이고 가정의 평화를 기대할 수 있다. 프라이버시를 존중하는 것은 부부를 남남으로 만드는 것이 아니라 독자적인 인격체로 존중하는 것이다.

6. '맞춰가면서 살아야' 가정을 지킬 수 있다

부부간의 사랑이란 함께 공동목표를 바라보며 손잡고 걸어가는 것이다. 생텍쥐페리는 "사랑은 서로 마주 보는 것이 아니라 함께 같은 방향을 바라보는 것"이라고 했다. 연애 시절에는 사랑을 확인하기 위해 마주 바라보지만, 결혼한 후에는 멀리 가기 위해 한 방향으로 나란히 서서 걸어야 한다. 노년기에 들어서서도 남은 인생을 아름답게 살기 위해 공동목표를 향하여 손잡고 걸어가는 것이 성공한 인생이다. 남녀 사이에는 뇌의 구조와 감정 등에서 많은 차이가 있는데, 이러한 점을 이해하지 못하면 갈등과 싸움이 일어나기 마련이다. 결혼이란 두 사람이 함께 추는 춤과 같아서 보폭을 맞추지 않으면 안 된다.

가정의 목표는 원대하게 잡되, 부부는 몸과 마음을 합쳐 그곳에 도착하도록 서로 이해하고 협력하면서 헌신적인 노력을 해야 한다. 가정이란 흔들리는 배와 같아서 부부간의 갈등을 잘 풀어야 가정의 평화를 이룰 수 있다. 남자가 은퇴를 하고 가정에만 머물게 되면 새로운 역할을 찾아서 해야 한다. 가사를 돕고, 공감대를 형성하기 위한 취미를 만들며, 갈등을 안 일으킬 수 있는 방법을 찾아야 한다. 오늘날 황혼이혼이 늘어가고 있는데, 이를 예방하기 위해서는 새로운 탈출구를 마련해야 한다.

'2013년도 사법연감'에 의하면, 이혼 이유의 47.3%가 성격 차이라고 한다. 성격은 쉽사리 고칠 수 없으므로 가정이 평안하려면 서로 다른 점을 인정하고 맞춰가며 살아야 한다. 부부가 같이 늙어간다는 것은 닮아간다는 것을 말한다. 외관만이 아니라 생각이 닮아가야 한다. 자기주장을 끝까지 관철하려고 하면 충돌될 수밖에 없고, 이것이 습관화되면 가정은 전장으로 변한다. 이혼할 때 가장 흔히 하는 말이 "우리는 너무 달라."라는 말이다. 부부가 서로 다른 것을 인정하고 맞춰가는 것: 이것이 결혼 생활이 성공할 수 있는 최고의 비법이다.

노년에는 호르몬의 분비로 인해 여성은 남성화되고 남성은 여성화되므로 성격의 변화로 인해 충돌하는 경향이 있다. 이런 문제는 자연현상이므로 그 변화를 이해하고 수용하면서 살아가는 수밖에 없지 아니한가? 부부간에 생기는 갈등은 함께 사는 한 끝이 없다. 한 노년은 아내가 좀처럼 변하지 않자 자신이 아내에 맞춰가면서 살고 있는데, 그 이유는 아내가 변하는 것보다 자신이 변하는 것이 더 빠르다고 생각했다고 한다. 끝까지 인내하고 휴전 상태를 유지하면서 사는 것이 부부간의 의무이고, 숙명이다. 서로 다른 점을 맞춰가며 살아가는 것이 지속적인 행복으로 가는 길이다.

7. 가정의 평화를 위해서는 '인내심'이 필수적이다

결혼을 한 후 말다툼·비난·경멸함·무시함·과민한 대응 등으로 인해 일상적으로 부부간에 갈등과 싸움이 일어난다. 그래서 이러한 갈등을 잘 극복하지 못하면 전쟁으로 번져간다. 웨딩 케이크가 가장 위험한 음식물이라는 풍자가 회자되고 있다. 결혼을 하면 3주간 탐색을 하고, 3개월간 열렬하게 사랑하다가, 3년간 싸우고, 나머지 30년간 인내하며 살아야 한다고 한다. 물론 사람에 따라 차이가 있지만, 대체로 결혼한 사람들의 생활패턴은 이와 비슷하다.

부부싸움은 소소한 것에서 시작된다. 한 사람은 치약을 위에서부터 짜고, 다른 사람은 밑에서부터 짜기 때문에 싸운다. 한 사람은 TV 프로그램을 계속 보려고 하는데, 다른 사람은 그만 끄고 자자고 하면서 싸운다. 일상생활에서 서로 다른 점이 많으면 부부간의 전쟁은 자주 일어난다. 그 원인은 멀리는 성격의 차이에서 나오는

데, 성격은 변하기 어려운 법: 상대방의 성격을 고치려고 하면 가정이란 그릇을 깰 수 있으니 있는 그대로 수용해야 한다. 서로 의견이 다를 때 역지사지의 심정으로 이해하고, 양보하고 맞춰가며 사는 길밖에 더 있는가?

영원한 휴전은 없다. 부부관계는 합리적으로 이루어지지 않으며, 모든 문제가 이성적으로 해결되지도 않는다. 자기중심적이고 상대방을 이해하지 못하는 한 언제나 전쟁은 재발한다. 그러므로 인내하지 못하면 가정은 파탄으로 달려간다. 그러니 결혼 생활의 최선의 방법은 '휴전 상태'를 유지하는 것이다. 노년에는 특히 감정이 메말라버리고 다툼이 일상화되기 때문에 가정의 평화를 위해 가장 필요한 덕목이 '인내심'이다. 참고 또 참고, 무기를 꺼내지 말고, 그냥 살아가는 것: 이것이 가정의 평화이고, 노년의 행복은 바로 이런 휴전 상태이다.

화가 날 때 참고 또 참아야 된다. 참을 인 자 세 개를 실천하는 곳에 비로소 가정의 평화가 올 수 있다. 내가 죽을 때 전쟁은 끝나고, 남녀가 함께 묻히는 공동묘지가 되어야 가정은 살아난다고 누가 말했던가? 부부싸움에서는 져주는 것이 이기는 것이다. 니체는 인생이란 '긴 인내'라고 말했다. 인내함으로써 가정의 평화가 올 수 있고, 행복이 깃들 수 있으니 인내야말로 결혼 생활에 평화를 가져오는 명약이 아니겠는가? 인내는 손해가 아니라 이기는 방법이고, 인내는 쓰나 그 열매는 달다. 그래, 참고 살자. 행복한 노년을 위해서.

8. 노년의 사랑은 '아가페'로 승화되어야 한다

사랑은 연령대에 따라 그 결이 다르다. 젊었을 때에는 주로 에로스 사랑을 하다가 결혼을 한 후에는 사랑이 점차 정으로 변하고, 노년에는 시간이 흐르면서 점차적으로 '아가페'로 승화하는 것이 일반적 경향이다. 아가페는 희생을 본질로 하는 초월적 사랑으로 이성적이고 영원하며 이타적인 사랑을 의미한다. 노년에도 사랑은 계속되어야 하며, 모든 사람을 사랑하는 인간애로 승화되어야 한다. 사랑이야말로 행복을 가져다주는 인생의 비밀병기이며, 사랑하는 한 그 삶은 영생을 누리는 것이다. 그러나 인간에게 있어서 변하지 않는 영원한 사랑은 없다. 노년의 결혼 생활을 유지하기 위한 매체가 바로 '정'이다. 우리나라에서는 부부 사이에 애(사랑)는 식어가고 정으로 살아간다는 이야기가 옛날부터 내려오고 있다. '정=애정 - 애'라는 등식이 성립한다.

니체는 두 사람이 공동의 목표를 공유하는 사랑을 '우정'에 가깝다고 하면서 부부간에도 이러한 사랑이 이상적인 사랑이라고 했다. 뜨거운 사랑은 쾌락적응현상 때문에 일정한 시간이 지나면 식기 마련이고, 우정 같은 끈끈한 사랑이 변하지 않고 가정을 묶어주기 때문이다. 노년에는 부부 사이에 생활에 다양한 변화를 주면서 쾌락적응현상을 극복해야 하며, 취미 활동을 함께 하는 등 동적인 변화를 줌으로써 지속적인 행복을 추구해야 한다. 가장 중요한 동인이 친구처럼 대화하면서 일상을 사랑으로 장식하는 것이다.

가정이 핵가족으로 변하여 가족 간의 만남이 적어지고, 은퇴 후 인간관계가 끊어지는 노년에는 부부간의 대화와 사랑이 더 절실하게 요구된다. 노년에 필요한 자세는 사랑을 받는 것보다 사랑을 베푸는 것이다. 가족 간의 사랑은 '내리사랑'이라고 한다. 부모의 자식 사랑은 '본능'이라고 표현하는 것이 가장 적절할 것 같다. 자식의 부모 사랑은 그 결이 다르다. 그 연장선상에서 이웃 사람들을 사랑하고, 나라와 지역공동체를 사랑하면서 존경받는 사람으로 거듭날 때 노년의 행복은 꽃을 피울 것이다.

아가페는 희생을 본질로 하고, 주는 것을 바탕으로 하기 때문에 좋은 인간관계를 형성하면서 공동체적 행복을 누리게 된다. 노년에는 마음을 비우고 다른 사람을 존중하는 성품이 형성되므로 아가페 사랑의 가능성이 높아진다. 노년에는 아가페 사랑을 함으로써 사회에 귀감이 되어 마지막 행복을 누리는 것이 성공한 인생이다. 인생의 끝자락에서 돌봄이 필요할 때 그 역할은 결국 부부가 하는 것으로 인생의 마지막 사랑이요, 최후의 책임이다.

9. 노년에도 '성생활'은 행복에 영향을 미친다

성욕은 인간의 '생리적 욕구'이다. 그리스 철학자 에피쿠로스는 성욕을 먹고 입는 욕구, 부와 명예의 욕구와 함께 인간의 3대 욕구로 들고 있다. 쇼펜하우어는 남녀 간의 사랑이란 아무리 별나라의 신비함을 간직하고 있더라도 그 본질은 성욕을 충족시키는 데 있다고 했다. 그러나 성은 육체적 관계를 넘어 정신적 교류를 하는 것으로 부부 사이에 유대감을 강하게 만들고, 소외감을 극복하고 삶의 만족감을 주는 순기능을 한다. 노년의 성은 문화적 차이나 시대의 변화에 따라 보는 관점이 다르지만, 우리나라에서는 아직도 금기시하는 부정적인 시각이 있다.

예전에는 성을 생식을 위한 수단으로만 인정하였지만, 오늘날에는 성을 (성적) 쾌감을 느끼기 위한 유희의 수단으로 여기는 경향이 있다. 그러나 성의 본질은 쌍방 간의 교감이고, 상대방이 이를 어떻게 받아들이느냐에 그 기능이 달려 있다. 노년에도 예외는 아니다. 노년의 성은 생리적인 만족감을 추구하기보다는 심리적인 만족감에서 찾는 것이다. 노년들은 충동이 아니라 마음에 이끌리는 감성적인 성의 성격이 강하다. 노년에는 성기능의 퇴화로 성교를 못 하는 등 생리적인 기능은 퇴화하지만, 애무나 스킨십 등을 통해 교감을 하면서 성적 만족을 얻을 수 있다. 그러므로 노년에도 건전한 성생활을 통해 행복지수를 높이는 것이 행복으로 가는 중요한 방법이다.

2002년에 개봉한 '죽어도 좋아'라는 영화가 노년의 성 문제를 제시하였다. 두 노인이 만나 사랑을 하고 성생활을 즐기는 모습을 리얼하게 그리고 있다. 이 영화는 노년의 성문제를 생각하게 만든 문제작이라고 볼 수 있다. 그 반응은 '늙어서 주책'이라고 보는 부정적 시각도 있었지만, 현실적으로 수긍하는 긍정적 입장이 많았다. 100세 시대에 들어와서 노년의 성 문제는 이제 새로운 시각으로 바라보아야 한다. 아직까지는 자식들이나 사회적 이목이 걸림돌이 되는 것은 분명하다. 그러나 이제 노년들의 사랑이 추하다거나 비난받는 시대는 지나갔다. 노년에도 성을 통한 행복을 누릴 권리가 있다. 노년의 로맨스의 합성어인 노(老)맨스라는 신조어가 생겨났다. 혼자된 노년들은 새로운 사랑을 통해 남은 인생을 즐겁게 살수 있어야 한다.

성생활에 은퇴는 없다고 말하지만, 노년에는 분명히 성생활에 한계가 온다. 노년에도 건강이 허락하면 성생활은 계속할 수 있으며,

체질에 맞게 성을 누리면 오히려 건강에 좋다. 건강이 유지되면 성적 욕구는 계속 발동하지만, 노년에는 성생활의 강도와 빈도가 적어진다. 남성은 발기기능이 약해지고, 여성은 윤활액이 잘 분비되지 않는다. 남녀 공히 오르가슴을 느끼는 강도가 약해지고 그 횟수도 줄어든다. 그렇다고 성생활이 불가능해지는 것은 아니다. 노년에는 성은 심리적인 측면이 더 강하다. 성교보다 중요한 것이 애무다. 성교하기 전에 포옹·키스·접촉·마사지와 같은 전희를 잘 활용해야 한다. 이것만으로도 즐거움을 느끼고, 성적 만족을 더해주는 역할을 한다. 성교 후에도 바로 남남이 되지 말고 다정한 모습을 지속적으로 유지해야 한다.

성생활에도 왕도는 없다. 서로 한마음으로 노력하고 협력할 길밖에는. 무엇보다 남녀 사이에 성기능의 불균형을 극복하는 것이 중요한데, 이를 극복하기 위해서는 성에 관한 의사소통을 통해 성생활의 조화를 이루어야 한다. 노년에도 성은 아름답고 건전하다는 생각을 가지고 상대방을 받아들이고 자존감을 세워주어야 한다. 노년의 성기능의 약화를 극복하기 위한 방법을 터득하는 것이 중요하다. 친밀함이 노년의 성에 가장 중요한 요소이다. 성적 만족은 성교만으로 이루어지는 것이 아니다. 노년의 사랑은 육체보다는 그 존재를 사랑하는 데 특징이 있다. 불완전한 성을 극복하는 유일한 방법은 사랑뿐이다. 노년에도 건전한 성생활을 하면서 성적 욕구를 충족시키고 사랑을 키워가는 것이 마지막 행복을 누리는 길이다.

10. 사랑에는 '유통기한'이 따로 없다

파스칼이 연애감정은 언제든지 생겨난다고 한 것처럼 사랑에는 연령이 따로 없다. 노년에도 연애감정을 가지면 가슴이 뛰고 마음을 젊게 만든다. 루이 벵상 토마는 '사랑과 믿음과 유머'만이 노화와 죽음을 극복할 수 있는 힘이라고 했는데, 그중에서 가장 중요한 것이 사랑이다. 이러한 사랑은 반드시 육체적 관계만을 의미하지 않으며, 정신적 사랑에 머무를 수도 있다. 사랑은 젊은이들의 전유물이 아니다. 사랑은 인생 전체에 걸쳐 지속적으로 느끼고 실천해야 하는 보물이다. 사랑하며 사는 것이 평생 젊음을 유지하며 활기찬 인생을 살 수 있는 방법이다.

노년에는 사랑을 자극하는 호르몬이 생성되지 않으므로 뜨거운 사랑을 하는 데는 한계가 있다. 그러나 사랑의 감정은 지속된다. 이것이 노년의 사랑의 이율배반인가? 인생 100세 시대에 노년의 사랑이 금기시되고, 비난의 화살이 날아드는 시대는 지났다. 젊은 여자를 쫓는 한 노인의 모습을 보고 사람들은 나잇값도 못 하는 주책이라고 비난하자 그 노인은 "이것이 마음을 젊게 하는 묘약"이라고 대답했다.(괴테) 사랑하는 감정은 영생하며, 사랑은 구원으로 가는 길이다. 죽을 때까지 이러한 감정을 간직하면서 사는 인생은 아름답고 풍성하지 아니한가?

어느 유명한 영화감독은 최근에 100번째 영화를 크랭크인 하면서 기자와의 인터뷰에서 "이제 사랑 얘기를 할 때가 됐다."라고 말했으며, 세계적인 비디오 아티스트인 백남준은 생애 마지막 인터뷰에서 기자가 지금 가장 하고 싶은 것이 무엇이냐고 물으니까 서슴없이 '연애'라고 대답하였다는 기사를 읽은 기억이 난다. 이들의 말은 인간의 본성을 반증하는 것이고, 누구도 윤리의 잣대로 심판해서는 안 된다. 스탕달은 "연애에는 나이가 상관없다."라고 했다. 괴테의 마지막 사랑처럼 노년의 사랑은 실현되는 것이 거의 불가능할 뿐, 누구나의 로망 아닌가?

사랑의 감정은 결코 마르지 않는다. 생명이 남아 있는 한. 가장 신비스러운 신의 선물이 바로 사랑이다. 사랑할 것이 남아 있는 자, 가슴 두근거리는 삶을 살리라! 가슴이 뛰는 한 나이는 상관없다. 노년에도 사랑은 계속 이어갈 수 있다. 젊은 여성의 체취는 노년에게는 불로초와 같다는 전설이 내려오고 있다. 남성들에게 성적 판타지는 자신의 마지막 존재 이유이기도 하다. 그러므로 사랑하는 감정은 평생 유지하면서 살아가는 것이 낭만적인 인생이요, 지속적인 행복을 누리는 방법이다.

11. 사랑에도 '과유불급'의 원칙이 적용된다

노년에도 열애가 가능할까? 노년에 걸맞은 사랑이 따로 있는가? 그렇다면 사랑의 부작용을 막을 수 있으니 얼마나 좋을까. 사랑을 머리로 하는 것이라면 가능하겠지만, 사랑은 가슴으로 하는 것이기 때문에 사람들은 어리석은 사랑을 한다. 사랑의 열병을 앓게 되면 이성이 마비되고, 감성의 포로가 된다. 사랑 중독자들은 순간의 쾌락을 위해 몸과 영혼을 파괴시키는 마약과도 같은 사랑을 한다. 이것은 인생을 파멸로 이끄는 일종의 '인공행복'이다.

사랑은 뜨거울수록 좋다고 하지만, 현실적으로는 그런 사랑이 어렵고 그 생명은 짧다. 루크레티우스는 사랑은 즐거움보다 괴로움을 더 많이 주므로 사랑에 빠지지 말라는 경고를 하고 있다. 사랑이 뜨거울수록 더욱 그렇다. 그럼에도 사람들은 열애를 선망하고 실천에 옮긴다. 그러나 노년에는 이처럼 뜨거운 사랑을 하는 것은 쉽지 않다. 그 이유는 신체적 기능이 약화되기도 하였고, 노년에 대한 편견도 작용을 하며, 무엇보다 삶의 지혜가 이러한 사랑을 기피하기 때문이다. 노년에는 사랑도 관조하는 자세로 펼치는 경향이 있으며, 그것으로 만족하면 평화스럽게 사랑을 누릴 수 있다.

사랑이 다 타고 나면 재만 남는다. 노년에는 별로 탈 것도 없지만. 자신이 감정을 통제하지 못하면 사랑이 불행으로 끝날 수도 있다. 열렬한 사랑일수록 그 그늘은 어둡고 길다. 그러므로 사랑에 모든 것을 거는 것은 바람직하지 않다. 노년의 사랑은 단순한 집착이거나 성적 욕망의 대상이어서는 안 되며, 두 마음이 하나로 결합되는 과정이어야 한다. 정신적 사랑이 없는 불꽃은 육체적 관계일 뿐, 이를 사랑으로 호도해서는 안 된다. 노년의 사랑은 사랑하는 마음 그 자체만으로도 삶에 활력을 줄 수 있으니 좋지 아니한가?

불꽃을 피우기 위해 모든 시간과 정력을 바치는 것은 인생의 낭비요, 그 결과는 피폐한 기억과 후회만을 남긴다. 사랑에도 과유불급(過猶不及)의 원칙은 적용된다. 사랑도 과도하게 넘쳐서는 안 되고, 적정선 안에서 이루어져야 한다. 두 사람 사이에 프라이버시가 존중되어야 하고, 일정한 거리가 유지되어야 오래 지속될 수 있다. 사랑을 유지하기 위해서는 정원사가 화단을 가꾸듯 많은 노력을 기울여야 한다. 이러한 사실을 터득하고 실천하는 것이 노년의 사랑을 아름답게 만들 수 있다.

12. '불륜과 사랑 사이'에서 사람들은 방황하고 있다

사람들은 다른 이성과의 섹스를 탐하는 경향이 있다. '불륜'이란 넓은 의미에서 윤리에 어긋나는 행위를 말하는데, 좁은 의미로는 기혼자가 다른 이성과 성행위를 하는 것을 가르친다. 이는 일부일처제라는 제도 때문에 생기는 현상으로 사회적으로 비난을 받을 뿐 아니라 법적으로 제재의 대상이 된다. 그래서 사람들의 관심의 대상이 되고, 사회문제가 되기도 한다. 노년에도 불륜이냐 사랑이냐의 문제는 여전히 일어나고 있다. 포털 사이트 애슐리 매디슨은 '인생은 짧다. 외도를 즐겨라'라는 슬로건을 올려서 한때 세간의 주목을 끌었다. 남성들은 수컷 본능에서 자연발생적으로 외도를 하는 경향이 있고, 여성들은 가사노동 때문에 바람을 피운다는 프랑스의 한 사회조사가 있다. 그러나 영원한 비밀은 없고, 종국에는 파멸을 자초하고 말므로 건전한 성생활을 누리는 것이 행복을 지키는 길이다.

불륜 하면 영화 '메디슨 카운티의 다리'가 생각난다. 사진작가 킨 케이드(클린트 이스트우드)는 메디슨 카운티에 지붕이 있는 다리를 찍기 위해 갔다가 가정주부인 프란체스카(메릴 스트립)를 만난다. 고독한 한 남자와 결혼 15년 차로 단조로운 일상을 보내고 있는 한 여성이 만나 출장 간 남편이 돌아오기까지 3일간의 사랑에 빠진다. 두 사람 사이의 사랑은 뜨겁고 흡족했다. 킨 케이드는 떠나기 전날 함께 떠나자고 청하지만, 프란체스카는 유부녀로서 가정을 지키기 위해 이를 거절한다. 그는 그녀의 선택을 받아들이고 홀로 떠난다.

이 영화 속에서 전개되는 두 사람의 진솔한 사랑에 많은 사람들이 환호하고, 선망의 대상이 되기도 하였다. 이 영화가 회자되는 이유는 가정과 사랑 사이에 놓인 '건널 수 없는 다리'를 건넌 모습에서 대리만족을 얻기 때문이 아닐까? 그러나 일부일처제는 사회적으로 공인된 제도로서 부부 사이의 성행위는 상대방에 대한 독점성이 인정되고 있으므로, 다른 사람과의 성행위는 불륜이라는 이름으로 비난을 받고, 나라에 따라서는 형사처벌의 대상이 되어 왔다. 성생활에서도 쾌락의 쳇바퀴는 돌고 돈다. 성생활에 일정한 변화를 주면서 쾌락적응현상을 극복하는 것이 건전한 성생활과 행복한 가정을 만드는 길이다.

결혼이라는 '제도'와 자연으로서의 '사랑': 불륜이란 이러한 이상과 현실이 충돌하는 현상이다. 그 계곡에서 많은 사람들이 헤매고 있다. '내로남불': 내가 하면 로맨스이고, 남이 하면 불륜이라는 속설이 규범과 현실의 간극을 잘 표현하고 있다. 일부일처제라는 제도와 성적 자기결정권이라는 본능의 교차로에서 신호등은 자신이 조절하지만, 법적·윤리적 심판이라는 적신호가 기다리고 있음을 잊어서는 안 된다. 그러므로 이러한 낭만은 작품 속에서나 즐기는 것이지 실천을 하면 불행이 뒤따라온다.

13. 결혼한 후에는 '운명'으로 받아들이는 것이 현명하다

부부 사이도 시간이 흐르면 마음이 변하기 마련이고, 이 세상에 영원한 것은 없다. 부부는 일심동체라든가 백년해로라는 말은 이상적이고 규범적인 것일 뿐, 영원한 사랑이나 완전한 사랑은 없다. 노년에 이르게 되면 이러한 사실을 피부로 느끼며 살아가게 된다. '이것이 인생이고 부부간의 사랑인가?'라는. 가능하면 인내하면서 함께 사는 것이 좋지만, 함께 사는 자체가 불행하다면 이혼을 고려하지 않을 수 없을 것이다. 짧은 인생을 굳이 전쟁을 하면서 불행하게 살 필요가 있겠는가?

부부간의 관계가 끝나도 인생은, 아니 사랑은 계속된다. 새로운 인생설계를 하고 재출발하여 다시 행복을 찾아야 한다. 그러나 이혼은 쉽게 할 수 없고 부작용이 따르므로 현명하게 판단을 해야 한다. 사랑이 무엇인지 두뇌는 알지라도, 가슴은 감정적이어서 이를 실천하기는 어렵다. 그러니 이것만 알고 실천하면 행복한 가정을 꾸려갈 수 있을 것이다. 상대방을 선택할 때에는 두 눈을 크게 뜨고 현명하게 선택해야 하지만, 결혼한 후에는 한 눈은 지그시 감고 나머지 한 눈으로 사랑스럽게 바라보면서 살아가야 한다.(루스벨트)

톨스토이는 사랑은 선택이 아니라 '운명'이라고 말했다. 인생에서 가장 어려운 선택이 결혼 상대방의 선택으로 이는 인간의 운명을 결정한다. 결혼하기 전에 현명한 선택을 해야지 결혼한 후에는 잘잘못을 따져보아도 아무런 소용이 없다. 가정의 갈등만 키울 뿐이다. 사소한 일로 이혼을 하게 되면 평생 후회를 한다. 이혼을 하면 속박에서 벗어나 자유를 얻지만, 고독과 생활의 고통을 감수해야 한다. 그러므로 결혼을 운명으로 받아들이고 살아가는 것이 가장 현명하다. 결정적인 사유가 없는 한. 이것은 운명론자가 아닌 현자의 길이다.

백년해로는 저절로 이루어지는 것이 아니라 힘든 노력과 지속적인 인내의 산물이다. 부부 사이의 싸움도 인내하지 않으면 가정이 파멸로 갈 수 있다. 가정의 평화는 인내의 산물이다. 계산만으로는 답이 나오지 않는 것이 결혼방정식이다. 노년에는 일종의 체념이나 포기가 그 답일 수 있다. 얼마 남지 않은 세월 그냥 함께 가자고 결심하면 된다. 그리하여 하나로 영원하게 행복한 결혼 생활을 할 수 있도록 노력하는 것이 긴 행복으로 가는 길이다. 종교를 가지고 신앙생활을 하게 되면 부부가 믿음 안에서 하나가 되어 불신자에 비해 더 행복한 결혼 생활을 할 수 있다.

14. '혼자'가 되는 것을 두려워하지 마라

부부 중 어느 한 사람이 먼저 세상을 떠나면 본의 아니게 혼자가 된다. 그러나 죽고 사는 것은 신의 명령이요, 자연법칙이니 어쩔 수 없다. 인위적으로 막을 수 없는 일은 그대로 수용하면서 새 길을 찾아가는 수밖에 없다. 이혼을 하게 되어도 혼자가 된다. 또한 자식이나 친구들마저 떠나버리면 이제 자신은 외톨박이가 된다. 혼자 사막을 걷고 있는 사람의 모습이 떠오른다. 이 엄연한 현실 앞에서 노년에는 어떻게 남은 인생을 즐겁고 행복하게 살다 갈 것인가를 고민하고 대비해야 한다.

혼자 산다는 것은 힘들고 불편하며 불행하다고 일반적으로 생각한다. 남성들은 실제로 가정생활에 익숙하지 못하기 때문에 그런 점들이 많이 있다. 여성들도 경제적 문제가 준비되지 않았거나 남편이란 울타리가 무너짐에 따라 힘들 수 있다. 무엇보다 노년에는 자식들은 분가해버리고, 친구들도 점차 사라지며, 주변에 소통할 사람들이 없게 됨에 따라 외로움을 더 느끼게 된다. 만년에 가장 무서운 행복의 적이 '고독' 나아가 '절대고독'으로 심한 경우에는 우울증까지 걸리게 된다. 노년에 자살률이 높아지는 이유는 바로 우울증으로 인한 자살이다. 그래서 이러한 현상을 극복하는 것이 노년의 최대의 과제이다.

도티 벌링턴은 많은 독신자들과 면담을 통해 조사를 하고 나서 독신자들이 뜻밖에도 인생을 즐기며 행복하게 살아가는 사람들이 많다는 것을 보았다고 한다. 그들이 남긴 공통적인 메시지는 노년들이 반드시 참고하고 준비해야 할 내용들을 담고 있다. 우선 독신생활을 하면서 자기 자신을 제대로 알 수 있는 기회가 생긴다. 새로얻은 자유를 만끽할 수 있다. 일과 취미생활을 하면서 혼자인 것을즐길 수 있다. 행복은 밖에 있는 것이 아니라 자신 안에 있다. 행복과 불행은 마음가짐에 달려 있다. 혼자서도 행복할 수 있다. 이왕이면 혼자인 것을 즐기면서 행복하게 사는 것이 마지막 과제이다.

그러나 이것만으로는 고독의 문제가 충분하게 해결되지 않는다. 처음에는 적응할 시간을 가지고 준비를 해야 한다. 단독자로서 처해 있는 환경을 어느 정도 개선하는 것이 필요하다. 우정을 가꾸어야 하고, 특히 이성 친구를 사귀는 것이 좋다. 가슴이 뛰면 젊어지고 행복해질 테니까. 사회 활동에 적극적으로 참여해야 한다. 취미활동을 하거나 운동을 하거나 예술 활동을 하면서 몰입하게 되면외로움을 극복할 수 있다. 나아가 봉사활동을 하는 것이 노년에는자신의 행복을 키우는 가장 좋은 방법이다. 마지막으로 신앙을 가지게 되면 절대고독의 문제를 해결함으로써 한 차원 높은 행복(종교적 행복)을 누릴 수 있게 된다.

15. 노년에도 '이혼'과 '재혼'의 문제는 일어난다

사랑은 이상적이지만, 결혼은 현실적이다. 결혼을 하고 나면 그기간은 사람마다 다르지만, '이게 결혼인가?'라는 의문이 곧 생긴다. 결혼 생활에서 필요한 최소한의 조건들을 지키지 않으면 결혼생활은 부부가 한 울타리 안에서 시도 때도 없이 벌이는 전쟁터로변한다. "인간 세상은 이상과 현실이 함께 존재하면서 반드시 갈등이 발생하는 구조로 되어 있다."(파우스트) 그래서 부부 사이에도 사랑을 지향하지만, 갈등이 만연하는 것이 결혼 생활이다. 그러므로 함께 할 수 있는 부부관계를 미리 협의하여 설정해두고, 함께 사는 지혜와 기술을 익혀야 한다.

노년에도 이혼과 재혼의 문제는 중요한 문제이다. 사랑도 가정도 영원한 것은 없으니까. 개인의 행복이란 가치가 더 중요시되는 오늘날 노년에 들어와서 이혼하는 경향이 높아지고 있다. 부부가 함께하는 시간이 늘어남에 따라 의견이 충돌하고 대화로 풀어가지 못해 황혼이혼이 늘어나고 있다. 이혼의 이유는 빈곤·갈등·폭력·외도·무관심 등 여러 가지를 들 수 있지만, 노년에 이혼이 증가하는 이유는 부인들의 남편 의존도가 낮아졌고, 여성들이 결혼 생활에서 잃어버린 상실감에 대한 보상심리가 강하며, 은퇴 후 이혼하면 퇴직금에서 많은 위자료를 받을 수 있는 경제적 이유 등 그 이유가 다양해졌다.

사별하거나 이혼함으로써 혼자가 된 사람들이 늘어나고 있으며, 특히 남성은 외롭고 생활이 불편하므로 재혼을 하는 경향이 늘어나고 있다. 노년에 재혼을 하는 이유는 성적 문제가 전부가 아니라 외로움의 해소, 심리적 긴밀감, 경제적 문제, 자녀로부터의 독립 등 다양하다. 노년에는 부부가 함께 사는 것이 행복을 만들 수 있는 거의 유일한 장치이기 때문이다. 그래서 예전처럼 노년에 재혼하는 것이 금기가 아니고, 결혼을 권장하는 사회적 분위기가 조성되고 있다. 최근 부모들의 재혼을 주선해주는 것이 이러한 이유에서 효도라는 말이 회자되고 있다. 그런가 하면 재산을 둘러싸고 자식들과 불화가 생기고, 자식들이 상속문제로 인해 부모의 재혼을 반대하는 경향이 있다.

가능하면 인내하면서 함께 사는 것이 좋지만, 함께 사는 자체가 불행하다면 노년의 행복을 위해서라도 이혼하는 것이 더 바람직하다. 혼자가 된 사람들은 좋은 사람을 만나 가정을 이루면서 함께 행복을 추구할 권리가 있다. 한 번뿐인 인생, 불행을 털고 마지막 단계에서라도 행복을 누리다 가는 것이 바람직하다. 자식들의 반대로 재혼을 하지 못하는 경우 동거를 선택할 수 있다. 서양에서처럼. 여기에는 법적 문제 등이 발생하지 않으므로 쉽게 선택할 수 있다. 그러나 이혼이나 재혼 뒤에 천국이 기다리고 있지 않으므로 현명하게 판단해서 결정해야 한다. 이제 노년기의 이혼과 재혼 문제는 개인의 행복을 위한 방향으로 인식을 바꾸고, 새로운 가정을 꾸리는 것을 환영하는 노년문화를 형성해가야 한다.

16. '졸혼'이라는 새로운 부부관계가 등장하다

노년에도 부부는 서로 사랑하며 행복한 생활을 하는 것이 이상적인 형태다. 그런데 현실은 그렇지 못하므로 새로운 탈출구를 찾고 있는데, 그 대안으로 나타난 것이 '졸혼(卒婚)'이다. 일본에서 먼저 새로운 결혼 생활의 형태로 졸혼이 등장하였다. 부부가 결혼 상태는 유지하면서 서로의 삶에 간섭하지 않고 독립적으로 살아가는 삶의 방식을 말한다. 부부로서의 의무는 벗어나면서 이혼이라는 짐은 막을 수 있는 이점이 있기 때문이다.

2004년에 '졸혼을 권함'이라는 책을 펴낸 스기야마 유미코는 졸혼이란 "오랜 결혼 생활을 지속해온 부부가 결혼의 의무에서 벗어나 각자 제2의 인생을 설계하는 것"이라고 했다. 우리나라에서도

tvN 드라마 '디어 마이 프렌즈'나 MBC 예능 '미래일기' 등이 방영 되면서 관심을 끌기 시작하였다. 이제 노년들이 모여 앉아 벌이는 이야기의 밥상 위에 졸혼이라는 메뉴가 자주 올라온다. 결혼제도도 세태가 변함에 따라 이처럼 변하고 있다.

한 사회조사에 의하면, 졸혼의 선호도는 여성은 63%, 남성은 54%로 많은 사람들의 희망 사항이 되고 있고, 여성들의 선호도가 더 높게 나타났다. 황혼이혼의 대안이 될 수 있다는 의견이 67.8% 나 된다. 개인에게 새로운 삶의 의미를 부여하고, 배우자와의 관계 를 개선할 수 있으며, 자녀들과의 법적 문제도 생기지 않는 장점이 있다. 결혼의 틀은 유지하되 각자가 자유롭게 살고자 하는 것이다.

그러나 졸혼을 하려면 어느 정도 경제적 여유가 있어야 하고, 홀 로 외로움을 극복할 수 있어야 하며, 식사나 청소 등 집안 관리를 스스로 할 수 있어야 한다. 가장 중요한 것이 혼자 살 수 있는 방 법과 기술을 개발해야 한다. 언젠가는 누구라도 혼자가 될 수 있기 때문에 노년의 고독을 극복하기 위해서는 필수적 과제이다. 남성들 의 경우에는 충분한 준비를 하고 실행에 옮겨야 한다. 세상의 모든 것은 변하는 법: 결혼풍속도도 여러 가지 형태로 변해가고 있는데, 그 목적은 개인의 행복을 찾아가는 것이니 큰 틀에서 개인의 선택 의 문제로써 수용 여부를 결정해야 할 것이다.

17. '괴테의 경험'은 모든 노년에게 반면교사가 된다

괴테의 인생에서 '마지막 사랑'의 의미를 되새겨본다. 괴테는 74 세에 16세 처녀를 사랑하였다. 그 이름은 '올리케.' 처음에는 애착, 나중에는 집착이었다. 마침내 사랑을 고백했다. 그녀는 괴테가 노망에 걸린 줄 알고 슬퍼했고, 주변 사람들은 접근 못 하도록 경고했다. 그는 메피스토와 약속한 '멈추어라 너 정말 아름답구나'를 외치며 쓰러진다. 하늘의 은총을 받은 속죄의 여인 그레트헨의 사랑이 그를 구원한다. 긴 방황을 해온 파우스트는 천사들의 합창 소리를 들으며 천상으로 올라간다. 이런 사랑이 이루어지기는 현실적으로 불가능하다. 그러나 사랑하는 마음과 에너지를 가지고 살았으므로 그의 인생은 항상 젊음을 추구하였고, 파우스트와 같은 작품을 남겼다.

김형석 교수도 한 강연에서 젊은 여성을 보면 가슴이 뛴다는 심정을 고백하면서 청강하는 사람들을 웃겼다. 가슴이 뛰는 한 인생을 젊고 즐겁게 살 수 있으니 어떤 보약보다 더 효능이 있지 아니한가? 최근에는 '9988 234'를 99세까지 팔팔하게 살면서 23세 여성을 사랑하자는 농담 아닌 농담이 유행하고 있다. 사랑은 젊은이들의 전유물이 아니다. 사랑은 나이가 들어서도 할 수 있는 인생의 한 과정이며, 인간의 본성 아니겠는가? 사랑의 골짜기를 헤매면 천국의 문이 열릴 것이다. 사랑하는 시간은 영원한 것이다. "내 나이가 어때서 사랑하기 딱 좋은 나인데"라는 유행가 가사가 노년들을 잠시나마 위로해준다. 마지막까지 사랑의 감정을 가지고 사는 것은 인생을 활기차고 아름답게 만들 수 있는 비방이다.

어느 날 영화 '은교'를 보러 갔다. 주인공인 70세 시인 이적요는 자기 집 테라스에서 잠들어 있는 여고 2년생인 은교를 보았다. 그것이 노시인에게는 운명적인 만남이었다. 그녀가 돌아간 후 거울 앞에서 자신을 발견한다. 마음과 몸이 일치하지 않는 것: 이것이 노년의 최대의 비극이다. 그러나 아직 불꽃같은 에너지가 남아 있음

을 한순간 느낀다. 이성과 감성 사이에서 방황을 하면서 그의 감정
은 단순한 욕망이 아니라 사랑이라는 결론에 이른다. "열일곱, 네가
가장 예뻤을 때 나는 너를 사랑했다."라고 시인 이적요는 유서에서
고백한다. 시인의 마지막 사랑: 육체적으로는 성공하지 못했을지라
도 정신적으로는 사랑했고, 그 순간은 행복했었다. 시인은 "세상 모
든 사랑은 무죄"라고 선언한다. 이와 같은 사랑을 단순한 윤리의
잣대로 판단하지 말 일이다.

18. '구원으로 가는 길'은 바로 사랑이다

인간에게 궁극적으로 필요한 것은 오직 하나뿐, 그것은 '사랑'이
다. 노년에도 마지막 소망은 바로 사랑에 있다. 인생의 마지막 기간
을 사랑하다 가는 사람이 행복한 인생이다. 로렌스는 "가장 훌륭한
사랑은 시간의 벽을 견디는 것"이라고 했고, 사도 바울은 "사랑은
오래 참고, 모든 것을 참으며, 모든 것을 견디는 것"이라고 했다.
지속적인 사랑이 진정한 사랑이다. 사랑하는 사람들에게는 시간은
영원한 것이며,(셰익스피어) 구원으로 가는 길은 바로 '사랑'이라는
것을 깨달을 때 행복은 최고조에 오른다.

프란치스코 교황은 사랑을 하면 천국을 엿볼 수 있다고 했다. 사
랑하고 사랑받고 있는 그곳이 바로 천국이 아니겠는가? 그리고 그
는 "사랑만이 우리를 구원할 수 있다."라고 했다. 이제 생각이 떠오
른다. '괴테는 사랑을 좇아 방황해왔고, 마지막 순간까지 사랑을 갈
구했으며, 천사들의 음성을 들으면서 이 세상을 떠난' 그 역정이
바로 구원을 추구해온 과정이었음을.

인생이란 궁극적으로 구원을 찾아 걸어가는 과정이다. 노년이란

시기는 마지막으로 이 목표를 향해 걸어가는 시간이다. 구원을 통해 인생을 마감하기 위해 필요한 것은 사랑이다. 사랑을 통해 구원을 받고, 결국은 천국에 이를 수 있다. 궁극적으로 천상으로 인도하는 것이 바로 사랑이요, 그 길이 구원의 길임을 괴테의 명작 '파우스트'는 역설하고 있다. 참된 사랑은 천국으로 가는 구원의 길이다.

터키의 이스탄불에서 마르마르 해협을 따라 거닐면서 다리까지 내려와 있는 하늘을 쳐다보며 깨닫게 되었다. 구원이란 스스로를 사랑하는 마음에서 솟아난다는 것을! 이처럼 사랑의 골짜기를 헤매면 천국의 문이 열릴 것이요, 그곳에 행복의 나라가 임하고 있음을 발견하게 될 것이다. 그러니 노년에도 희망을 버리지 말고, 구원을 얻기 위해 사랑을 하면서 살아갑시다. 사랑하는 인생은 얼마나 아름답고 행복한가.

제14장

'예술'을 입힌 노년: 한 차원 높은 행복을 누리며 살 수 있다

예술은 아름다움을 창조하는 작업이다. '미'는 진·선·성과 함께 4대 절대 진리 또는 가치에 속한다. 아름다움을 보면 즐거움을 느끼고, 그 순간 행복이 솟아오른다. 이처럼 예술은 정신적 가치인 동시에 행복의 조건이다. 노년들이여! 아름다움을 발견하고 즐겨라. 자연적인 것이든 인공적인 것이든 아름다움은 어디에나 있다. 21세기를 '예술의 세기'라고 부른다. 과학·기술이 발전함에 따라 예술이 다양화되고, 예술 환경이 광범하게 조성되고 있다. 마음 문을 열고 바라보면 세상이 아름답게 보일 수 있다. 자신의 마음 상태가 결정한다. 아름다움을 창조하는 것은 더 귀한 작업이다. 아름다움으로 자신의 마음을 채색하게 되면 노년도 아름다워지고 행복이 함께할 것이다. '문화적 행복': 한 차원 높은 행복을 누리는 길이다.

1. 예술이 '문화의 세기'를 주도하고 있다

21세기는 '문화의 세기'라고 사람들은 말한다. 인간은 문화적 동물로서 한편으로는 문화를 창조하고, 다른 한편으로는 문화를 누리면서 살아가고 있다. 다양한 문화 활동을 즐기는 것이야말로 삶을 풍부하게 만들고, 행복을 한 차원 높여준다. 이러한 문화적 행복을 '4차원적 행복'이라고 부른다. 노년들도 경제발전 덕분에 생활의 여유가 생기면서 문화를 즐기며 행복한 생활을 지향하는 시대에 들어섰다. 어떤 화가는 예술이란 "입맞춤도 섹스도 숨 쉬는 것도 사는 게 다 예술 아냐?"라고 묻는다. 그런데 사는 것이 곧 예술이 아니라 인간은 아름다움을 추구하는 동물로서 예술은 인간사회를 아름답게 만들고, 사람들의 문화생활을 향상시키는 역할을 하고 있다.

소크라테스는 예술이란 "청각과 시각을 통해 즐거움을 주는 것"이라고 했다. 예술은 제한된 현실 속에서 정신적 자유와 기쁨을 얻을 수 있도록 도와준다. 예술의 본질은 '아름다움'을 추구하는 데 있지만, 예술도 시대정신에 따라 그 형식과 내용이 변화하고 있다. 과학·기술의 발전은 사진·영화·텔레비전·비디오 등으로 예술 영역을 넓혀가고 있으며, 특히 사이버공간에서 디지털매체 예술이 번창하고 있다. 그러나 인간이 아름다움을 추구하는 근본정신은 변함이 없으며, 예술은 힘든 인생·황막한 세상을 벗어날 수 있도록 만드는 도구적 역할을 계속해야 할 것이다.

인간은 문화적 동물로서 생리적 욕구를 충족시키는 것 이상의 행복을 누리고자 하는데, 바로 그 영역이 '예술'이다. 괴테는 행복한 인생을 살기 위해서는 하루 한 편의 좋은 시와 음악과 미술을 접하도록 권유했으며, 도스토옙스키는 "인생은 위대한 예술이다. 산다는 것은 자신을 예술작품으로 만들어가는 것이다."라고 했다. 예술작품을 감상하면서 아름다움에 몰입할 때 즐거움을 느끼는데, 때로는 엑스터시를 느낄 때 행복은 최고조에 이른다. 사르트르도 "어떻게 인생을 살아야 하는가?"라는 질문에 완전한 자유 속에서 자신의 인생을 예술작품처럼 창조해나가는 것이라고 했다.

노년에는 시간이 많으므로 각종 예술을 즐기며 살 수 있으며, 나아가 인생을 예술처럼 사는 것이 가장 의미 있는 인생이다. 노년에 인생을 아름답게 마무리하는 것이 곧 성공이요, 행복이다. 노년의 행복은 물질적 욕망을 충족시키는 데 골몰하지 말고, '정신적 가치' 를 추구함으로써 행복의 차원을 높이는 것이 자아완성으로 가는 길 이다. 문화에 대한 관심을 넓힐수록 행복의 영역도 넓어진다. 그래서 다양한 장르를 넘나들면서 예술작품을 감상하거나 직접 창작 활동을 함으로써 문화생활을 즐기는 것이 '문화적 행복'을 누리는 것 이다.

2. 예술을 즐길 수 있는 '환경'이 급속하게 바뀌고 있다

비디오 예술의 세계적 거장인 백남준은 "예술은 싱거운 것입니다. 짭짤하고 재미있게 만들려고 예술을 하는 거지요."라고 말했다. 노년에는 인생을 즐겁고 보람 있게 만들기 위해 예술과 관련된 취미를 가지는 것이 바람직하다. 예술 활동은 스트레스를 풀어주고, 외로움을 극복해주며, 삶에 새로운 동력을 불어넣어 준다. 최근에는 마음의 질병을 치료하기 위해 '아트 테라피'가 확산되고 있다.

사람마다 소망, 취향, 능력, 환경 등이 다르므로 어느 장르든 자신이 원하는 분야를 선택해서 감상하며 즐기면 되고, 직접 창작 활동을 할 수도 있다. 그러기 위해서는 배워야 하며, 용기와 도전이 필요하다. 배움의 시기는 따로 없으며, 언제라도 결코 늦지 않다. 노년에는 시간이 많으므로 뜻만 있으면 얼마든지 가능하다. 문화생활을 취미로 하게 되면 그 속에서 행복감을 누리게 되고, 자신의 행복을 한 단계 높일 수 있다.

배움으로써 예술에 대한 기법이나 지식은 물론 영감을 얻게 된다. 노년에는 이처럼 인생을 즐기는 취미를 개발하여 새로운 즐거움을 느끼면서 부족한 행복을 보완할 수 있다. 문화생활을 할 수 있는 환경도 급속하게 바뀌고 있다. 커피 마시고 음악 들으며 대담하고, 심지어는 술 마시며 독서하는 카페가 유행하고 있다. 먹고 마시며 작품을 감상하는 미술관도 있고, 화랑처럼 그림을 전시하고 있는 카페들이 있다.

서울시립미술관에서는 예술가들과 점심을 함께 하며 대화를 나눌 수 있다. 곳곳에서 '길거리 문화행사'를 함으로써 도시를 예술로 입히고, 사람들의 마음을 예술의 세계로 인도하고 있다. 다양한 문화를 동시에 즐길 수 있는 복합공간이 곳곳에 생기고 있다. 이처럼 예술 감상을 통해 새로운 의미를 추구하면서 인간은 성숙해간다. 이러한 과정에서 우리들의 행복은 한 단계 업그레이드될 수 있다.

3. '문학작품'을 읽으며 위로를 받는다

대중들에게 가장 보편적으로 즐거움을 주는 분야가 '문학'이다. 문학에는 시·소설·희곡·수필 등 다양한 종류가 있다. 아리스토텔레스는 "잘 빚은 문학작품은 마음을 카타르시스 한다."라고 했다. 노년에 문학작품을 읽으면 경험을 토대로 그 스토리에 재미를 느끼고 위로를 받는다. 시를 감상하며 마음을 다스리고 치유하는 것은 인생을 행복의 길로 인도하는 방법 중의 하나이다. 이반 일리히는 공생에 필요한 세 가지 요소로 자전거, 도서관과 함께 시를 들고 있다. 시를 읽는다는 것이 단지 젊은이들의 감상을 자극하는 데 머물지 않고, 연령에 관계없이 누구나 시를 읽음으로써 마음을 치유하고 정화시킬 수 있다.

노년에도 작품을 통해 자신의 아픔을 카타르시스 하고 새로운 삶의 에너지를 얻을 수 있다. 이때 그 스토리에 몰입하게 되면 영감을 받고 황홀감을 느끼며, 최고의 행복을 누리게 된다. 무엇보다 마음이 적막 속으로 들어가 마음의 평화를 얻을 수 있다. 주인공들의 모습을 통해 간접 체험을 하면서 살아 있는 지식을 넓혀간다. 등장인물들 중에서 자기의 이상형을 발견할 수도 있다. 문학작품을 읽는 것은 단지 소일하는 것이 아니라 그 속에서 간접 체험을 통해 인생의 폭을 넓힐 수 있으며, 문화적 행복을 누릴 수 있게 된다. 한번 취미를 붙이면 독서하는 습관을 통해 행복을 지속적으로 이어갈 수 있다.

최근에는 독서를 통해 정신질환을 치유하는 '독서치료'가 널리 전개되고 있다. 전문지식이 없어도 읽을 수 있고, 나름대로 판단하면서 즐거움을 누린다. 책 속에서 여행을 할 수 있고, 세상의 모든 스토리를 접할 수 있다. 자신의 취향에 따라 장르를 선택하면 된다. 감수성이 예민할수록 시를 선택할 수 있다. 그러므로 노년에 마음의 여유를 가지고 문학작품을 감상하는 것은 최선의 소일 방법이 되고, 자신을 행복의 경지로 끌어올릴 수 있다.

고전적인 문학작품을 읽으면 그 속에 인생의 길이 숨어 있다. 어떻게 사는 것이 현명한가의 단면을 보여준다. 좋은 작품을 많이 선택해서 읽을수록 자신의 내면세계는 풍부해지고, 행복으로 가는 길을 시사 받을 수 있다. 시간이 허락되는 노년에게는 문학작품들을 다독하는 것이 스스로를 구원하는 좋은 방법이다. 노년에도 문학작품을 읽는 중에 내면의 세계로 빠져들게 되면 간혹 엑스터시를 느낀다. 단순한 즐거움이 아니라 '인공행복' 못지않게 흥분되고 큰 기뿜을 맛볼 수도 있다.

4. 글을 '쓰며' 행복을 누린다

최근에는 젊은이들뿐 아니라 노년들도 직접 글을 쓰면서 행복을 추구하는 경향이 있다. 대학의 평생교육 프로그램을 비롯해서 백화점이나 지방자치단체가 운영하는 문화센터 등 문학을 공부할 수 있는 곳이 늘어나고 있으며, 많은 사람들이 참여하고 있다. 심지어는 정상적으로 학교교육을 받지 못한 노년들이 자격시험을 통해 대학에 들어가고, 자기가 하고 싶은 전공을 공부하는 사람들이 늘어나고 있다. 배운다는 것은 그 자체가 기쁨을 주고 행복으로 인도한다.

글쓰기에 몰입하는 것은 작가가 되는 것 이상으로 자신을 구원하는 성스러운 기능을 한다. 글을 쓴다는 것은 고통스러운 작업이지만, 다 쓰고 난 후에는 보람과 기쁨이 행복을 가져다준다. 일상적으로 쾌락에 시간을 낭비하지 않고, 정신활동을 통해 자아완성으로 가는 것이야말로 높은 단계의 행복으로 가는 길이다. 그러므로 노년에도 문학작품을 직접 쓰면서 자신의 인생을 가꾸는 작업이야말로 아름다운 예술이요, 자신을 행복의 세계로 인도하는 성스러운 작업이다.

수필은 누구나 쓸 수 있다. 문자 그대로 붓 가는 대로 쓰면 되는 것이 수필이다. 그래서 많은 사람들이 쉽게 접근하고 쓸 수 있는 것이 수필이다. 일기를 쓰는 사람들도 늘어나고 있으며, 자서전을 쓰는 사람도 많이 있다. 자신의 삶을 풍부하게 만드는 동시에 글쓰기에도 많은 도움을 준다. 여행을 하면서 여행기를 쓰는 사람들도 늘어나고 있다. 여행을 하면 길 위에서 해방되어 자신을 만나 비로소 자유로움을 느끼고 행복감을 누리게 된다. '이곳'에서 누리는 '지금'이 내 인생이요, 여기에 만족하면서 여행하는 것이 바로 행복이라는 것을 몸소 경험하게 된다.

최근에는 시를 직접 쓰는 사람들이 늘어나고 있다. 노년에도 시를 쓰는 사람들이 늘어나고 있는데, 개인적으로도 행복을 누릴 수 있지만, 그 인생은 얼마나 아름답게 보이는가? 일본의 시바다 도요 할머니는 92세에 시를 쓰기 시작해서 7년 만에 시집을 출간하였는데, 세계적으로 회자되면서 많은 사람들에게 용기와 희망을 주고 있다. "인생이란 언제라도 지금부터야. 누구에게나 아침은 반드시 온다"는 메시지를 전함으로써 노년들에게도 용기와 힘을 주고 있다. 늦었다고 생각하는 때가 바로 시작할 때이다. 누구나 지금 시작하면 행복으로 가는 길이 보일 것이다.

5. '음악'은 영혼에 즐거움을 선물한다

음악은 인간의 감정을 발산하고 정신세계를 표현하는 수단이고 방법이다. 음악만큼 사람의 마음속으로 파고들어 감동을 주는 것은 없다. 예로부터 음악은 사람들의 흥을 돋우는 수단으로 주술·노동·운동·종교 등에서 '원시적 자극제'로 이용되어 왔다. 공자의 예악 사상에 의하면, 음악은 가난하면서도 즐길 줄 알고 부자이면서도 예를 지키면서 사는 교화의 기능도 수행하였다. 그래서 모든 행사에서는 음악 프로그램이 있어 사람들을 즐겁게 하고 하나로 화합시키는 기능을 한다.

음악미학자 한슬리크는 음악은 단지 감정을 표현하는 것이 아니라 그 자체로써 정신세계를 보여준다고 했고, 베토벤은 음악이 어떤 지혜나 철학보다 더 높은 계시를 준다고 말했다. 많은 위인들이 음악을 들으면서 위대한 작품을 남겼다. 음악을 좋아하는 사람의 행복도가 그렇지 아니한 사람들보다 높다. 그래서 누구나 음악에 열광하고 있는 것은 아닐까?

오늘날 음악을 즐길 수 있는 환경이 잘 갖추어져 있으므로 마음만 먹으면 음악을 즐기면서 행복을 누릴 수 있다. 음악의 종류는 다양하지만, 자신이 좋아하는 장르를 선택해서 들으면 된다. 자기가 원하는 시간에 자기가 좋아하는 음악을 듣고, 마음의 평화를 누리면서 행복해지면 된다. 일반인들에게는 음악 감상법이 따로 있는 것이 아니라 자신이 원하는 대로 들으면 된다. 다만 음악에 대한 지식과 선호도에 따라 듣는 장르가 다르고 감상하는 방법이 다를 수 있다.

음악은 피로를 풀어주고, 안정감을 주며, 사색을 하게 만들고, 새로운 아이디어를 제공해준다. 음악인의 95%가 때로는 황홀감을 느낀다고 한다. 노래를 직접 부르면 스트레스가 풀릴 뿐 아니라 면역력이 생기고, 기쁨을 줄 뿐 아니라 노래 그 자체가 항우울제 역할을 한다. 악기 연주를 배우는 것은 가장 확실한 행복 레시피 중의 하나라고 한다. 음악은 최고의 문화적 행복을 누리는 도구이다. 누구나 쉽게 접하고 누릴 수 있는 방식이다. 그러므로 음악으로 감정에 덧칠을 하면 그 인생은 더욱 행복해질 것이다.

6. '음악 감상'을 하며 삶의 리듬을 얻는다

조용한 분위기에서 음악을 틀어놓고 들으면 마음이 평온해진다. 노년에 음악 감상을 하며 소일하면 마음의 평화를 누릴 수 있는데,

그런 노년은 얼마나 아름답고 행복한가? 플라톤은 음악과 체조를 정신적 치유법으로 사용했다고 한다. 많은 위대한 인물들이 음악을 통해 치유를 받고, 새로운 아이디어가 떠올라 창조의 밑거름 역할을 했다. 언제부턴가 저자도 음악을 들으면서 글을 쓰고 있다. 이 시간 마음은 영혼과 만나 아이디어를 얻게 되고, 행복의 골짜기를 비상한다. 오늘날 '음악 치료'가 유행하고 있으며, 특히 노년에게 효과가 있다고 한다. 많은 지방자치단체에서 이러한 치유방법을 실시하고 있다. 음악 치료는 심장병·뇌졸중·우울증·외상 후 스트레스 장애·기분 장애 등을 치료하는 데 사용되고 있다. 음악 치료는 비용이 들지 않으므로 경제적이고 쉽게 활용할 수 있다. 건강이 좋지 않거나 장애가 있는 노년에게는 더 좋은 방법이 없을 것이다.

어디서 언제든지 자기가 원하면 음악을 들을 수 있는 환경이 조성되어 있다는 것이 현대인들에게는 축복이라고 할 수 있다. 음악은 그 종류가 다양하여 모든 사람들이 다 즐길 수 있는 것은 아니지만, 자신에게 맞는 장르를 선택해서 즐기면 된다. 노래방에 가서 직접 노래를 부르는 것도 스트레스를 푸는 좋은 방법이다. 노래를 부르고 있는 순간 이 세상은 내 안에 없으니 나는 천국을 거닐고 있는 것이다. TV 프로그램 중에서 음악이 차지하는 비중이 높다. 불후의 명곡이 인기를 얻더니 히든 싱어, 복면가왕, 듀엣 무대, 최근에는 미스 트로트, 미스터 트로트 등 다양한 프로그램이 나와 음악예능의 전성시대를 열고 있다. 여러 모습으로 사람들의 호기심을 자극하면서 청중들이 연호한다. 노래에 공감을 하면 그만큼 행복지수도 올라간다.

7. '미술관'을 유람하며 마음에 채색을 한다

그림을 감상하는 것도 문화적 행복을 누리는 좋은 방법이다. 아름다움이란 시각적으로 기쁨을 주는 것이라고 할 때, 이것은 '미술'을 말한다. 그러나 작품의 세계로 들어가 화가의 의도나 사상을 생각하게 되면 작품 속에서 여행을 하게 된다. 화가들은 창의적 작품을 그리기 위해 고심을 함으로써 스트레스를 받지만, 그 과정에서 몰입을 하게 되면 또한 행복을 느낀다. 헤르만 헤세는 그림을 그리면서 자신을 치유했다고 한다. 그림을 감상하는 사람들은 일차적으로는 눈을 통해 미적 감각을 느끼게 되고, 일단의 기쁨을 느낀다. 그러나 참된 미술 감상은 마음의 눈으로 보는 것으로 그림과의 대화를 통해 즐거움을 느껴야 한다. 때로는 작품에 몰입하면서 엑스터시를 느낀다. 회화의 종류는 실로 다양하지만, 그 세계를 섭렵하면서 미를 감상하고 즐거움을 느끼는 것이야말로 대표적인 문화적 행복에 속한다. 노년에는 시간의 여유가 있으므로 미술관들을 섭렵하며 미술작품들을 감상하는 것이 행복을 키우는 좋은 방법이다.

현대 미술의 경향은 '새로움'을 추구하는 데 있으며, 창조성을 추구하기 위해 새로운 소재나 기술로 영역을 넓혀 다양성을 보여주고 있다. 종래 미술과 과학은 각기 미와 진리를 추구하므로 서로 이질적이고 배타적으로 인정되어 왔지만, 오늘날 이들은 서로 교차하면서 공존하는 경향을 보이고 있다. 과학기술이 발전함에 따라 새로운 예술 영역이 생겨났는데, 사진술이 그 대표적인 영역이고, 영화·비디오·텔레비전 기술의 발달은 여러 유형의 설치미술을 가능케 만들었다. 심지어는 인터넷의 발달로 가상세계를 무대로 하는 '디지털 매체 예술'이 날로 번창하고 있다. 과학과 미술의 숙명적 만남은 예술 영역을 확장시키고 있으며, 일상 속에서 아름다움을 보고 즐기는 세상이 되었다. 덴마크 작가 올라퍼 엘리아슨은 "내 작품에서 관람객들은 소비자가 아니라 생산자이자 작가이고, 나는 기계 제작자일 뿐"이라고 말했다. 제작자의 의도를 밝히느라 스트레스 받지 말라고 권유한다. "당신이 느끼는 감정이 바로 예술이니까." 이처럼 다양한 미술작품을 관람하면서 마음을 치유하고 희열을 느끼며 살아가는 것이 행복의 차원을 한 단계 높이는 것이다.

8. '미술작품' 속에서 인생을 읽는다

국민화가 이중섭 탄생 100주년을 기념하는 전시회 '이중섭, 백년의 신화'를 보러 갔다. 대부분의 작품들이 골판지나 담뱃갑 은박지에 그린 그림들이고, 캔버스에 그린 유화는 거의 없다. 가난 때문에 그런 것은 아니고, 끊임없이 새로운 재료와 기법을 추구한 결과라고 큐레이터는 설명한다. 일제치하의 억압적 생활, 북한에서의 고립된 생활과 6·25전쟁 중 궁핍한 생활 속에서 대형 유화를 그릴 수 없었다는 것이 아쉽다. 만년에는 정신질환으로 다섯 번이나 병원에 입원을 했었고, 마지막으로 적십자병원에서 무연고자로 생을 마감하는 비운의 예술가였다. 그의 나이 40. 그의 작품 속에서 흐르고 있는 작가정신은 '그리움'이었다. 일본으로 건너간 가족들에 대한 사랑과 만나지 못하는 그리움이 그의 손을 통해 작품으로 승화된 것이다.

서울시립미술관에 들르니 르누아르의 개인전 '르누아르의 여인'이 열리고 있다. 단일작가를 테마로 하면서 '여성'을 중심으로 전시하고 있다. 여성을 그린 작품들로만 전시되어 있다는 것이 호기심을 자극한다. 과연 르누아르에게 여성이란 무엇이고, 어떻게 묘사하고 있을까? 어린아이에서부터 여성 노동자, 평범한 여인들, 가족에 이르기까지 다양한 연령층을 대상으로 그렸다. 여성은 삶을 상징하는 존재로서 그의 예술의 원천이 되었다. 인상파의 거장답게 "나에게 그림이란 사랑스럽고 즐겁고 예쁘고도 아름다운 것이어야하며", "그림은 영혼을 씻어주는 선물이어야 한다."라고 했다. 이문장 안에 그의 미술이 지향하는 모든 것이 담겨 있다. 그는 말년에 류머티즘으로 고생하면서 더욱 아름다운 작품을 남겼는데, "고통은 지나간다. 그러나 아름다움은 남는다."라는 말로 인생을 정리하고 있는 듯하다.

인사동의 한 화랑에서 열린 동양화 전시회에 갔다. 조그만 화랑에서 여는 전시회라 규모가 작고 작품도 많지 않다. 그러나 동양화의 참맛을 즐기기에는 아주 좋았다. 서양화가 덧칠을 해서 화폭을 가득 채우는 데 반해 동양화의 미적 특징은 '여백'에 있다. 그림이화려하지는 않지만, 단출한 모습에서 더 깊이를 느낀다. 여백은 그림에 있어서 '비움'을 의미한다. 비움을 적당하게 배경으로 둠으로써 그림을 채우는 것으로 이것이 미를 창조하는 것이다. 화가가 무엇을 표현하려고 의도하든 간에 그 의미를 해석하고 이해하는 것은 관람객의 몫이다. 지금 그림들을 감상하면서 다시 배우며 행복으로 건너가고 있다.

9. 다양한 '영화'를 보면서 새로운 세상을 체험하고 즐긴다

영화가 초기에는 대중들의 소일거리로 여겨지고, 예술로 보지 않았다. 그러나 영화의 기술이 발달하고 콘텐츠가 다양해지면서 영화도 예술의 영역으로 편입되었다. 제2차 세계대전 이후에는 영화(screen)가 스포츠(sport), 성(sex)과 함께 3S로서 즐기는 문화의 한 축을 형성하게 되었다. 영화는 보고 듣고 느끼는 '종합예술'에 속한다. 예술이 기계와 접목되면서 그 영역을 확장하기 시작하였다. 영화가 새로운 이미지를 만들어내고 새로운 시선으로 세상을 바라보면서 대중성과 예술성을 동시에 가지게 되었다. 영화를 보면 그만큼 보는 재미가 쏠쏠하기도 하지만, 새로운 정보를 얻기도 하고 새 세상을 체험하게 된다. 짧은 시간에 쉽게 하나의 작품을 감상할 수 있으므로 보는 재미가 무엇보다 쏠쏠하다.

프랑스 영화 '사랑이 이끄는 대로(원제목: 남과 여)'를 보았다. 다른 영화들보다는 사랑의 문제를 심도 있게 다루고 있다. 주인공들이 문제를 제기한 것처럼 남과 여가 만나면 어떻게 될까 의문이 생긴다. 자유로운 영혼을 가진 남자 주인공 앙투안은 영화음악 작업차 인도에 가서 대사관 만찬 자리에서 매력을 가진 대사 부인 안나를 만난다. 갠지스강의 도시 바라나시로 사랑의 신을 만나러 가는 안나의 여정에 동참하면서 특별한 로맨스는 시작된다. 남자 주인공은 제일 사랑하는 것이 '사랑'이라고 하니까 여주인공은 그러면 '사랑을 사랑하는 거냐'고 묻는다. 자기 종교는 '사랑'이라고 하는 그는 사랑을 좇아 방황하는 낭만적인 음악가 파리장이다.

결혼보다 더 좋은 것이 연애라고 하면서 결혼을 하지 않은 채 사랑만을 추구하고 있다. 하나의 사랑 패턴임에 틀림없지만, 사랑의 정도라고는 할 수 없을 것이다. 그러나 본인이 선택한 길이라면 굳이 비난할 필요도 없을 것이다. "사랑만이 모든 것을 구원할 수 있다."라는 말이 가슴에 와 닿는다. 사랑의 한 유형을 영화를 통해 간접 체험하는 것은 노년의 삶을 풍성하게 만든다. 그런데 공항에서 몇 년 만에 만난 마지막 장면에서 사랑의 이상과 현실 사이에 간극을 보는 듯해서 그 잔영이 계속 마음속에 남아 있다.

10. '연극'을 보며 인생의 폭을 넓히고, 행복의 질을 높인다

셰익스피어는 "세상은 무대이고 인생은 한 편의 연극"이라고 했다. 한 편의 연극을 보면 인생의 한 유형을 간접 체험하게 된다. 그것이 희극일 수도 있고, 비극일 수도 있지만. 노년에는 한 편의 연극을 보면서 인생의 뒤안길을 음미하면 인생을 정리하는 기분이 들기도 하고, 인생이 새로워지는 기분이 들기도 한다. 연극은 '만남의 예술'이라고 한다. 배우와 관객이 무대 위에서 대사나 행동을 통해 영적인 교류를 하는 것이 연극의 특징이다. 괴테의 '파우스트'나 단테의 '신곡'을 보면서 내 정신은 새롭게 무장을 하게 된다. 좋은 작품이 올라오면 찾아 관람하면서 인생의 폭을 넓혀가는 것이 문화적 행복을 누리는 길이다.

배우의 몸짓, 무대공간과 테크놀로지들이 한데 어울려 극적 효과를 이루고자 한다. 물론 받아들이는 사람의 태도에 따라 다르겠지만. 연극 속에 나를 투영시켜 다른 인생을 간접적으로 체험한다. 새로운 스토리로 내 인생에 대입시켜 보는 것은 마치 새 삶을 누리는 기분이 든다. 때로는 치유를 받기도 하고, 때로는 분개하기도 한다. 그만큼 내 인생은 성숙해진다고나 할까? 그러므로 연극을 관람하면서 여가를 즐기면 인생의 폭을 넓히기도 하지만, 인생을 즐겁게 만들어 행복도를 높여갈 수 있다. 노년에는 시간의 여유가 있으므로 좋은 작품을 찾아 관람함으로써 행복을 쌓아가는 것이 행복의 질을 높이는 것이다.

명동예술극장에서 공연 중인 체호프 원작 '갈매기(펠릭스 알렉사 연출)'를 보러 갔다. 주인공 이혜영은 기자와의 인터뷰에서 도망치고 싶어도 물을 떠날 수 없는 갈매기의 숙명처럼 등장인물들은 방황하고 있는데, "어쩌면 그런 결핍이 오늘의 나를 만들었다."라고 말한다. 이 연극에는 결핍과 그리움 위에 "그럼에도 불구하고 살아내야 한다"는 철학이 흐르고 있다. 지루한 일상 속에서 변화를 구하지 못하는 인물들에서 죽음은 피할 수 없으니 그대로 받아들이고, 그래도 살아야 한다는 명제가 가슴을 아프게 만든다. 노년에는 이러한 일상 속에서 살고 있는데, 이런 환경을 극복하고 발전을 하고자 하는 욕망을 불러일으키는 계기가 되면 이 작품을 관람할 충분한 가치가 있으리라고 생각한다.

11. '무용'이 새로운 형식으로 등장하다

세상은 변하고 예술도 변한다. 예술도 어느 장르든 시대정신을 반영하면서 새로운 방식과 기술 그리고 영역이 생겨나고 있다. 그 하나의 예가 '크레이지 호스 파리'이다. 다른 무용과는 달리 예술이냐 외설이냐의 시비가 있었으므로 호기심을 가지고 공연을 관람하러 갔다. '크레이지 호스(Crazy Horse)'는 1951년 프랑스 파리 조르주 생크가에 있는 한 전용 카바레 극장에서 처음 공연된 '누드 아트 쇼'이다. 막이 오르자 여성 무용수 '크레이지 걸' 12명이 등장한다. 상의는 벗고 T팬티로 중요한 부분을 아슬아슬하게 가리고.

거의 알몸으로 무대라는 공간에 이미지를 만들어내고 있다. 관객의 오관은 무용수들이 율동하는 순간마다 자극을 받고 반응을 한다. 높은 하이힐 위에서 몸이 타오르고 있다. 무용이라기보다는 일종의 행위예술이다.

불빛이 누드 위로 향하니 율동이 빚는 선율이 무대 위로 흐르고, 관객들의 눈길도 따라서 흐른다. 여체를 화폭 삼아 빛으로 그린 그림: 상상력을 매개로 보이지 않는 세계를 창조하고 있다. 가슴과 골반으로 쓰는 시, 프랑스에서 온 19금은 율동을 한다. 옷을 벗기고 예술을 입힌 누드 아트 쇼, '크레이지 호스'는 춤추고 있었다. 외설과 예술 사이에서. 노년의 마음도 그 골짜기를 헤매면서 즐거움을 느끼고, 대리만족을 구하게 된다. 이처럼 예술의 형태가 여러 장르를 융합시키는 종합예술의 형태로 바뀌고, 과학과 기술을 활용한 새로운 예술형태가 등장하고 있다. 이러한 세계를 두루 관람하면서 문화적 행복을 만끽하는 것이 노년을 행복의 세계로 인도하고 행복의 질을 높이는 방법이다.

12. '사진' 속에 세상을 담는다

인쇄술이 발달하면서 사진술도 발전하게 되고, 기술의 일환으로 여겨지던 사진이 마침내 예술의 영역으로 편입되었다. 사진술 하게 되면 '술(術)'이 들어가는데, 이를 처음에는 기술의 의미로 사용했지만, 이제는 예술로 이해하게 되었다. 오늘날 사진은 정보를 전달하거나 사실을 설명함에 있어서 중요한 매체가 되었다. 사진도 다른 예술 장르와 마찬가지로 기본적으로 '아름다움'을 추구하는 예술이다. 사진 촬영은 이미지를 만드는 작업이다. 그래서 촬영은 대상을 있는 그대로 복사하는 것이 아니라 촬영자가 어떤 의도를 실현하거나 상황에 대한 느낌을 가지고 촬영함으로써 동일한 대상일지라도 다르게 형상화된다. 여기에 사진사가 만들어내는 사진의 예술성이 담겨 있는 것이다.

최근에는 취미로 사진을 찍는 아마추어들이 많이 늘어나고 있다. 전에는 사진을 전문적으로 찍으려면 카메라와 인화시설이 마련되고 기술이 있어야만 가능했다. 그런데 디지털카메라가 등장하면서 카메라 한 대가 있고 약간의 지식만 있으면 언제든 카메라를 메고 그 대상을 찾아 나설 수 있다. 일상을 벗어나 자연이나 문화 속으로 들어가 이들을 촬영하는 것만으로도 행복을 느낀다. 사진 속에 스토리를 담으면 그것이 곧 추억의 대상이 되고, 삶의 의미를 불어넣을 수 있다. 카메라가 동행을 하고 반갑게 맞아주는 곳이 있으니 결코 외롭지 않다. 그러므로 노년에는 마음의 여유를 가지고 관심을 돌려 카메라와 동행을 하면 그 속에 행복을 담을 수 있다.

샤론 스톤의 누드사진을 보고 있다. 뇌출혈로 언어능력과 시력이 떨어지고 왼쪽 다리 감각이 마비 상태까지 갔다가 병마를 극복하고 10년 만에 누드 모습으로 돌아온 그녀의 모습이 여성 패션지 '하퍼스 바자' 2015년 9월호에 실렸다. '세상의 모든 것을 다 세울 수 있다고 큰소리치던 오만함과 요염함을 벗어버리고 돌아왔다.' 젊었을 때 그녀가 뱉은 담배꽁초가 아스팔트 위에 서 있는 사진을 빗대어 풍자한 말이다. 누드 위에 시간의 열매가 장식하고 있으니 한결 무르익은 모습이 누드적인 교훈을 준다. 자기 극복의 한 성공사례로 보고, 힘든 세상살이에 용기와 위로를 보내주는 아름다운 이야기로 받아들이면 좋지 않을까? 그 속으로 들어가 나도 누드가 되고 싶다. 세상을 향하여 교훈을 줄 수 있는.

오늘은 양수역을 향하여 떠난다. 지금이 연꽃이 한창 피어 있는 계절인데, 그 꽃이 아니라 정신을 담기 위해 가는 길이다. 강변 산책로를 따라 세미원으로 갔다. 활짝 핀 흰 연꽃들이 손님들을 반갑게 맞이하고 있다. 그 넓고 푸른 잎 위에는 물방울이 하나 얹혀 있다. 더도 말고 덜도 말고 한 방울이다. 진흙탕 물에서 아름다운 꽃을 피우고, 넓은 가슴으로 필요한 만큼만 담고 있는 그 청빈의 정신을 카메라에 꽉꽉 눌러 담는다. 이곳 분위기 때문에 여성들이 훨씬 많다. 사진을 찍고 있는 여성까지 배경으로 담으니 하나의 스토리가 만들어진다. 여기서 나는 사진을 찍고 있는 것이 아니라 한편으로는 낭만을 꿈꾸고 있고, 다른 한편으로는 수양을 하고 있다. 카메라가 만들어주는 이런 기회가 나를 행복의 나라로 인도하고 있다.

하루는 서울역이 역사와 문화 공간으로 모습을 바꾸었다고 해서 지하철을 타고 갔다. 옛 서울역의 사적번호 284를 문화공간의 이름으로 만든 '문화역 서울 284'가 눈에 들어온다. 이곳은 서울과 지방을 연결하는 교차로로서 항상 사람들이 붐비는 곳인데, 여러 가지 문화행사들이 열리고 있으니 그 앞 광장이 인산인해를 이루고 있다. 사람들은 단순한 행사 장면이 아니라 역사를 담으려고 이곳을 찾는다. 그 옛날 추억을 상기하면서. 마침 '반 고흐 인사이드: 빛과 음악의 축제'전이 한참 열리고 있었다. 그야말로 사진 찍기에 가장 좋은 배경이 흘러내리고 있다. 카메라 소리가 쉴 틈 없이 터져 나온다.

13. '새로운 경향의 예술'이 우리들을 유혹하고 있다

흔히 사람들은 '예술의 종말'이란 말을 한다. 이는 예술이 없어 지다는 말이 아니라 예술의 방식이 자유로워진다는 말이다. 예술은 정신활동의 산물로서 '예술=미적 추구'라는 전통적 개념이 깨지고 있다. 이제 아름다움이 예술의 필수조건은 아니고, 새로운 경향의 예술이 '충격미'를 보여주고 있다. 미적 감각의 다양성을 인정하니 예술의 형태 또한 다양한 형태로 나타나고 있다. 과학기술의 발전은 새로운 예술 영역으로 넓혀가고 있는데, 특히 디지털매체예술이 번창하고 있다. 또한 회화와 조각을 융합하는 '설치미술'처럼 예술 장르 간 장벽이 해체되고 있다. 예술의 두 요소인 기교와 영감에 대하여 중점을 어디에 두느냐를 둘러싸고 계속 논쟁을 하고 있다. 순수예술과 대중예술의 경계선도 무너졌다. 이처럼 오늘날 예술에의 길은 광범하게 열려 있지만, 그 본래의 기능이 '인간의 구원에 있다'는 근본정신은 변함이 없다고 본다. 그래서 다양한 장르를 넘나들면서 감상하거나 직접 창작 활동을 함으로써 누구나 행복의 길로 들어설 수 있다.

세상은 변하고 예술도 변한다. 예술도 어느 장르든 시대정신을 반영하면서 새로운 방식과 기술 그리고 영역이 생겨나고 있다. 백남준 서거 10주기를 맞아 여러 곳에서 특별전이 열리고 있다. 그의 작품은 음악에서 출발하여 전위적인 퍼포먼스로 변화하더니 마침내 비디오를 예술세계로 끌어올렸다. 그의 예술세계는 유럽으로 건너가 플럭서스 운동에 참여함으로써 형상화되었다. 플럭서스는 1963년 창립되어 해프닝 퍼포먼스와 전시 활동을 벌이기 시작한 국제적 아방가르드 미술운동으로 '흐름, 변화, 이동'을 의미하며, 삶의 방식을 표현하는 것을 주제로 하는 이 정신은 오늘날에도 계승되어 오고 있다. 그는 비디오를 예술의 영역으로 끌어올린 세계적인 예술작가로서 시대를 앞서가는 천재적인 삶을 살았으며, 이러한 그의 삶을 반영하는 작품들이 다시 한곳에 모여 그를 추모하고 있다.

"예술가의 역할은 미래를 사유하는 것"이라는 실험정신이 작품들 속에 녹아들어 다음 세기를 예견하는 작품들이 다수 제작되었다. 166개의 TV 모니터가 거북 형상을 하고 있는 초대형비디오 설치작품 '거북'이 이 페스티벌의 대미를 장식하고 있다. 그는 "인생은 싱거운 것이다. 짬짤하고 재미있게 만들려고 예술 활동을 하는 것"이라고 하면서 "예술은 페스티벌"이라고 했다. 그의 작품들이 이곳에 모여 지금 페스티벌을 벌이고 있다. "인생에는 되감기 버튼이 없다."라고 그는 말했지만, 그는 작품들 속에서 되감기 버튼을 계속 누르고 있으면서 우리들을 회상의 세계로 인도하고 있다. 그는 마지막 기자회견에서 마지막 소망이 '연애'라고 했는데, 이러한 그의 욕망과 정신이 이들 작품을 만들어낸 것이다. 노년에도 작가정신은 늙지 않는다는 것을 보여주고 있다. 지금 나는 그의 일생을 섭렵하고 나온 기분이다.

14. '이색적인 작품'을 통해 나의 세계도 넓혀간다

리우 올림픽이 세계인들의 걱정과는 달리 특별한 사고 없이 여러 가지 감동을 주고 막을 내렸다. 우리나라 선수들은 10-10 목표는 금메달 한 개가 부족해서 달성하지 못했지만, 몇 선수의 드라마틱한 장면 연출로 국민들에게 감동과 용기를 주었다. 가장 감동을 준 것은 개막식이었고, 그중에서 가장 이색적인 장면은 개막식의 마지막을 장식하는 성화 봉정식이었다. 성화 봉송의 마지막 주자인 브라질 마라토너 반데를레이 리마가 점화하는 순간 불꽃이 금속 꽃잎에 반사되어 밤하늘에 별꽃을 장식하였다. 이 성화대는 미국 조각가 앤서니 하우의 '키네틱 아트(Kinetic Art)' 작품이었다.

이 작품은 바람이나 물리적인 동력을 이용해 움직이는 모습을 형상화하는 '움직이는 예술'이라고 부른다. 컴퓨터 프로그램으로 디자인하고, 레이저 커터로 금속 조각을 한 후 움직임을 만들기 위해 과학을 접목시킨 이 작품은 '4차원의 작품'이다. "인간이 할 수 있는 건 한계가 없다"는 메시지를 전하고 싶었다고 했는데, 이는 예술이 과학과 상상의 날개를 달고 새로운 비상을 시도하고 있음을 보여주었다. 그 감동을 통해 사람들은 예술에 더 접근할 수 있고, 새로운 행복 메뉴를 얻게 되는 것이다. 이처럼 예술이 새로운 기술과 접목되어 확장되어 가고 있는데, 새로운 경향의 작품들에 관하여 관심을 가지고 추적해보면 많은 것을 보고 배울 수 있다. 노년에도 관심을 넓혀가면 새로운 영역이 얼마든지 있으므로 행복의 폭을 넓혀가는 것이 마지막 인생을 아름답게 만드는 길이다.

15. 'TV 프로그램' 중에서 '선별'해서 시청하면 행복의 탑을 쌓아 올릴 수 있다

TV는 바보상자라고 불린다. 그러나 좋은 프로그램을 선별해서 봄으로써 지식을 구하고 감동을 받으며 힐링 할 수 있으니 시청하지 않을 수 없다. 노년에는 유용한 정보를 얻어 삶을 풍부하게 만들고, 다양한 프로그램을 보면서 즐거움을 얻기 위해 TV 시청도 해야 한다. 오늘날 인터넷이 개발되어 그 기능을 많이 빼앗겼지만,

아직도 그 유용성은 여전히 남아 있다. 노년에는 부부간에 대화가 안 되거나 함께 자리를 하지 않는 경우에 좋아하는 프로그램을 함께 보는 것은 노년생활에 윤기를 주는 촉매제 역할을 할 수 있다. 그런데 취향이 다르기 때문에 채널권을 둘러싸고 싸움이 벌어지기도 하지만, 이는 한 사람이 양보하면 쉽게 해결될 수 있다.

TV 시청을 하면 기본적으로 시사 프로그램은 반드시 본다. 노년에도 세상 돌아가는 것은 알고 있어야 하니까. 연속극은 보지 않는다. 시간을 낭비하지 않으려고. 그러나 좋아하는 연속극을 보는 것은 개인의 취향에 따라 보면 될 것이다. 저자는 여행 프로그램을 즐겨 본다. 세계여행을 하면서 여행기를 쓰고 있기 때문이다. 그 밖에는 음악과 체육 프로그램을 선별해서 보는 편이다. TV 프로그램 중에서 음악이 차지하는 비중이 높다. 그 속으로 몰입을 하게 되면 그 순간 나는 없다. 노래가 끝나고 나로 돌아오니 그 순간 행복했다는 것을 느낀다. 음악 트렌드가 다변화되고 있다. 그만큼 음악이 시대변화에 따라 다양하고, 많은 사람들에게 즐거움을 주기 때문이다. 노래에 공감을 하면 그만큼 행복지수도 올라간다.

체육 프로그램도 좋아하는 편이다. 스포츠는 스크린과 섹스와 함께 '3대 S'에 속하면서 사람들에게 기쁨을 주니까. 축구와 야구를 좋아했는데, 국제대회에서 벌어지는 A-경기만 본다. 다른 경기들도 즐긴다. 운동경기가 벌어지는 동안 승패에 관심을 가지게 되어 스릴과 서스펜스를 느끼면서 본다. 그 순간 몰입을 하면서 무의식중에 행복에 잠긴다. 국제경기가 외국에서 벌어지게 되면 밤중에 하는 경우가 많은데, 잠을 설치면서 보게 된다. 그 스릴 때문에. 노년에도 운동경기를 즐기면 행복의 폭은 넓어진다.

그런데 많은 시간을 보내기 위해, 아니 시간을 죽이기 위해 하루 종일 TV만 보는 것은 바람직하지 않다. 노년의 여가 활동 중에서 TV 시청과 라디오 청취가 60%를 넘어 가장 비중이 높다고 한다. TV에 매몰되어 세상과는 담을 쌓고 TV만 시청하는 것은 금물이다. 몇 가지 프로그램을 선정해서 교양과 기쁨을 얻기 위해 시청하되, 전적으로 이에 의존하는 것은 건강에도 안 좋고, 정서적으로도 좋지 않다. '과유불급'의 원칙이 여기에도 적용된다고나 할까. 다른 취미생활을 개발하고, 인간관계를 지속하며, 봉사활동을 하면서 삶의 영역을 넓히고 의미 있는 삶을 만들어가야 한다. 마음만 먹으면 시간을 즐겁게 보내는 방법은 얼마든지 있다.

제15장

‘죽음’의 문제:
자연사가 마지막 행복이다

생물학적으로 죽음이란 육신의 생명이 끝나는 것을 말하지만, 종교에서는 영혼을 인정하고, 영혼이 육신을 떠나는 것을 죽음이라고 본다. 노년에는 죽음에 대한 두려움을 극복하고, 절대고독에서 해방되는 것이 중요한 과제이다. 분명한 것은 죽음은 피할 수 없으므로 이러한 자연법칙을 그대로 받아들임으로써 죽음의 문제를 해결하는 것이 고통을 극복하고 의미 있는 삶을 위해 필요하다. 죽음을 준비하면서 더 의미 있는 삶을 추구하는 것이 마지막 행복으로 가는 길이다. 생명권은 권리인 동시에 의무이기도 하므로 자살은 인정되지 않으며, 존엄사가 마지막 행복으로 가는 길이다. 참된 신앙을 가지면 죽음의 문제를 보다 쉽게 해결할 수 있다.

1. '죽음을 어떻게 맞이할까?': 이것이 노년의 최대 과제이다

인생의 말년에 맞이하는 중대한 문제가 '죽음'이다. 그리스 철학자 에피쿠로스는 행복한 삶의 가장 중요한 요소가 '죽음에 대한 공포의 극복'이라고 하였다. 사람은 누구나 죽음을 맞이하지만, 죽음을 어떻게 맞이하느냐에 따라 행복과 불행이 갈린다. 죽음은 인생의 종말이라는 생각이 사람들을 불안하게 만들고 슬픔으로 인도한다. 분명한 것은 생명은 바람처럼, 구름처럼 생성되고 소멸되는 것이다. 이 진리를 깨닫고 수용해야 하는데, 그렇지 못하면 불안과 고독과 고통이 뒤따른다. 하이데거는 죽음을 미래의 것으로 생각하고 현재 살아 있다는 사실에 안도하는 사람은 "죽음 앞에서의 부단한 도피"라고 했다.

삼라만상이 다 빈 것(공)이다. 죽음은 자연법칙으로 피해갈 수 없으나 죽음에 대한 두려움은 얼마든지 피할 수 있다. 인생이란 "묘지로 가는 길"(토마스 만)이다. 죽음은 인생의 끝자락에 놓여 있는 과정의 한 부분이다. 죽음이 인생의 마지막 과정임을 수용하면 죽음의 문제는 쉽게 해결될 수 있다. 루크레티우스는 "너는 너의 죽음을 정면으로 바라볼 때만 행복해질 수 있다."라고 했다. 그러므로 죽음에 대해 미리 생각하고 준비하는 것이 삶을 완성하는 길이다.

죽음을 어떻게 이해하고 준비하느냐에 따라 인생길이 달라진다. 철학은 이성을 통해 죽음을 극복하려는 시도를 하고, 종교는 사후세계를 제시함으로써 죽음의 문제를 해결하고자 한다. 죽음을 대하는 태도는 여러 형태로 나타나는데, 이들은 여러 단계로 진전된다는 견해가 있다. 퀴블러 로스는 죽음의 과정을 부인단계, 분노단계, 타협단계, 저항단계와 순응단계의 5단계로 나눈다. 그러나 이들은 죽음에 대한 반응의 종류를 열거하고 있는 것으로 사람에 따라 그리고 상황에 따라 다르게 반응할 수 있으므로 이러한 접근방법은 적절치 않다.

노년이 되면 많은 사람들은 죽음의 문제를 극복하기 위해 종교에 귀의하게 된다. 종교의 기능은 죽음 그 자체를 막아주는 것이 아니라 죽음에 대한 공포를 없애주는 데 있다. 죽음이란 인간도 대자연의 일부로 왔다가 돌아가는 순환과정의 이동일 뿐이므로 이 사실을 그대로 수용하고 두려워하지 말아야 한다. 그래야 죽음의 문제는 해결되고, 죽음에 대한 공포로부터 해방될 수 있다. 이때에 노년은 평화스럽고 평안한 삶을 누리다 저세상으로 갈 수 있게 된다.

2. 죽음의 의미는 '입장'에 따라 다르게 이해한다

죽음은 인간의 의지와는 상관없이 덧없이 찾아오므로 그 의미를 고민해보아야 의미 있는 삶을 누릴 수 있다. 죽음의 의미는 문화·종교·건강 상태·심리적 특성·사회적 관습 등에 따라 다르지만, 결국은 자신이 어떻게 받아들이느냐에 달려 있다. 비록 죽음의 의미를 알지 못하더라도 죽음의 문제를 해결해야 절대고독을 극복하면서 인생의 말년이 평안할 수 있다. 그 해결방법은 '영혼'을 인정하느냐 여부에 달려 있다.

인간은 영혼과 육체로 구성되어 있다. 양자의 관계에 관하여 극복할 수 없는 입장의 대립이 있다. 데카르트는 영혼과 육체는 독립된 별개의 것으로 보았는데, 이를 '심신이원론'이라고 부른다. 이에 대하여 스피노자는 육체와 영혼은 분리할 수 없는 하나로 보았는데, 이를 '심신일원론'이라고 부른다. 양자의 관계를 어떻게 보느냐에 따라 죽음의 의미가 달라진다.

유물론적 입장에서는 사후세계를 인정하지 않고, 사망은 '원소의 분해' 또는 '세포의 소멸'로써 인생의 종말이라고 본다. 정신은 뇌세포 활동의 산물로써 육체와 일체를 이루고 있으며, 사망과 함께 정신도 사라진다고 본다.(심신일원론) 에피쿠로스는 인간이 죽으면 천상의 원자로 돌아간다고 하면서 의식·이성·자유의지를 가지고 살아가는 것이 즐거운 삶에 필요한 요소라고 했다. 이 입장이 무신론이 이해하는 죽음이다.

영혼을 인정하는 입장에서는 영혼이 육체를 떠나는 것을 죽음으로 본다. 종교에서는, 천당이든 극락이든, 사후세계를 인정함으로써 죽음이 인생의 종말이 아니고, 사망으로 인해 분리된 영혼은 그곳으로 가서 영생을 누린다고 한다.(심신이원론) 영생의 문제는 신앙의 문제로 믿느냐의 여부는 자신의 신앙에 달려 있다. 영혼은 신의 존재와 마찬가지로 과학적으로 증명할 수 없기 때문에 무신론자들은 이를 수용할 수 없다. 그런데 노년에는 영성이 강해지고 영혼을 인정하면서 종교에 귀의하는 경향이 있다.

3. 생물학적으로 '죽음'은 피해갈 수 없다

생명은 유한한 존재요, 일정한 과정일 뿐이다. 생물학적으로는 인생의 1/4은 성장하는 기간이지만, 3/4은 노화하는 과정이다. 인생이란 죽음을 향하여 달려가는 존재이다. 불교에서는 인생을 제행무상(諸行無常)으로 설명한다. 모든 것은 변하며, 생명도 일정한 과정일 뿐이다. 그런데 사람들은 죽음을 두려워하고, 괴테도 죽음을 한탄했다. 사르트르의 '구토' 주인공은 "삶이란 무엇이냐고 묻는다면 진심으로 삶이란 아무것도 아니고, 그저 텅 빈 껍데기일 뿐이라고 대답할 것이다."라고 말했다. 죽음은 온 곳으로 돌아가는 것, 즉 자연의 사이클을 의미한다.

'생명은 지나가는 것': "인간이란 모두 집행기일이 확정되지 아니한 사형수들이다."(빅토르 위고) 그런데 인간의 욕망은 끝이 없고, 계속 불로장생을 꿈꿔 왔다. 죽음을 의도적으로 부인하면서. 현대인들 또한 의학 발전에 힘입어 노화방지에 많은 관심을 기울이고 있다. 그러나 죽음은 피할 수 없고, 생물학적으로 영원히 사는 길은 없다. 죽음은 극복의 대상이 아니라 이에 순응하는 것이 자연법칙이다.

죽음은 자연현상으로 있는 그대로 받아들일 때 이 문제는 해결되며, 노년에 절대고독에 시달리지 않는다. 죽음을 순리적으로 받아들일 때 평안한 마음으로 저세상으로 갈 수 있다. 죽음을 생각하면 남아 있는 시간이 소중하고, 주어진 인생을 즐겁게 살다 가야 한다는 생각이 더 절실해진다. 죽음의 문제를 빨리 해결할수록 노년의 삶은 풍부해지고, 만년에 행복을 누릴 수 있다. 그래서 미스라이는 죽음에 관해 배워서 평화롭게 저세상으로 건너갈 수 있도록 재교육을 시켜야 한다고 말했다.

4. 죽음이 '자연법칙'임을 인정하면 죽음에 대한 공포는 사라진다

사람은 누구나 죽음을 맞이하지만, 죽음을 어떻게 맞이하느냐에 따라 행복과 불행이 갈린다. 죽음을 미리 생각하고 준비하며 살면 인생을 보다 풍부하게 살 수 있고, 마지막 행복을 누릴 수 있게 된다. 그래서 철학자 제니퍼 마이클 헥트는 '죽음을 기억하라'를 행복의 네 가지 요소 중 하나로 들고 있다. 생텍쥐페리는 "죽음이 세상의 순리라고 생각하면 쉽게 죽을 수 있다."라고 했다. "세상에 나는 것도 운명, 죽는 것도 운명; 진실로 이 이치에 통달한다면 무엇을 슬퍼하랴. 사람은 덧없는 것이고, 죽음은 쉬는 것; 한탄할 게 뭐 있는가?"(조선 후기 실학자 이덕무) 이러한 경지에 이르게 되면 살아가면서 무엇이 두려우며, 무엇을 슬퍼하겠는가? 인간은 왔다가 가는 존재라는 사실을 진리로 인식하고 수용해야 죽음의 문제는 해결될 수 있다. 죽음은 그 자체가 인생의 학교이고 스승이다.

세네카는 "죽음에 대해 생각할 때 인간은 신성을 만나게 된다."라고 했으며, 프랑클은 "죽음은 삶에 의미를 부여하는 행위 자체를 헛되게 하지 않을 것"이라고 했다. 죽음은 생물학적으로는 인생의 끝이지만, 도덕적으로는 '삶의 완성'이라고 한다. 인생이란 죽을 때까지 성장하는 과정이고, 죽음으로써 종말을 고하게 된다. 인생이 한 권의 책이라면 죽음은 책을 완성하는 작업이다. 니체는 인간은 언젠가는 죽는다며 "한숨 쉬며 탄식하는 것은 오페라 배우에게 맡겨라. 쾌활하게 살자. 시간은 정해져 있으니 지금이 바로 기회다."라고 말했다. 노년에 행복도가 가장 높은 이유는 바로 이러한 깨달음 때문이다. 그러므로 죽음의 문제를 일찍 해결하는 것이 마지막 행복으로 가는 지름길이다.

죽음에 대한 불안은 건강의 수준, 교육의 정도, 종교성의 강약 등에 따라 다르게 나타나지만, 그 본질의 차이는 없다. 죽음을 준비하는 삶이란 의미 있는 삶, 사랑하는 삶, 봉사하는 삶, 사회에 귀감이 되는 삶을 포괄하는 '깨어 있는 삶'을 산다는 의미이다. 후회하지 않는 인생을 살기 위해서는 '죽음의 연습'을 해야 한다. 하루하루가 최후의 날인 것처럼 사는 것이 죽음의 훈련인 동시에 삶의 기술이다. 나름대로 죽음에 대한 공포를 극복하는 방법을 터득하고 살아갈 때 남은 인생을 행복하고 보람되게 살 수 있다. 가능한 한 빨리 죽음의 문제를 해결하는 것이 노년에 행복을 누리기 위한 최선의 방법이다.

5. '종교'는 나름대로 죽음의 문제를 해결하고 있다

종교는 인간에게 현세의 행복을 가져다주는 것보다는 죽음의 문제를 해결하는 데 더 큰 목표가 있다. 일반적으로 신앙을 가지고 있지 아니한 사람들보다 신앙인이 죽음의 문제를 잘 해결한다. 노년에는 영성이 강해져 종교에 귀의해서 죽음의 문제를 해결하는 경향이 있다. 그러나 영성은 종교성만을 의미하지 않고, 과학적 차원을 넘어 인간, 자연과 사회의 가치와 관련에 대한 믿음과 확신을 말한다. 철학자 스펜서는 "인간은 삶이 두려워 공동체를 만들고, 죽음이 두려워 종교를 만들었다."라고 했다. 이러한 죽음의 문제를 해결하기 위해 종교가 있다.

죽음의 문제는 종교에 따라 달리 해석한다. 기독교에서는 천국이 있고, 인간이 구원을 받으면 죽은 후 다시 부활해서 천국에 갈 수 있다고 '영생'을 설교한다. 불교에서는 윤회설을 내세워 이승에서 저승으로 돌고 도는데, 이승에서의 업보에 따라 달리 '윤회'한다고 설법을 한다. 이처럼 종교들은 죽음 뒤에 돌아갈 세계를 만들어 희망을 줌으로써 죽음의 문제를 해결하고 있다. 종교의 역할은 죽음을 막아주는 것이 아니라 죽음에 대한 공포를 없애주는 데 있다. 종교는 장래 일어날 죽음의 문제를 해결하기 위한 일종의 보험 역할을 한다.

종교는 교화의 수단으로 천국과 지옥을 만들어놓고 천국으로 인도하기 위해 종교에 귀의할 것을 강요하고 있다. 노년이 되면 많은 사람들은 죽음의 문제를 극복하기 위해 종교에 귀의하는 경향이 있다. 종교에 관심이 많을수록 영성은 깊어간다. 믿음과 영성 속에서 살아간다는 것은 '종교적 행복'을 누리는 방법이다. 여하튼, 종교를 믿으면 죽음의 문제가 해결되고, 죽음에 대한 공포나 강박관념으로부터 해방될 수 있으므로 종교를 믿는 사람들이 무신론자보다 더 행복한 것은 사실이다.

6. 죽음은 '어디에나' 있다(?)

헤르만 헤세는 "죽음이란 저기 또는 여기에 있지 아니하고, 모든 길 위에 있다. 너의 그리고 나의 내면에 깃들어 있다."라고 하였다. 여기서 죽음이란 육체적 죽음이 아니라 '정신적 죽음'을 말한다. 이러한 죽음은 생물학적 죽음이 닥쳐왔을 때 오는 것이 아니라 이성적 존재로서 참된 삶의 길을 벗어날 때 오는 것을 말한다. 인간의 가치는 정신적 생명인 꿈과 희망에 있다. 꿈과 희망을 잃으면 죽음과 같다. 노년이 되면서 사람들은 꿈을 잃거나 희망을 포기하는 경향이 있다. 그러나 꿈과 희망을 잃는 것은 인생의 의미를 상실하는 것으로 인생의 끝자락까지 간직하고 살아야 행복으로 갈 수 있다.

노년이 되면 사회참여를 기피하면서 스스로 고립 상태에 사는 사람들이 늘어난다. 노년에는 성격이 점차 내향적으로 변하여 적극적인 교류를 기피하는 성향이 생긴다. 또한 인간에 대한 회의감이 들게 되면 대인기피증 같은 것이 생긴다. 심리학자 커밍과 헨리는 이처럼 사회에 참여하지 않고 고립 상태로 살아가면서 자신을 쓸모없는 존재로 판단하는 것을 '사회적 죽음'이라고 부른다. 이러한 성향은 사회적 행복을 포기하는 측면도 있지만, 반대로 창조적 활동을 하면서 고독을 승화시키면 더 행복을 누릴 수도 있으므로 이를 부정적으로만 보는 것은 부당하다.

마지막 행복을 누리며 살아가기 위해서는 노년에도 항상 열정을 가지고 살아야 한다. 그래야 젊음을 유지할 수 있고, 여생을 건강하게 살 수 있다. 어떠한 어려움이 있더라도 이를 극복할 수 있는 불굴의 의지와 강인한 인내심을 가지고 있어야 한다. 노년에도 새로운 것을 찾아 성취하기 위해 배움을 게을리해서는 안 되며, 항상 도전정신을 가지고 어떠한 난관도 넘어설 수 있는 적응력을 가지고 있어야 한다. 정신적 건강을 유지하면서 살아가는 것이 행복이다. 내면에 스며드는 정신적 죽음을 극복하고 건강한 삶을 누림으로써 행복한 인생을 만들어가는 것이 노년의 마지막 과제이다.

7. '헤어지는 연습을 하며' 저세상으로 갈 준비를 하자

죽음은 불시에 느닷없이 찾아온다. 그러므로 노년에는 아름다운 이별을 위해서 죽음을 준비할 뿐 아니라 이별하는 연습을 하는 것도 중요하다. "사랑하면서 가장 중요한 것은 이별하는 방법을 아는 것이다."(보들레르) 이별을 예고하고, 삶의 자취를 아름답게 남기는 것이 자아완성으로 가는 길이다. 일본에서는 살아 있을 때 장례식을 치르는 '생전 장례식'이란 것이 있다. 장례식장에서 보면 조문객들이 망자에 대해서 일방적으로 덕담을 하는 수준에서 대화가 오간다. 망자와는 아무런 교감을 할 수 없다. 그러므로 죽음을 긍정적으로 수용하면서 살아 있을 때 작별인사를 나누고, 삶에 대한 소통을 하는 것이 삶을 아름답게 마감한다는 점에서 의미 있는 일이 아닌가? 어느 고대사를 전공하는 역사학자가 '생전 장례식'을 했다는 뉴스가 조선일보에 특집으로 실렸다. 죽기 전에 지인들과 마지막 인사를 나누는 형식으로 했는데, 출판기념회를 겸해서 했다. 고대사 연구를 하면서 그 결과물을 자비출판을 해서 세상에 알리고 있다.

저자도 생전에 장례식을 해서 마지막 작별 인사를 하려고 준비를 해오고 있다. 기본적으로 그 뜻은 같다. 그런데 그 명칭이 장례식은 죽은 사람과 이별하는 절차인데, '생전 장례식'이란 명칭이 안 어울려서 '고별식'으로 부르기로 한다. 그리고 출판기념회마다 생전 장례식을 올린다고 참석해줄 것을 당부하고 있는데, 그것도 사리에 맞지 않으므로 한 번에 그칠 생각이다.

저자는 이 행사를 통해 우리 장례문화를 개선하는 데 일조하겠다는 의도에서 시도했는데, 그 순서를 앗기고 나니 어떻게 할까 주저했지만 그대로 추진할 생각이다. 다만 이제는 시기가 중요하지 않으므로 서두르지 않고 적절한 시점에 할 예정이다. 인도 여행을 하면서 사진을 찍고 그 이미지와 관련한 내용을 엮어서 '인생, 길'이라는 인생론에 관한 책을 마지막으로 출간해서 증정하고자 한다. 이것이 내 인생을 아름답게 마무리하는 작업이라고 믿으며.

조병화 시인의 시 '헤어지는 연습을 하며'는 죽음의 세계에 대한 불안이나 공포와 같은 내면의 세계를 그리고 있다. 시인이 머무는 곳은 항상 '가숙(假宿)'이었다. 시인은 항상 고독 속에 갇혀 살아왔고, 영원한 안식처를 찾기 위한 준비를 해왔을 것이다. 그러한 고독이 바로 이 시인의 시의 모태였으며, 현실과 이상을 연결해주는 교량 역할을 했으리라고 본다. '헤어지는 연습을 하며'를 발표하신 후 헤어지는 연습을 하며 살아가시는 시인의 모습은 고독 그 자체였다. 그러니 더욱 '헤어지는 연습을 하며' 살아가야 한다는 생각이 앞을 가린다. 아름다운 이별을 준비하며 사는 인생은 귀하고 의미가 있다. 이러한 삶이 마지막으로 추구하는 행복의 모습이리라.

헤어지는 연습을 하며

조병화

헤어지는 연습을 하며 사세
떠나는 연습을 하며 사세

아름다운 얼굴, 아름다운 눈
아름다운 입술, 아름다운 목
아름다운 손목
서로 다 하지 못하고 시간이 되리니
인생이 그러하거니와
세상에 와서 알아야 할 일은
'떠나는 일'일세

작별하는 절차를 배우며 사세
작별하는 방법을 배우며 사세
작별하는 말을 배우며 사세

아름다운 자연, 아름다운 인생

아름다운 정, 아름다운 말

두고 가는 것을 배우며 사세
떠나는 연습을 하며 사세

인생은 인간들의 옛집
아! 우리 서로 마지막 할
말을 배우며 사세

8. '귀천'을 생각하며 죽음을 준비한다

천상병 시인이 이 세상의 소풍을 마치고 하늘로 돌아간 지 어언 30여 년이 흘렀지만, 그의 소망, 아니 그의 모습을 닮은 '귀천'이라는 시는 지금도 사람들의 심금을 울리고 있다. 그는 순진무구한 마음과 무욕의 정신으로 시를 써왔다. 이 시는 우리들 가슴속에 남아서 자신들의 삶을 되돌아보는 거울이 되고 있다. 시인들이 그의 시에 대한 평가를 어떻게 하든 간에 이 시는 그의 대표작으로 누구에게나 가슴을 울리고 있다. 저자도 남은 인생을 이처럼 순진무구하게 살다가 "이 세상이 아름다웠다."라고 노래하며 저세상으로 건너갈 수는 있을지 의문이 든다.

세상을 살면서 인간은 많은 고통을 겪게 되고, 인생을 비관적으로 바라보는 경향이 있다. 불교에서는 인생이란 '고해'라고 부르지 않는가? 우리들이 사회생활을 하면서 스트레스를 받는 가장 중요한 이유는 사람 때문이다. 대인관계가 원만하지 않으면 사는 것이 힘들어지고 불행한 나날을 보내게 된다. 인간은 이기적 동물로서 인간 간의 관계나 사이에서 작용하기 때문에 스트레스를 주고 회의를 느끼며 결별을 하게 된다. 그래서 이타심을 키워 세상을 아름답게 살다가 간다는 것은 보통 사람들에게는 거의 힘들다. 이러한 시심에 젖어 아름다운 인생을 만들어가는 것이 노년의 마지막 행복이다.

천상병 시인에 관해서는 사석에서 그의 과거에 관하여 들은 적이 있다. 의정부시에서는 매년 5월이면 '천상병 축제'를 연다. 시화전이 가장 중요한 행사이지만, 그의 일생을 소재로 한 연극도 공연된다. 그 연극을 보면서 그의 실존을 머릿속에 형상화시킬 수 있었다. 이와 같이 어려운 환경 속에서 건강이 좋지 않음에도 어떻게 이처럼 아름다운 시를 쓸 수 있었는지 상상이 가지 않았다. 평범한 사람들은 모방할 수 없고 또한 이해하기도 쉽지 아니한 기행을 들어온 터라 더욱 놀라지 않을 수 없었다. 이처럼 아름다운 감성을 간직하고 살면서 마지막을 장식하고 저 하늘로 돌아가는 것이 이상적인 인간상이 아닐까 생각해본다.

귀천

천상병

나 하늘로 돌아가리라
새벽빛 와 닿으면 스러지는
이슬 더불어 손에 손을 잡고

나 하늘로 돌아가리라
노을빛 함께 단 둘이서
기슭에서 놀다가 구름 손짓 하며는

나 하늘로 돌아가리라
아름다운 이 세상 소풍 끝나는 날
가서, 아름다웠다고 말하리라

9. 생명권은 권리인 동시에 의무로서 '자살'은 인정되지 않는다

생명은 인간의 존엄성의 기초이고, 가장 중요한 가치이므로 생명은 존중되어야 하며, 생명권은 권리인 동시에 의무이므로 자기 생명도 포기할 수 없다. 자신의 하나뿐인 삶: 스스로 지켜야 하지 않겠는가? 셰익스피어는 '햄릿'에서 주인공은 "사느냐 죽느냐: 그것이 문제로다."라고 독백을 하는데, 그것이 문제가 아니다. 여기서 그것은 생사의 문제가 아니라 자살의 문제이다. 생명은 신의 선물이므로 다른 권리처럼 스스로 처분할 수 있는 '자기결정권'이 인정되지 않는다. 카뮈는 "참으로 중대한 철학문제는 단 하나뿐이다. 그것은 자살이다."라고 하면서 자살은 '도피'라고 했다. 누구나 자기 생명을 존중하면서 살아가야 할 의무가 있다.

한국인 자살률은 세계에서 가장 높으며, 노인 자살률도 세계 1위이다. '자살공화국'이란 오명을 피할 길이 없다. 개인적으로 자살을 하는 이유는 일반적으로 가족의 붕괴, 절대적 빈곤, 심한 경쟁에서 오는 중압감, 사회적 갈등과 고립감, 중증의 질병, 은퇴 이후의 상실감과 외로움 등에서 찾을 수 있다. 그러나 그 근본원인은 자신을 사랑하는 자애심이 사라지고, 환경을 이겨낼 수 없는 무능감과 미래에 대한 절망감이 크기 때문이다. 실존주의자 카뮈는 자살은 도피일 뿐이므로 인간은 세상의 부조리함을 극복하고 자기 결정에 책임지는 삶을 살아야 한다고 했다. 어떤 어려움이 부닥칠지라도 죽을 용기를 가지고 살아가면 반드시 극복할 수 있고, 언젠가는 반드시 희망의 날이 올 것이다. '자살 금지'를 거꾸로 읽으면 '지금 살자' 아닌가?

생명은 권리와 의무라는 법적 차원을 넘어 '존재의 가치'로서 외경하는 정신으로 존중하며 살아가야 한다. 노년의 경우 아무리 힘들더라도 끝까지 인내하면서 남은 삶을 지키는 것이 인간의 도리요, 책무이다. 65세 이상 독거노인이 현재 133만 명을 넘어서고 있는데, 그 수는 기하급수적으로 증가하고 있다. 최근에 우리나라에서도 고독사(孤獨死)가 늘어나고 있다. 가족이나 보호자의 돌봄이 없이 홀로 저세상으로 가는 것이다. 그 이유는 가족제도가 해체되는 것이 기본적인 이유지만, 공동체 가치가 무너지면서 이웃을 돌보는 사회적 관습이 사라지고 있기 때문이다. 국가는 사회안전망을 구축하여 이런 현상을 막도록 철저하게 준비를 해야 한다.

10. 고통 없이 '자연사'하는 것이 마지막 행복이다

어떻게 죽을 것인가? 이 문제가 인간이 풀어야 할 마지막 숙제이다. 노인들의 마지막 소망은 '존엄하게 죽는 것(존엄사)'이다. 행복추구권은 인생의 마지막 과정까지 적용되고 보장되어야 하다. '잠자는 듯한 죽음(자연사)'이 자연의 축복이다. 인간의 존엄성은 인생의 마지막 단계인 죽음에 있어서도 존중되어야 한다. 누구나 노년에는 죽음을 생각하며 고통 없는 이별을 꿈꾼다. 인생의 마지막 가는 길에서 고통을 느끼지 않으면서 간다면 아름다운 종말이 되지 않겠는가? 본인에게도 좋고, 가족에게도 부담을 주지 않으므로.

'존엄사'란, 법적 개념으로는, 생명 연장을 위한 치료를 거부할 수 있는 '연명치료거부권'을 말한다. 그 법적 근거는 인간의 존엄성과 행복추구권(헌법 제10조)에 기초한 자기결정권에 두고 있다. 고통받지 않고 비참하지 않게 죽는 좋은 죽음이 마지막 행복으로 가는 길이다. 죽음을 맞이할 때도 인간답게 죽는 것이 중요하며, 살던 집에서 고통 없이 생을 마감하는 것이 행복의 끝자락에 속한다. 그런데 우리나라 사람들은 병원에서 마지막 삶을 보내는 것이 관행처럼 되어 있다. 그러므로 본인은 물론 가족들도 신경을 써서 미리 존엄사를 준비하는 것이 필요하다. 이제는 존엄사법이 제정되었으므로 평안하게 저세상으로 가는 길이 열려 있다. 그러므로 누구나 존엄사를 선택해서 마지막 행복을 누리도록 하는 것이 바람직하다.

11. 우리나라 사람들은 '죽음의 질'이 낮다

그동안 웰빙이 사회적 화두였지만, 고령화 시대에 들어서면서 이제는 '웰다잉(좋은 죽음)'이 최대의 관심사가 되었다. 존엄하게 죽음을 맞이하는 것이 인간의 마지막 행복이다. 영국 이코노미스트지 산하 연구소가 행한 '죽음의 질' 조사에서 한국은 OECD를 포함한 40개국 중 32위로 하위권에 속한다. 누구나 노년에는 죽음을 생각하며 고통 없는 이별을 꿈꾼다. 그런데 죽음을 연장시키기 위해 우리나라 사람들은 온갖 노력을 한다. 한국 사람들은 생명에 대한 집착이 강한 편이고, 부모들은 어떻게든 오래 살도록 하는 것이 효도라는 전통이 있다. 그래서 인생의 마지막을 대부분 병원에서 맞이하는데, 그 비율이 70%에 이른다. 평생 의료비의 절반을 죽기 전한 달, 25%를 죽기 전 3일에 사용한다고 한다. 이처럼 '연명치료'를 받게 함으로써 본인은 물론 가족과 병원에 힘든 부담을 주는 등사회적 비용이 너무 크다.

이제 죽음에 대한 인식을 전환할 때가 왔다. 죽음은 자연의 섭리요, 피해갈 수 있는 방법이 없다. 그렇다면 이러한 사실을 그대로 받아들이는 것이 순리이다. 실제로 회생할 가능성이 없고 고통만 따르는 경우에는 생명의 연장이 오히려 비인도적일 수 있다. 무의미한 생명의 연명치료를 중단함으로써 자연사를 통해 인간의 존엄성을 지키는 것이 중요하다. 죽음의 장소는 자택에서 자연사하는 것이 이상적이지만, 환자의 통증 때문에 고통을 받는 경우에는 불가피하게 병원에서 죽음을 맞을 수도 있다. 우리나라에서는 생명을 적극적으로 단축시키는 '안락사'는 인정되지 않으며, 이는 형법상 범죄에 속한다. 외국에서는 안락사가 일부 국가에서는 행해지고 있으며, 다수의 국가가 적극적으로 검토하고 있는데, 그 부작용을 어떻게 막느냐가 법적으로 중요한 과제이다.

12. '대법원'이 최초로 존엄사를 인정하였다

오늘날 존엄사 문제는 세계적인 화두가 되고 있으며, 많은 선진 국에서는 입법화되기 시작하였다. 존엄사 문제는 생명권과 직접적으로 관련되어 있기 때문에 법적으로 중요한 문제이다. 우리나라에 서도 그동안 존엄사 문제가 이론적으로는 제기되어 왔지만, 법적으로는 인정되지 않고 있었다. 종교계에서는, 특히 기독교는, 교리상 자연사를 반대해왔으며, 의료계에서도 갑론을박이 행해졌다. 우리나라에서는 1997년에 보라매병원에서 인공호흡기를 제거한 의료진이 살인방조죄로 실형을 선고받자 병원들은 소생 가능성이 없는 환자라도 퇴원을 시켜주지 않는 역기능이 나타났다. 그러자 2009년에 김 할머니가 세브란스병원에서 뇌손상으로 식물인간이 되자 '인공호흡기를 제거해달라'는 소송을 가족들이 냈다.

대법원은 '김 할머니 사건'에서 "회복 불가능한 사망의 단계에 이른 때에는 특별한 사정이 없는 한 연명치료의 중단이 허용될 수 있다"고 판시함으로써 최초로 존엄사를 법적으로 인정하였다. 그 결과 사회적으로 존엄사에 대한 인식이 바뀌게 되고, 적극적으로 이를 수용하는 방향으로 전환되고 있다. 그러나 아직까지는 국민들이 이 문제를 충분하게 인식하지 못하고 있는 것 같다. 이제 존엄사 문제가 법적으로 인정을 받게 됨으로써 누구나 마지막 행복을 누릴 수 있도록 국민의식이 전환되어야 하고, 국가적으로는 적극적인 정책전환이 이루어져야 한다. 누구보다 노년들은 자신의 문제이므로 적극적으로 대응하여 자연사하도록 준비하는 것이 바람직하다.

13. '웰다잉법'이 존엄사 문제를 해결하다

선진국에서는 웰다잉법이 점차 입법화되는 추세에 있다. 우리나라에서도 2009년에 김 할머니 사건이 있은 후 10년 만에 국회에서 '웰다잉법'이 통과되었다. 그 공식명칭은 '호스피스 완화의료 및 임종과정에 있는 환자의 연명의료 결정에 관한 법'이다. 불필요하게 생명을 인위적으로 연장하는 인공호흡기를 제거하는 연명의료 중단의 요건은 회생 가능성이 없고, 치료에도 불구하고 회복되지 않으며, 증상이 악화되어 사망이 임박한 경우에 본인의 '사전연명의료의향서'나 의사가 작성한 '연명의료계획서'를 통해 본인의 의사를 분명하게 밝혀두었거나, 2명 이상의 가족이 확인해주면 된다. 환자의 뜻을 알 수 없는 때에는 가족 전원의 합의가 있어야 연명치료를 거부할 수 있다.

연명치료를 거부할 수 있는 종류는 심폐소생술, 혈액 투석, 항암제 투여, 인공호흡기 제거 등 네 가지 치료에 국한되며, 통증완화

치료나 영양분과 물, 산소 공급은 중단할 수 없다. 존엄사제도의 역기능을 막기 위해서는 그 요건을 엄격하게 적용해야 한다. 잠자듯이 평화롭게 이 세상을 떠나는 자연사가 최선의 방법이다. 과잉진료를 막고 인간답게 저세상으로 떠나도록 만드는 것이 존엄사제도이다. 괴테처럼 "빛을 좀 더"라고 외치면서 이 세상을 떠나면 다음 생에 환한 세상을 맞을 것 같다. 노년에는 사후에 법적 분쟁이 생길 위험성을 없애기 위해 사전에 유언장을 작성해두는 것이 마지막 행복으로 가는 길이다. 가족들도 신경을 써서 본인이 준비를 못 한 경우에 대비하여 유언장을 준비해두는 것이 필요하다.

14. '상속제도'를 합리화시켜야 한다

과연 인간이 저세상으로 가면서 남기고 갈 유산은 어떤 것인가? 많은 사람들은 돈을 벌어서 자식들에게 남겨주고 가려고 한다. 그러나 이는 결코 바람직한 태도가 아니다. 최소한의 것은 좋지만, 그 이상의 자산을 물려주는 것은 본인을 위해서나 사회를 위해서 바람직하지 않다. 자식에게는 건전하게 사는 방법을 가르쳐야 하고, 사회에서 얻은 재산은 사회에 돌려주어야 한다. 세계적인 갑부들은 많은 재산을 기부하고 이 세상을 떠나지 아니하는가? 값지고 의미 있는 유산은 재산이 아니라 '이름'이다. 그것이 발명품이나 작품이든 기부나 봉사든 간에 그 형태는 다르지만, 이들이 남기는 것은 자신의 이름이요, 얻는 것은 명예이다. 재산은 그것으로 끝나지만, 이름은 영원히 남는다. 그러므로 남은 자산은 자식에게 물려주려고 하지 말고, 기부 등의 형태로 사회에 돌려줌으로써 이름을 남기고 가는 것이 마지막 행복 아닐까?

저자는 은퇴하면서 전공 분야에 관한 집필을 접고 인문학 분야에 관한 집필을 시작했다. 처음에는 여행하면서 여행기와 여행수필을 썼다. 터키 여행을 하면서 비로소 여행의 의미를 깨닫게 되고, 구원의 길을 발견하게 되었다. 그래서 개인적으로 최상의 행복을 느끼고 돌아왔다. 그런데 이러한 행복은 개인적 행복이고 이기적인 행복임을 깨닫고, 사회에 봉사하는 길이 어디에 있을까 고민하게 되었다. 육체적으로나 전공을 가지고는 봉사할 수 없다는 생각을 하고, 힘든 사람들을 위해 행복을 주제로 유튜브를 운영해볼 계획을 세웠다. 그래서 행복에 관한 책들을 읽기 시작했는데, 많은 책을 읽어도 체계적이고 모든 사람들에게 해답을 줄 수 있는 책은 찾을 수 없었다. 그 결과 문외한으로서 감히 행복에 관한 책을 직접 써보기로 했다. 자비출판을 해 기증하면서 많은 사람들에게 읽히기를 소망하며 계속 집필을 하고 있다. 개인적으로는 이름을 남기는 것이 목적이 아니라 봉사의 일환으로 하고 있는 것이다. 그래서 나는 공동체적 행복을 누리면서 내 인생의 마지막 길을 굳건하게 걸어가고 있다.

15. 전통적인 '장례문화'를 개선하자

노년은 저세상으로 마지막 가는 방법을 미리 생각하고 준비해두는 것이 필요하다. 유교의 영향을 받은 우리나라 장례문화는 허례허식에 젖어 장례 절차가 복잡하고 많은 시간을 제사에 소비했다. 부모님을 잘 모시는 것이 조상에 대한 예우이고, 자녀들의 효심의 발로라고 생각해왔다. 허례허식 때문에 장례 비용이 너무 과도한 것도 문제다. 어디에 묻힐 것인가가 노년의 중요한 문제였다. 종전까지 우리 장례문화는 시신을 무덤에 매장하는 형태가 주종을 이루어왔다. 풍수지리설에 따라 좋은 장지를 찾아다니고, 그래서 아름다운 산을 곳곳에서 파손하여 자연을 파괴하고 자연경관을 훼손했다.

이제 다행스럽게도 이러한 전통이 무너져 가고 있다. 장례 절차도 간소해지고, 제사로 모시는 행사도 줄어들었다. 그러나 아직 많은 사람들이 장례식장을 방문하거나 장례식에 참여하는 폐단이 남아 있다. 장례에도 교환방식으로 오가고 주고받는 관행이 있어 왔다. 불교식으로 화장을 해서 봉분을 하지 않고 집안 어른들을 함께 모시는 형태로 바뀌고 있다. 자연친화적인 수목장도 늘어나고 있다. 이제 합리적인 방향으로 장례문화를 정착시켜야 한다.

우리나라도 죽음의 질을 높이는 것이 필요하다. 죽음을 준비하는 것을 '종활(終活)'이라고 부른다. 일본에서 고령화 사회가 됨에 따라 존엄하게 죽기 위한 방법으로 죽음을 준비하는 활동이 시작되었다. 그 방법으로는 불필요한 물건을 처분하는 '데스 클리닝' 작업이 있고, 음식을 먹으며 죽음에 관한 이야기를 할 수 있는 '데스 카페'도 있다. 장례식이 죽은 후 산 자들의 잔치가 아니라 죽기 전에 마지막 이별을 고하는 '사전 장례식'이 더 의미 있는 행사가 아닐까?

저자는 살아서 하는 장례식을 '고별식'으로 명명하고, 마지막 저서를 출간해서 증정하고 대화를 나누면서 마지막 자리를 만들고 싶다. 적당한 시기에 일자를 잡아 평소에 교류하던 사람들을 초대하여 마지막으로 하고 싶은 말을 나누고 작별인사를 하는 것이 더 아름답고 의미 있는 이별이 아닐까? 이별은 오직 한 번, 그것으로 족하다. 사망을 하면 장례 일자와 장소는 사람들에게 알리지 말고 가족끼리 치르기를 당부한다. 살아서 죽음을 준비하면서 죽음에 대한 두려움이 없어지고, 서로 위안을 받을 수 있을 것이다. 허례허식인 우리나라의 장례문화를 합리적인 방법으로 바꾸는 것이 시급하다.

16. '유언장'을 준비하다

유언장을 준비하는 것은 저세상으로 가는 길을 준비하기 위한 필수적 작업이다. 그래서 유서 쓰는 연습을 하는 것도 인생을 회고하면서 남은 인생을 어떻게 살 것인가 정리하고, 죽음을 준비하는 데 도움이 될 것이다. 인생이 얼마나 소중한지, 무엇을 하다 갈 것인지 정리를 할 수 있다. 그런데 죽음을 미리 생각하거나 작성하는 데 신경이 쓰여서 기피하는 사람들이 많이 있다. 그러나 유언장은 자신의 인생을 정리하기 위해서 필요할 뿐 아니라 재산문제를 둘러싼 법적 문제를 정리해두기 위해서도 필요하다.

저자는 마지막 여행을 어떻게 할 것인지 그 뜻을 남겨두고 싶어 유언장을 미리 준비했다. 우리 집안은 가족납골당을 마련하고 선조들을 이곳에 모시고 있다. 그런데 본인은 이곳에 들어가고 싶지 않다. 그 속에 갇혀 있는 영혼은 얼마나 답답할까? 대자연을 버려두고 좁은 공간으로 들어가 갇혀 있으면 말이다. 묘에 묻힐 것이 아니니 묘비명은 필요하지 않고, 남길 것도 없고 줄 사람도 없으니 상속문제도 일어나지 않는다. 본인이 가서 영생을 누리고 싶은 곳을 유언으로 밝혀두면 된다.

내 육신 자연으로 돌아가고
내 영혼 바람 따라 흐를 수 있도록

화장을 한 나의 잔재를

평소 내가 오르내리던
깊은 산속 조용한 곳
이곳저곳에 뿌려주기를!

내 영혼이 진정 자유함을 누리며
저 세상을 비행할 수 있도록

마지막 가는 길, 그 순간 그곳에서
평소 좋아하던 베토벤 교향곡 No. 5를 들으며
저 세상으로 건너가고 싶다.
힘찬 걸음으로 늠름하게 활보하면서

"최선을 다해 살았노라."

한마디만 남기고…

이처럼 유언장을 준비하면서 기쁨을 느낀다. 컴퓨터 타자를 치는
동안 웃음이 입가를 스쳐간다. 죽음에 대한 두려움이 아니라 새로
운 세상으로 간다는 기대 때문인가? 저세상에서는 진정 자유로움을
느낄 것이라는 희망 때문인가? 저세상으로 가는 시간은 본인이 마
음대로 정하지 못하지만, 가고 싶은 곳은 본인의 뜻대로 정할 수
있으니 완전한 자유의지의 발로이다. 그래, 남은 시간 즐겁게 놀다

가자. 과거도 잊고, 미래는 생각 말고. 지금 이 순간을! 지금 이 순간에 영원이 숨 쉬고 있고, 지금 이곳에 구원의 길이 열려 있으니….

제16장

'종교': 그 본질은 참된 신앙에 있다

신은 존재하는가, 그리고 천당은 어디에 있는가의 문제는 영원한 과제일 뿐 그 해답에 관하여는 계속 논쟁의 대상이 되고 있다. 현상학적으로는 신은 믿는 자에게는 계시고, 안 믿는 자에게는 없다. 참된 신앙을 가지면 신앙이 없는 사람보다 더 행복해진다. 종교는 신앙, 규범과 가르침의 세 유형으로 구성되어 있다. 종교는 개인들에게 신앙을 줌으로써 현세의 고난을 극복하고, 내세에 희망을 주는 순기능을 한다. 노년에는 영성이 발달하므로 쉽게 종교에 귀의할 수 있다. 자신의 삶의 환경과 조건을 그대로 수용하고 죽음의 문제를 해결함으로써 삶의 질을 높이고, 지속적인 행복을 누릴 수 있도록 준비해야 한다.

1. '신'은 믿는 자에게는 계시고, 안 믿는 자에게는 없다

신은 존재하는가의 문제는 영원한 과제일 뿐 그 해결책에 관하여는 계속 논쟁의 대상이 되고 있다. '신'이란 우주를 창조한 절대자라고 일반적으로 정의하지만, 신이란 자신의 마음속에 존재하는 것으로 마음을 집중할 때 들을 수 있는 '마음의 소리' 또는 '침묵의 소리'라고도 한다. 현응 스님은 하나님은 누구의 것이 아니고 우리 모두에게 존재하는 것인데, 사람들이 종교를 만들고 의식을 만들어 그것을 가렸다고 한다.

유신론자들은 '하나님이 천지를 창조하셨다.'고 주장하는 데 반해, 무신론자들은 '인간이 신을 창조하였다.'고 반박한다. 니체는 20세기의 관문에 서서 세계를 향하여 "신은 죽었다."라고 외쳤으며, 이에 가세하여 소련의 우주조종사 가가린은 우주여행을 마치고 지구로 무사히 귀환한 후 "나는 신을 보지 못했다."라고 말했다. 무신론의 배경에는 종교인들의 위선과 가식, 비윤리적 행동 등 종교에 대한 감정적 반감이 중요한 역할을 하고 있다. 리처드 도킨스는 "나 자신은 무신론자이지만, 사람들은 종교를 필요로 한다." "다수가 망상에 시달리면 종교"라고 했다.

현대사회에서 신은 사라졌다고 선언하면서 인간은 그 틈새를 '과학'으로 채우고자 한다. 이러한 무신론은 중세의 종교의 지배를 지나 근대 이후 개인의 지적 능력·오만함과 자유의지의 산물로써 나타난 경향이다.(폴 비츠) 유신론자들은 신앙을 통해 신이 존재한다는 믿음을 가지고 있다. 그러나 무신론은 신의 존재 여부는 증거를 통해 입증해야 하는데, 그것이 물적 증거라면 불가능하다고 한다. 그러므로 현상학적으로는 '하나님은 믿는 자에게는 계시고, 안 믿는 자에게는 없다.'고 할 수 있다.

일부 과학자들은 인간에게 신성과 신은 반드시 있어야 함을 시사하고 있다. 아인슈타인은 무신론자이지만 최고의 지혜와 찬란한 아름다움을 스스로 나타내는 이해할 수 없는 그 무엇이 존재함을 아는 것이 종교의 핵심이라고 했다. 이 문제는 이성의 문제가 아니라 신앙의 문제이므로 논리적으로 논쟁하는 것은 의미가 없다. 그러나 분명한 것은 신앙을 가진 사람들이 현세의 고난과 죽음의 문제를 신에게 의탁함으로써 더 행복한 생활을 누릴 수 있다는 사실이다.

2. 신을 대체하는 '초인'이 나타나다

니체는 '신은 죽었다. 인간이 신을 죽였다.'고 선언했다. 인간을 죽음과 고통에서 구해줄 수 있는 절대자로서의 신이 죽었기 때문에 절대가치와 도덕이 무너져 인간은 길을 잃게 되었다. 인간이 살아갈 수 있는 방법은 자신이 신이 되는 것이며, 삶의 의미를 이제는 하늘이 아니라 내 안에서 찾아야 한다고 니체는 말했다. 자신이 스스로 새로운 가치를 창조하고 자신만의 길을 걸어갈 때 신이 없는 세상에서 혼란과 허무를 극복할 수 있고, 진정한 나를 발견할 수 있다고 한다. 이처럼 낡은 가치를 극복하고 새로운 가치를 창조하는 이상적인 인간상을 '초인'이라고 불렀다.

니체는 하늘 세계는 알 수 없으니 현실 세계에 충실하면서 열정을 가지고 지금 이 순간을 극복해가는 것을 인간의 과제로 보았다. 절대자로서의 신이 사라진 세상에서 초인은 곧 신이 된다고 했다. 초인의 개념을 수용하지는 않더라도 적어도 신이 없는 세상 또는 신을 믿지 않는 사람들은 그 방법을 터득해야 할 것이다. 자신만의 이상을 추구하고 그곳으로 가는 길을 개척하면서 살아야 한다. 그러기 위해서는 자신만의 가치를 창조하고 실천하면서 자신의 길을 걸어가야 한다.

3. 노년에 '신앙'을 가지면 많은 문제를 해결할 수 있다

실존철학자 키에르케고르는 인간 존재의 특징을 미적 실존, 윤리적 실존과 종교적 실존의 세 가지를 들고 있다. '미적 실존'은 일상적으로 의·식·주나 성 등의 쾌락을 추구하는 존재이고, '윤리적 실존'이란 불안과 절망 속에서 고통스러운 생활을 하면서도 이웃에 대한 사랑을 추구하는 존재이며, '종교적 실존'은 신앙을 가지고 이들을 극복하고 살아가는 존재를 말한다. 그는 행복을 이처럼 세 가지로 분류한다.

인간은 인격을 가진 존재로서 미적 실존을 넘어 윤리적 가치를 추구하지만, 일상 속에서 불안과 권태, 증오와 좌절 등을 겪으며 살 수밖에 없다. 이처럼 인간은 윤리적 실존으로서 불행할 수밖에 없는 존재이므로 이를 극복하기 위해 신앙심에 의존함으로써 결국은 종교적 실존으로 승화된다는 것이 그의 주장이다. 신앙은 인간을 바꿀 수 있으며, 고해를 건너갈 수 있는 지혜와 힘을 준다고 한다. 그는 개신교 목사로서 체험을 바탕으로 이와 같은 실존철학을 제공하고 있다.

노년에는 영성(靈性)이 발달하므로 종교에 귀의하는 사람들이 증가한다. '영성'이란 여러 가지 의미로 사용되고 있는데, 철학적으로는 자기초월을 위한 정신적 능력을 말하지만, 종교적으로는 초월자를 탐구하고 인간과 신의 관계에서 인생의 의미를 추구하는 정신을 말한다. 교육심리학자 하워드 가드너는 인간에게는 IQ와 EQ 외에 음악, 운동, 수학, 언어, 공간, 대인관계, 자기이해, 자연탐구 등에 관한 8가지 지능에 더하여 9번째 지능인 영성지능을 가지고 있다고 한다. 종교적 영성은 인간을 구원의 세계로 인도하는 사다리 역할을 한다.

노년에는 영성이 발달하므로 신앙을 가지는 등 주어진 환경에 잘 적응하고, 죽음의 문제를 쉽게 해결함으로써 나름대로 행복을 영접할 수 있는 것이 축복이다. 노년에 신앙을 가지면 일반적으로 삶의 만족감과 자존감을 가지게 되고, 고난을 극복하는 에너지가 생기며, 낙관적으로 살아갈 수 있는 힘이 생긴다. 많은 사회조사들이 이러한 사실을 입증하고 있다. 영성은 개인의 정신과 태도에 따라 다르지만, 교육을 통해 심화시킬 수 있다고 한다. 이처럼 영성은 자아완성의 큰 틀을 구성하게 되며, 말년을 아름답고 성스럽게 만드는 힘의 원천이 되므로 노년의 특권이라고 할 수 있다.

스펜서는 "인간은 삶이 두려워서 사회를 만들었고, 죽음이 두려워서 종교를 만들었다."라고 했다. 말씀을 굳게 믿으면 절대적 고독을 안겨주는 죽음의 문제도 해결할 수 있다. 알렉산드르 솔제니친은 투옥 생활을 회고하면서 "감옥아, 내 너를 축복하노라. 내 삶에 네가 있었음을 축복하노라. 감방의 썩어가는 밀짚 위에 누워 깨달았느니 인생의 목적은 번영이 아니라 영혼의 성숙에 있음이라."라고 말했다. 이처럼 진실한 믿음을 가지고 영성을 키우면 '종교적 행복(5차원적 행복)'을 누릴 수 있게 된다.

4. 종교의 본질은 '참신앙'에 있다

종교는 인간이 만든 것이고, 참신앙만이 인간을 구원할 수 있다. 진정한 신앙은 교회를 필요로 하지 않는다. "사원도 필요 없다. 복잡한 철학도 필요 없다. 우리 자신의 머리, 우리 자신의 가슴이 바로 우리의 사원이다. 나의 철학은 바로 따뜻함이다."라고 달라이 라마는 설법하였다. 교회나 사찰, 의식이나 절차는 종교의 본질이 아니다. 믿음이 그 본질이고, 다른 것은 이를 위한 형식에 불과하다.

종교가 조직화되면 신앙의 생명력을 잃고 만다. 불교에서는 신은 자신의 마음에서 찾아야 하고, 마음 밖에 있는 것은 모두 허상이라고 한다. 신이 내 안에 있다는 사실을 깨닫는 것이 진정한 진리이다.

법정 스님은 "신앙을 갖되, 신앙으로부터 자유로워야 한다."라고 설시하였다. 종교는 교리에 대한 가르침을 주는 제도일 뿐, 교회나 사찰에서 나를 찾지 말라고 한다. 모든 종교의 신앙은 하나님과 나와의 관계에서 나오는 것으로 규범이나 형식에 얽매이지 말고 궁극적으로 자유로움을 가져야 한다. 그때 사람들은 영적으로 해방감을 느끼고 자유로움을 누림으로써 행복의 세계로 들어서게 된다.

"종교는 사람이 만든 것이지 성인들이 만든 것이 아니지. 모든 종교는 하나로 뚫려 있지. 그게 통일이고, 그것이 하나님이고, 그렇게 하나로 뚫려 있는 것을 깨닫는 게 불(佛)이여. 그래서 하나님은 누구의 것이 아니고 우리 모두에게 존재하는 것인데, 사람들이 종교를 만들고 의식을 만들어 그것을 가렸어."(현웅 스님) 종교는 누구나 인정할 수 있는 보편적 가치를 생활에서 실천해갈 때 참종교가 된다. 그런데 기독교든 이슬람교든 극단적으로 자기들 교리만을 옳다고 주장하는 교조주의가 종교의 본질을 흐리고, 세상을 어지럽게 만들고 있다. 종교도 열린 자세로 유연성을 가지고 진리를 탐구하고, 관용의 정신으로 다른 종교를 대해야 한다.

특정 종교를 강요하거나 다른 종교를 비방하는 것은 안 된다. 누구에게나 종교의 자유가 있으며, 여러 종교들은 공존해야 한다. 부처님이 제자들에게 한 마지막 말씀은 "나의 말을 믿지 마라. 내가 말했기 때문에 믿으면 안 된다."라고 하였다. 하나님을 가리는 종교인들이 사람들의 믿음을 잃게 만든다. 맹목적인 믿음은 종교의 독이다. 참된 신앙이 요구되는 시대에 우리들은 살고 있다. 참된 신앙을 가지고 살아갈 때 비로소 구원을 받을 수 있으며, 현세에서 행복을 누릴 수 있다.

5. 종교는 '신앙', '규범'과 '가르침'으로 구성되어 있다

종교(religion)란 용어는 라틴어 religion에서 유래한 말로 '다시(re)'와 '결합하다(ligion)'의 합성어이다. 즉, 절대자인 신을 세우고, 약자인 인간은 그를 믿고 의지하면서 교리를 지킴으로써 구원에 이르는 것을 가르친다(기독교). 한자로 풀이하면 종교에 있어서 '종(宗)'은 궁극적인 진리를, '교(敎)'는 가르침을 의미하므로 종교란 궁극적인 진리를 가르치는 것을 말한다(불교).

모든 종교는 세상에서 지켜야 할 규범을 제시하고, 이를 생활화하도록 요구하고 있다. 종교는 이처럼 가르침을 통해 신이나 진리를 깨닫고 믿으며, 교리를 지킬 때 구원을 받을 수 있다고 가르치고 있다. 교회나 사찰, 의식이나 절차는 종교의 본질이 아니다. 신앙이 그 본질이고, 다른 것은 이를 위한 형식에 불과하다. 이처럼 종교의 본질은 크게 신앙, 규범과 가르침의 세 유형으로 나눌 수 있다.

누가 진정한 하나님이고 누가 천국으로 인도하는가에 관하여 종교들은 서로 자기 종교를 내세우고 있다. 힌두 경전 '리그베다'는 "진리는 하나이며, 현자들이 이를 여러 가지로 부른다."라고 했다. 그 의미는 절대자인 신은 하나인데, 인간들이 여러 가지 종교를 만들어냈다고 해석할 수 있다. 법정 스님은 "신앙을 갖되, 신앙으로부터 자유로워야 한다."라고 설시하였다. 자기 종교의 절대성을 주장하지 말고, 다른 종교에 대해서도 상대성을 인정하면서 관용을 베풀어야 한다.

역사적으로 종교는 우주에 관한 설명을 했고, 인간이 지켜야 할 규범을 제시하였으며, 어려운 사람들을 위로해주었고, 생명과 죽음에 대한 영감을 주는 등 종교는 설명·훈계·위로와 영감의 네 가지 기능을 해왔다. 법정 스님은 종교의 본질은 '위로'에 있다고 본다. 간디는 참종교는 현세의 문제를 해결하는 데 도움을 주어야 하며, 현실을 외면하는 종교는 현실도피라고 했다. 그때 사람들은 참된 해방감을 느끼고 자유로움을 가짐으로써 종교적 행복을 누리게 되는 것이다.

6. 종교는 '마음의 평화'와 '죽음의 문제'를 풀어준다

종교는 개인들에게 신앙을 줌으로써 현세의 고난을 극복하고, 내세에 희망을 주는 순기능을 한다. 토마스 아퀴나스는 지상에서는 신앙이 있으면 행복해질 수 있다고 했다. 종교는 공통적으로 현세에서는 믿음을 통해 '마음의 평화'를 얻고, 내세에는 구원을 통해 '죽음의 문제'를 해결할 수 있다는 희망을 준다. 신앙을 가지고 있어도 질병에 걸리거나 어려운 일이 생길 수 있는데, 하나님은 이러한 고통을 극복할 수 있는 능력을 주는 것이다. 노년에는 죽으면 천국에 갈 수 있다는 신앙으로 죽음의 문제를 해결함으로써 절대고독에서 벗어날 수 있기 때문에 종교에 귀의하게 된다.

신앙을 가진 사람들, 특히 노년들은 비교적 낙천적이고, 특히 영적 경험을 한 사람들은 무신론자에 비해 더 행복감을 느낀다. 참된 신앙을 가지게 되면 건전한 생활을 하게 되고, 현세의 고통을 극복할 수 있는 힘을 얻게 된다. 많은 연구 결과에 따르면, 종교를 가진 사람은 그렇지 아니한 사람에 비해 고혈압에 걸릴 가능성이 40%나 낮고, 심장병 발병률은 20%나 적다고 한다. 건전한 신앙생활을 하게 되면 생활의 기복이 안 생기고, 지속적인 행복을 누릴 수 있다. 나아가 종교를 가지게 되면 실용적인 행복을 누릴 수 있다. 교회라는 조직체에 들어가면 새로운 공동체가 형성되어 상호 간에 위로하고 협조하는 생활을 할 수 있다. 이러한 믿음은 회복탄력성을 가지고 있는데, 이를 '정신적 보험'이라고 부른다. 이웃을 사랑하라는 기독교 교리나 자선을 요구하는 불교 교리를 믿고 실천함으로써 공동체적 행복을 누릴 수 있다. 종교를 가진다는 것은 이러한 믿음 때문에 행복한 생활을 할 수 있으며, 행복으로 가는 중요한 방법이 된다. 모든 종교는 이를 최고의 가치를 가진 '초월적 행복'이라고 부르면서 인간이 누리는 모든 행복은 이로부터 나온다고 주장한다.

7. 현대인은 '거짓 신'의 노예가 되고 있다

현대사회는 신이 사라진 세상이라고 많은 사람들이 말하고 있다. 무신론이 지배하는 세상이라는 말이다. 니체가 "신은 죽었다"고 선언한 이래 과학과 기술이 세상을 지배하게 되고, 종교의 기능은 인간의 정신 영역으로 축소되었다. 또한 종교의 탈을 쓰고 세상을 현혹시키는 미신·사이비 종교·유사 종교 등이 활개를 치고 있다. 나아가 돈·성·권력 등이 권력화되어 사람들을 유혹하고 있는데, 이들이 '거짓 신'의 역할을 하고 있다.

현대인들은 원하는 것은 모두 소유하려고 하는 탐욕을 채우기 위해 발버둥 치고 있는데, 이러한 탐욕을 기독교에서는 우상숭배라고 부른다. 이 세상에는 실체보다 우상이 더 많다고 니체는 지적했다. 이처럼 현대인들은 행복을 외부적 조건에서 찾음으로써 참된 행복을 잃어가고 있는 것이다. 그런데 노년에게는 물질적 욕망을 덜어내고 가진 것에 만족하면서 살아가는 경향이 있기 때문에 '거짓신'으로부터는 비교적 자유로울 수 있다.

'만행: 하버드에서 화계사까지'로 유명해진 현각 스님은 "화계사 국제선원을 해체시키고, 열린 그 자리를 기복종교로 만들었다."라고 지적하면서 "기복종교=$(돈), 참 슬픈 일"이라고 했다. 종교가 추구하는 것이 돈이고, 돈이 종교를 지배한다면 '돈=최고신'이라는 등식이 성립되고, '돈교'가 종교세계를 지배하게 된다. 돈을 믿는 신앙, 돈이 지배하는 종교: 참으로 슬픈 현실이다.

이러한 거짓 신은 어느덧 인생의 의미와 가치를 부여하는 절대선이 되어 버렸다. 그래서 돈 버는 것이 인생의 목표가 되고, 부자가 성공의 잣대가 되었다. 그런데 이들은 중독성을 가지고 있으며, 돈에 취하게 되면 교회도 사찰도 결국 파멸에 이르게 된다. 현대인들은 이러한 거짓 신의 노예가 되어 행복이라는 방향타를 잃어버리고, 고해를 방황하고 있다. 돈의 굴레로부터 벗어나는 것이 참된 신앙으로 가는 길이요, 진정한 행복을 누리는 방법이다.

8. '도덕적 삶'이 참된 신앙의 길이다

종교는 신앙이 아니라 '윤리'로 가야 한다는 주장이 최근 힘을 얻고 있다. 그 이유는 현대 종교가 금권만능주의로 흘러 부패했기 때문이다. 높은뜻연합선교회 김동호 목사는 최근 펴낸 '마하나임: 하나님의 군사'에서 "돈은 무서운 것이다. 돈에는 장사가 없다. 훈련을 받아놓지 않으면 거의 백발백중 돈에 무너진다."라고 했다. 오늘날 종교도 돈 때문에 넘어지는 것을 경고하고 있다. 사람들은 이러한 종교의 부작용을 보면서 오히려 하나님으로부터 멀어져 간다. 그래서 '가나안(거꾸로 읽으면 교회에 '안나가'임)' 신도들을 양산하고 있다. 교인들은 교리를 몸소 행동으로 보여줌으로써 모범을 보여야 전도가 될 수 있다.

교회나 사찰이 대형화되면서 전도나 봉사 등 종교의 근본적인 목적을 외면하고, 외형적이고 물량적인 발전에만 골몰하고 있다. 그 원인은 인간이 욕망의 노예가 되어 있기 때문이다. 뱀이 아담과 하와에게 다가가 선악과로 유혹을 하니 이를 먹어버렸다. 그래서 인간은 탐욕이 생기고 이기적인 동물이 되었다. 그러므로 탐욕을 버리고 선한 인간으로 돌아가야 한다. 도덕적인 삶이 참된 신앙의 길이고, 교회도 참된 신앙을 보급하는 주체가 되어야 한다.

어느 스님은 "신도보다는 스님의 명분을 위해 불사, 불사를 위한 불사가 너무 많습니다. 불교가 신도를 위해 봉사하지 않으면 지금보다 더 큰 위기를 맞을 겁니다."라고 진단한다. "종교는 인간이 만든 형태일 뿐 베푸는 마음을 실천해야 참종교다. 그러므로 형식적인 껍데기에 불과한 종교를 버려야 한다. 종교에 집착하는 것은 어리석은 일이다."('프랑스에서 온 한 패널')

종교가 종교다워지려면 보편적 윤리인 사랑과 베푸는 마음을 실천해야 한다. 말씀으로 돌아가 교리에 충실해야 한다. 신도들을 참된 신앙으로 무장시키고, 참된 신앙을 전하는 것이 교회의 사명이다. 말로써 종교를 전파하려고 하지 말고 행동으로 모범을 보이는 것이 효과적인 전도 활동이다. 그러므로 도덕적 삶이 최고의 길이

며, 종교적 삶도 이 길로 가야 한다. 이성과 신앙이 생활 속에서 조
화를 이루어야 참된 종교가 탄생할 수 있다.

9. 천당은 살아서 자기 '가슴속'에 건설하는 것이다

지원 스님은 "마음이 열리면 천당도 보인다."라고 하였다. "구원
의 길은 오른쪽에도 왼쪽에도 통해 있지 않다. 그것은 자기 자신의
마음으로 통하는 길이다. 자기에게만 신이 있으며, 거기에만 평화
가 있다."(헤세) 천국은 죽어서 가는 곳이 아니고, 하늘이란 먼 곳
에 있는 것도 아니다. 천국은 지금 사랑하고 행복을 느끼며 살고
있는 사람의 마음속에 있는 것이다.

저자는 일요일에 산에 가면서 내자(內子)에게 이런 말을 농담 삼
아 이야기하곤 하였다. "당신은 하나님 만나러 교회로 가고, 나는
하나님 만나러 산으로 간다네. 당신은 죽어서 천당 가려고 노력하
고 있는데, 나는 살아서 내 마음속에 천국을 건설하고 싶소." 천당
이 있는 곳이 다르고, 천국에 가는 길이 다르니, 그 갈림길에서 인
간은 갈등을 일으키고 정신적 방황을 하고 있다. 인간에게는 자유
의지가 있으므로 어느 길로 갈 것인가는 선택의 문제이다. 그러나
현명한 선택이 행복으로 가는 길로 인도할 것이다.

인간을 위해 종교가 있는 것이지 인간이 종교의 노예가 되어서는
안 된다. 천당은 죽어서 가는 곳이 아니라 살아서 자기 가슴속에
건설하는 것이다. 내 마음속에 기쁨이 충만할 때 그곳이 바로 천국
인 것이다. 분명한 것은 신앙을 가지고 있다는 사실이 지상에서 행
복을 누리고 있는 것이고, 영원한 행복에 더 가까이 갈 수 있다는
사실이다.

아이너스 아이아라 법문집 중에 나오는 '예삐 바다'는 말한다.

지금 즉시
그대 내면세계로 들어가라
단 하루라도
행복한 삶을 창조할 수 있는 인생이 되리라

어제보다 내일보다
더 소중한
지금 여기 이 순간순간들을
감사와 믿음으로 기쁘게 맞이하라

나 밖의 삶이 아닌
내 안의 삶으로 충만할 때
존재의 기쁨을 체험하게 되리라

그대가 생각하고
그대가 상상하고 있는
천당과 지옥은
그 어느 곳에도 없다

지금 여기 존재하는
이 현실에서
그대 의식 속에

충만한 기쁨과 행복이 가득 넘칠 때
바로 그곳이 천당이요
그대 의식이 고독하고 외로울 때
바로 그곳이 지옥이다

10. 신도들이 신앙을 '생활화'해야 종교가 부흥한다

종교인들은 교리를 익히고 교리대로 사는 것이 참신자이다. 그런데 종교에 따라 교리가 다르고, 같은 종교라도 교리를 해석하는 방법이 달라 구원으로 가는 길이 다르고, 세상을 살아가는 방식이 다르다. 중요한 것은 자신의 입장에서 신을 이해하는 것이 아니라 신의 입장에서 자신을 바라보는 것이 필요한데, 많은 사람들은 자신을 위해 신이 존재하는 것으로 생각하고 있다.

신과 교감하는 방법으로는 기독교에서는 기도, 불교에서는 명상을 들고 있으며, 자연 속에서 신과의 교류를 하는 방법도 있다. 신과 자신이 직접 교류하는 것이 최선의 방법이지만, 교리에 대한 이해 없이는 불가능하므로 교리에 대한 이해가 선행되어야 한다. 그러고는 참된 신앙을 가지고 교리를 실천함으로써 자신의 구원을 추구하고, 다른 사람들에게는 모범이 되어야 한다.

사회 각계각층에 기독교인들이 많이 있지만, 신앙대로 살지 못하고 사회에 모범이 되지 못하는 경향이 있다. 개신교에서는 신앙을 생활화하지 못하는 신도들을 가리켜 '선데이 크리스천'이라고 부른다. 일요일에는 예배에 참석하고 헌금을 하고 봉사도 하지만, 월요일부터는 일상으로 돌아가 신앙대로 살지 못하는 경향이 있다. 말씀대로 살아서 정직하고 깨끗하며 소금 역할을 함으로써 신용과 정직과 청결의 가치가 존중되는 사회가 되어야 하는데 그렇지 못한 경향이 있다. 많은 종교인들이 모범을 보여주지 못하기 때문에 하나님의 영광을 가리고, 믿지 않는 사람들이 종교를 불신하거나 신도들이 등을 돌리는 경향이 있다.

동남아시아 사람들의 행복은 종교의 가르침을 '생활화'하고 있는데서 나온다. 동남아시아는 종교박물관이라고 부를 만큼 불교·이슬람교·힌두교·천주교 등 다양한 종교가 있지만, 사회생활 속에서 종교의 사회적 기능은 아주 흡사하다. 종교는 개인들에게 믿음을 줌으로써 현세의 고난을 극복하고, 내세의 희망을 주는 역할을 하고 있다. 욕망을 죄악시하고, 보시와 나눔을 근본 교리로 하는 종교의 가르침을 생활화하고 있다. 그들은 이러한 요인들 때문에 낙천적으로 항상 웃음을 띠며 살아가고 있으며, 우리나라 사람들보다 행복지수가 높은 이유다.

덴마크 사람들은 교회 출석률이 3%에 불과한데, 그 이유는 이 땅에서 소망이 거의 이루어졌으며, 믿음이 곧 생활화되어 있기 때문이라고 한다. 우리나라는 GDP가 세계 12위로써 경제대국의 반열에 올라섰지만, 교인들은 늘어나고 종교는 더 성장하고 있다. 그런데 종교지도자들이 교인을 걱정하는 것이 아니라 교인들이 그들을 걱정하는 지경에 이르렀다. 우리 사회는 공동체의 기본가치가 무너지고 있으며, 금권주의와 이기주의가 팽배하여 공동체가 무너질 위기 상황에 처해 있다. 근본적으로 구조적 개혁 없이는 나라의 희망이 없다. 종교인들이라도 앞장서서 나라를 바로 세우는 데 헌신해야 하지 않을까?

11. 믿음으로 '봉사하고 사랑하며 나눠주는 것'이 참 믿음이다

개신교가 봉사로 하나가 될 것을 다짐하는 제3회 기독교 사회복지 엑스포가 서울광장에서 열렸다. '당신은 선한 사람입니다'를 주제로 열리는 이번 엑스포는 "믿음으로 행하고, 봉사하고, 사랑하고, 나눠주자"는 메시지를 내걸고 있다. "주여, 섬김의 은혜를 주옵소서! 한국 교회는 개별 교회 중심적이고 교단 이기적인 사회봉사를 넘어서 더욱 봉사의 일치를 추구하겠습니다."라고 기도하면서 봉사로 하나가 될 것을 강조하고 있다. 종교의 본질은 사랑과 자비에 있으며, 이를 실천하는 것이 참 신앙이요, 참된 종교이다. 이 길이 종교가 나아가야 할 길임을 기독교 사회복지 엑스포는 확인하고 있다.

"이번 엑스포는 '서로 사랑하라'는 말씀의 실천의 장"이 되기를 기대하면서 한국 교회가 섬김과 봉사를 통해 한 차원 높게 부흥하기를 기원하고 있다. 한국 교회의 봉사 네트워크 구축, 신앙을 강요하지 않는 순수한 사랑 실천, 민족·언어·이념·문화·장소에 의한 차별 없는 섬김, 정부와 NGO의 협력, 복지 사각지대에 대한 사랑과 관심을 약속하는 '한국 교회 디아코니아 비전'을 선포하였다.

그동안 한국 교회는 양적으로 성장을 하고 많은 신도들을 양산했지만, 오늘날 세속적인 물질만능주의에 물들어 순수한 신앙 활동을 외면하고 대형 교회와 양적 확산을 지향하면서 많은 비판을 받고 있다. 개신교가 그동안 130년간 사회봉사를 해왔다고 하지만, 말씀대로 하지 못하였고 너무 미약하였다.

이제 '섬김과 나눔'으로 하나가 되기를 결의한 것은 과거에 대한 반성이요, 앞으로 나아갈 지향점을 제시하였다는 점에서 뜻이 깊다고 하겠다. 그래서 믿음과 선교에 치우치지 않고 말씀에 충실한 섬김과 나눔을 행하는 교회로 거듭나 어려운 환경 속에서 살고 있는 사람들에게 희망의 등불이 되기를 바란다. 노년들이 앞장서서 봉사활동을 하면 개인적으로 행복을 느끼고, 사회적으로 기여하게 될 것이다.

12. 교회는 '참된 진리와 신앙'으로 돌아가야 한다

한국 교회는 여러 가지로 참된 교리를 떠나 과오를 범해온 것이 사실이다. 김선주 목사는 '한국 교회의 일곱 가지 죄악'이라는 책에서 한국 교회의 목사는 '영혼을 지배하는 권력자'로, 교회는 '이념의 성전'으로, 설교는 '소비되는 권위의 상징'으로, 헌금은 '윤리를 망각한 영혼의 환각'으로 묘사하고 있다. 목사와 교회와 설교와 헌금이 말씀대로 기능하지 못하고 잘못된 방향으로 가고 있음을 너무도 생생하게 지적하고 있다. 이 책을 쓸 때는 목사가 될 생각이 없었기 때문에 이와 같은 폭탄선언을 했다고 한다. 교회는 이러한 지적을 되새기고 '참된 진리와 신앙'으로 다시 태어나야 한다.

이제 목사가 된 그는 교리대로 목회를 하기 위해 전혀 다른 방식으로 목회를 하고 있다. "예수를 믿는다는 건 예수처럼 살겠다는 뜻"이라고 한다. 헌금 많이 한다고 축복받는 것이 아니고, 믿음을 경쟁적으로 하면서 세속적으로 판단해서는 안 된다고 한다. "내가 위로해주고 치유해줄게, 오라"고 하는 것보다 "옆에 앉아 손잡고 들어주면 되는 것" 같다고 한다. 그는 이처럼 신도들 옆에서 봉사하면서 말씀과 신앙으로 인도하는 참목회를 하고 있다.

말씀을 이해하고 전하는 방법에는 차이가 있을 수 있지만, 신도들을 바른길로 인도해야 교회도 살고, 신도들도 구원을 받을 수 있다. 그러므로 목자들은 세속적인 교회의 대형화나 신도들의 양적 확대에만 골몰하지 말고, 하나님의 말씀을 참된 방법으로 전달함으로써 고해에서 허덕이는 중생들을 구원의 길로 인도해야 할 것이다.

13. 종교 간의 불신을 없애고 '열린 교회'가 되어야 한다

종교가 바뀌어야 세상이 바뀐다. 종교가 행복의 씨앗이기도 하지만, 불행을 낳기도 한다. 헌팅턴은 21세기를 '문명의 충돌' 시대라고 했을 때 이는 곧 종교의 충돌을 의미한다. 역사적으로 오랜 기간 종교전쟁이 세상을 어지럽혀 왔다. 근본주의를 지향하는 종파들이 자기 종교의 교리를 독단적으로 합리화시키면서 전쟁을 일으켜 왔다. 아직도 이슬람교의 수니파(근본주의)는 IS(이슬람 국가)를 세우고 세계를 향하여 테러 행위를 자행하고 있다. 지금의 세계는 기독교와 이슬람교의 충돌이 세계를 불안하게 만들고 있다. 이제 종교는 배타적 관료주의에 빠지지 말고, 모든 종교에 관용적인 '열린 교회'가 되어야 한다.

'21세기 종교평화를 위한 불교인 선언 - 21세기 아소카 선언' 초안은 "종교인이 독선과 아집을 조장하고, 분쟁과 갈등을 일으켜 온 것을 반성합니다. 이웃 종교를 진정한 이웃으로 대하는 데 충분치 못했음을 반성합니다. 내 종교가 소중한 만큼 다른 사람의 종교도 소중히 여기겠습니다."라고 고백하고 있다. 자기 종교 교리를 절대적인 것으로 주장하고 다른 종교에 배타적인 태도가 종교 간 분쟁을 일으킨다. 다른 종교의 자율성을 인정하고 포용적인 태도를 취함으로써 종교 간의 평화가 선행되어야 한다.

달라이 라마는 종교의 다양성을 인정하고, 다른 종교도 존중해야
한다고 했다. 불교 스님들은 종교의 다양성을 인정하면서 종교 간
의 공생을 존중하는 경향이 있다. 이 세상에 다양한 종교가 있다는
것은 그 바탕이 사랑과 자비이기 때문에 매우 좋은 일이라고 했다.
그러므로 종교에 대한 불신을 없애고 무신론자도 종교에 관심을 가
질 수 있도록 모든 종교나 교회는 변화되고 거듭나야 세계평화는
상존할 수 있다.

14. 그래도 '참된 교회'와 '참된 사찰'은 있다

오늘날 교회나 사찰들이 대형 건물을 짓고 돈을 추구하는 경향이
있으므로 세상의 화살을 맞고 있다. 그래도 참된 교회와 참된 사찰
은 있다. 사랑과 자비가 곧 신이요, 종교의 본질이라고 한다. 사랑
과 자비를 실천하는 교회나 사찰이 참된 신앙을 보여주는 것이다.
서울의 마지막 달동네에 '연탄교회'가 생겼다. 낡은 전파사를 개조
해 만든 교회라는 이름의 사랑방이다. 원주에서 어려운 이웃들에게
식사를 제공하는 밥상공동체. 연탄을 나눠주는 운동을 벌이던 허기
복 목사가 서울로 와서 연탄은행을 열었다. 허 목사는 골목마다 누
비고 다니며 안부를 묻고, 연탄을 들여놓고 쌀과 라면도 드리고, 노
인들에게 희망을 나눠주며 행동으로 하나님의 말씀을 증거하고 있
다. 하나님의 말씀을 몸소 실천하면서 각박한 세상에 사랑을 전파
시키고 있다. 참된 최고의 행복이 바로 이러한 사랑 속에 있다는
사실을 만천하에 알리고 있다. 이러한 운동을 전개하고 있는 그가
바로 참된 목자요, 대한민국의 희망이다.

불광사 회주 지홍 스님은 불광사의 창건 이유를 "스님뿐 아니라

종무원과 신도들의 건강과 노후를 책임지고, 나아가 송파구 전역으로 '요람에서 무덤까지' 복지를 실현하는 사찰이 되는 것"이라고 말했다. 당시에는 기복 신앙에 빠져 있던 불교를 개혁해서 누구나 자기 삶의 주인이 되는 세상을 만들고자 했다고 한다. 사찰은 단순한 물리적 존재가 아니라 사람의 공동체이므로 '신행공동체'를 만들어 불교의 미래를 열어가는 것을 목표로 하고 노인복지시설을 운영하고 있다. '송파노인전문요양센터'는 노인 일자리 카페, 치매지원센터, 복지센터, 요양센터 등으로 구성되어 있다.

국가가 다 감당하기에는 능력의 한계가 있으므로 종교계가 이 기능을 보완하는 것이 바람직하다. 특히 노년에게 정신적 안정과 평화를 전하는 기능은 종교가 담당해야 할 영역이다. 만년을 보다 행복하게 보내면서 저세상으로 갈 수 있도록 베푸는 '자비'가 참된 종교 정신이다. 노년에는 이러한 운동에 앞장서서 질 높은 행복을 추구하는 것이 공동체적 행복을 누리면서 자아를 완성하는 길이다. 종교가 이러한 횃불을 높이 들고 세상을 밝힐 때 세상은 희망을 찾고 밝아질 것이다.

노년 행복의 길잡이

시니어 행복론

초판인쇄   2020년 11월 23일
초판발행   2020년 11월 23일

지은이   윤명선
펴낸이   채종준
펴낸곳   한국학술정보㈜
주소   경기도 파주시 회동길 230(문발동)
전화   031) 908-3181(대표)
팩스   031) 908-3189
홈페이지   http://ebook.kstudy.com
전자우편   출판사업부 publish@kstudy.com
등록   제일산-115호(2000. 6. 19)

ISBN   979-11-6603-206-6 03810